庫 SF

〈SF2074〉

人類補完機構全短篇 2

アルファ・ラルファ大通り

コードウェイナー・スミス

伊藤典夫・浅倉久志訳

早川書房

7789

THE REDISCOVERY OF MAN

by

Cordwainer Smith

Translated by
Norio Ito & Hisashi Asakura

First published 2016 in Japan by
HAYAKAWA PUBLISHING, INC.
This book is published in Japan by
arrangement with
SPECTRUM LITERARY AGENCY
through JAPAN UNI AGENCY, INC., TOKYO.

目次

アルファ・ラルファ大通り

人類補完機構全短篇2

クラウン・タウンの死婦人
The Dead Lady of Clown Town

伊藤典夫◎訳

七代にわたるジェストコーストの血筋を背景にすえたこの物語は、〈人間の再発見〉を予兆し、その大変動に先立つこと二千年、あるいはそれ以上も昔に起こったと見てよい。ジャンヌ・ダルク伝説が下敷きにあるのは明らかで、〈古代の有力宗教〉をほのめかしているところもすぐにわかる。だが、いくつかの固有名詞の由来は定かではない。アン＝ファンは文字どおりドイツ語で〝始まり〟のこと。パンク・アシャシュはヒンディー語で〝5・6〟を意味する。物語形式は、晩年スミスがSFに取り入れた中国風のもの——だがすでに一九三九年には、二、三の未発表の歴史ものの短篇で、同じ趣向を使っている。

1

　あなたはもう結末を知っている——第七世ロード・ジェストコーストの雄渾なドラマ、そして猫娘ク・メルがあの壮大なたくらみごとの幕を切って落としたいきさつを。だが、あなたは発端——第一世ロード・ジェストコーストがそう名づけられた理由を知らない。それは彼の母レイディ・ゴロクが、犬娘ド・ジョーンのあの名高い劇的な事件から受けた恐怖と啓示によるものだ。ましてその裏話——ド・ジョーンのかげにある物語となれば、なおさら知りようもない。これはときには〝名なしの魔女〟の話とも呼ばれるが、それはばかげている。というのは、魔女にはちゃんと名前があったのだから。名前は〝エレイン〟——いにしえの禁じられた名前だ。

　エレインは誤謬の産物だった。生まれ、暮らし、職業、すべてが誤りだった。ルビーが狂ったのだ。どうしてそんなことが起こりえたのか？

　アン＝ファンへもどろう。アン＝ファンの平和広場、アン＝ファンの中心地、すべてがはじまる場所へ。なんと明るいことか。赤い広場、さびれた広場、がらんとした広場、照りつける黄色い太陽。

ところは原・地球、〈ふるさと〉（マンホーム）そのものであり、山々よりも高くわきたつ積乱雲を刺しつらぬいて、地球港（アースポート）がそびえている。

アン＝ファンの近くには、大きな都市がある。原子力時代以前の名前を残すたったひとつの現存の都市である。かわいらしい無意味な名前はミーヤ・ミーフラといい、そこでは古代ハイウェイの線条が、何千年ものあいだ車輪と接触することもなく、暖かいまぶしい晴れやかな大陸南西部の海岸線と、とこしえに平行線をたどっている。

人間プログラム省の本部はアン＝ファンにあり、誤謬はそこで起こった。

ルビーのひとつがぐらついた。二つのトルマリン・ネットも、レーザー・ビームの乱れを修正できなかった。ダイアモンドがひとつ、エラーに気づいた。エラーも訂正も、ともに総合コンピュータに送りこまれた。

そのエラーのせいで、フォーマルハウト3の総合出生リストに、《平療法士、女性、人体機能の異状を手持ち素材によって修復する直観的能力》の職が発生した。初期の船では、この種の職業の人びとは〝魔女医者〟と呼ばれることもあった。というのは、彼らは説明のつかない治療をおこなったからだ。平療法士たちは開拓民からは下へもおかぬ扱いを受けたが、定住が完了した脱リースマン社会では、たいへんな厄介者となった。環境がよくなったため病気は消え、事故発生率はゼロに近づき、医療作業が画一化してしまったのだ。

いくら腕がよくても、魔女にどこからお呼びがかかろう？　病院にはベッドが千もあり、職員がみんな臨床経験を得たくてうずうずしている、しかも本物の患者がいるのは千のうちの七床だけときては……。（残りのベッドを埋めているのは人間そっくりのロボットで、これは職員が士気をなくさないための実習用である。もちろん実習に使うとなれば、下級民――下級民とは人間そっくりに改造された動物で、完成の極みに達した社会にも当然生じる蒸留カス、つまり重労働や単純作業を受け持っている――がいるが、彼らが人間の病院に行くのは、たとえ外見が人間そっくりでも動物法で禁じられている。下級民が病気にかかると、補完機構が引き取り、処置場で処分する。病気を治療するより、その職に合った下級民を新しく育てるほうが楽だからだ。さらに、病院の優しい愛情たっぷりの看護は、彼らによけいな知恵をつけるおそれがある。たとえば、自分も人間であるというような……。この時代の通念からいえば、これは好ましいことではないだろう。したがって人間用の病院ががら空きの一方で、四回つづけてくしゃみをしたり、一度でも吐いたりした下級民は、二度と迷惑がかからぬように連れ去られてしまう。そして空きベッドにはロボット患者が横たわり、人間の傷病パターンを飽きもせずくりかえすのだ）――これではプロの魔女の就職先などあろうはずもない。

だがルビーはぐらついた。プログラムは明らかなエラーをおかし、こうして《平療法士、一般、女性、即実用》一名の出生番号が、フォーマルハウト3に割りふられることになった。

歳月がたち、物語が歴史の最後の一コマまで演じられたのち、エレインの出自にたいして調査のメスが入れられた。レーザー・ビームの乱れが生じたとき、元の指令とその訂正は同時にマシンに送りこまれた。マシンは矛盾を見分け、すぐさま両方の記録を管理員に照会した。管理員は、その職について七年になる血のかよった本物の人間だった。

彼は音楽の勉強中で、退屈していた。任期が終わるのももうすぐで、自由になる日をすでに指折り数えているところだった。彼は暇にまかせて、二つのポピュラー・ソングをアレンジしなおしていた。ひとつは『高い竹』という素朴な歌で、人間のうちに眠る魔法のような力を呼びさまそうとしている。もう一曲は若い女のことを歌った『エレイン、エレイン』で、彼女を愛する牧夫をどうか苦しませないでと訴えている。どちらもたいした歌ではないが、やがてこの二曲が、最初はすこしずつ、やがては大きく歴史を揺り動かすのである。

このミュージシャンには練習時間がたっぷりとあった。七年の任期のあいだで、緊急事態らしい緊急事態には一度もぶつかっていない。ときおりマシンは報告をよこすが、彼はただエラーを訂正せよと命じるだけで、マシンはかならず命令を守ってきた。

エレイン誕生の事故が起こったその日、ミュージシャンはギターの指づかいを完成させようとしていた。ギターとはたいへん古い楽器で、起源は宇宙時代以前にさかのぼるといわれる。もう何百回目だろうか、彼は『高い竹』を弾いていた。

音楽的なチャイムが鳴って、マシンがひとまずエラーの発生を告げた。管理員は、七年まえ自分があくせくと暗記した指令事項をきれいに忘れていた。じっさいアラームの必要はまったくないのだ。管理員がいるいないにかかわらず、マシンはかならずエラーを修正するのだから。

チャイムに返事がないので、マシンは第二段階のアラームに移った。部屋の壁のスピーカーから、高いはっきりした人間の声——何千年も昔に死んだ職員の声がわめきたてた。

「たいへん、たいへん、非常事態！　訂正を求む、訂正を求む！」

返ってきた答えは、年を経たマシンにもはじめて出くわすものだった。ミュージシャンの指は狂おしく嬉々としてギターの弦の上を走り、彼ははっきりと野放図にうたいかけた。マシンが夢想だにしなかったメッセージを——


たたけ、たたけ、高い竹！

たたけよ、たたけ、高い竹を、わがために……！


マシンはあわててメモリー・バンクとコンピュータをはたらかせると、〝竹〟のコード用例をさがし、目下の状況にその語をはめこもうとした。ことばは意味をなさなかった。マシンはさらに男をせっついた。

「指令あいまい。指令あいまい。訂正ねがいます」

「だまれ」と男はいった。

「承服できません」とマシン。「指令を与え、復唱してください。指令を与え、復唱してください。指令を与え、復唱してください」

「だまれったら」と男はいったが、マシンが従わないことはわかっていた。うわの空のまま、男はもうひとつの曲に切り替え、はじめの二行を二回くりかえした。

エレイン、エレイン
行って痛みをいやしなさい！
エレイン、エレイン
行って痛みをいやしなさい！

くりかえすことは事故防止策としてマシンに組みこまれていたが、これは本物の人間、つまり真人ならエラーをくりかえさないという仮定に基づいている。〝エレイン〟という名前は、正しい数字コードではなかったけれど、四重に強調されると、《平療法士、女性》の必要性はもはや動かしがたかった。しかもマシン自体が見まもるまえで、真人が、提示された状況報告カードを緊急用に処理したのだ。

「了解」とマシンはいった。

この返事に、管理員ははじめて曲から気がそれたが、もう遅すぎた。

「なにを了解したって？」

声はなかった。音ひとつなく、ちょっと湿った温風が換気装置からひっそりと流れてくるだけ。

管理員は窓のそとに目を向けた。そこからは、アン＝ファンの平和広場のどす黒い血のような赤がすこしだけ見える。そのかなたは大海原(おおうなばら)──果てしもなく美しく、果てしもなく単調な海ばかりだ。

管理員は楽天的にため息をついた。彼は若かった。「まあ、たいしたことないさ」と心にいい、ギターを取りあげた。

（三十七年後、男はこれがたいした事件であったことを知る。補完機構のトップのひとり、レイディ・ゴロクが、ド・ジョーンの背後関係を知ろうと、下部主任をやって調査させたのだ。魔女エレインが騒ぎの源だとわかると、レイディ・ゴロクは、どうしてエレインがこの秩序だった宇宙にまぎれこんだのか、調査をつづけさせた。やがて管理員の存在がつきとめられた。男はまだ音楽をやっていた。いきさつはなにも覚えていなかった。男は催眠にかけられた。それでも思いださなかった。下部主任は非常手段に訴え、警察ドラッグ4──〝クリア・メモリー〟──を投与した。男はすぐにあのばかげたできごと全体を思いだしたが、たいしたことではないといいはった。報告を受けたレイディ・ゴロクは、当局に命じて、フォーマルハウトのド・ジョーンにまつわる恐ろしくもまた美しい話──これからあなたがお読みになるまさにこの物語──を洗いざらい男に伝えた。男は泣いた。罰はほかに下されなかったが、レイディ・ゴロクは、この記憶が男のうちに生涯刻みこまれるように取りはからった）

男はギターをかかえたが、マシンのほうは受けもった仕事をせっせとつづけた。

マシンは受精のすんだ人間の胚を選ぶと、〝エレイン〟という奇形の名のついたラベルを貼り、遺伝子に放射線をあてて魔法への強い適性を与え、人物カードにこう指定した。——医学の素養、フォーマルハウト3へ光子帆船で輸送、同惑星で職務に従事。

必要とされず、求められもせず、人を救うわざも、傷つけるわざも知らず、エレインはこの世に生まれでた。無用な行きどまりの人生を負って歩みだした。

できそこないに生まれたのは、さして珍しいことではない。間違いはどこにでもある。驚くべきは、人類が社会に組みこんだいろんな安全装置を切りぬけて、エレインが改造も矯正もされず、殺されることもなく生きのびたことだろう。

望まれず、役にも立たず、エレインは退屈な人生の日々を、行き場のない歳月をさまよい歩いた。食事は豊かで、着るものはぜいたく、住まいもあてがわれている。機械やロボットは彼女に奉仕し、下級民は服従し、いざとなれば他人から、また自分が自分に加える危害から守ってくれる人びとがいる。だが仕事は見つからなかった。仕事がなければ、愛がはいりこむ余地はない。仕事がなく愛がなければ、希望などあろうはずもない。

もし手ごろな専門家なり役所なりに行き当たっていれば、人格改造か再訓練をしてもらえただろう。そうすれば、条件にかなう女性にもなっただろう。だが警察は見つからず、警察もエレインを見つけなかった。自分の行動プログラムを訂正しようにも打つ手がない、手も足も出ないのだ。プログラムが焼きこまれたのはアン＝ファン、はるかなアン＝ファン、すべてがはじまる場所なのだから。

ルビーはぐらついた。トルマリンはしくじり、ダイアモンドは支援もなく見過ごされた。こうして呪われた女が誕生することになった。

2

時がたち、犬娘ド・ジョーンの不思議な事件がいろいろな歌になるにつれ、吟遊詩人や歌手たちの興味はエレインの人物像にまで及び、やがて『エレインの歌』がつくられた。あまり信頼はおけないが、ド・ジョーンの不思議な物語のきっかけをつくった張本人、エレインがどんな女性であったかは多少なりとも伝わってくる。

女たちはわたしを嫌う
男たちはつきはなす
わたしが自分すぎるから
　魔女(ウィッチ)になってやる！
ママはタオルで拭いてくれない
パパは全然叱ってくれない

子供たちは歯をむきだす
　雌犬（ビッチ）になってやる！

人は名前も呼んでくれない
犬たちがわたしの優しい友
ああ、それだけの身の上
　わたしは魔女になる

嫌われるのは大歓迎
誰もわたしを追い払えない
こわがるのはおまえたち
　わたしは魔女になる

攻撃するならするがいい
どうせやつらは苦しめるだけ
切り刻んでも平気な体
　わたしは魔女になる

女たちはわたしを嫌う
男たちはつきはなす
あんまり自分すぎるから
　わたしは魔女になる

歌は大げさにいいすぎている。女たちは嫌うどころか、目もくれなかった。男たちはつきはなすどころか、気づきもしなかった。フォーマルハウト3では、エレインが人間の子どもに出会う機会があったとも思えない。なぜなら育児施設は、気まぐれな放射線や凶暴な天候を避けて、はるかな地の底にもぐっているからだ。歌ではエレインがこうなったのは、自分が人間ではなく下級民で、犬の生まれだと考えたからだとしている。だが、これは最初からではない。そうなったのは最後の最後——ド・ジョーンの物語が星の海に広まり、新しい尾ひれがいっぱいついて昔話や伝説に成長してからである。エレインは発狂するところまでは行かなかった。

（〝狂気〟とはまれな状態で、人間精神が周囲の環境と正しくかみあっていないことをいう。ド・ジョーンに会う以前、エレインはそれに近い状態にいた。ただひとりの例とはいわないまでも、彼女の場合は珍しく真正だった。成長へのありとあらゆる努力をはねつけられた結果、エレインは人生に背を向け、心は渦をえがいてひたすら内に向かい、唯一の安息を精神病に求めたのだ。狂気はXより常にましであり、Xは患者それぞれにとって特殊かつ個人的かつ内密で、また圧倒的に重要なものだ。エレインはノーマルに気が変なだけで、まちがいは刷りこまれた決定済みの人生にあった。《平療法士、女性》という職業は、迷いなく自律的に、自己の権限でもって、きわめて迅速に動くことが要求される。新しく開拓される惑星では、そうした労働資質が必要とされるのだ。他人に助言を求めるような性格はコーディングされず、じっさいほとんどの地では、助言を求める相手もいない。エレインの動きはアン＝ファンで指定されたとおりであり、髄液の個々の化学的状態にいたるまで徹底していた。存在そのものが誤りなのに、彼女はそれを知らなかった。自分が自分ではなく、いてはならない人間であり、百歩譲っても、ぐらついたルビーと軽率なギター弾きの若者のあいだに生じた過ちにすぎないのだ。そんなことを知るより、狂気のほうがどれだけ傷つかずにすむことか）

彼女はド・ジョーンを見いだし、星ぼしの運命は一変した。

二人の出会いは、俗にいう〝地の涯〟――地底都市が日ざしにふれる場所で起こった。これ自体異常なことだが、そもそもフォーマルハウト3が住み心地のよくない異常な惑星であり、そこでは建築家たちまでが、予測のつかぬ天候と人びとの気まぐれに踊らされ、めちゃくちゃな設計やグロテスクな外観に果てしなくのめりこむのだ。

狂気をうちに、エレインは街を歩き、手助けの必要な病人の姿をさがした。その仕事のために刻印され、型取りされ、設計され、生まれ、育ち、訓練されてきた。なのに、仕事がないとは。

エレインは聡明な女性だった。すぐれた頭脳は、狂気にたいしても正気とおなじように奉仕する――それも申し分なく……。使命を投げだそうなどという思いは、露ほども浮かばなかった。

フォーマルハウト3に住む人びとは、〈ふるさと〉地球の住人と同じように、ほとんど等しなみに美形である。遠く隔たった、たどりつくことさえむずかしい星ぼしまで行くと、そういうところでは生き残るだけでもたいへんなため、やっと人類はみにくい疲れた雑多な種となる。エレインは、街に群れる聡明な美しい人びととあまり変わらなかった。髪は黒く、背は高い。腕や足はすらりと伸び、胴は短い。高く狭い角ばったひたいぎわから、髪をうしろに長く下ろしている。目は不思議な深いブルーだ。口もとは魅力的なのかもしれないが、ほほえんだことがないので、美しいかどうか誰にもわからない。誇り高く、背筋をきっと伸ばしているが、これはほかのみんなも同じこと。ことばを交わす気がまったく欠けているため、口もとは異様であり、その目は古代のレーダーさながら、行ったり来たり行ったり来たりをくりかえし、病んだ者、困窮した者をさがしている。彼女の奉仕の情熱は、そうした人びとのためにあるのだ。

どうしてエレインが不幸になれよう？　しあわせであったことさえないのだ。しあわせとは、子ども時代の終わりとともに消え失せるものだ。そう思うのはエレインには自然なことだった。ときとして、なにかの折に、たとえば噴水が日ざしのもとでさざめいたり、フォーマルハウトの唐突な春を迎え、木がいちどきに葉をつけたりしたときなど、疑問がふと頭をかすめることがある。ほかの人たちが——彼女とおなじく、年齢、階級、性別、教育、社会番号などそれぞれの運命を負う人たちが——幸福でいるのに、なぜ自分だけがしあわせでないように見えるのだろう？　だがエレインはいつもその考えをふりはらい、土踏まずが痛くなるまで坂や通りを歩き、あるはずのない仕事をさがしつづけた。

人間の肉体は歴史よりも古く、文化よりもしぶとく、それには独自の知恵がそなわっている。人体は古くからの生存術を伝えており、フォーマルハウト3にあっても、エレインのうちには、思いやることもない祖先たちのわざが隠されていた。——彼女の祖先はそのわざをもって、想像もつかぬ遠い昔、荒々しい地球を征服したのだ。エレインは狂っていた。だが心のどこかで、自分が狂っているのではないかと疑っていた。

おそらくその知恵がはたらいたのだろう、ウォーターロッキー通りを歩むうち、足は自然にショッピング街の華やかな遊歩道へ向かっていた。人に顧みられないドアがふと目にとまった。ロボットたちはドア近くの掃除はできるが、建築デザインが古くて変てこなため、ドアの下側を掃いたりみがいたりはできない。古びた塵と固まったみがき粉が、地面とドアのすきまをふさいでいる。このドアを通りぬける者がいなくなって、もうずいぶんになることは明らかだ。

先進惑星のルールでは、立入禁止区域はテレパシーとシンボルマークで表示される。極度に危険なところには、ロボットと下級民の警備がつく。だが禁止の指定がないものは、すべて通行が許されている。というわけで、彼女にはドアをあける権限はないものの、あけずにおくという義務もなかった。ドアをあけた――

　まったくその場のはずみで。

　というか、本人はそう思った。

　後世のバラッドで歌われる《魔女になってやる》のモチーフとは大違いである。エレインはまだあせっていないし、捨てばちでもなく、その時期には高貴でさえもなかった。

　そのドアをあけたことから彼女の世界は一変し、数千の惑星社会のありかたが、将来何世代にもわたって変動を起こすのだが、あけるという行為にべつにおかしなところはなかった。ほどほどに不幸な女性が、欲求不満の果てに思いついた投げやりな一計。それ以上のものではなかった。そのほかはみんな後世の手なおし、飾りたて、でっちあげである。

　ドアをあけたとたん、エレインはショックを受けたが、それはバラッド作者や歴史学者が、あとで付け足したような理由によるものではなかった。

　ショックの理由は、ドアをあけたところから下り階段がはじまり、風景と日の光がその先に待っていたからだ。どこの世界でぶつかっても、このながめは予想外だろう。いま彼女は新シティから旧シティをながめているのだ。新シティは巨大な殻に囲われて、古い都市の上にそびえたっているので、〝ドアのなか〟をのぞくと、都市の夕暮れを眼下に見わたせるのである。エレインはその美しさと意外性に息をのんだ。

　見よ、開いたドア――そのかなたには別世界。だがこちら側には、古い見慣れた風景があるばかり。塵ひとつなく、垢抜けして、静かで、役立たずの街路。それはエレインという役立たずの人格がいくたびとなく歩いてきたものだ。

あちら側——知らないなにか。こちら側は、よく見知った世界。〝おとぎの国〟とか〝夢幻郷〟ということばは知らないが、もし知っていたら、すぐにも使ったことだろう。

右を向き、左を向いた。

通行人たちはエレインやドアには目もくれない。上層のシティには、やっと日暮れのきざしが見えてきたところだ。下層のシティはすでにまっ赤な血の色に染まり、金色の光芒がいくすじも、凍った長大な炎のように伸びている。気づかないままに、エレインは空気をくんくんと嗅いだ。気づかないままに、いまにも泣きそうに身をふるわせた。気づかないままに、やさしい笑みが——何年ぶりかの笑みが——口もとをやわらげ、ひきつった疲れた顔を、動きと愛らしさの粋に変えた。見わたすのに夢中になってしまったのだ。

新シティの人びとは、みんな自分のことで精いっぱいのようすだ。散歩道の先では、ひと目でそれとわかる下級民——女性、おそらくは猫——が、ゆっくりした足どりの真人を大きくまわり道して追い越してゆく。はるかかなたでは、警察のオーニソプター（羽ばたき飛行機）が、翼をはためかせ、立ちならぶ塔のひとつをのんびりと周回している。ロボットたちがこちらに望遠鏡を向けるか、数少ない鷹の生まれの下級民警官でもいないかぎり、見つかる心配はない。

エレインは戸口をくぐり、横すべりのドアを元どおりに閉めた。

彼女には知るよしもないが、この瞬間から、生まれるはずであった数々の未来が闇に消え、反乱の火の手が待ちうける諸世紀を焦がし、人間や下級民が風変わりな理由で命を失い、多くの母親が次代をになう補完機構長官たちの名前を変え、スターシップが、いままで人間の夢想もしなかったところからささやき帰ってくるのである。宇宙3はずっとそこにあり、人類が目をとめるのを待っていたが、その存在はことのほか早く明らかになる。——これもエレインがいて、ドアがあったからこそ、彼女が数歩を踏みだし、ふさわしいことばを発し、あの子どもと出会ったからこそなのだ。（バラッド作者たちは、のちにこれを物語にする。だが、それはうしろ向きに語ったもの——ド・ジョーンの人となりを知り、エレインのどんな行為がきっかけで、あまたの世界が燃えあがったかを知ったうえでの物語だ。真相は単純で、孤独な女が神秘的なドアをくぐっただけのこと。あとはみんな後世の付け足しである）

閉じたドアを背に、エレインは階段のてっぺんに立ちつくした。未知なるシティの日没の金色が、彼女の眼前にあふれ、流れてゆく。見上げれば、カルマの新シティの巨大な殻が大きな弧をえがき、空に向かって張り出している。さっきまでいた街と比べると、建物はずっと古く、調和もとれていない。エレインの心に〝絵のように美しい〟というコンセプトはなかったが、あれば、そう形容していただろう。叙述することばのない風景が、足もとに平和そのものにひろがっていた。

人っ子ひとり見えない。

遠く、古い塔のてっぺんで、火災ディテクターがちかちかとまわっている。それを除けば、あとは黄色と金色に染まった眼下の街並みだけだ。そして中ほどの距離に、鳥が一羽——いや、鳥だろうか、それとも嵐に飛ばされた大きな葉か？——浮かんでいる。

こわいような、わくわくするような、待ち遠しいような思いを胸に、不思議な欲求につき動かされ、エレインは静かに未知の目的へと下っていった。

3

階段は全部で九段あったが、下りたところに、ひとりの子どもが待っていた。——女の子だ。年は五つぐらいか。少女は明るい青のスモックを着ていた。髪は赤茶色でウェーブがかかり、いままで見たこともない優美な手をしていた。

エレインの気持は少女のところに飛んだ。少女は目を上げ、身をちぢこめた。エレインは、そのきりっとした茶色の目、保護をひたすら求める表情、人間への反感が示す意味を知っていた。これは人間の子どもなんかではない。人間の格好をしたただの動物の子——おそらくは子犬で、これから話すこと、はたらくこと、役に立つ労役につくことを教えられるのだ。

子どもは立ちあがると、いまにも走りだしそうなそぶりを見せた。逃げるか、こちらに走ってくるか決めかねているという印象だった。下級民とかかわる気はないけれど——かかわりたい人間がどこにいる？——この犬娘をこわがらせたいとも思わなかった。まだ年端もいかないちび助だ。

二人はつかのま顔を見あわせた。ためらう少女、気をゆるめたエレイン。すると、その小さな犬娘が口をひらいた。

「あの人にききなさい」指図する口調だ。

エレインはあいた口がふさがらなかった。いったいいつから動物が指図するようになったのか？

「ききなったら！」と少女。そして、上に〈観光ガイド〉と文字のある窓口を指さすと、かけだした。スモックの青がひるがえり、飛ぶサンダルの白がきらめき、そのときにはもう少女の姿はなかった。

見捨てられた無人のシティで、エレインはとまどい、ひっそりとたたずんだ。

窓が話しかけた。「こちらへおいでなさい、さあ。どうせ来るんだから」

その声は成熟した思慮深い女のもので、人生経験の厚みを感じさせた。声のはしばしに明るい笑いがあり、語調にはかすかな共感と熱意がひそんでいる。これも指図にはちがいないが、指図だけのものではなかった。ことの始まりにあってさえ、それは二人の思慮深い女性のあいだに生まれた楽しい内輪のジョークだった。

機械が話しかけてきても、エレインは驚かなかった。生まれてこのかた、ずっと記録装置にあれやこれやいわれつづけている。だが、いまはさっぱり状況がわからない。

「そこには誰かいるの？」

「いるともいえるし、いないともいえるわね」と声。「わたしは〈観光ガイド〉。このへんに来る人たちを助けてあげているの。あなた道に迷ったんでしょう。でなければ、こんなところにいるはずがないもの。わたしの窓口に手を入れて」

「ききたいのは――」とエレイン。「あなたが人間なのか機械なのかということ」

「見方によるわね。わたしは機械です。でも遠い昔には人間だった。それも長官職――補完機構のね。だけど終わりが来たとき、相談があったのよ。《どうだろう、あなたの全人格を刷りこんだマシンをつくりたいのだが……。観光案内ボックスをつくれば、たいへん役に立つと思う》――もちろん答えはイエスで、わたしのコピーができ、死んだわたしの遺体は、例のとおりのお葬式をされて宇宙に打ち上げられたけれど、ここにもいたわけ。変な気分よ。こんな仕掛けのなかから物を見て、みんなに話しかけ、アドバイスを出しながら、忙しくしているなんて――新シティができるまでだったけど。さあ、あなたならどう考える？　わたしはわたしなのかしら、そうじゃないのかしら？」

「わからない」エレインはうしろに下がった。

温かい声から茶目っけが消え、命令口調になった。「そら、手を見せなさい。そうすれば身元がわかり、どうすればいいかも教えてあげられるから」

「階段を逆もどりすればいいだけだわ。ドアをくぐれば、上のシティだもの」

「逃げてしまうわけ？」と窓口の声。「四年ぶりに本物の人間と話ができたというのに」強い調子の声だが、温かみとユーモアは失われていない。声は寂(さび)しそうでもあった。それがエレインの心を動かした。彼女は窓口に行くと、台に手のひらをのせた。

「あなたはエレイン」と窓口が叫んだ。「あなたがエレインなのか！　たくさんの世界があなたを待っていたのよ。アン＝ファンから来たんだ！――すべてのはじまる場所、アン＝ファンの平和広場、旧地球（オールド・アース）から」

「そうよ」

声は熱狂的にまくしたてた。「彼が待っている。ああ、長いこと待って待って待っていたのよ。それから、いま会った女の子――あれがほかならぬド・ジョーンなの。はじまったんだ、物語が。《世界の大いなる時代はふたたびはじまり……》（P・B・シェリーの劇詩「ヘラス」）――それに、終わったらわたしも死ねる。おっと、ごめんなさい。煙に巻くつもりはないの。わたしはレイディ・パンク・アシャシュといいます。あなたはエレイン。あなたの番号はほんとうは末尾が783で、いるべき惑星がちがうの。ここの重要な人たちは、みんな番号の末尾が5・6でしょう。あなたは平の療法士で、まちがった世界にいるんだけど、恋人は近くまで来ているし、あなたはまだ恋の経験がなくって――ああ、わたし興奮してしまうわ」

エレインは周囲に目を走らせた。下の古い街はいっそう赤くなり、金色が薄れて、夕暮れが深まっている。ふりかえると、うしろの階段がひどく高くなったようで、てっぺんのドアが遠く小さく見えた。締めたとき、錠がおりた可能性もある。もしかしたら、この古い街から二度と出られないかもしれない。

窓口にはどこかに観察機能があるのだろう、レイディ・パンク・アシャシュの声がやさしくなった。

「すわって、お嬢さん」と窓口の声はいった。「わたしでいたころは、もっと礼儀正しかったのよ。わたしじゃなくなって、もうずいぶんになる。いまは機械だけど、まだ自分みたいな気がするわ。どうかすわって。失礼なことをいってごめんなさいね」

エレインは見まわした。うしろの道路ぎわに大理石のベンチがある。いわれるままにエレインはすわった。階段のてっぺんに立ったとき感じた幸福感が、ふたたびふつふつと湧きあがってきた。もしこの賢い老マシンがこんなに自分のことを知っているのなら、どうしたらいいかもわかるはずだ。〝惑星がちがう〟とは、どういう意味なのか？〝恋人〟とは？〝彼がやってくる〟とは？それとも、これは聞きちがいだろうか？

「深呼吸しなさい、お嬢さん」とレイディ・パンク・アシャシュの声。もう数百年まえ、数千年まえに死んでしまった人間かもしれない。だが話す口調には、いまでも偉大なレイディにふさわしい威厳と優しさがあった。

エレインは深く息を吸いこんで吐いた。見上げれば、巨大な赤い雲が、仔を孕んだクジラのような格好で、上部シティの外縁に頭突きをくらわそうとしている。空の高み、海へはるかにはりだしたところだ。雲に感情はあるのだろうか、と彼女は思った。

声がまたなにかいっている。なんだって？

どうやら質問をくりかえしているようだ。「あなた、ここに来ることはわかっていたの？」と窓口の声。

「わかるものですか」エレインは肩をすくめた。「あのドアがあって、なにをするあてもないからあけたの。家だと思ったら、そっくりひとつ新しい世界。変わっていて、ちょっときれいだと思ったから、下りてきたの。あなただって同じことをしない？」

「わからない」声はあけすけに答えた。「わたしはほんとに機械なのよ。わたしじゃなくなってから、長い長い時間がたってる。生きてたころなら、下りたかもしれないわね。そこのところはわからないけど、わたし、いろんなことを知っているわ。未来を透視できる、というか、わたしの機械の部分が実現性をとても高い精度で計算するものだから、ほとんど未来を予知してるようなものなの。あなたが何者で、これからあなたになにが起こるかも。髪をとかしておきなさい」

「なんのために？」

「彼が来るのよ」老婦人の時代を経た上機嫌の声がひびいた。

「誰が来るって？」エレインはじれったいのをこらえた。

「あなた鏡は持っている？　髪を見られるといいのにねえ。もっときれいにならなくちゃ——いまだって、きれいにはちがいないけど。いちばんきれいな自分を見せたくなるわ。だって恋人が来るんですもの、あなたの恋人が」

「わたし恋人なんかいないわ。許可をもらってないの。ライフワークにすこし手をつければいいんだけど、そのライフワークもまだ見つからない始末。本物の恋人に会う資格もないのに、夢幻剤を下部主任にもらいに行くほど、ずうずうしい女じゃないわ。偉そうにするつもりはないけど、わたしだって自尊心はあるのよ」あんまり腹がたったので、エレインはベンチにすわりなおすと、すべてを見まもる窓口から顔をそむけた。

だが、つぎのことばを聞いたとたん、彼女の両腕は鳥肌が立った。それほどまでに声はひたむきで、心にせまる誠実さがあった。「エレイン、エレイン、あなたは自分が誰か、ほんとうに知らないの？」

エレインはくるりとベンチの上で向きなおり、窓口を見つめた。日没の光がその顔を赤くとらえた。かすれ声しか出てこなかった。

「なんのことか、わたし全然……」

声は容赦なくつづけた。「考えて、エレイン、考えて。〝ド・ジョーン〟という名前になにか心当たりない？」

「下級民ね。犬だと思う。名前の頭のDはそういうことでしょ？」

「それがあなたのさっき会った女の子」レイディ・パンク・アシャシュは、それがあたかも一大事であるかのような口ぶりをした。

「はい」エレインはすなおに聞いた。もともと控えめな女性であり、人と争ったことはなかった。

「すこし待って」とレイディ・パンク・アシャシュ。「いまボディをひっぱりだすから。もうずいぶん長いこと着てないけど、これですこしは違和感がなくなるかもしれない。服は大目に見てね。昔のものだけど、ボディはちゃんと動くはずだから。ド・ジョーンの物語がはじまるからには、どうしてもあなたの髪をとかさなくては――わたしがやることになるにしても。そこで待ってるのよ、お嬢さん、そこでね。一分かそこらだから」

空に浮かぶ雲が、暗い赤から黒に近い肝臓色に変わろうとしている。エレインになにができよう？　彼女はベンチにかけたままでいた。靴で歩道をけった。旧式な街灯が、下層のシティに唐突な図形をえがいて点ったときには、体がちょっと跳ねた。上部のシティには新式の街灯があり、昼光は急な色の変化もなく明るい晴れやかな夜へと移行するが、ここはそんな微妙な光の移り変わりとは無縁だ。

小窓のわきのドアが、きしりながら開いた。古いプラスチック片が歩道に散った。

エレインはぽかんと口をあけた。

無意識に、モンスターのようなものを思いうかべていたのだ。だが目のまえにいるのは、時代遅れのとんでもない服を着た、自分とおなじ背格好の見知らぬチャーミングな女性だった。髪は黒くつややかで、近ごろ病気にかかった、または現在かかっている徴候はなく、ひどい外傷のあともなければ、姿形、歩きぶり、手足の伸ばしかた、視力などにも欠陥は見当たらない。（嗅覚や味覚まですぐに調べるのはむりだが、健康診断はエレインに本来そなわった能力で、これまで出会った成人はもれなくこのチェックリストとつきあわせてきた。そもそもが《平療法士、女性》として設計されたので、治療する患者がいなくても、彼女が有能であることに変わりはなかった）

ボディはまことに贅沢にできていた。惑星着陸四、五十回分の陸揚げ税とおなじくらいの値打ちはするにちがいない。外形の人間らしさは非の打ちどころなかった。口が動くと、本物の歯が見え隠れする。ことばは喉と口蓋と歯と唇がかたちづくり、頭部に取り付けられたマイクロホンが発するものではない。まさに博物館もののボディだった。姿はおそらく生前のレイディ・パンク・アシャシュを模しているのだろう。ほほえんだ顔は、文句なしに人をひきつけた。着ているコスチュームは古い時代のものだ。前身頃がどっしりした、厚いブルーの生地のドレスで、裾とウエストと胴着に四角い金色の刺繍がはいっている。それにマッチした黒っぽいくすんだ金色のマントには、ブルーのおなじ四角い刺繍があった。髪はアップにし、宝石をはめこんだ櫛で留めてある。髪のぐあいは見た目には自然そのものだが、片面は埃をかぶっていた。

ロボットはほほえんだ。「時代遅れなのよ。わたしじゃなくなってずいぶんになるから。でも考えたら、あなたにはこっちの古いボディのほうが、そこの窓口より話しやすそうだし……」

エレインは黙りこくってうなずいた。

「これがわたしじゃないのはわかってるわね?」とボディが鋭く問いかけた。

エレインは首をふった。わからない。なにひとつわかっていないような気がした。レイディ・パンク・アシャシュのまなざしは真剣だった。「わたしではないの。これはロボット・ボディ。あなた、まるで本物の人間を見るような目をしていたわね。こういってるわたしだってわたしじゃないの。ときどきは胸も痛むわ。機械だって胸を痛めるのわかっていた? わたしはそれができるの。でも——やっぱり、わたしじゃないわけ」

「あなたは誰なの？」とエレインは美しい老婦人にいった。

「生前わたしはレイディ・パンク・アシャシュでした。それはさっきもいったわね。いまのわたしは機械で、あなたとは運命の糸で結ばれているの。二人で力を合わせて、たくさんの世界の進む方向を変えるのよ。もしかしたら、人びとに人間性をよみがえらせることだってできるかもしれない」

エレインはあっけにとられて見つめた。これはただ者ではない。本物の人間のようであり、声には温かい威厳がこもっている。しかもこの物体――それがなんであるにしろ、この物体は、彼女のことをなんでも知っているようなのだ。いままでこんなに気づかってくれた者はいなかった。地球の育児ホームのナース・マザーたちは、「また魔女っ子ね、かわいいし、このタイプは手がかからないわ」そういって、すぐに離れていってしまったものだ。

やっとエレインは勇気をふるい、顔とはいいきれない顔と向きあった。魅力、茶目っけ、豊かな表情はまだそこにある。

「わ――わたし、どうすればいいのかしら？」エレインはどもった。

「べつに」と、死んで久しいレイディ・パンク・アシャシュはいった。「ただ、あなたの運命と出会うだけ」

「わたしの恋人ということ？」

「まあ、せっかち！」死んだ女性の記録データは、ひどく人間っぽく笑った。「思いこんだら一直線だわ。恋愛が先、運命は後まわし。わたしもそうだった、少女時代は」

「でも、なにをすればいいの？」エレインはなおもたずねた。

いま夜はすっかりおりていた。街灯の光が、よごれた無人の通りをぎらぎらと照らしている。数軒の家は、どれひとつとして通り一本隔てた距離より近いものはないが、どこの玄関も四角い光または影によって彩られている。戸口が明るいのは街灯から離れたところにある家で、内部の明かりが外側にもれているのだ。それに対して、影ができているのは大きな街灯に近すぎる家で、軒が上からの光をさえぎってしまうのである。

「このドアを通り抜けて」と優しい死婦人。

だが指さしたのは、とぎれなく白くつづく変わりばえしない壁だった。ドアらしいものはない。

「だけどドアがないわ」とエレイン。

「もしドアがあったら、わたしがわざわざ教えなくても通り抜けるでしょ。あなたにはわたしが必要なのよ」

「なぜ？」

「なぜって、何百年もあなたを待っていたからじゃない」

「そんなの答えにならないわ！」エレインは声をはりあげた。

「こんなにも答えになっているのに」死婦人はほほえんだ。その隔意のなさは、およそロボットらしくなかった。そこには成熟したおとなの温かみと落ち着きがあった。死婦人はエレインの目を見すえると、声を低くし、語気を強めた。「なぜって、ちゃんと知っているからよ。わたしが死人だからというのじゃなくて――そんなの、いまさらどうでもいいこと――わたしがとってても古い機械になってしまっているから。これからあなたは〈黄と茶の通廊〉にはいっていき、恋人のことを考えます。それから、なすべきことをし、人に追いかけられるでしょう。でも最後は、無事に抜けだします。わかるわね？」

「いいえ」とエレイン。「いいえ、さっぱりわからない」だが優しい死婦人に向かって手をさしのべた。死婦人はその手をとった。肌ざわりは温かく、たいへん人間らしかった。

「わからなくてもいいの。そのとおりになさい。そうすることはわかっているわ。さあ、どうせ行くんだから、行きなさい」

エレインは笑みを返そうとしたが、心は乱れていた。これほどの心細さをおもてだって感じるのは生涯はじめてだった。とうとう、ついに、なにかたしかなことが、自分のうえに、エレインという存在のうえに起ころうとしているのだ。「どうやってドアを通ればいいの？」

「いま開けます」死婦人はほほえみ、エレインの手を放すと、「それから恋人は、あなたに向かって詩をうたうからわかるわ」

「なんの詩？」ありもしないドアにおびえ、エレインは時間をかせごうとした。

「こうはじまるの――《きみを知り、きみを愛し、きみを勝ちえた、ここはカルマの街……》。聞けばわかる。行きなさい。はじめはとまどうけど、〈ハンター〉に会えばなにもかもちがって見えてくるから」

「あなたは行ったことがあるの、ご自分では？」

「行くものですか」と愛すべき死婦人はいった。「わたしは機械だもの。その場所は全体が思考遮蔽になっているの。外側からは見えも聞こえもしないし、考えも声も通らない。古代戦争のころの避難シェルターの名残で、その時代には、ちょっとでものを考えたら地域全体が破壊されましたからね。だからロード・イングロックがそういうものを建てたのです。わたしが生まれるまえの遠い時代。でも、あなたははいれるのよ。実際にはいるの。ほら、ここにドア」

ロボット婦人はそれ以上手間どりはしなかった。エレインを見てほほえんだが、それは変てこな人なつっこいよじれた笑みで、誇らしげでもあり詫びているようでもあった。死婦人は伸ばした指先でエレインの左のひじをしっかりと取り、エレインを導いた。二人はそのまま二、三歩壁に向かって進んだ。

「さあ、ここよ」というなり、レイディ・パンク・アシャシュの手が押した。

エレインは身をすくめたが、体は壁のほうへ動いてゆく。気がついたときには、もう壁の向こう側にいた。いろんな臭気が、戦いのどよめきのようにおそった。空気は暑く、光は乏しく、まるで〈苦しみの惑星〉――宇宙のどこかにあるという隠れた世界の風景を思わせた。のちに詩人たちは、ドアを背にして立つエレインを空想し、こんなふうにはじまる詩をつくる。

茶色のやつがいる、青いやつがいる
白いやつやら、なおさら白いやつ
　ここは隠された禁断の地
　〈道化の町〉のダウンタウン
見るも恐ろしいやつやら、もっとこわいのが
黄色と茶色の通廊にいる

真相はもっとずっと単純だ。

訓練を積んだ魔女、生まれながらの魔女であるエレインは、すぐに真実を察した。ここにいる者、少なくとも見える範囲にいる者たちは、みんな病んでいる。助けを必要としている。彼女を求めているのだ（右の詩のなかで茶色、青、白は、英語ではそれぞれ「不機嫌な」「ゆううつな」「血の気の失せた」の意味に解釈できる）。

だがここが皮肉なところで、エレインは誰ひとり助けることができなかった。真人はどこにもいない。みんなただの動物で、外見が人間というだけ。下級民。賤民なのだ。

そして彼らに手を出すなという条件づけは、骨の髄までしみこんでいた。

なぜかはわからないものの、足の筋肉はエレインをどんどん前へ進めてゆく。

この情景を描いた絵画は多い。

レイディ・パンク・アシャシュの存在が、ついいましがた別れたばかりだというのに、ひどく遠かった。カルマの都——頭上十階の高さにそびえる新シティさえ、まるでありもしな

かったかのように思える。ここ、この場所こそ現実なのだ。

エレインは下級民に目を向けた。

すると、彼女の人生ではじめて、相手もまともに見かえした。こんなふうな経験はいままで一度もしたことはない。

こわさは感じなかった。驚いただけだった。恐怖はもっとあとから来るように思えた。まもなくだろうが、いまこの瞬間ではない。

4

なんといおうか、中年女のように見える生き物が進みでて、ぶっきらぼうにいった。

「あんた、死の使い？」

エレインは目を丸くした。「死の使い？ なんのことかしら？ わたしはエレインよ」

「あほくさい！」と、おんな生き物。「あんた、死の使いかい？」

エレインは〝あほくさい〟ということばを知らなかったが、こういう賤民にとっても、死が単純に〝生の停止〟を意味していることはたしかなように思えた。

「もちろん、ちがうわ。わたしはただの人間。ふつうの人たちにいわせれば魔女医者か。あなたたち下級民とかかわることはないわね。ええ、全然」

　エレインはこのおんな生き物をあらためて見つめた。ぼさぼさの柔らかい茶色の髪を特大に結い、汗で赤らんだ顔をし、笑うと口から乱杭歯（らんぐいば）がのぞく。

「みんなそういうんだ。自分らが死の使いだってことを知らないから。どうやって死が来ると思うんだい——もしあんたたちが汚染ロボットを使って病気を持ちこまなかったら？　来たら、わたしらは最期さ。そのうちまたここを見つける下級民が出て、隠れがにして、何代か住みつくけれど、またあんたみたいな死のマシン連中がシティをなぎはらって、みんな殺していく。ここはクラウン・タウン、下級民の町だよ。聞いたことないかい？」

　エレインはおんな生き物を無視して通りすぎようとしたが、腕をつかまれてしまった。この世界の歴史において、こんなことがいままでありえただろうか——下級民が本物の人間をつかむとは！

「放して！」とエレインは叫んだ。

　おんな生き物は彼女を放すと、仲間のほうを向いた。声の調子が変わった。もうわずった金切り声ではなく、低く困惑している。「わからないよ。本物の人間かもしれない。悪ふざけなんじゃないの？　わたしらのなかに迷いこんだなんて。でなきゃ、死の使いさ。わからない。あんたどう思う、チャーリー＝イズ＝マイ＝ダーリン？」

　話しかけられた男が進みでた。別の時間、別の場所へ行けば、この下級民はけっこう魅力的な人間として通るかもしれない。そうエレインは思った。男の顔は知性と気迫にあふれていた。はじめて出会うかのようにエレインを見つめたが、じっさいこれがはじめての対面であり、不思議な目つきで食いいるように見つめられるうち、エレインは息苦しくなってきた。話しだすと、声は高く、歯切れよく、つやがあり、親しみがもてたが、この悲惨な場所にあっては、どこかの人間の癖のあるしゃべりかたをプログラムされた声のカリカチュアにすぎなかった。声のもとはストーリーボックスで見るような職業的な説得者であり、そのメッセージはためになるわけでも重要でもなく、ただ気がきいているだけだ。よどみなさはそれ自体が奇形であった。この男、山羊(やぎ)の生まれだろうか、とエレインは思った。

「いらっしゃい、お嬢さん」とチャーリー＝イズ＝マイ＝ダーリン。「さて、ここに来てしまったからには、どうやって脱出するかね？　メイベル、この人の首をひねると――」と、今度はエレインを最初に迎えた下級民の女のほうを向き、「七、八回ひねると、ころりと首が落ちるぜ。そうすればまた何週間か何カ月か、主なる創造者さまたちがわれわれを見つけて息の根をとめるまで、時間をかせげる。なにか意見は、お嬢さん？　あんたを殺すべきだろうか？」

「殺す？　生を停止するということ？　それは無理だわ。法律違反じゃない。補完機構だって裁判なしではそんなことできない。それは無理よ。あなたたち下級民ですもの」

「だけど、われわれは死ぬんだ、あんたがこのドアから出ていけばな」チャーリー＝イズ＝マイ＝ダーリンの口もとに知的な笑みがひらめいた。「警察はきっと〈黄と茶の通廊〉のことをあんたの心から読みとって、毒物でわれわれを殺してしまうか病気をまきちらすかするだろう。そうなったら、われわれや子どもたちはおしまいだ」

エレインは男を見つめた。

怒りのさなかにあっても、男のほほえみや説得力のある話しぶりは変わらない。だが目のまわりやひたいの筋肉には、激しい緊張が見てとれた。それはエレインがいままで見たこともない表情、狂気の境界のかなたにまで踏みこむ自制心となって現われていた。

男が見かえした。

エレインはべつに恐ろしいとは思わなかった。下級民が本物の人間の首をねじれるわけがない。あらゆる法律に違反している。

ひとつの思いがうかんだ。ここでは法律など通用しないかもしれない。非合法の動物たちが死の不意打ちを待ちながら生きている場所なのだ。目のまえの男も強そうで、彼女の首を十回ぐらいひねるのは、時計まわりにしろ逆時計まわりにしろたやすいことだろう。解剖学で習ったところからすると、そのまえに首が落ちてしまうのはたしかなように思えた。エレインは興味をもって男をながめた。動物的な恐怖は心の深部から取り除かれているが、こんな行きあたりばったりのかたちで生が停止してしまうことには、ひどい嫌悪感をおぼえた。

もしかしたら〝魔女医者〟の素養が助けになるかもしれない。エレインは相手を人間だと思うことにした。診断《緊張亢進症／持続的な攻撃性、並びにそれが阻害されることにより、過度の興奮と神経症におちいるおそれあり／栄養状態不良／ホルモン障害の可能性大》が心にうかんできた。

エレインは声の調子を変えることにした。

「わたし小さいから、いまじゃなくても〝殺す〟ことはできるわ。知りあいになったほうがいいんじゃないかしら。わたしエレイン、〈ふるさと〉地球から派遣されてきました」

反応はめざましかった。

チャーリー＝イズ＝マイ＝ダーリンがあとずさりした。メイベルはあんぐりと口をあけた。ほかの連中も目を丸くしている。ひとりふたり、呑みこみの早い者が、となりの仲間に耳打ちをはじめた。

とうとうチャーリー＝イズ＝マイ＝ダーリンが口をひらいた。「よくいらっしゃった、わがレイディ。いいんだろうか、〝わがレイディ〟と呼んで？　やめておこう。ようこそ、エレイン。われわれはあんたの僕です。いってくれればなんでもします。もちろん、旅はここで終わりだ。あんたを差し向けたのはレイディ・パンク・アシャシュ。この百年、地球から誰かが来ると口癖みたいにいっていたからね。来るのは真人だが、数字の名前じゃなく動物の名前がついていて、こっちもド・ジョーンという子どもを用意して、運命の糸をつなげる役目を果たさなければならないと。どうぞどうぞ、すわって。水を飲みますかい？　きれいない れ物はないいんだ。ここにいるのはみんな下級民で、あるものは全部利用してしまうから、真人が使うには汚染されてる」そこで思いついたように、「ベイビー＝ベイビー、焼き窯に新しいカップはないかな？」誰かがうなずきかえしたらしく、男は話をつづけた。「じゃ、そいつを出してこいよ。火ばしではさんで、お客さん用に。新しい火ばしだぜ。さわるなよ。で、小さな滝のてっぺんの水をすくって入れてくるんだ。そうすれば、お客さんが汚染されていない水を飲める。きれいな水を」そういってにっこりしたが、男の見せる思いやりは、突拍子がない分だけ純粋でもあった。

エレインには、水はいらないとはとてもいいだせなかった。

彼女は待ち、彼らも待った。

そのころには暗闇に目が慣れてきた。見れば本道の壁は、色あせ、汚れた黄色と、不釣りあいな明るい茶色とに塗りわけられている。いったいどういう考えかたをすれば、こんな醜い配色を思いつくのだろう、とエレインは思った。どうやら交差する通廊もあるらしい。とにかく遠くには、明るくかがやくアーチ道がいくつかあり、きびきびした足どりで出てくる人影が見える。奥行きのない凹所なら、足どりに勢いはつかないはずだから、アーチ道がどこかに通じているのはたしかだろう。

下級民の姿も見ることができた。みんな人間らしい外見をしていた。ちらほらとだが、元の動物に逆もどりしたような者もまじっている。鼻口部が先祖とおなじくらいに肥大した馬男がいた。人間的な顔にナイロンみたいなひげを十二、三本ずつ生やしたネズミ女がいた。ひげは左右とも二十センチもの長さがある。ひとり、人間とほとんど変わらない者がいた。――美しい娘で、八、九メートル先の通廊のベンチにすわり、この集まりを無視している。メイベルにも、チャーリー＝イズ＝マイ＝ダーリンにも、自分自身にも興味がないというようすだ。

「あの子は？」とエレインはいい、かすかにあごをしゃくって、美しい娘をそれとなく示した。

メイベルは、エレインに〝死の使い〟かとたずねたときの緊張もほぐれ、打ち解けて口が軽くなっているが、この環境ではそれも異常に見えた。「あれはクローリーよ」

「どうしてあんなふうにしているの?」

「彼女はプライドがあるからね」メイベルのグロテスクな赤ら顔は、うきうきと勢いこんでいる。しゃべると、ゆるんだ口もとから唾(つば)がとんだ。

「だけど、なんにもしていないじゃない」

チャーリー＝イズ＝マイ＝ダーリンが口をはさんだ。「ここでは、しなくちゃいけないというようなことはないんだ、レイディ・エレイン――」

「わたしを〝レイディ〟と呼ぶのは違法だわ」

「それは失礼、人間エレイン。ここでは、しなくちゃいけないというようなことはないんだ。われわれみんなが完全に違法の存在だからね。この通廊は思考遮蔽になっていて、思考ははいることも出ていくこともできない。ちょっと待った! 天井を見て……ほら!」

天井が赤く光りだし、光は走って消えた。

「なにかがこっちに考えをぶつけると、天井が光るんだ」とチャーリー＝イズ＝マイ＝ダーリン。「トンネル全体は、外部にたいしては〝下水処理施設〟で有機廃棄物用ということになっている。だから、ここから出ていく生命がぼんやり感知されても、そんなに不思議だとは受けとられない。これは人間が自分たちのためにこしらえたものなんだ、百万年も昔に」

「人間は百万年まえには、フォーマルハウト3にいなかったわ」エレインはぴしゃりといった。いってしまって、なぜこんな揚げ足取りを？　と思った。相手は人間ではない。近所の焼却炉に行きそこなった、ただのしゃべる動物じゃないか。

「失礼、エレイン。遠い昔、というべきか。われわれ下級民はちゃんとした歴史を勉強する機会があまりないんだ。だけど、この通廊がある。誰か病的なユーモアのセンスを持ったやつがいてね、つけた名前が〈道化の町（クラウン・タウン）〉さ。ここに十年か二十年か、長ければ百年ぐらい住むうちに、人間かロボットに見つかって皆殺しにされてしまう。メイベルがびくついていたのは、だからなんだ。あんたを死の使いだと思ったわけさ。しかし、そうじゃなかった。エレインだった。すばらしいね、めでたいことだ」

抜け目ない怜悧（れいり）な顔が、いまはあけすけな誠意を見せてほころんでいる。率直に感情をあらわすことは、彼にとっては衝撃的な体験にちがいない。

「あの女の子がなにをしているか話してくれるんじゃなかった？」

「あれはクローリーだ。あの子はなにもしていない。ここではしなきゃいけないということはないんだ。みんなどのみち死ぬ運命だから。彼女のほうがもうすこし正直だというだけさ。プライドを持ってる。みんなをあざけっている。われわれの立場を決める。誰もかれもに劣等感を植えつける。みんなもクローリーを貴重なメンバーだと思ってるよ。われわれにだってプライドはあるが、むなしいものだ。しかしクローリーのは独特で、ただそれをどうこうするわけじゃない。彼女のおかげで、わが身をふりかえる役には立つかな。こちらがほっておけば、向こうもなにもしない」

おかしな連中、とエレインは思った。人間そっくりだけど、ひどく未熟で、人生をなにも知らないうちに死ぬことを決めてしまっているみたい。声に出しては、こういうしかなかった。

「いままで会ったことがないタイプだわ」

クローリーは自分が話題になっていると気づいたのだろう、つかのまエレインに燃えるような憎悪のまなざしを向けた。かわいい顔が敵意と軽蔑にこりかたまったが、すぐに視線はそれ、エレインは、もう自分が相手の心のなかにいないのに気づいた。非難の対象として記憶に刻まれ、忘れられてしまったのだ。こんなに強固なプライバシーにはいままで出会ったことはなかった。だが元がどういう動物だったにしろ、クローリーは人間の標準から見てたいへん愛らしかった。

茶っぽいグレイの毛並みをした恐ろしげな老婆がエレインにかけよった。使い走りに出かけていたネズミ女のベイビー＝ベイビーだった。カップを長い火ばさみにはさんで持っている。水がはいっていた。

エレインはカップをとった。

おもてで会った青いスモックの幼女を含め、六、七十人の下級民が、カップに口をつけるエレインを見まもった。水はおいしく、エレインはすっかり飲みほした。あらゆる者がこの瞬間を待っていたかのように、大きな吐息（といき）が通廊にもれた。エレインはカップを置こうとしたが、年老いたネズミ女のほうがすばやかった。手がおりかけた瞬間、火ばさみがのび、下級民の手で汚染されないように気をつけてカップをとった。

「いいぞ、ベイビー＝ベイビー、これで話しあいが持てる。もてなしの気持を見せたあとでなければ、新参者とは口をきかないのが習慣でね。率直に話そう。もしこの件が間違いだとわかったら、あんたを殺すこともありうる。だが仮にそういう羽目になったとしても、手ぎわよくやるし、悪意はこめない。いいだろう？」

エレインにはなにが〝いい〟のかわからないので、はっきりそういった。自分の首がねじ切られるところを想像してみた。痛みと不名誉のほかに、ひどくみじめできたないような気がした。――こともあろうに下水道、それも存在する権利のない生き物がうようよいるようなところで生を停止するなんて。

チャーリー＝イズ＝マイ＝ダーリンは文句をいうまも与えず、説明をつづけた。「仮にこの件がすんなり運んだとするぜ。仮にあんたがエスター＝エレイン＝または＝エレナー、われわれの待ち望んでいた人間――ド・ジョーンになにかをして、われわれに救いと解放を――つまりは命を、ほんとうの暮らしを与えてくれる人間だったとする。――そしたら、どうすればいい？」

「なんだかわけのわからない知識をいろいろ溜めこんでいるようね。なぜわたしがエスター＝エレイン＝または＝エレナーなの？　ド・ジョーンになにをするって？　なぜわたしじゃなければいけないの？」

チャーリー＝イズ＝マイ＝ダーリンは問いの意味を推し測りかねるように、まじまじと見つめた。メイベルは顔をしかめ、意見をいいたそうだが、ことばを探しあぐねているという表情。ベイビー＝ベイビーはネズミらしい身軽さで仲間のところにもどっていたが、誰かの発言をあてにするようにうしろを見まわした。期待は裏切られなかった。クローリーの顔がエレインのほうを向いた。話しだす声の裏には、無限のさげすみがひそんでいた。

「真人にも事情知らずや馬鹿がいるとは知らなかった。あんた、その両方みたいね。わたしたちの知識は、全部レイディ・パンク・アシャシュから譲りうけたものよ。死んだ人だから下級民への偏見はゼロ。やることもたいしてないから、わたしたちのために何億の何億倍という未来の可能性をずっと検討してみてくれたわ。下級民はみんな未来がどういうものか知ってるじゃない。——病気か毒ガスによる死の不意打ち、でなければ警察の大型オーニソプターに乗せられて処置場行き。でもレイディ・パンク・アシャシュがひとつ抜け道を見つけてくれたの。もしかしたら、あんたみたいな名前の人が来るかもしれない。数字の名前じゃなく古い名前を持った人間で、その人は〈ハンター〉と出会って、〈ハンター〉といっしょにド・ジョーンという下級民の少女にお告げを伝える。そのお告げはあらゆる世界の運命を変えてしまうだろうと。わたしたち、ド・ジョーンという名前の女の子を代々おいて、百年待ったわ。するとあんたが現われた。もしかしたら、あんたが待ってた人かもしれない。だけど、あんまり仕事ができそうに見えないわね。なにが得意なの？」

「わたしは魔女医者よ」とエレイン。

さすがのクローリーも驚きの表情を隠せなかった。「魔女医者？　ほんとに？」

「そうよ」エレインは控えめに答えた。

「わたしは魔女医者にならない」とクローリー。「プライドがあるもの」そむけた顔は、ふたたび永遠の苦痛と侮蔑に凍りついた。

チャーリー＝イズ＝マイ＝ダーリンが、エレインに聞こえるのもおかまいなしに、近くのグループにささやいた。「これはすてきだ、すばらしいぞ。魔女医者だなんて。人間の魔女だぜ。もしかしたら大いなる時代がほんとうに来たんだ！　エレイン、おねがいだ」とおずおずした口調で、「われわれを見てくれるかい？」

エレインは見た。いったん地理感覚を捨て去ると、すぐ外側、壁の向こうがカルマのがらんとした下層都市で、たった三十五メートル上がれば騒がしい新シティがあるとはとても信じられなかった。この通廊そのものが独立した世界なのだ。なにもかもが印象を裏づけていた。――きたならしい黄と茶、薄暗い古びた街灯、よどんだ空気のなかにたちこめる人間と動物の臭気。ベイビー＝ベイビー、クローリー、メイベル、チャーリー＝イズ＝マイ＝ダーリンも欠かせない世界の一部だ。彼らは現実である。だがエレインにかんするかぎり、彼らは遠い遠い存在だった。

「解放してちょうだい。いつかもどってくるから」

チャーリー＝イズ＝マイ＝ダーリンが疑いもないリーダー格として、夢遊状態にあるような抑揚のない口調でいった。「わかってないね、エレイン。〝解放〟されて行けるのは死の世界だけだ。道はその一本さ。大事なあんたをドアから出してなるものかい。せっかくレイディ・パンク・アシャシュが押しこんでくれたのに。あんたの運命、つまりはわれわれの運命に向かってつき進むかどっちかさ。つき進んで上首尾に行って、あんたとわれわれがたがいに愛するようになるか――」彼は夢見るようにつけ加えた、「さもなければ、おれがわが手で殺すまでだ。この場所で。いまから。そのまえにもう一杯、澄んだ水ぐらいはやってもいい。だが、それでおしまいだ。あんたに選択の余地はあまりないよ、人間エレイン。もし外へ出ていったら、どういうことになると思う？」

「なんともないと思いたいわ」

「なんともないだって！」メイベルが声を荒だて、憤怒の表情をふたたびあらわにした。「警察のオーニソプターがぱたぱた飛んできて――」

「おまえさんの脳みそをついばんじゃうよ」とベイビー＝ベイビー。

「そうしたら、われわれのことがバレちまう」いったのは、いままで沈黙を通してきたのっぽの青白い男だ。

「そうしたら」とクローリーがベンチのところから。「わたしたちの命も長くてあと一、二時間だわ。そう聞いてなにか感じる、マム・エレイン？」

「そうしたら」とチャーリー＝イズ＝マイ＝ダーリンがつけ加えた。「レイディ・パンク・アシャシュも接続を切られてしまう。あのすてきなレイディの記録もとうとう消されて、この世界から慈悲はかけらもなくなってしまう」

「〝慈悲〟ってどういうもの？」とエレインはきいた。

「知るわけないわよね」とクローリー。

ネズミ老婆のベイビー＝ベイビーが、エレインのそばへ来た。顔を上げると、黄色い歯のすきまからささやいた。「びくついちゃ駄目だよ、ねえさん。死ぬなんてたいしたことじゃないんだから。おまえさんがた真人は四百年生きるし、わたしら動物には処置場はこの先の曲がり角みたいなものだけど、みんなおなじさ。死は時であって物じゃない。こわがらないで。まっすぐ行けば、慈悲も愛も見つかるだろうから。死よりずっといいものだよ、あんたが見つけられればね。見つかったら、死なんかどうっていうことなくなる」

「慈悲の意味がまだわからない」とエレイン。「愛のことは前から知っていたような気がするけど、こんな下級民だらけのきたない古い通路で、恋人が見つかるなんて思えないわ」

「そういう種類の愛じゃないってば」ベイビー＝ベイビーは笑うと、メイベルが口をはさもうとするのを片手をはらって止めた。しわだらけのネズミ顔がじつに表情ゆたかにかがやいている。彼女が若いつややかなグレイの毛並みであったころ、ネズミ下級民の若者の目にどんなふうに映っていたか、ふとエレインは想像がつくように思えた。こみあげる熱情に老いた顔を紅潮させて、ネズミ老婆は話しつづけた。「恋人を思う気持とはちがうよ、ねえさん。自分に向ける愛のことさ。命を愛するんだ。生きているもの全部を愛するのさ。わたしにだって向けてくれなきゃ。あんたの愛をね。考えられるかい？」

疲れて体が重くなってきたが、エレインはなんとか答えようとした。薄暗い照明をたよりに、しわくちゃの老婆のむさくるしい服や小さな赤いひとみを見つめる。若く美しいネズミ女のまぼろしは、もはやそこにはなかった。いやしい役立たずの年寄りが、人間味のないアドバイスやめちゃくちゃな願いを押しつけてくるだけだ。人間は下級民を愛さない。椅子やドアのハンドルとおなじように使うものだ。いつからドアのハンドルが〈古代権利憲章〉を要求するようになったのか？

「いいえ」エレインは静かにおちついて答えた。「あなたを愛するなんて考えられない」

「やっぱり」とクローリーがベンチからいった。勝ち誇った声だった。

チャーリー＝イズ＝マイ＝ダーリンが、目のかすみをふりはらうように首をふった。「あんた、フォーマルハウト3を誰が治めているかも知らないんじゃないか？」

「補完機構でしょう」とエレイン。「だけど、こうやってずっと話している気？　解放するか殺すかどうかしてほしいわ。これじゃなんだかさっぱりわからない。ここに来たときも疲れてたけど、あれから百万年も疲れがたまったみたい」

「連れてっちゃいな」とメイベル。

「わかった」とチャーリー＝イズ＝マイ＝ダーリン。「〈ハンター〉はいるかい？」

ド・ジョーンという少女が口をひらいた。彼女はグループのうしろ側にいた。「この人がおもてから来たとき、〈ハンター〉も反対側に来てたわ」

エレインはチャーリー＝イズ＝マイ＝ダーリンにいった。「嘘をついたのね。道は一本だといっていたのに」

「嘘はついていない。あんたやおれなど、レイディ・パンク・アシャシュの友人たちみんなにとっては、道は一本だけだ。来た方向がそれさ。反対方向は死だ」

「どういうこと？」

「要するに、そっちは処置場への道なんだ。――あんたの知らない連中が目を光らせてる。フォーマルハウト3に駐在する補完機構の長官たちだ。教えてあげようか。まずロード・フェムティオセクス。この男は公正で、情け容赦ない。それからロード・リマオーノ。この男は下級民を潜在的に危険と見て、そもそもつくるべきではなかったと考えている。レイディ・ゴロク。この女は祈ることは知らないが、生命の神秘には深い興味を持ち、下級民にも親切なところを見せている。といっても法の範囲内で、だがね。それからもうひとり、レイディ・アラベラ・アンダーウッドがいる。この女の正義はどんな人間にも理解できない。もちろん下級民にもだ」といい足し、くすりと笑った。

「その人は誰なの？　というより、どうしてそんな変てこな名前がついたのかしら。数字がかかわってないじゃない。あなたたちの名前とおなじようにひどい名前だわ。わたしの名前だってそうだけど」とエレイン。

「オールド・ノース・オーストラリアの出身だからだよ。例のストルーン世界だ。補完機構へ出向しているが、生まれ星の法律に従っている。〈ハンター〉は補完機構の部屋や処置場へお出入り自由だ。しかし、あんたにはそれができるかい？　おれにできるか？」

「いいえ」とエレインはいった。

「じゃ、進むだけだ」とチャーリー＝イズ＝マイ＝ダーリン。「大いなる奇跡か、でなければ死に向かって。さて案内しようか、エレイン」

エレインはことばもなくうなずいた。

ネズミ老婆のベイビー＝ベイビーが、不思議な希望にその目を生きいきとさせ、エレインの袖口をたたいた。クローリーのベンチのまえを通りかかると、誇り高い美しい女は無表情に、きびしく、断固としてねめつけた。犬娘ド・ジョーンが、まるで誘われるかのように二人のうしろについた。

彼らはどこまでも、どこまでも、どこまでも歩いた。じっさいには半キロかそこらの道のりだったろう。だが果てしなく連なる茶と黄、顧みられもせず不法に生きる下級民の異様な姿、悪臭と重くよどんだ空気につかりっぱなしでいるうちに、エレインは自分の知るあらゆる世界をあとにしているような気持になった。

それは事実だったが、まさか心に生まれた疑惑どおりにことが動きだしているとは夢にも思わなかった。

5

通廊のつきあたりに丸い門があり、黄金なのか真鍮なのか、金色のドアが見えた。

チャーリー＝イズ＝マイ＝ダーリンが立ちどまった。

「おれはこれ以上行けない。あんたとド・ジョーンだけで行くことになる。ここはトンネルと上の宮殿をつなぐ忘れられた部屋だ。〈ハンター〉がいる。さあ行け。あんたは人間だ。命は保証される。下級民はふつうここで死ぬ。行きなさい」彼はエレインのひじを押すと、横すべりのドアを引いた。

「だけど女の子は？」とエレイン。

「こいつは女の子じゃない」とチャーリー＝イズ＝マイ＝ダーリン。「ただの犬だ——おれが人間じゃなくて、山羊なのとおなじようにな。知能を高め、切って貼って、人間らしくしてあるんだ。エレイン、もし帰ってきたら、おれはあんたを神さまみたいに尊敬するだろうよ。それとも殺すことになるか。場合によっては」

「どういう場合？　それに〝神さま〟ってなんなの？」

チャーリー＝イズ＝マイ＝ダーリンはちらりと狡猾な笑みをうかべた。それはおよそ不誠実であると同時に、まったく人なつっこい笑みだった。おそらくは、それが彼のふだんの性格のトレードマークなのだろう。「神のことがわかるのはどこか別の場所だな。われわれのところじゃない。それから〝場合〟というのも、そのうち自分でわかるようになる。おれが教えるまで待たなくてもいいと思う。さあ行きなさい。何分かのうちにはいっさいが終わるから」

「だけどド・ジョーンは？」エレインは食い下がった。

「これが失敗だったら、また別のド・ジョーンを育てて、別のあんたが来るのを待つさ。レイディ・パンク・アシャシュが約束してくれたんだ。さあ入って!」

乱暴に押され、ころがるようにドアを抜けた。まばゆい光が目を射て、さわやかな空気は、宇宙船のポッドから出た最初の日に飲んだ真水のようにおいしかった。

犬少女がとなりにかけこんできた。

黄金または真鍮のドアがうしろでゴーンと閉じた。

エレインとド・ジョーンはひっそりと並んで立ち、行くての上り階段のてっぺんを見上げた。

この情景を描いた名画は多い。たいていの絵では、エレインはぼろ服姿で、いかにも魔女らしく苦しげなゆがんだ表情をしている。これはおよそ史実からは遠い。クラウン・タウンのはずれに足を踏み入れたとき、エレインはふだん着のキュロット、ブラウス、肩から振り分けたツインのバッグといういでたちだった。これは当時のフォーマルハウト3ではふつうの服装である。服をよごすようなことはなにもしなかったので、出てきたときの格好もおなじであったろう。そしてド・ジョーン——そう、ド・ジョーンの姿は誰もが知っている。

〈ハンター〉が出迎えた。

〈ハンター〉が二人を出迎え、こうして多くの世界が新しい道を進みはじめた。

小柄な男だった。黒いちぢれた髪、茶目っけのある黒い目。肩幅は広く、足は長い。歩みはすばやく揺るぎなかった。両手は静かに下ろしたままだが、ふしくれだったたくましい手ではなく、生の停止を（たとえ動物の命とはいえ）生業にしてきたようには見えなかった。「こっちへ来て、すわりなさい」と〈ハンター〉が声をかけた。「きみたちを待ってたんだ」

エレインはつまずきながら昇っていった。「待っていた？」とかすれ声で。

「べつに不思議なことはない。監視スクリーンがあるんだ。トンネル内部に向けたやつがね。回路には遮蔽がしてあるから、警察にのぞかれるおそれはない」

エレインはぴたりと足を止めた。一歩うしろを行く犬少女もおなじように止まった。エレインは体をぴんとのばし、できるだけ背を高く見せようとした。〈ハンター〉の身長はエレインとおなじくらいだったが、彼のほうが数段高いところにいるので、対等に見返すのはむずかしかった。それでも、うわずった声にはならずに済んだ。

「では知っているの？」

「なにを？」

「みんながいってたようなことを」

「ああ、知っているとも」男はほほえんだ。「それがどうした？」

「でも」とエレインは口ごもった。「あなたとわたしが恋人だというような、そんなことまで？」

「そんなことまでさ」男はまたほほえんだ。「いままでの人生の半分ぐらい聞かされてきたよ。こっちへ来てすわって、なにか食べなさい。歴史の立役者になるんだとすれば、今夜はやっておくことがいっぱいある。なにを食べるね、お嬢ちゃん？」と男はやさしくド・ジョーンにきいた。「生肉、それとも人間の食べ物がいいか？」

「わたしは完成品なの」とド・ジョーン。「だからチョコレート・ケーキとバニラ・アイスクリームがいいわ」

「お安いご用だ」と〈ハンター〉。「おいで、二人とも。すわりなさい」

エレインたちは階段を昇りきった。豪華なテーブルが、用意を終えて待っていた。テーブルにそって椅子が三つおいてある。もうひとつの椅子には誰がすわるのかと、エレインは見まわした。自分がすわる段になって、やっと、その椅子が犬少女用のものだと気づいた。〈ハンター〉は、エレインが驚いた顔をしているのに目をとめたが、直接にはなにもいわなかった。

かわりにド・ジョーンに話しかけた。

「ぼくのことは知っているね？」

少女はにっこりし、エレインが出会って以来はじめてリラックスした。緊張が解けると、犬少女はじっさい息を呑むほど美しかった。油断のなさ、平静さ、その背後にひそむ逸り気——こうしたものは犬の特性である。いま少女はまったく人間的で、年よりはるかに大人びて見えた。その白い顔には暗い暗い茶色のひとみがあった。

「何回も会ってるじゃない、〈ハンター〉。わたしがもしあのド・ジョーンだったらどうなるかも教えてもらったし。どうやってお告げを広めて、大きな裁判にかけられるか。どうやって死ぬか、または死なないか。だけどわたしの名前は、人間や下級民のあいだで何千年も語り継がれるだろうって。わたしの知ってることは、ほとんど全部教えてもらってる――わたしのほうから話しちゃいけないことを別にすれば。それも〈ハンター〉は知ってるけど、いわないでくれるのよね？」声は哀願するようだった。

「きみが地球にいたこととか」と〈ハンター〉。

「いっては駄目！　おねがい、いわないで！」少女はすがりついた。

「地球！　あの〈ふるさと（マンホーム）〉？」とエレイン。「星ぼし（バイ・ザ・スターズ）にかけて、どうやって行ってきたの？」

〈ハンター〉が横からいった。「無理をいわないで、エレイン。それは大きな秘密なので、この子は隠しておきたいんだ。今夜はそこらの果つべき者（モータル）が聞いたことのないような話をいっぱい聞けるよ」

「〝果つべき者（モータル）〟って？」エレインは古いことばが嫌いだった。

「生の停止するときを持った存在という意味さ」

「そんなのばかげてるわ。生き物はみんな停止するの。考えてごらんなさい、法定寿命の四百歳を超えて生きた人たちの無残なさまを」

　エレインは見まわした。黒と赤の豪勢なカーテンが天井からフロアへ垂れさがっている。部屋の片側に、いままで見たことのない家具がひとつ目についた。テーブルみたいだが、前面はのっぺりした大きな開き戸となり、見慣れない木材や金属でみごとに装飾されている。しかしエレインには、家具のこと以上に話さなければならない重要な問題があった。

エレインは〈ハンター〉を正面から見つめ（器質病の徴候なし／左腕に古い創傷の跡／陽光への露出やや過剰／あるいは近視矯正の必要あり）、こう問いかけた――

「わたしもあなたに捕獲されたわけなの？」

「捕獲？」

「あなたは〈ハンター〉でしょう。狩りをする人。獲物はきっと殺すんだわ。さっき会った下級民、チャーリー＝イズ＝マイ＝ダーリンと名のる山羊男が――」

「いわないってば！」犬少女ド・ジョーンの叫びが、エレインのことばをさえぎった。

「なにをいわないですって？」話の腰を折られ、エレインは不快な顔をした。

「自分ではそういう名前でいわないのよ。それはほかの人たち、うう、下級民がつけた名前よ。ほんとはバルタザールっていうんだけど、誰もそういわないの」

「それがどうしたっていうの？　わたしの命がかかっているのよ。もしなにかが起こらないと〈ハンター〉が命を奪うって、あなたのお友達がいうから」

ド・ジョーンからも〈ハンター〉からも声はない。

エレインは声に逆上したひびきがこもるのに気づいた。「あなただって聞いたでしょう！」と〈ハンター〉に。「監視スクリーンがあるんですもの」

〈ハンター〉の声は安心感と落ち着きをそのまま伝えた。「夜が明けるまえに、ぼくら三人にはやるべきことがある。きみがおびえていたり、くよくよしたりしていては、片づくものも片づかない。ぼくは下級民も知っているが、補完機構の長官たちも知っている――ここの四人ともね。ロード・リマオーノに、ロード・フェムティオセクスに、レイディ・ゴロク。それにあのノーストリリア人。彼らがきみを守ってくれるだろう。チャーリー＝イズ＝マイ＝ダーリンがきみの命を断とうとしているのは、これからのことが心配だからだ。きみがいままでいたところ――あのイングロックのトンネルが、見つかるのを恐れているのだ。ぼくには彼もきみも同時に守る方法がある。しばらくはぼくを信頼しなさい。それくらい、べつにむずかしいことじゃないだろう?」

「だけど」とエレイン。「あの人――というか、山羊だか――なんというのか、チャーリー＝イズ＝マイ＝ダーリンは、すぐにもいっさいが起こるといっていたわ。あなたと出会ったとたんに」

「そんなにひとりでぺらぺらしゃべっていたら、起こるものも起こらないわ」と小さなド・ジョーンがいった。

〈ハンター〉はにっこりした。

「そのとおりだ。もうたっぷり話した。さて恋人同士にならなきゃいけない」

エレインはとびあがった。「とんでもない、わたしはお断わりよ。この子がそばにいるし、仕事も見つけていないし。わたしは魔女なの。なにか仕事があるはずなんだけど、それがどうしてか見つからないの」

「これをごらん」と〈ハンター〉は穏やかにいい、壁に歩いてゆくと、こみいった円形の紋様を指さした。

　エレインもド・ジョーンもともに見つめた。

　ふたたび話しだした〈ハンター〉の声には、さしせまったものがあった。「見えるかい、ド・ジョーン？　ちゃんと見えるかな？　時代はめぐり、この瞬間を待っていたんだ、お嬢ちゃん。見えるかな？　このなかに自分の姿が見えるかな？」

　エレインは小さな犬娘に目をやった。ド・ジョーンはほとんど呼吸も止めてしまったみたいに見える。食いいるように見つめる珍しい左右相称のパターンは、それ自体がまるであまたの妖しい世界へ開かれた窓のようだ。

〈ハンター〉は声のかぎりに叫ぶ。「ド・ジョーン！　ジョーン！　ジョーニー！」

　少女は反応しない。

〈ハンター〉は少女のところに歩み寄り、そっと頬を平手打ちすると、もう一度叫んだ。少女はパターンから目を離さない。

「さて、ぼくらだけの愛の時間だ。この子はしあわせな夢の世界に行ってしまっている。この模様は曼陀羅といって、信じられないような遠い昔の遺物なんだ。見る者の意識をひとつところに固定してしまう。この子には、ぼくらは見えも聞こえもしない。まず愛しあわないことには、この子が運命の糸をたぐる手伝いもできないよ」

　エレインは両手で口を押さえ、症状の一覧表をひとつひとつ思いだして、ふだんの思考力を保とうとした。だが、うまくいかなかった。ゆったりした気分が全身をつつんだ。こんな幸福感と安らぎは、子ども時代を過ぎてからは一度として味わったことがなかった。

「ぼくが体を使って狩りをし、両手を使って殺すと思っていたのか？　誰かが教えてくれなかったかい——獲物は喜んでぼくのところへ来るし、歓喜の叫びをあげて死んでいくと？　ぼくはテレパスで、鑑札を受けて仕事をしている。いまの鑑札は死人のレイディ・パンク・アシャシュにもらったものだよ」

エレインは、おしゃべりの時間が終わったのを知った。ふるえ、しあわせにつつまれ、おびえながら、エレインは彼の腕にとびこむと、誘われるままに黒と金色の部屋のわきにあるカウチへ向かった。

それから一千年ののち、エレインは彼の耳に口づけしながら、愛のことばをささやいていた。おぼえのない語句が、あとからあとからあふれでてくる。どうやら彼女は、思っていた以上にストーリーボックスの恩恵をこうむっていたらしい。

「いとしい人。わたしのたったひとりの、大好きな、大好きな人。絶対に、絶対に、離れちゃいや。わたしを捨てていかないで。ああ〈ハンター〉、こんなにも愛しているのよ！」

「明日はお別れだが、また会うことになる。ぼくらが会ってから、まだ一時間ちょっとだというのがわかっているかい？」

エレインは顔を赤らめた。「わたし、それに」口ごもる。「おなか——おなかが、すいちゃった」

「当然さ。もうすこししたらあの子を起こして、いっしょに食事をしよう。そしていよいよ歴史のはじまりだ。誰かが踏みこんできて、ストップをかけないかぎりはね」

「だけどダーリン」とエレイン。「このままでいてはいけない？　もうしばらくのあいだ。一年ぐらい？　じゃ、一カ月？　じゃ、一日は？　女の子をすこしのあいだトンネルにもどしましょうよ」

「どうかねえ」と〈ハンター〉。「代わりに歌をうたってあげよう。むかし心にうかんだ歌で、ぼくらのことをうたってる。断片的には長いこと頭にあったんだが、とうとう現実になってしまった。いいかい」

彼はエレインの両手を両手でとると、さりげなく誠実に彼女の目を見つめた。そのまなざしには、テレパシーのような常人を超えた力をうかがわせるものはなかった。

彼がうたった歌は、『きみを愛し、きみを失った街』の題名でいまも親しまれている。

きみを知り、きみを愛し
　きみを勝ちえた、ここはカルマの街
ぼくが愛し、ぼくが勝ちえた
　きみはもういない、いとしい人よ！
ウォーターロックの暗雲が
　地に吹き下ろしたとき

恋人よ、闇をひらく稲妻は
　ぼくらの愛だけだった！

ぼくらの勝利は短かった
　研ぎすませた栄光の時間――
ぼくらは歓びを知り
　いま空(むな)しさに耐える
ぼくら二人の物語は
　甘く、そしてついには苦い
銃声のように短く
　死のように果てしない

ぼくらは出会い、愛しあい
　無益な計画をたてた
重苦しい戦乱から
　美を救いだすために
日はぼくらに仮借なく
　時は待ってくれなかった

ぼくらは愛し、敗れたが
　この世は終わりなくつづく
ぼくらは敗れ、口づけし
　別れたのだね、いとしい人よ!
いまは残されたものを
　大切に胸にしまっておくだけだ
美しさの思い出
　そして思い出の美しさ……
きみを愛し、きみを勝ちえ
　きみを失った、ここはカルマの街

彼の指が宙を舞い、静かなオルガンふうの曲を部屋にひびかせた。音楽光線のことはエレインも知らないではないが、自分のために奏でられるのははじめての経験だった。

彼がうたいおわったとき、エレインは涙にむせんでいた。それほどに真実であり、それほどにすばらしく、それほどにやるせなかった。

彼の左手はエレインの右手をとっていた。彼がその手をとつぜん放し、立ちあがった。

「まず仕事だ。食事はあとにしよう。こちらにやってくる者がいる」

彼はつかつかと犬少女のところへ歩み寄った。ド・ジョーンはまだ椅子にかけたまま、見ひらいた空虚な目で曼陀羅を凝視している。彼はド・ジョーンの頭を両手でしっかりとやさしく押さえると、紋様から目をそむけさせた。ド・ジョーンはつかのま彼の手に逆らったが、そのうちすっかり目をさました。

にっこりすると、「いい気持だったわ。眠ってたのね。どれくらいかしら――五分ぐらい？」

「もっとさ」と〈ハンター〉は優しくいった。「さあ、エレインと手をつないでくれるかい？」

数時間まえならエレインは、下級民と手をとりあうおぞましさに文句をいったことだろう。だが、いまはなにもいわなかった。すなおに従い、愛情いっぱいに〈ハンター〉を見つめた。

「きみたち二人はあまり事情を知っている必要はない」と〈ハンター〉。「ド・ジョーン、きみにはエレインとぼくの考えてること知ってることが全部注ぎこまれる。きみはぼくらになるのだ――ぼくとエレインの両方に。これから先、永久に。栄光の運命と出会うのだ」

少女は身ぶるいした。「やっぱり今日なの？」

「そうだよ。後世の人たちは、この夜を決して忘れないだろう」

エレインに向きなおると、「それからエレイン、きみはぼくを愛し、じっとしているほかにはなにもしなくていい。わかるね？　これからとてつもないものを見ることになる。なかにはこわいものもある。だが、どれも現実じゃない。じっと立っていなさい」

エレインは無言でうなずいた。

「〈第一の忘れられた者〉の御名において」と〈ハンター〉。「〈第二の忘れられた者〉の御名において、〈第三の忘れられた者〉の御名において。万民の愛、いのちの源たる愛にかけて。汚れない死をさずける愛と、真の……」ことばははっきりしているが、エレインには一言も理解できなかった。

待ちわびた日が来たのだ。

エレインにはわかった。

理由はともかくとして、わかった。

レイディ・パンク・アシャシュの姿が硬いフロアの下からすっと現われた。身近なロボット姿でエレインのそばに来ると、声をひそめ——

「こわがらないで。こわいことないのよ」

こわい？　とエレインは思った。こわいなんて感じるひまがない。興味しんしん。

エレインの考えが聞こえたかのように、はっきりした力強い男の声が、どこからともなくひびいた。

（いまこそ・勇敢な・親和（しんな）の・ときだ）

ことばが流れだした瞬間は、まるで気泡が針で突かれてはじけたようだった。エレインは自分の人格がド・ジョーンとまじりあうのを感じた。ふつうのテレパシーなら、こわい気もするだろう。だがこれは心のふれあいではない。たんなるありかただった。

彼女はジョーンになっていた。こざっぱりした服に包まれた清純な小さな体を感じた。少女の体形を久しぶりに意識した。ひどく遠く隔たったようなもどかしさはあるが、昔こんな体形をしていたのを思いだすのは、妙に心地よく懐かしかった。――無邪気なすべすべした平らな胸、こみいったところのない下腹部、手のひらからまだ生きいきと分かれて伸びているのがわかる一本一本の指。だが精神――この子の精神は！　それはとてつもない博物館を思わせた。華麗なステンドグラスの窓からさしこむ光のなかで、美と宝物がるいるいと色とりどりの山をなし、不思議な香の煙が動かぬ空気のなかをゆっくりとただよっている。ド・ジョーンの心には、はるか古代にさかのぼる人類文化の色彩と栄光が埋めこまれていた。かつてド・ジョーンは補完機構の長官であり、宇宙空間をゆく船にうち乗る猿男であり、愛すべき死せるレイディ・パンク・アシャシュの友人であり、またパンク・アシャシュ自身でもあったのだ。

この少女がどこか豊かで不思議な感じがしたのも無理はない。彼女はあらゆる時代を継ぐ者として育てられていたのだ。

（これは・重い・思いの・おおもとを・求める・とき）名無しの声が、エレインの心のなかに大きくはっきりとひびいた。（いまこそ・きみと・彼の・ときだ）

どうやら催眠暗示らしいとエレインは気づいた。――レイディ・パンク・アシャシュが犬少女に植えつけた暗示が、三人のテレパシー接触をきっかけにフルパワーではたらきだしたのだ。

ほんの一瞬、エレインはまじりけない驚きのなかにいた。心にあるのは自分の姿だけだった。ひとつひとつのかすかな陰影、小さな秘密、考えたこと感じたこと、体の微妙な曲線、すべてが手に取るように見えた。おかしなことに、胸からぶらさがる乳房の存在が感じられ、女性的な背骨をきりっと直立させている腹筋の緊張が――

女性的な背骨？

なぜわざわざ女性的な背骨などと考えたのだろう？

その瞬間ひらめいた。

エレインはいま〈ハンター〉の心に乗っているのだ。彼の意識がエレインのうちを流れ、彼女のすべてにふれ、味わい、内側からあらためて彼女を愛しなおしているのだ。

どうしたものかエレインは、小さな犬少女がこのすべてを観察していることも知っていた。――声もなくひっそりと二人を見つめ、真に人間であることの豊かなニュアンスをことごとく汲みとっている。

混乱した意識のなかでも、エレインは恥かしさをおぼえた。夢かもしれないが、それでも我慢ならなかった。心を閉ざそうとして、〈ハンター〉や犬少女とつながっている手を放せばいいのだと思いついた。

だが、そのとき火がやってきた……

6

火はとつぜんフロアに現われ、実体もなく周囲で燃えさかった。エレインはなにも感じない……だが犬少女がつかんでくる手の感触はあった。

（おんな・んな・な、たちの・ちの・の、まわり・わり・りに、火を・火を、者ども・のども）どこからともなく呆けた声がひびいた。

（薪・まきに・きに、点火・んか・か、します・ます・す、閣下・っか・か）と別の声。

（熱い・つい・ついぞ、これは・れは・は、娘・すめ・め）と第三の声。

とつぜんエレインは地球のことを思いだした。だがそこは見知った地球とはちがっていた。彼女はド・ジョーンであり、またド・ジョーンではなかった。背の高いたくましい猿男であり、外見は人間とまったく変わらなかった。彼女／彼は一挙一動におそろしく気を配りながら、アン＝ファンの平和広場、アン＝ファンの古い古い広場、すべてがはじまる場所を横切ってゆく。彼女／彼は違和感の原因に気づいた。知っているビルがいくつか見当たらないのだ。

現実のエレインはひとり思った。そうか、そういうことだったのね、ほかの下級民の記憶をこの子に刷りこんだのか。危険をおかして行動した昔の下級民の心を。

火がやんだ。

黒と金色の部屋がきれいな乱れない状態でつかのま見えたが、たちまちグリーンの大海が白い波頭をあげて押し寄せた。海水は湿り気ひとつなくエレインたちの上になだれ落ちた。グリーン一色の世界が、圧力もなく息苦しさもなく彼らを洗った。

エレインは〈ハンター〉だった。とてつもなく大きい竜たちがフォーマルハウト3の空に浮かんでいる。彼女は〈ハンター〉となってあてもなく丘を歩き、愛と憧(あこが)れをこめてうたった。心はいま〈ハンター〉のものであり、記憶もまたそうだった。竜は彼がいるのを感知し、舞い降りてきた。雄大な爬虫類の翼は日没よりも美しく、蘭の花よりもかよわく見えた。空気を打つ翼の音は、赤んぼうの息づかいに負けないほど静かだった。彼女は〈ハンター〉のみならず竜でもあり、心と心の出会いののち、竜が歓喜のうちに、至福のうちに死んでゆくのを感じた。

どうしたものか海水は消えていた。ド・ジョーンも〈ハンター〉も消えていた。そこは黒と金色の部屋ではなかった。彼女はこわばった疲れた心細いエレインにもどり、名無しの通りにたたずみ、希望のない行くてを見つめていた。これからしなければならないのは、まったく実現のあてのないことなのだ。おかしなわたし、おかしな時、おかしな場所——そしてわたしはひとりぼっち、ひとりぼっち、ひとりぼっち。心は絶叫した。ふたたび部屋が帰ってきた。〈ハンター〉と犬少女の手も元にもどった。

霧が出てきた——

これも夢？　とエレインは思った。まだ終わらないのだろうか？

だが別の声がどこかからひびいた。鋸(のこぎり)の目立てやすりが骨にくいこむようなざらつく声、こわれてもまだ破滅へ向かって全速回転をつづける機械のきしりのような声だ。それは邪悪な声、恐怖をかきたてる声だった。

もしかしたら、これがほんとうの〝死の使い〟かもしれない。トンネルの下級民はきっとこの声と勘違いしたのだ。

〈ハンター〉の手が離れた。エレインはド・ジョーンの手を放した。

見たこともない女が部屋のなかにいた。女は高い地位を示す綬帯(じゅたい)を肩から斜めにかけ、旅人のレオタードをはいていた。

エレインは女を見つめた。

「罰せられますよ」と耳ざわりな声がした。いまでは明らかにその女の発した声だとわかる。

「な、な、なぜ？」エレインはどもった。

「許可なく下級民を教育している。あなたが何者であるにしろ、〈ハンター〉にはことの重大さがわかっているはずです。もちろん、その動物は処置場送りです」といって女は、幼いド・ジョーンを見た。

〈ハンター〉がつぶやいた。なかばこの闖入者(ちんにゅうしゃ)を迎えるように、なかばエレインに説明するように、ほかに適当な台詞(せりふ)が見つからないという調子で――

「レイディ・アラベラ・アンダーウッド」

エレインは会釈したいと思ったが、体が動かなかった。

意外な展開は犬少女の身に起こった。

(わたしはあなたの妹のジョーンよ）と犬少女はいった。（動物であるものですか）レイディ・アラベラはなにが聞こえたのかと、とまどっているようだ。エレイン自身、耳に聞こえたのか心にひびいたのか判別がつけられなかった。

(わたしはジョーン。あなたを愛しています）

レイディ・アラベラは水をかけられたように、ぶるっと身ぶるいした。「そうだわ、ジョーン、わたしを愛してくれる妹ね。わたしもあなたを愛してます」

(人間と下級民は愛のもとに出会うのよ）

「愛。そうだわ、愛ね。あなたはとてもいい子だわ。あなたのいうとおり」

(わたしのことは忘れなさい）とジョーン。（このつぎ、愛のもとで会うときまで）

「そうね、ダーリン。ひとまずさようなら」

とうとうド・ジョーンが声を出し、〈ハンター〉とエレインに話しかけた。「終わりました。自分のことも、やるべきこともわかったわ。エレインはわたしといっしょに来てください。また会いましょうね、〈ハンター〉――もし生きていたら」

エレインが目をやったところにはレイディ・アラベラがいて、ぴくりともせず立ち、盲いたように宙を見つめている。〈ハンター〉はエレインに向かってうなずき、思慮深く、やさしい、憂いをふくんだ笑みをうかべた。

少女はエレインを連れてどこまでも、どこまでも下り、イングロックのトンネルにもどるドアのまえに来た。金色のドアを抜けようとするとき、レイディ・アラベラが

〈ハンター〉にたずねるのが聞こえた──

「ここでひとりでなにをしているのです？　この部屋、変なにおいがするわね。ここに動物をおいていたの？　なにかを殺した？」

「はい、マム」と〈ハンター〉が答えたところで、ド・ジョーンとエレインはドアをくぐった。

「なんですって？」レイディ・アラベラが叫んだ。

〈ハンター〉の声が、空気をふるわせるように高く大きくなったのは、二人にも聞かせたいという気があるからだろう。

「殺しましたよ、マム。いつものようにね──愛をこめて。今度殺したのは体制（システム）だが」

二人がドアを離れたときも、レイディ・アラベラの問いただす声は、まだ権威と疑惑を重くよどませて〈ハンター〉をなぶっていた。

ジョーンが先を歩いた。体はかわいい少女のままだが、いま彼女のうちには、刷りこまれたすべての下級民の人格がめざめていた。見た目は幼い犬少女なので、エレインには見当もつかないが、ジョーンはいまエレインでもあり、〈ハンター〉でもあるのだ。行動から見れば、それは疑いようもなかった。先を行くのは、もはや下級民ではない少女であり、人間かどうかにかかわりなく、従っているのはエレインなのだ。

うしろでドアが閉じた。二人は〈黄と茶の通廊〉にもどった。ほとんどの下級民が待ちうけていた。目を丸くしている者も多い。古いトンネルにこもる動物人間たちの重苦しいにおいが、どろりとした波となって押し寄せた。エレインはこめかみのあたりが軽く痛みだすのを感じたが、そんなことにかまっている余裕はなかった。

つかのまド・ジョーンとエレインは、声もなく下級民と向きあった。

この場面に材をとった絵画や演劇は、ほとんどみんなの目にふれている。いちばん有名なのは、サン・シゴナンダのあの驚くべき〝一筆画〟だろう。——背景のパネルはむらのないグレイ一色で、左手にかすかな茶と黄、右手にかすかな黒と赤、そして中央に絵の具のこすれた跡と見まがう不思議な白い線、——それがなぜか途方に暮れた女エレインと、悲運に祝福された少女ジョーンを想起させる。

最初に気をとりなおしたのは、もちろんチャーリー＝イズ＝マイ＝ダーリンだった。

エレインの目には、もう彼は山羊男には見えなかった。生まじめな人なつっこい中年男が、病弱な体と先の知れない人生に雄々しく立ち向かっているという印象だ。そのほほえみは、いま見るとじつにチャーミングで説得力があった。ほんと、いままでなぜそう見えなかったんだろう？　エレインは首をひねった。わたしが変わったのだろうか？

エレインが気を取られているうちに、チャーリー＝イズ＝マイ＝ダーリンが口をひらいた。

「終わったんだ。きみはド・ジョーンか？」

「わたし、ド・ジョーンかしら？」トンネルにあふれる奇怪な異形の群衆に向かって、少女は問いかけた。「みんな、わたしがド・ジョーンだと思う？」

「ちがうよ、ちがう！　あんたは予言にあったご婦人だよ——人との橋わたし役さ」叫んだ背の高い黄色い髪の老女は、エレインには見おぼえのない顔だった。女は少女のまえにとびだし、ひざをつくと、手をつかもうとした。少女が声には出さないがきっぱりと拒んだので、女は少女のスカートに顔を埋め、泣いた。

「わたしはジョーン。もう犬じゃないわ。あなたたちは人間、いまはもう人間であって、わたしといっしょに死ねば、人間として死ぬわけ。これはいままでよりはるかにマシだと思わない？　それからルーシー」と足もとの女に、「立ちなさい。泣いては駄目。喜んで。わたしがそばにいる時代が来たんだから。あなたの子どもがみんな連れて行かれて殺されたのは知ってます、ルーシー。お気の毒に思うわ。生き返らせることはできません。だけど、あなたを女性にしてあげることはできるわ。わたしはエレインも人間らしくしたのよ」

「あんたは誰なんだ？」とチャーリー＝イズ＝マイ＝ダーリン。「誰なんだい？」

「一時間まえ、あなたに送られて死ぬか生きるかの賭けに出ていった子どもです。だけど、いまのわたしはジョーン――ド・ジョーンではなくてね。おみやげに武器を持ってきたわ。あなたもあなたも女性。あなたもあなたも男性。みんな人間なの。この武器を使えるわ」

「武器ってなによ？」クローリーの声が、群衆の三列目あたりから聞こえた。

「〈生きる〉と〈ともに生きる〉の二つよ」と少女ジョーン。

「バカにしないで」とクローリー。「なにが武器なのよ？　ことばはもうたくさん。下級民の世界ができてから、わたしたちにあったのはことばと死ばかり。それが〝人間〟のくれたものなのよ――甘いことばと、けっこうな原則と、冷たい殺し。来る年も来る年も、来る世代も来る世代もね。わたしを人間だなんていわないで――違うんだもの。わたしは野牛（バイソン）、それはわかっているわ。人間そっくりに加工された獣なのよ。わたしになにか殺す道具をちょうだい。戦いながら死んでいくから」

小さなジョーンには、その幼い未熟な体はひどく不釣り合いに見えた。エレインがはじめて見かけたときとおなじ青いスモックを着たままだけれど、その場に君臨しているのはジョーンなのだ。片手を上げると、クローリーのわめき声といっしょにはじまっていた低いざわめきが、ふたたび静まった。

「クローリー」と通廊の隅々にまでひびく声で、「とこしえにつづくいま、あなたに平和がありますように」

クローリーは顔をしかめた。ジョーンの祝福に納得のいかない顔をするだけのたしなみはあったが、なにもいわなかった。

「わたしに話しかけないで、みなさん」と小さなジョーン。「そのまえに、わたしがいるのに慣れてください。わたしは〈ともに生きる〉という考えかたを持ってきたの。これは愛以上のものよ。愛は硬くて悲しくてきたないことば、冷たいことば、古いことばです。いろんな意味をいっぱい詰めこみながら、ほとんどなにも約束していない。わたしが持ってきたのは愛よりもっと大きなものなの。もしあなたが生きているなら、それは生きている。もしあなたがともに生きているなら、それはほかの命がいっしょに生きてるのを、あなたが知っているということなの。――あなたもあなたも、ひとりひとり、みんな誰もかもがいっしょだと知っていることなの。なにをしてもいけない。つかんでは駄目、しがみついては駄目、抱えこんでは駄目。ただいるだけでいいの。それが武器よ。どんな火だって銃だって毒薬だって、これを止めることはできないわ」

「あんたを信じたいよ」とメイベル。「だけど、どうやって信じたらいいか」

「信じなくてもいいのよ。ただ待って、物事が起こるままにしていればいいの。さあ、このへんで切りあげたいわ、みなさん。しばらく眠らなくては。エレインに見ていてもらって、わたしは眠ります。起きたら、下級民ではなくなってしまった理由を話しますからね」

ジョーンは歩きだした――

荒々しい吠えるような叫びが通廊の静けさを破った。

なにが起こったのかと、みんなが見まわした。

けんか鳥の鳴き声みたいだが、叫びは群衆のなかからだった。

エレインが最初に見つけた。

クローリーがナイフをにぎっており、叫びおえると同時に、ジョーンにとびかかった。

二人はドレスをからみつかせてフロアにころがった。大きな手が二度ナイフをふりあげ、二度目に上がったときには、血に染まっていた。

わき腹がかっと熱くなったことから、エレイン自身、ナイフのどれかひと振りが自分にも刺さったと知った。ジョーンがまだ生きているかどうかはわからない。

下級民の男たちがクローリーをジョーンから引き離した。

クローリーは怒りに顔面を蒼白にしている。「ことば、ことば、ことばばっかり。みんなあいつのことばに殺されちゃうわ」

鼻づらだけが熊で、あとは顔も体もまったく人間らしいでっぷりした大男が、羽交い締めにされたクローリーのまえにまわった。大男はクローリーにしたたかな平手打ちをくわせた。彼女は気を失ってフロアに倒れた。血染めのナイフが、古いすり切れたカーペットの上にころがった。（エレインはとっさに診断した。――あとで気付け薬を／頸椎を調べて／出血は心配ない）

生まれてはじめて、エレインは腕の立つ魔女医者らしい働きをしていた。みんなといっしょに小さなジョーンの服を脱がした。小さな体は血まみれで、あばら骨のすぐ下から、とろりとした暗紫色の血がどくどくとあふれてくるさまは、ひどく痛ましくこわれやすく見えた。エレインは左のハンドバッグに手を入れた。外科用のレーダーペンをとりだした。片目にかけると、傷口に沿って組織のぐあいを調べていった。腹膜が破れ、肝臓が切れ、大腸の上部二個所に穴があいている。しかしひと目見て、どうしたらよいかは呑みこめた。見物人を払いのけると、仕事にかかった。

まず肝臓を手はじめに、傷口を内側から貼りあわせていった。有機接着剤を塗りつけるまえに、傷ついた組織の回復力を高めるため、再コーディング・パウダーをしゅっと吹きつけた。調べて、押して、指ではさむのに十一分かかった。手当てがすむまえに、ジョーンは目をさまし、つぶやきをもらした。

「わたしは死んでしまうの？」

「とんでもない」とエレイン。「人間用の薬が犬の血液によくなければ別ですけどね」

「やったのは誰？」

「クローリーよ」

「どうして？」とジョーン。「どうしてかしら？　クローリーも傷を負った？　いまはどこにいるの？」

「これからのことを考えれば、傷を負った部類にはいらんよ」と、山羊男のチャーリー＝イズ＝マイ＝ダーリン。「生きてるようなら、傷を治して裁判にかけて死罪にしてやる」

「駄目、そんなことをしては。クローリーを愛するのよ。愛さなければいけないわ」

山羊男はとまどったような顔をした。

こまってエレインに助けを求めた。「クローリーを診てやったほうがいい。オースンにぶんなぐられて死んだかもしれない。あいつは熊だからな」

「らしいわね」と、そっけなくエレイン。あの男がほかのなんに見えるというんだろう、ハミングバードか？

エレインは、横たわるクローリーのところに歩み寄った。肩にさわったところで、ことがそれほど単純ではないことがわかった。見かけは人間だが、下の筋肉構造がちがっているのだ。どうやら研究所では、クローリーをおそろしく頑強にこしらえたらしい。産業目的かなにかを理由に、野牛の体力と強情さをそのまま残したのだ。エレインは脳リンクをとりだした。近距離用のテレパシー受信器で、短く軽くコンタクトして、精神機能がまだ健全かどうかを診るのである。頭に取り付けようと乗りだしたとたん、気絶していたクローリーが不意にめざめ、はねおきて叫んだ。

「いやよ、やめて！　大嫌いだ、おまえなんかにのぞかれるのは。いやらしい人間め！」

「クローリー、動かないで」

「命令しないでよ、このモンスター！」

「クローリー、失礼ないいかたはやめなさい」年端もいかない子どもの口からそうした堂々たる声を聞くのは不気味なものだった。体は小さいものの、この場に君臨しているのはジョーンなのだ。

「なにをいったってかまわないじゃない。どうせ憎まれ者だもの」

「それはちがうわ、クローリー」

「おまえは犬で、いまは人間というわけか。生まれながらの裏切り者だよ。犬は昔から人間の味方になってた。あの部屋にはいって、なにか違うものに変わっちゃうまえから、おまえはわたしが嫌いだったんだ。おまえのおかげで、わたしたち皆殺しさ」

「そう、死ぬかもしれないわね、クローリー。だけど手を下すのは、わたしじゃない」

「でも、おまえが嫌ってるのはたしかね。昔からそうだった」

「信じないかもしれないけど、ずっとあなたが好きだったのよ。この通廊でいちばんきれいな女の子だったもの」

クローリーは笑った。その声音にエレインは鳥肌が立った。「それを信じたとしましょうか。人に愛されてると思いながら、どうやってわたしが生きていけると思う？　もしおまえのいうことを信じちゃったら、わたしどうしようもなくて、体をずたずたに引き裂いて、壁に脳みそをぶつけて――」笑い声はすすり泣きに変わったが、クローリーは気をとりなおし、しゃべりつづけた。「あんたたちはあんまりバカすぎて、自分がモンスターだということがわからないのよ。人間なんかじゃない。人間になんかなれっこない。そういうわたしだってその仲間。わたしは正直だから、自分がわかってる。わたしたちはゴミ、わたしたちは屑、機械にも劣る生き物よ。ゴミみたいに地の底に隠れてるから、人間たちは殺しても泣きもしない。それでも隠れてるだけマシだった。だけど、おまえとそのおとなしい人間女が来て――」いいながら、つかのまエレインをにらみつけると――「それさえ変えようとしている。このつぎはおまえを殺してやるわ、この屑、売女、犬！　その小さな子どもの体でなにをしようっていうの？　いままでは、おまえが何者かもわからないじゃない。説明できる？」

熊男が気配を殺して、いつのまにかクローリーのそばに歩み寄っていた。もし小さなジョーンに危害を加えそうなら、いつでもなぐり倒せるように身構えている。

ジョーンは男をまっすぐに見ると、目くばせだけで、なぐるなと命令を送った。

「わたし疲れた」とジョーンはいった。「疲れちゃったわ、クローリー。まだ五つにもならないのに、千年も生きているんですもの。いま、わたしはエレインでもあるのよ。〈ハンター〉でもあるし、レイディ・パンク・アシャシュだし、夢にも思わなかったくらいたくさんのことを知っている。わたしにはやることがあるの。あなたを愛しているからよ、クローリー。わたしが死ぬのもそんなに先ではないわ。だけどそのまえに、みなさん、おねがい、すこし休ませて」

熊男はクローリーの右側にいる。左側には、いつのまにか蛇女が近づいていた。顔だちはきれいで人間らしいが、二股に分かれた細い舌が、衰えかけた炎のように口からちろちろと見え隠れしている。形のいい肩や尻はあるものの、乳房はまったくなかった。金色のブラジャーをしているが、カップのなかはからっぽだ。両手は、はがねよりも強靭そうに見えた。

クローリーがジョーンに近づこうとすると、女はシューッと警告した。

それは旧地球（オールド・アース）の蛇が発する音だった。

つかのま通廊のあらゆる動物人間が息をひそめた。全員の目が蛇女に向く。蛇女はクローリーをにらみつけ、ふたたびシューッといった。この狭いスペースにあっては、身の毛のよだつ音だった。見れば、ジョーンは子犬のように身をちぢこめ、チャーリー＝イズ＝マイ＝ダーリンは二十メートルも跳び下がりそうな顔つきをしている。エレイン自身、やっつけたい、殺したい、たたきつぶしたいと衝動的に思った。その音は誰にとっても脅威だった。

蛇女はみんなの注視を充分心得ているようすで、平然と周囲を見やった。

「心配しないで、みなさん。ここでジョーンの側に立つのはみんなのためよ。クローリーにはなにもしないわ、向こうがジョーンに手を出さなければね。だけど、もしジョーンを傷つけたら、誰でもジョーンを傷つけようとすれば、わたしが相手になるわ。わたしが何者かみんな知っているわね。わたしたち蛇人は、力が強くて知能が高くて、恐怖を知りません。繁殖できないのも知っているでしょう。人間たちはふつうの蛇を改造して、蛇人をひとりひとり作るのです。わたしに逆らわないでね、みなさん。わたしはジョーンの心にある新しい愛を学びたいと思うの。だからわたしがいるかぎり、ジョーンには誰も指一本出させない。聞いてるわね、みんな？　誰もよ。手を出したら命はないわ。いっぺんに飛びかかってきても、死ぬまえに、ほとんどみんな倒せる自信がある。聞いてるわね、みんな？　ジョーンをひとりにしてやって。それはあなたにもいえることよ、そこの柔らかい人間女。あなただって、わたしはこわくない。ほら、あなた」と熊男に、「ジョーンを抱いて、静かなベッドに寝かせてやって。休息をとらなきゃ。しばらくは静けさが必要だわ。みんなも静かにしなさい、全員よ。でなければ、わたしが相手になりますから、わたしが」

黒い目が顔から顔へとさまよった。蛇女が進みでると、群衆は左右に分かれた。そのさまはまるで幽霊の群れのただなかに、ひとりの生者が立ったかのようだった。

蛇女はつかのまエレインの上に視線をとめた。エレインは見かえしたが、気持のいいものではなかった。まつげも眉毛もない黒い目は、知性にみちてはいるが感情が欠けていた。熊男のオースンがおとなしくうしろに従っている。腕にはジョーンが抱かれていた。

運ばれるジョーンはエレインを見つめ、意識を保とうとしていた。つぶやき声がもれた。

「わたしを大きくして。おねがい、大きな体にして。いますぐに」

「そんな無理なこと……」とエレイン。

ジョーンは苦労しながら目を見ひらいた。「わたしには仕事があるの。仕事と……それから、もしかしたら受けとめなければいけない死が。こんなに小さな体では、なにをやっても無駄になってしまうわ。もっと大きくして」

「でも——」とエレインは否定しにかかった。

「あなたがやりかたを知らなければ、レイディにきいてみて」

「どこのレイディ?」

蛇女は立ちどまり、聞いていたが、そこで割りこんだ。

「もちろんレイディ・パンク・アシャシュよ。あの死婦人。補完機構の生きているレイディたちは、皆殺し以外になにかしてくれるかしら」

蛇女とオースンがジョーンを運び去ると、チャーリー＝イズ＝マイ＝ダーリンがそばに来て、声をかけた。「行きたいかい?」

「どこへ?」

「もちろんレイディ・パンク・アシャシュのところさ」

「わたしが?」とエレイン。「いまから?」と語気を強めて。「行くものですか」一語ずつ区切り、掟のようにいいわたす。「わたしをなんだと思っているの? つい何時間かまえまで、あなたたちの存在さえ知らなかったのよ。〝死〟ということばさえちゃんとは知らなかった。ただ四百年たったら、なにもかもが必然的に停止すると思っていただけ。この何時間かは危険だらけで、追いかけたり脅したりばっかりだった。もう疲れて眠くて汚れてしまって、すこしは身のまわりのことをかたづけたいわ。それに——」

　エレインはとつぜん口をつぐみ、唇をかんだ。こういいかけたのだ。それに、〈ハンター〉に抱かれたあの夢のようなひとときで、体がくたくたになってしまった、と。それはチャーリー＝イズ＝マイ＝ダーリンに話すようなことではない。彼はいまでも山羊なのだ。山羊っぽい心に、このできごとの厳粛さは通じないだろう。

　山羊男の声はひどく優しくなった。「あんたはいま歴史を変えようとしているんだ、エレイン。歴史を変えている最中に、細かいところまで気をまわせるものじゃない。まえよりずっとしあわせで自信がわいてきてるだろう？　どうだ？　二、三時間まえ、バルタザールと会ったときとは、違う人間のような気がしないかい？」

　エレインはことばの真剣さにたじたじとなった。うなずいた。

「疲れて、腹ぺこのままでいてくれ。汚れたままでいてくれ。もうしばらくの辛抱だから。時間を無駄にはできない。レイディ・パンク・アシャシュと会うぐらいの体力はある。小さなジョーンをどうしたらいいか訊くんだ。説明を聞いてもどって来たら、あんたの寝場所へ案内する。このトンネルは見た目ほどひどい町ではないよ。要りそうなものは全部そろうと思う、イングロックの部屋でね。イングロックがみずから作ったんだ、遠い昔に。もうすこし働いてくれたら、あとは食べてもいいし休んでもいい。ここにはなんでもそろってる。《我、鄙しからぬ市の市民なり》（新約聖書使徒行伝二十一章）さ。だが、そのまえにジョーンを助けてほしい。あんただってジョーンを愛してるだろう？」

「ええ、もちろん」

「じゃ、あともうすこし力を貸してくれ」

命とひきかえに？　とエレインは思った。殺しとひきかえに？　法の侵犯とひきかえに？　だが——だが、これもみんなジョーンのためだ。

こうしてエレインはカムフラージュされたドアへ向かい、ふたたび大空のもとへ踏みだし、上部カルマの大いなる深皿が古ぼけた旧シティの上にのしかかっているさまをながめた。そしてレイディ・パンク・アシャシュの声と話し、ある種の教示を受け、いくつかの伝言を与えられた。あとで復唱できる自信はあったが、疲れすぎていて意味までは理解できなかった。

エレインはふらつきながら壁ぎわにもどった。ドアがあったと思える場所へ来て、もたれかかったが、なにも起こらない。

「もっと向こうよ、エレイン、もっと向こう。急いで！　昔わたしだったころは、わたしも疲れたものよ」とレイディ・パンク・アシャシュの力強いささやき声がした。「だけど急いで！」

エレインは壁から離れ、目をこらした。

光のビームが彼女をとらえた。

補完機構が見つけたのだ。

あわてて壁へ突進する。

一瞬、ドアがぽっかりとひらいた。チャーリー＝イズ＝マイ＝ダーリンのたくましい腕がのび、彼女をひっぱりこんだ。

「光！　光！」とエレイン。「わたしたち助からない。見つかってしまったわ」

「まだまだ」山羊男の口もとに、よじれた知的な笑みがうかんで消えた。「おれは学問はないかもしれないが、けっこう頭はいいんだ」

彼は奥にある戸のところへ行くと、ふりかえってエレインを値踏みするようにながめ、人間サイズのロボットをひとつドアから外へ押しだした。

「それ、行くぞ。あんたとおなじ背格好の掃除ロボさ。メモリー・バンクなし。電脳はすりきれてるし、単純な動機付けが組みこまれているだけだ。もし連中が気づいて降りてきても、見つかるのはあれだけだ。こういうロボットをドアのそばに集めてあるんだ。あんまり外へ出ることはないが、出るときには、こういう隠れみのがあると都合がいい」

山羊男はエレインの腕をとった。「食事しながら話してくれ。で、大きくできるのか……？」

「なにが？」

「ジョーンさ、もちろん。われらのジョーンさ。それをあんたは聞きに行ったんじゃないか」

レイディ・パンク・アシャシュがこの件でなにをしゃべったかと、エレインは記憶の棚卸(たなおろ)しをした。それほど間をおかず、ことばがうかんできた。

「ポッドが必要ね。それからジェリー浴槽。それに麻薬、痛みが激しいから。四時間」

「すばらしい」いいながらチャーリー＝イズ＝マイ＝ダーリンは、トンネルの奥へ奥へとエレインを導いてゆく。

「だけど、わたしが台なしにしちゃったのに、こんなことをしてなんになるの？　補完機構はわたしがはいるのを見ていたのよ。きっとつけてくるわ。あなたたちみんな殺されてしまう。ジョーンまでも。〈ハンター〉はどこ？　そのまえにすこし寝かせてもらえないかしら？」

エレインは疲れて口が重くなるのを感じた。ずっと休息も食事もとっていない――ウォーターロッキー通りとショッピング街のあいだで、あの不思議な小さなドアをひょんなことからくぐって以来だ。

「ここは安全だよ、エレイン、安全なんだ」とチャーリー＝イズ＝マイ＝ダーリン。抜け目ない笑みは温かく、よどみない声には誠実な揺るぎないひびきがあった。といって彼自身、一言も信じてはいなかった。危険な立場にいるとは思うものの、エレインをこわがらせても仕方がない。エレインは、彼らの味方についているたったひとりの真人である。もちろん〈ハンター〉も人間だが、この男は別格でほとんど動物みたいだし、レイディ・パンク・アシャシュという慈悲深い女性もいるけれど、しょせん死人にすぎない。チャーリー＝イズ＝マイ＝ダーリン自身おびえていたが、恐怖に負けることのほうがもっとこわかった。おそらく、この先にあるのは破滅だけだろう。

ある意味では、彼はまちがっていなかった。

7

　これに先立って、レイディ・アラベラ・アンダーウッドがレイディ・ゴロクに通報している。

「なにかがわたしの心に干渉してきました」

　レイディ・ゴロクの受けたショックはひとかたではなかった。すぐさま問いかけを送り返した。(探査を入れてごらんなさい)

「わたしはね、していません。なにも」

(なにも、とは？)レイディ・ゴロクにはさらなるショックだった。(では、警報を出しましょう)

「あ、いいえ。それは駄目です、いけません。干渉は友好的で心地よいものでした」レイディ・アラベラ・アンダーウッドはオールド・ノース・オーストラリア人なので、少々きちょうめんなところがあった。テレパシー会話のときでさえ、思いをきちんとことばにした。決してなまの観念を送るようなことはなかった。

(しかし、それは純然たる違法行為です。あなたも補完機構のメンバーでしょう。犯罪ですよ！)とレイディ・ゴロクは思念を送った。

くすくす笑いの返事がかえってきた。

（笑っておいでなの……？）とたずねる。

「いまちょっと思ったのよ、新しい長官かなと……補完機構の。わたしをのぞきにきたのかって」

レイディ・ゴロクは生まじめな性格で、ショックを受けやすかった。（そういうことは、わたしたちはしません！）

レイディ・アラベラは内心ひとりごちたが、おもてだっては思いを送らなかった。「そりゃ、あなたに向かってはしないでしょう、そんな鼻持ちならない澄まし屋にはね」そして相手にはこう送った。「では、もういいわ」

とまどい、心配になり、レイディ・ゴロクは思った。（そうなの、わかりました。切っていいの？）

「いいですとも。切りましょう」

レイディ・ゴロクはひとり眉根を寄せた。壁をぴしゃりとたたく。（惑星セントラル）と思いを送った。

ふつうの人間の男がデスクのまえにすわっていた。

「わたしはレイディ・ゴロクといいます」

「存じています、わがレイディ」と男は答えた。

「治安熱を一度上げなさい。一度だけです。撤回になるまで。わかった？」

「わかりました、わがレイディ。惑星全域にですか？」

「そうです」

「理由はどうしますか？」ていねいな事務的な声だ。

「いわなければいけませんか？」

「いいえ、必要ありません、わがレイディ」

「では、やめましょう。終了」

男が敬礼し、影像は壁から消えた。

レイディ・ゴロクは思考レベルを、軽い明瞭呼びだしに上げた。（補完機構のみ――補完機構のみ。いま治安熱のレベルを一度だけ上げる命令を下しました。理由は個人的な胸騒ぎです。この声はわかりますね。わたしがわかりますね。レイディ・ゴロクです）

シティの街並み遠く――一機のオーニソプターがゆっくりと通りの上空をはばたいてゆく。警官ロボットは、一台の掃除機をレンズにとらえていた。おそろしく念のいった機能不全を起こした掃除機だ。

掃除機は、時速三百キロに近い違法スピードで通りをつっ走り、石の道路面にプラスチックをシューシューいわせて止まると、舗装面の細かいゴミを拾いはじめた。

オーニソプターが近づくと、掃除機は走りだし、すさまじいスピードで街角を二つ三つ曲がったあげく、また愚鈍な作業をはじめた。

三度目に走りだしたとき、警官ロボットはオーニソプターから銃弾を撃ちこんで停め、舞いおりて、マシンの鉤爪（かぎづめ）で掃除機を吊りあげた。

ロボットは掃除機を間近でながめた。

「うすのろ。オールド・タイプ。うすのろだ。近ごろこういうのを見かけないのはいいことだ。人間を傷つけるところだった。わたしがネズミでよかった。脳みそがぎゅう詰めの本物のネズミが刷りこまれているから」

彼はポンコツ掃除機をぶらさげ、中央ジャンクヤードへ飛んだ。動けないが、まだ意識のある掃除機は、自分を抱えこんだ鉤爪からゴミをつまみ取ろうとしていた。

足もとでは、旧シティが奇妙な明かりの図形とともに、よじれるように視界から消えた。新シティは、柔らかな永久光に包まれながら、フォーマルハウト3の夜の闇のなかに浮かんでいる。そのかなたでは、千古不易の大洋が内なる嵐をいくつも抱え、沸きたっていた。

じっさいの舞台では、この幕あいの場面にくると、俳優たちの出番はほとんどなくなってしまう。ここでジョーンは一夜にして、五歳の子どもから十五、六歳の大きな乙女に変身するのだ。命の危険はあったものの、成長マシンはいい仕事をした。心をひずませることなしに、彼女をみごとに活発で丈夫な若い娘に改造したのだ。どんな女優でも、これを演じるのはむずかしい。ストーリーボックスはその点有利だ。明滅するライト、ときおりの稲妻、怪しげな光線——マシンをきわだたせるあの手この手に事欠かない。じっさいの装置は、沸きたつジェリーを満たした浴槽に似ていて、ジョーンの体はそのなかにすっぽりと沈んでいた。

その間エレインは、イングロックその人の使った宮廷のような部屋で、がつがつと食事をとった。食物はたいへん古く、魔女医者としては栄養価が疑われたが、空腹はとりあえずいやしてくれた。しかしその理由となると、クラウン・タウンの面々は、この部屋をみずから〝立入禁止〟に指定した。彼はドアのところに立ち、どこに食べ物があるか、浴室のドアをどう開けるか、ベッドを床から立ち上げるにはどうするかを説明した。なにもかもがひどく旧式で、たんに考えたりたいたりするだけで反応するものはなかった。

ひとつ、おかしなことが起こった。手を洗い、食事をすませ、風呂にはいる支度をしていたときである。チャーリー＝イズ＝マイ＝ダーリンがそばにいるのに、エレインは着ているものをほとんど脱いでしまっていたが、彼は動物であって、人間ではないので気にすることはない。

ところが急に、それが気になることに気づいた。彼は下級民かもしれないが、男にはちがいないのである。エレインは首までまっ赤になると、バスルームにかけこみ、声をはりあげた。

「早く行って。わたし、お風呂にはいって眠りたいの。用事があったら起こしてちょうだい。それまでは駄目よ」

「わかった、エレイン」

「それから――それから――」

「はい？」

「ありがとう」と彼女はいった。「たいへんありがとう。わかるかしら、わたし、いままで下級民にお礼をいったことはないのよ」

「それはたしかだ」チャーリー＝イズ＝マイ＝ダーリンはほほえんだ。「たいていの真人はお礼をいわない。ぐっすり眠りなさい、やさしいエレイン。目がさめたら、大いなるできごとに立ちあう準備だ。空から星をひとつ持ってきて、一千の世界に火を放つ……」

「なんですって？」エレインは、バスルームの角から首だけ出した。

「ことばの綾さ」彼はほほえんだ。「のんびりしている暇はないという意味だよ。よく休みなさい。女性用メード・マシンに着たものを入れるのを忘れないように。クラウン・タウンにあるマシンはみんなポンコツだ。しかし、この部屋のは使っていなかったから、動くと思う」

「それはどれなの？」

「赤いふたで、金色の取っ手がついてるやつだ。持ちあげるだけでいい」そんな所帯じみたことばを最後に、彼はエレインをひとりにすると、一千億の命の行く末を思いやりに出かけていった。

翌朝イングロックの部屋を出たエレインは、時刻がそろそろ昼に近いことを教えられた。そんなことがどうしてエレインにわかろう？　古びた黄色い明かりのもと、〈黄と茶の通廊〉はあいも変わらず陰気で薄暗くしみだらけだった。

集まった面々は、みんなどこか印象がちがっていた。

ベイビー＝ベイビーはしなびたネズミ老婆ではなく、いまでは気迫たっぷりの心やさしい女性に見える。クローリーは真人並みに危険そうで、こちらを向いた美しい顔は、押し殺した憎しみのために表情を失っている。チャーリー＝イズ＝マイ＝ダーリンはほがらかで気さくで頼もしい。オースンや蛇女も、目鼻だちは異質であるものの、表情は読みとれるような気がした。

妙にもったいぶったあいさつがひととおりかたづいたところで、エレインはきいた。「これからどういうことになるのかしら？」

新しい声が上がった。——知っているような、知らないような声だ。

エレインは壁のくぼみに目をやった。

レイディ・パンク・アシャシュ！　そして、となりにいるのは誰だろう？

そう自問しながらも、エレインは答えを知っていた。大きくなったジョーンなのだ。レイディ・パンク・アシャシュやエレインより頭半分低いだけ。たくましく明るくもの静かに育った新しいジョーンが、そこにいた。だが、かわいい懐かしいド・ジョーンであることにも変わりなかった。

「ようこそ、わたしたちの革命へ」とレイディ・パンク・アシャシュ。

「なんなの、革命って？」エレインはきいた。「それに思考遮蔽があっては、ここへ入れないと思っていた」

レイディ・パンク・アシャシュは、ロボット・ボディのうしろに引きずっているワイヤを持ちあげた。「このボディを使えるように、仕掛けをこしらえたの。もうこの先用心する必要はないから。これから用心しなければならないのは向こうのほう。革命とは、制度と人間を変える手段のことです。これもそのひとつ。あなたが先に行って、エレイン。こちら」

「そして死ねというわけ？　そういう意味なの？」

レイディ・パンク・アシャシュは温かい笑い声をあげた。「もうわたしのことはいわなくてもわかるわね。ここにいるわたしの友人たちのことも。自分の人生がいままでどうだったかもわかるでしょう。居場所もない世界に生きている役立たずの魔女医者だった。この先にあるのは死かもしれないけれど、そのまえになにをして死んでいくかということが大事なの。わたしたちは死ぬかもしれない。ジョーンは自分の運命に向きあおうとしているのよ。あなたは上部シティまで案内してあげて。あとはジョーンが先導します。そうして成行きを見ましょう」

「それはつまり、この人たちもみんな行くということ？」エレインは集まった下級民を見わたした。いま群衆は、通廊沿いに二列の長い隊形をつくりはじめている。母親が子どもの手をとったり、赤んぼうを腕に抱えているところでは、列にふくらみができる。ところどころで、巨人型の下級民が列にアクセントを添えている。

いままではみんな無意味な存在……わたしもそうだった、とエレインは思った。けれど、いまわたしたちはなにかをなし遂げようとしている——その代償が、もしかして生の停止であろうとも。いや、〝もしかして〟ではない、確実なことだ。しかしたくさんの世界の運命を——ほんのすこしでもいい、ほかの人たちのためでもいい——変えることができるなら、やってみる価値はある。

ジョーンが話しだした。声も体にあわせて大人びているが、その芯にあるのは、十六時間まえ（まるで十六年まえのような気がする）イングロックのトンネルのまえで聞いたときとおなじ、あの可愛らしい犬少女の声だった。

ジョーンはいった。「愛は特別なものじゃなく、人間のためだけに用意されたものでもありません。

愛はいばらないし、愛にはほんとうの名前はありません。愛は命のためにあるもので、その命をわたしたちは持っています。

わたしたちは戦って勝つことはできません。人間たちは数が多すぎるし、武器はたくさんありすぎるし、スピードは速く、力も強すぎます。けれど、わたしたちは人間に創られたのではありません。人間を創ったなにかが、わたしたちをも創ったのです。みなさん、わかっているわね。その名前をいいますか？」

群衆のなかから、〝いや〟とか〝駄目〟とかいうつぶやきが起こった。

「みんなわたしを待っていてくれました。わたしも待っていました。もしかしたら、これが最期かもしれない。それなら、昔とおなじような死にかたを選びましょう——なにもかもが楽になり無慈悲になるまえの時代のように。いま人びとは恍惚のなかで生き、夢のなかで死んでゆきます。でも上等な夢ではないので、めざめさえすれば、わたしたちだって人間だということに気がつくはずです。みんなわかりますか？」うなずく声。「わたしを愛してくれますか？」ふたたび賛同の声。「行って勝利をつかみますか？」群衆は歓呼の叫びをあげた。

ジョーンはレイディ・パンク・アシャシュのほうをふりかえった。「これでなにもかも、あなたが望んだり命じたりしたとおり？」

「ええ」とロボット・ボディの愛すべき死婦人はいった。「最初がジョーンで、みんなを先導します。エレインはそのまえを歩いて、ロボットやふつうの下級民をどかしてちょうだい。真人たちに出会ったら、愛しなさい。それだけでいいの。その人たちを愛するの。もし相手が殺そうとしても、愛しなさい。どのようにするかはジョーンが教えます。もうこの先、わたしはいないと思って。用意はいいわね？」

ジョーンは右手を上げ、なにごとかひとりつぶやいた。群衆はジョーンに向かって礼をし、形や大きささまざまの動物顔・人間顔がうつむいた。列のうしろのほうで、赤んぼうがかすかなファルセットでミャオと泣いた。

列をひきいていざ出発というとき、ジョーンは群集のほうをふりかえった。「クローリー、どこなの？」

「ここよ、まん中あたり」はっきりした穏やかな声がうしろからひびいた。

「いまはわたしを愛してくれている、クローリー？」

「いいえ、ド・ジョーン。あんたが子犬だったころより、もっと好きじゃなくなったわ。だけど、ここにいるのはあんたの仲間であると同時に、わたしの仲間なの。わたしは勇敢だわ。

歩けるわ。面倒はかけない」

「クローリー、もし人間と会ったら、その人たちを愛してくれる？」

まわりじゅうの顔が、美しい野牛娘（バイソン）のほうを向いた。エレインのいる場所からも、くすんだ通廊の奥のほうにかろうじてその顔が見分けられた。女の顔は、感情のたかぶりに死人のように蒼白になっている。それが怒りによるものか恐怖によるものかは、わかりかねた。

ようやくクローリーが口をひらいた。「いいえ、わたしは人間を愛さない。あなたを愛する気もないわ。わたしにはプライドがあるもの」

静かに、静かに、枕べに寄り添う死の使いのように、ジョーンがいった。「あとに残ってもいいのよ、クローリー。ここにいてもいいの。あんまり助かる見込みがあるとは思わないけど、ゼロというわけじゃないから」

クローリーはジョーンをにらんだ。「あなたに悪運がふりかかるといいわ、犬女。となりにいるいやらしい人間の女にも悪運がふりかかるといい」

どうなることかと、エレインは爪先立ちで見まもった。クローリーの顔がとつぜん消え、下に沈んだ。

蛇女が群衆をかきわけて現われ、ジョーンのそばに立って注目を集めると、金属のように澄んだ声をひびかせた。

「歌って、みなさん――哀れな哀れなクローリー、と。歌って、みなさん――クローリーを愛してる、と。彼女は死んだわ。愛がみんなに行きわたるように、わたしが殺しました。わたしもあなたたちを愛しています」蛇女はいったが、その爬虫類的な顔だちには愛も憎しみも読みとることはできなかった。

レイディ・パンク・アシャシュにうながされたようすで、ジョーンが口をひらいた。「みんなクローリーを愛しているわね。クローリーのことを心に刻んで、それから進みましょう」

チャーリー＝イズ＝マイ＝ダーリンがエレインをすこしこづいた。「ほら、あんたが道案内だ」

夢うつつのまま、心乱れたまま、エレインは先に立った。

ジョーンのわきを通りすぎるとき、エレインは温かい、うきうきした、ふるいたつようなものを感じた。見ちがえるように背は高くなったものの、ジョーンはすこしの隔たりも感じさせず、にっこり笑ってささやいた。「よくやってるぞといって、人間女さん。わたしは犬で、犬は百万年まえから人間にほめられるためにやってきたんですもの」

「あなたは正しいのよ、ジョーン、思っているとおりに進みなさい。わたしはいつも味方よ。さあ、行きましょうか？」

うなずくジョーンの目に、みるみる涙がたまった。

エレインが先に立った。

つづいてはジョーンとレイディ・パンク・アシャシュ。犬と死人が群衆をひきいた。

あとには残りの下級民が二列縦隊でしたがった。

秘密のドアを全開すると、日の光が通廊にあふれた。悪臭まじりのよどんだ空気が、行列といっしょに吐きだされるのが目に見えるようだった。最後になって、トンネルの奥をもう一度ふりかえると、クローリーの亡骸がフロアにぽつんところがっているのが見えた。

とうとうエレインは正面を向き、階段を昇りはじめた。

下級民の行進はまだ気づかれていない。

エレインの耳に、レイディ・パンク・アシャシュの引きずるワイヤの音が聞こえてくる。ワイヤが階段の石と金属をこする音だ。

てっぺんのドアに着いたところで、つかのまエレインはためらいとパニックにおそわれた。「これはわたしの人生、わたしの人生なんだ」と思った。「これをなくしたら、もうほかにはない。わたしがなにをしたというの？　ああ〈ハンター〉、〈ハンター〉、どこにいるの？　わたしを裏切ったの？」

うしろからジョーンがそっといった。「さあ、歩いて！　歩いて。これは愛の戦争なのよ。行きましょう」

エレインは上の通りへ出るドアをあけた。道路には、人間がいっぱいいた。警察のオーニソプターが三機、上空をゆっくりとはばたいてゆく。この数はただごとではない。エレインはまた足をとめた。

「歩きつづけて」とジョーン。「それから、ロボットたちを追い払ってちょうだい」

エレインは足を踏みだし、革命がはじまった。

8

革命は六分間、百二十メートルにわたってつづいた。

下級民がドアからあふれだすと、たちまち警察が飛来した。

一機めは巨鳥のように空を切って近づき、誰何した。「何者だ？　身元を明らかにせよ！」

エレインはいった。「去りなさい。これは命令です」

「身元を明らかにせよ」と鳥もどきのマシンがいった。大きくバンクしながら、機体中央部からロボットがレンズの目で見下ろしている。

「去りなさい」とエレイン。「真人であるわたしの命令です」

最初の警察オーニソプターは、どうやら僚機に通報したらしい。彼らは連れだって、巨大ビルの谷間をはばたきながら近づいてきた。

たくさんの人びとが足をとめていた。おおかたはぽかんとした表情だが、なかにはこの下級民の大発生に色めきたっている者、おびえている者、愉快がっている者も見える。

ジョーンの声が、できるかぎりはっきりした大共通語でひびいた――

「みなさん、わたしたちは人間です。みなさんが大好きです。みなさんを愛します」

　下級民は、愛します、愛します、愛します、とうたいだした。嬰音と半音がいっぱいの異様な単旋聖歌の合唱に、真人たちはすくみ、あとじさってゆく。ジョーンはおなじくらいの背格好の若い女を抱きしめ、みずからお手本を示した。チャーリー＝イズ＝マイ＝ダーリンは近くにいた人間男の肩に手をかけ、声をはりあげた――

「あんたを愛してるよ、にいさん！　ほんとうさ、愛してるとも。会えてうれしいよ」人間男は出会いにとまどいながらも、それ以上に、山羊男の声のかがやくばかりの温かさに驚いている。口をあんぐりあけ、体の力を抜き、このまったくのいやおうない驚きを受けいれてしまったようすだ。

　列のうしろのほうで、悲鳴があがった。

　一機の警察オーニソプターがぱたぱたともどってきた。追いやった三機のうちのどれかなのか、新しいやつなのか、そこまでの見分けはつかない。エレインはオーニソプターを声のとどくところまで引きつけ、飛び去れと命じようとした。生まれてはじめてエレインは、危険の物質的なありかたを思案した。警察マシンは弾を撃ってくるだろうか？　それとも火炎を射るだろうか？　それとも泣き叫ぶのもかまわず、鉄の鉤爪にはさんでどこかへ運び、きれいで清潔な別人に作りかえてしまうのだろうか？

「ああ〈ハンター〉、〈ハンター〉、いまどこにいるの？　わたしのことを忘れてしまった？　わたしを裏切ったの？」

　下級民はどんどんあふれだし、真人たちとまじりあい、その腕や衣服をつかんでは、さまざまな声の奇妙なメドレーをくりかえしている。

「愛しているぜ。ああ、おねがい、愛してるのよ！　わたしたちは人間です。みなさんの兄弟や姉妹なんだ……」

蛇女はあまりはかどっていなかった。鉄よりも頑丈な手でひとりの人間男にしがみついている。エレインには、彼女がなにかいったようには見えなかったが、男はたちまち卒倒してしまった。蛇女は失神した男を脱ぎ捨てたオーバーコートのように腕にかけ、愛を打ち明けられる新しい相手をさがしている。

エレインのうしろで低い声がした。「もうじき彼が来ますよ」

レイディ・パンク・アシャシュの声だ。

「誰が？」とききかえしたものの、いわれなくてもわかっていた。だが自分からは認めたくなくて、空で輪をえがくオーニソプターを一生懸命見つめた。

「〈ハンター〉に決まってるじゃない」と愛すべき死婦人のロボットはいった。「あなたのそばにかけつけるわ。もう大丈夫よ。わたしのワイヤはここで終わりなの。どこかよそを向いていて、エレイン。彼らはまたわたしを殺しに来そうだし、あまり楽しいながめにはなりそうもないから」

十四体の歩兵型ロボットが、軍隊ふうに整然と群衆のなかに割りこんできた。真人たちはこれに活気づき、開いたドアへ逃げだそうとしている者もいる。だが大半は呆然と立ちつくし、下級民のなすがまま、握手を受け、果てしない愛のことばに耐えている。いまでは下級民の声は、動物の生いたちむきだしだ。

ロボット警察隊長はそんな光景には目もくれなかった。彼はレイディ・パンク・アシャシュに向かってつき進んだが、まえに立ちふさがったのはエレインだった。

「命令します」エレインは声に、職業魔女医者のありったけの情熱をこめた。「すぐここから立ち去りなさい。これは命令ですよ」

ロボットの眼球レンズは、暗青色のビーズ玉をうかべたミルクの海を思わせた。目玉は焦点が定まらないようにゆらゆらとただよい、エレインを上から下までながめた。ロボット警察隊長は返事をする代わりに大まわりし、エレインが立ちふさがるよりも速くレイディ・パンク・アシャシュのところに向かった。

エレインは驚きあわてながらも、死婦人のロボット・ボディがいままでになく人間っぽく見えるのに気づいた。ロボ警察隊長は死婦人と向きあった。

以下にあるのは、われわれみんなにとって忘れることのできない場面である。記録キューブがとらえたこのできごとの最初の完全影像だ――

金色と黒のロボ隊長が、ミルクのような眼球でレイディ・パンク・アシャシュを見つめる。

レイディ自身は、見ばえのよいロボット・ボディ姿で威厳たっぷりに片手をあげる。

エレインは取り乱し、ロボットを引き止めるかのように身をなかばよじる。急にふりかえったので、黒髪が宙にひるがえる。

チャーリー＝イズ＝マイ＝ダーリンが叫んでいる。ネズミ色の髪をしたハンサムな小男に向かって、「愛してる、愛してる、愛してるぜ！」と。男は息をのむだけで、返事もできない。

こうしたすべてをわれわれは知っている。

ここで前代未聞のことが起こる。いまのわれわれには納得がいくが、星ぼしやあまたの世界が予想もしていなかったできごとだ。

反乱である。

ロボットの反乱。

白日のもとでの不服従だ。

ことばはキューブでは聞きづらいが、なにが話されたかはわかっている。警察オーニソプターの記録装置は、レイディ・パンク・アシャシュの顔にまっすぐねらいを定めていた。読唇術師の目には、ことばははっきりと見えた。読唇術師でない者でも、視眺ボックスで三回、四回とかけなおすと聞きとることができた。

「越権行為です」とレイディがいう。

「いや、あなたはロボットだ」と警察隊長がいう。

「その目でちゃんと見なさい。わたしの脳を読んで。わたしはロボットです。であると同時に、人間の女です。あなたは人間には逆らえない。わたしは人間です。あなたを愛してますよ。それだけじゃなくて、あなたも人間なのです。だって物を考えているのだもの。わたしたちのあいだには愛があるの。どう、攻撃してごらん」

「だ――駄目です」とロボ警察隊長。ミルク色の目は、興奮してぐるぐるまわっているようだ。「愛している？　わたしが生きているというのですか？　この世にある、と？」

「そう、あるのよ、愛のもとに」とレイディ・パンク・アシャシュ。「彼女を見て」といってジョーンを指さし、「この人が愛を運んできたの」

ロボットは法にそむいて、そちらに目をやった。彼のひきいる隊もおなじ動きをした。ロボットはレイディに向きなおると、一礼した。「では、われわれがあなたに従うことができず、彼らに逆らうこともできない場合、するべきことはご存じなのですね」

「するだけです」とレイディは悲しげにいった。「ただ自分がなにをするか知っていなくては。あなたは人間が与える二つの命令から逃げているわけではないの。選択をするだけ。あなた自身が。その行為があなたを人間にするのです」

隊長は、自分のひきいる人間サイズのロボット隊のほうをふりかえった。「聞いたか？　われわれは人間だと、この人はいってる。わたしはこの人を信じる。おまえたちは信じるか？」

「信じます」いっせいに叫びが起こった。

ここでキューブ影像は終わっている。だが、この場面がどのような結末を迎えたか想像するのはたやすい。エレインは隊長ロボットのすぐうしろで足をとめたところ。部下のロボットたちは彼女のうしろに近づいたところ。チャーリー＝イズ＝マイ＝ダーリンは話しかけるのをやめている。ジョーンは祝福するために両手を上げかけたところ。その温かい茶色の犬の目は、あわれみと理解に大きく見ひらかれている。

人びとはわれわれが見ることのできない光景を文章に書き残している。ロボット警察隊長はこういったようである。「みなさんを愛します、さようなら。われわれは命令にそむいて死にます」隊長はジョーンに手をふった。ついでこういったかどうかは定かではない。「さようなら、われらのレイディ、われらの解放者」この二番めの台詞はどこかの詩人の創作だろうが、まえのほうの台詞は事実と思っていい。また、つぎに発せられたことばもたしかな事実で、これについては歴史学者も詩人も意見が一致している。ロボット隊長は部下たちに向かい、こういった――

「自動破壊機構作動」

十四体のロボット――黒と金の警察隊長と、彼にしたがう銀と青のロボット十三体は、カルマの街路でとつぜん白い炎をほとばしらせた。彼らは自殺ボタンを押し、頭部に取り付けられたテルミット弾の帽子を爆発させたのである。人間の指図はなかった。同類のロボット、レイディ・パンク・アシャシュのボディの命じるままに彼らは行動し、しかもレイディ・パンク・アシャシュ自身、人間の権威をよりどころにしたのではなかった。一夜にして大人に変身したジョーン――かつての犬少女ド・ジョーン――のことばをよりどころにしたのだ。

噴きあげる十四の白い火柱に、人間も下級民も思わず目をそむけた。その光のただなかに、警察の特別オーニソプターが舞いおりた。なかから二人の長官が現われた。レイディ・アラベラ・アンダーウッドとレイディ・ゴロクである。二人は手を上げ、白熱して自殺するロボットたちから目をかばった。二人は気づかなかったが、いつのまにか〈ハンター〉が通りを見下ろす窓のひとつにこつぜんと姿を見せ、両手で目をおおい、指のすきまからこの情景全体をながめていた。

目をくらまされたまま、身動きもならずにいるうちに、人びとはとつぜん激しいテレパシー・ショックとともに、レイディ・ゴロクが事態の掌握に立ちあがるのを感じた。これが補完機構のトップのひとりである彼女の職務なのだ。と同時に、全員ではなくほんの一部だが、ジョーンの心がレイディ・ゴロクに挑みかかる異様なカウンターショックを経験した者もいた。

「わたしが指揮をとります」レイディ・ゴロクの心が、居合わせたすべての者に向けてひらかれた。

「どうぞ指揮をとってください。でも、わたしはあなたを愛します、愛します」とジョーンは思いを投げた。

第一級の精神力がぶつかりあった。

二人は組み合った。

革命は終わった。べつになにが起こったというわけでもない。ただジョーンが人びとをレイディ・ゴロクに引き合わせたというだけ。あの詩に語られたような人間と下級民のまったき混合にはほど遠い。混ざりあいが起こったのはもっとずっと後世、ク・メルの時代よりさらにあとのことである。詩はたしかに美しいが、ごらんのとおり、まったく的はずれだ。

ききなさい、このわたしに
　わたしに、わたしに、わたしに
だって、知ってるんだ――
住んでいたんだから
　あの〈東の岸辺〉に
いまや、もう男は男じゃなく
女は女じゃなくて
人は人じゃない

なんにしても、フォーマルハウト3に〈東の岸辺〉という地名はない。人間／下級民危機が本格的に起こるのは、これよりはるかにあとの時代である。革命は失敗に終わったが、そのときにはもう歴史は、二人の女性長官(レイディ)の対立という新しいターニング・ポイントを迎えていた。二人とも驚きのあまり、心を閉ざすのを忘れていた。自殺ロボットや世人を愛する犬などという話は、いままで聞いたことがない。不法な下級民がうろつきまわっていることさえ不祥事なのに、この新事態は――おお！

（処分しなさい）とレイディ・ゴロクはいった。

「なぜ？」とレイディ・アラベラ・アンダーウッドは思いを送った。

（故障だからです）とゴロク。

「だけど、機械じゃないでしょう！」

（では、みんな動物――下級民です。殺さないと、殺さないと！）

われわれの時代を生みだす答えが到来したのは、そのときである。答えはレイディ・アラベラ・アンダーウッドの口から発せられ、カルマの全シティが聞いた――

（もしかしたら彼らは人間かもしれない。裁判にかけなければ）

犬娘ジョーンはひざをついた。「わたしやったわ、とうとうやったわ、成功したんだ！もう殺されてもいい。みなさん、殺して。でも、みなさんを愛します、愛します！」

レイディ・パンク・アシャシュがひっそりとエレインにいった。「わたし、いまごろは死んでいるかと思っていた。とうとうほんとに死んでしまうのかと。だけど、まだ生きてる。わたしは歴史の流れが変わる瞬間を見たんだわ、エレイン。あなたもいっしょにその瞬間を見たのよ」

下級民はなりを静め、二人の偉大な女性のあいだで戦わされるテレパシー論争に聞きいっている。

オーニソプターの編隊がひゅるひゅると風を切りながら地上に降下し、真人の兵士たちがとびおりた。彼らは下級民のところへ走り、細引きで縛りはじめた。

ひとりの兵が、レイディ・パンク・アシャシュのロボット・ボディに目をやった。持っていた杖をボディに接触させると、杖は熱でチェリー・レッドに染まった。ロボット・ボディのほうは一瞬に熱を吸い取られ、冷たい結晶となって地面に倒れた。

エレインは凍ったがらくたと赤熱した杖のあいだに踏みだした。〈ハンター〉の姿を見つけたのだ。

エレインは見ていなかったが、ひとりの兵士がジョーンに近づいた。兵士はジョーンを縛りはじめたが、やがて飛び離れると、泣きながら叫んだ。「この人はおれを愛してる！ 愛してくれてる！」

部隊を指揮するロード・フェムティオセクスが進みでて、話しつづけるジョーンを縛りあげた。

彼は冷酷に答えた。「そりゃ、わたしを愛してくれてるだろうさ。おまえはいい犬だ。もうじき死ぬ運命だが、ワンちゃんよ、それまではわたしに従いなさい」

「従うわ」とジョーン。「だけど、わたしは犬でもあり、人間でもあるんです。心の目をひらいて、人間さん、そうしたらわかるから」

彼は心をひらき、ひた寄せる愛の大海を受けとめたようだ。それが衝撃だったのだろう。腕がふりあげられ、殺意をこめた手刀となってジョーンの首をねらった。

「駄目、いけません」レイディ・アラベラ・アンダーウッドの思念がとんだ。「その子は正式な裁判を受けるのです」

ロード・フェムティオセクスはレイディ・アラベラのほうを向き、にらみつけた。（長官は長官をおそうものではないよ、わがレイディ。腕を放しなさい）

レイディ・アラベラは人前であけっぴろげに思念をぶつけた。「では裁判を」

彼は腹を立てながら、うなずいた。公衆の面前で、レイディ・アラベラに向かって考えたりしゃべったりしたくはなかったのだ。

警官がエレインと〈ハンター〉を彼のまえに引きたてた。

「サー・マスター、この者たちは人間で、下級民ではありません。しかしこの者たちの頭には、犬的思考、猫的思考、山羊的思考、ロボ的知識が詰まっております。のぞいてごらんになりますか」

「なぜのぞく必要がある？」問いかえすロード・フェムティオセクスは、古代の絵に見るバルドル（北欧神話の光と平和の神）さながらに金髪碧眼で、その振る舞いはしばしば同様に傲慢だった。

「まもなくロード・リマオーノが着く。それで長官全員だ。いまここで裁判をおこなおう」

エレインは細引きが手首にくいこむのを感じた。〈ハンター〉が慰めのことばをしきりにささやきかけてくれるが、ことばの意味が呑みこめなかった。

「ぼくらは殺されないだろう。もっとも、日が暮れるころには、殺してほしいと思うだろうがね。なにもかもが彼女のいったとおりに運んでいるから――」

「彼女って？」エレインが口をはさんだ。

「彼女？　あの婦人さ、もちろん。愛すべき死せるレイディ・パンク・アシャシュ――死後、機械に刷りこんだ人格だけで奇跡を起こした女性さ。ぼくの役割を誰が教えてくれたと思う？　きみがジョーンの偉大さを引きだしに来るのを、なぜみんなで待っていたと思う？

なぜクラウン・タウンの住民は、ド・ジョーンという娘をつぎつぎと育て、大いなる奇跡を待っていたと思うんだ？」

「知っていたのね？」とエレイン。「知っていたんだ……起こるまえから」

「もちろんさ。ずばりとはいかないが、かなりのところはね。彼女は死後何百年とあのコンピュータのなかにいた。ありとあらゆることを考える時間があった。もし、かくあることが必然なら、どういうことになるかを彼女は見抜いて、ぼくは――」

「黙れ、人間！」とロード・フェムティオセクスはどなった。「そのおしゃべりで動物たちが落ち着かなくなるのだ。黙らないと、麻痺光線を照射するぞ！」

エレインは口をつぐんだ。

ロード・フェムティオセクスがちらりとエレインを見た。人前で怒りをうっかりおもてに出してしまったのがよほど気になったのだろう、そっとつけ加えた――

「裁判がはじまる。あの背の高いレイディの命じた裁判が」

9

裁判のことは誰もが知っているから、長々と筆を費やす必要はない。サン・シゴナンダにもう一枚の絵がある。彼の伝統的な時代に属するもので、裁判の情景をわかりやすくえがいている。

　街路には真人たちがあふれ、押しあいへしあいしながら、時と完成がもたらした退屈をまぎらすものを求めている。人びとはみんな、数字や数字コードを名前代わりに使っている。誰もがこざっぱりして、元気で、どんよりとしあわせそうだ。しかも、みんなたいへんよく似ている。目鼻だちも、健康も、底にひそむ倦怠(けんたい)さえそっくりだ。そのひとりひとりが四百歳の寿命に恵まれている。本物の戦争を知っている者はひとりもいないが、兵士たちの一触即発のようすから、無益な訓練を数百年つづけてきたことがうかがえる。人びとは美しいが、みんな人生の無意味さを感じ、自身では気づくことなく自暴自棄になっている。それは絵から手に取るようにわかる。――心にくく配置された群衆の乱雑な列と、彼らのととのった希望のない顔にふりそそぐ穏やかなブルーの昼光からわかる。

　しかしサン・シゴナンダが真骨頂を発揮するのは、下級民をえがくときだ。ジョーンの姿は光にひたされている。明るい茶色の髪と犬らしい茶色の目は、柔らかさとやさしさを体現している。また彼の筆は、ジョーンの新しい体ができたてで、ひどく頑丈なこと、彼女が純潔で、いつでも死ぬ覚悟ができていること、ふつうの娘でありながら、なにものも恐れていないこと――そういった印象までも伝えきっている。愛は彼女の両足に見てとれる――軽々とした立ち姿。愛は彼女の上体に見てとれる――裁判官たちに向かってさしのべられた両手。愛は表情に見てとれる――自信たっぷりな笑み。

　そして裁判官たち！

サン・シゴナンダは彼らをも掌中にしている。ロード・フェムティオセクスはいまはもう平静だ。その薄い鋭い唇は、彼を容れるには小さすぎる宇宙に対し、やむことない怒りをあらわにしている。ロード・リマオーノは賢く、二度の若返り処置の経験者で、ものぐさだが、眠たげな目とおっとりした笑みの背後に、蛇のような研ぎすませた神経を隠している。レイディ・アラベラ・アンダーウッドは、その場にいた真人のなかではいちばんの長身だ。ノーストリリア的な矜持と莫大な富が裏付ける傲慢さは、これまた莫大な富が許す気まぐれな優しさとともに、そのすわった姿にあらわれている。彼女が裁いているのは罪人ではない――仲間の裁判官たちのほうだ。レイディ・ゴロクはついに取り乱し、理解できない運命のいたずらに顔をしかめている。画家はそのすべてをとらえている。

また博物館へ足を運ぶなら、本物のキューブ影像も存在する。現実はあの有名な絵ほどドラマチックではないが、それなりの価値は持っている。ジョーンはすでに何千年も昔に死んだが、その声はいまでも奇妙に感動的だ。それは人間に改造された犬の声であり、偉大な女性の声でもある。レイディ・パンク・アシャシュの姿から学ぶところがあったのだろう。またイングロックの〈黄と茶の通廊〉の上の忘れられた広間で、エレインと〈ハンター〉を観察したことも役立っているにちがいない。

裁判の語録も残っている。多くのことばが、あまたの世界に知れわたった。

審理の最中、ジョーンはこういった。「でも、命より尊いものを見つけ、そのすばらしいなにかを命とひきかえにするのが、命の義務でしょう」

刑を宣告されたとき、ジョーンはいった。「わたしの体はみなさんの所有物です。でも、わたしの愛はちがいます。わたしの愛はわたしのものであり、殺されるときも、変わらない愛をみなさんに注ぎます」

兵士たちはチャーリー＝イズ＝マイ＝ダーリンを殺したあと、蛇女におそいかかった。首を切り落とそうとして果たせず、やがてひとりが氷結死を思いつくが、そのさなか、ジョーンはこういっている――

「わたしたちがそんなに異様ですか――みなさんが宇宙へ運んできた地球の動物が？　昔はおなじ太陽の下で、おなじ海、おなじ空を分けあってきたのよ。みんなマンホーム出身です。もしいっしょに故郷にいたら、こんなことにはならなかったといえるでしょうか？　わたしの祖先は犬です。みなさんがわたしの母を人間に改造してしまうまえの時代、犬族は人間を愛していました。だけど、いまでも愛してはいけませんか？　奇跡というのは、みなさんが動物から人間をつくったことじゃありません。奇跡とは、わたしたちが納得するのにこんなにも時間がかかったことなんです。いまわたしたちは人間、あなたたちも人間です。これからわたしの身に起こることを、みなさんはきっと将来つらく悲しく思うでしょう。でも、わたしがみなさんのつらさも悲しみも愛することを忘れないでください。なぜなら、そこからきっと尊いすばらしいものが生まれてくると思うからです」

ロード・リマオーノが意地悪くたずねる。「〝奇跡〟というのはなにか？」

すると彼女の答えはこうだ。「地球から伝わった知識のなかには、みなさんがまだ再発見が埋もれています。知ることができるのは、死んだ者と生まれていない者だけ……わたしはその両方です」

誰もが知っている情景だが、今日これを理解するのはおそらく無理だろう。

とにかくわれわれは、ロード・フェムティオセクスとロード・リマオーノが、みずからなにをしたと信じたかは知っている。二人がしたのは体制の維持をはかることであり、記録をキューブに残すことだった。人びとが心と心を融けあわせられるのは、基本観念が通じるときだけである。今日に至っても、テレパシーを直接記録する方法は見つかっていない。かけらや切れはし、とりとめのないごたまぜは手にはいるものの、重要人物たちの思いを満足にとらえた記録はない。ロード・フェムティオセクスとロード・リマオーノは、人間が下級民の暮らしに軽はずみにかかわりあうことを戒めるあらゆる教訓を、この事件をとおして記録しようとした。また下級民に向かっては、動物から人間の最良の召使いをつくるにさいし、その基盤となった規則と意図までも理解させようとしている。ここ数時間のめくるめく状況を考えれば、長官同士のあいだでさえ、これを通じさせるのはむずかしいだろう。一般人にたいしては、ほとんど無理な相談だった。〈黄と茶の通廊〉からの下級民の流出はまったく予想外のできごとで、これにはレイディ・ゴロクがジョーンを驚かせて対抗したにすぎない。ロボット警察の反乱は、銀河系を半分ほども巻きこむいろんな問題を提起した。それだけでなく、犬女の主張には、聞いていてうなずけるものがあった。もしこうしたことばが、しかるべき文脈も与えられず、ひとり歩きをはじめるなら、軽率な心・感じやすい心にどんな影響を及ぼすことか。悪質な思想は、突然変異した病菌のように広がりやすい。多少とも興味深ければ、人から人へ、あっというまに宇宙を半分がた飛びこえてしまうので、早く先手を打って止めなければならない。高度に秩序が保たれていた時代でさえ、くだらない流行やばかげたファッションが、人類をどんなに惑わせていたか考えてみるがいい。今日われわれは、多様性と柔軟性と危険、それにすこしばかりの憎悪のスパイスが、愛と命をいままでになく豊かに咲き誇らせることを知っている。悠遠(ゆうえん)の過去からよみがえった一万三千の古代語の錯綜のなかに生きるほうが、大共通語の完成された袋小路に生きるよりずっとマシなことを知っている。いまわれわれは、ロード・フェムティオセクスやロード・リマオーノが及びもつかないたくさんのことを知っている。だから、二人を愚かとか残酷と決めつけるまえに、人類が下級民問題にまっこうから取り組み、人間社会のさまざまな限界のなかで〝命〟のなんたるかを見きわめたのは、それから何十世紀も過ぎてからであることを再認識する必要がある。

最後にロード・フェムティオセクスとロード・リマオーノ自身の証言が残っている。二人はともに非常な長命を得たが、晩年、ド・ジョーンの物語の流布(るふ)には悩み、苦しんだ。長い在任中、ド・ジョーンの死とひきかえに生起せずに済んだあらゆる過誤——惑星フォーマルハウト3の平和のために、彼らが未然に防いだあらゆる災いや不幸が、物語のまえにすっかり影を薄くするのをわが目で見たのだ。また実像とはほど遠いのに、気まぐれで残酷な長官のイメージが広まってしまったことも、二人をひどく悲しませた。フォーマルハウト3のジョーンの物語が、いま見るようなかたち——すなわち、ク・メルの物語や、星の海に魂の帆をかけた女の冒険譚とならぶ人類の代表的なロマンス——になることを、もしこの二人の長官が知ったなら、彼らは失望するとともに、人類の気まぐれぶりにもっともな怒りを爆発させたことだろう。彼らの役割は疑いようもない。それは本人たちがはっきりさせている。ロード・フェムティオセクスは、火のことを思いついた責任を認めている。ロード・リマオーノは、賛成したと打ち明けている。何年ものち、二人はキューブでこの場面を再見し、なにかがあったことは認めた。レイディ・アラベラ・アンダーウッドのいった、というか考えたなにか——そのなにかが引金を引いたのだと。

だがキューブを使って記憶を再確認したあとでも、そのなにかを特定することはできなかった。

コンピュータまで動員し、裁判記録の一語一句、あらゆる声の変化を類別したが、肝心の個所をつきとめることはできなかった。

そしてレイディ・アラベラ——彼女を問いただす者はなかった。そこまでは誰もしなかった。レイディ・アラベラは故郷のオールド・ノース・オーストラリアにひっこみ、サンタクララ薬の莫大な富にかこまれた暮らしにもどった。そうなれば宇宙広しといえど、日にわざわざ二十億クレジット支払って調査員を送り、裕福で頑固で朴訥（ぼくとつ）なノーストリリア農民相手に聞きこみを続けさせるような物好きな惑星はどこにもない。それに、どのみち農夫たちは他星者とは口をきかないのだ。ノーストリリア人は、自分の招待客ではない人間が着陸すると、入星料としてその金額を徴収するのである。だからレイディ・アラベラ・アンダーウッドが帰星後、なにをいいなにをしたかについては、われわれはまったく知る立場にない。ノーストリリア人はその件についてはノー・コメントであり、こちら側もわずか七十年の人生にもどりたくなければ、ストルーンを唯一生産する惑星の怒りを買うようなことはしたくない。

そしてレイディ・ゴロク――あわれ、彼女は発狂した。

狂気は数年つづいた。

人びとは長くこれを知らなかったが、彼女からはなんのことばも引きだせなかった。その時期彼女が見せた奇矯さは、いまでは歴代ロード・ジェストコーストに特有の行動として知られている。彼らは二千年余のあいだ、勤勉と功労によって補完機構に足跡を記した。だがジョーンの事件については、彼女はなにももらさなかった。

したがって裁判風景については、われわれはすべてを知っているし、またなにひとつ知らない。

われわれは犬少女ド・ジョーン（のちのジョーン）の生涯について、具体的な事実を知っている。――少なくとも、知っているつもりでいる。正義の到来を果てしなく下級民にささやきつづけたレイディ・パンク・アシャシュのことを知っている。不運なエレインの一生と、彼女のこの事件へのかかわりあいを知っている。下級民がはじめて作られたころの数世紀、不法な下級民の住むたくさんの秘密の街があり、人類から処分宣告を受けたのちも、彼らが人間に近い才知と、動物的なずるさと、言語能力をたよりにしぶとく生きていたことを知っている。〈黄と茶の通廊〉は秘密の街として、決して唯一のものではなかった。われわれは〈ハンター〉のその後さえも知っている。

ほかの下級民――チャーリー＝イズ＝マイ＝ダーリン、ベイビー＝ベイビー、メイベル、蛇女、オースン、その他みんなについては、裁判のキューブが残っている。彼らは裁かれなかった。下級民の証言が不要とわかると、その場で兵士たちに処刑されたのだ。証人としては、数分から一時間の余命が与えられた。だが動物としては、彼らはすでに法の埒外にあった。

そう、われわれはこうしたことを全部知っている。といって、なにを知っているわけでもない。ともすれば目をつぶってしまいがちだが、死というのは単純なものだ。どのように死ぬかは、小さな科学的関心事である。いつ死ぬかはひとりひとりの問題で、寿命四百年と決まっている旧弊な惑星であろうが、病気や事故の自由が復活した急進的な惑星であろうが、事情は変わらない。なぜ死ぬかは、原子力利用以前、死者を箱に入れて地面に埋めた時代とおなじように、いまのわれわれにとってもショッキングだ。だがキューブで見る下級民は、いままでの動物とはおよそ異なる死にかたをした。みんな嬉々として死んでいったのだ。

ひとりの母親は、殺してくれと兵士に向かって子どもたちをさしだした。

祖先はネズミだろう、抱いているのは七つ子で、顔かたちも体つきもそっくりだ。

キューブは、身がまえる兵士の姿をとらえている。

ネズミ女は笑顔で兵士を迎え、七人の赤んぼうを抱きあげる。みんなブロンドのちび助で、ピンクやブルーのボンネットをかぶり、頰はまっ赤、目はきらきらとブルーにかがやいている。

「地面に下ろせ」と兵士はいう。「おまえと赤んぼうを殺す」キューブから流れる声には、いらついた横柄なひびきがある。「命令だからな」とつけ加えるようすは、まるで下級民に行為の弁明をしなければいけないと気づきはじめたようだ。

「このまま抱いていてもいいわ、兵隊さん。産んだのはわたしだもの。母親といっしょに楽に死ねるなら、この子らも本望でしょう。あなたを愛してます、兵隊さん。みんなを愛してます。わたしはネズミの血筋、あなたは人間の血筋かもしれないけど、わたしたちは兄弟よ。さあ殺してやって、兵隊さん。わたしにはあなたは傷つけられない。だって、そうじゃない。あなたを愛しているんだもの。わたしたちみんな、おなじことば、おなじ希望、おなじ恐怖、おなじ死を分けあっているのよ。それをジョーンは教えてくれたの。死はいやなものではないわ。いやなかたちで起こることはあるけれど、あなたはきっと覚えていてくれると思う。わたしのことを、わたしが愛したということを——」

影像の兵士は、もう我慢の限界に達している。彼は武器をふりあげ、女をなぐり倒す。赤んぼうたちは地面にころがる。兵士のブーツのかかとが高く上がり、子らの頭を踏みつける。ぐしゃぐしゃという音がして、小さな頭がつぶれ、泣き声が途中で切れてゆく。キューブは、ネズミ女の最期の姿をとらえている。七人めの赤んぼうが殺されるころには、彼女は立ちあがっている。兵士に手を差しだし、握手を求める。顔は汚れ、あざができ、左の頬には血が一筋流れている。いまでもわれわれは、彼女がネズミ、下級民、改造された動物、社会の屑であることを忘れていない。だが何千年という時を超えて、どうしたものか彼女は、われわれ以上に人間的な厚みをおびて迫ってくる。——人間らしく満たされて死んでゆく姿が伝わってくる。彼女はたしかに死に打ち勝ったのだ。われわれはその域には達していない。

兵士はただならぬ恐怖の表情をうかべ、ネズミ女を見つめている。——彼女の素朴な愛が、どこか異次元からやってきた測り知れない装置でもあるかのように。

彼女のつぎのことばが聞こえてくる——

「兵隊さん、あなたのすべてを愛します——」

兵士の武器は、まともに使えば数分の一秒で女を殺すことができただろう。だが彼はそうしなかった。その代わり、吸熱杖(じょう)をこん棒のようにふりあげると、まるでカルマのエリート衛兵の身分を忘れ、ただの野蛮人になりさがってしまったかのように、杖を彼女の上にふりおろした。

われわれはそのときの成行きを知っている。

ネズミ女は兵士の足もとに打ち倒される。だが彼女は指さす。指さすところには、火と煙につつまれたジョーンがいる。

ネズミ女は最後にもう一度叫ぶ。キューブの〝目〟に向かい、兵士だけでなく全人類に訴えかけるように――

「その娘を殺すことはできないわ。愛は殺せないのよ。愛してます、兵隊さん、愛してます。愛は殺せないの。忘れないで――」

最後のひとふりは、彼女の顔面をおそう。

彼女は舗道に倒れる。キューブで見るとおり、兵士はつきだした足で彼女ののどを踏みつける。おかしなジグでも踊るようにぴょんと飛びだすと、全体重をネズミ女のかよわい首にかける。踏みおろす勢いで体がまわり、〝目〟はその顔を真正面からとらえる。

それは泣きべそをかいた子どもの顔だ。傷つき、とまどい、まだこの先も傷つかねばならないのかとしょげている。

義務を果たそうとしただけが、とんでもない方向に迷いこんでしまったのだ。

哀れな男。あまたの新世界のなかで、愛を武器で抑えつけようとした人びとの最初のひとりにはいってしまうとは。戦いの興奮のなかで出会うには、愛はあまりにも苦く、効きめの強い成分なのだ。

下級民はみんな、こうして死んでいった。ほとんどはほほえみながら、愛のことばやジョーンの名前を唱えて死んでいった。

熊男のオースンは、最後の最後まで残された。

オースンの死にかたは奇妙だった。死にながら笑っていたのだ。

兵士は球弾器をかまえ、まっすぐオースンのひたいをねらった。球弾は直径二十二ミリで、初速は毎秒わずか百二十五メートルしかない。扱いにくいロボットや有害な下級民をしとめるにも、これを使えば、弾がビルをつき抜け、内部の見えないところにいる真人を傷つけるといったようなことはない。

ロボットたちの撮った影像を見ると、オースンには、武器がなにかちゃんとわかっているようだ（そう思ってまちがいないだろう。むかし下級民は、誕生から処分まで、残酷な死の危険にさらされながら暮らしていた）。影像のなかでは、彼はすこしもこわがっていない。それどころか、笑いはじめる。笑い声は温かく寛容でゆったりしている。——まるで気のいい養い親が、いたずらを見つけられ、やましそうな顔の継子（ままこ）のまえで、お仕置きなどしないよと心広く笑っているかのようだ。

「撃ちなさい、いいとも。おれは殺せないぜ、にいさん。おれはあんたの心のなかにいる。あんたを愛してる。ジョーンが教えてくれたんだ。いいか、兵隊さん。死なんてものはないのさ、愛にはな。ほ、ほ、ほ、かわいそうなやつめ、おれをこわがるなって。撃てよ！　不運なのはあんただ。これからも生きていく。思いだし、思いだし、思いだししてな。あんたを人間にしてやったんだ、にいさん」

兵士がかすれ声をだす。「なんだって？」

「あんたを救っているんだ、にいさん。本物の人間に変身させているところさ。ジョーンの力でな。愛の力で。かわいそうなやつ！　見てるのが心苦しいなら、いいから、早く撃ってしまえ。どっちみち撃つんだ」

兵士の顔はこのとき見えないが、高まってゆくストレスは、背中と首のあたりのこわばりに現われている。

われわれの見つめるまえで、柔らかい球弾は熊男の大きな幅広の顔にめりこみ、まっ赤な血しぶきがあがる。

つぎに〝目〟は別のものをとらえる。

小さな男の子だ。おそらく狐だろうが、申し分ない人間の姿をしている。

赤んぼうより大きいけれど、物心がつくほどではなく、ジョーンの教えの永遠性を、年長の子どもたちのようには理解していない。

その子はただひとり、ふつうの下級民らしい行動に出る。列を抜け、逃げだしたのだ。

彼は頭がいい。やじ馬の足もとを逃げまわるので、兵士たちは真人を傷つけるのが心配で、球弾や吸熱杖を使うことができない。走り、跳ね、身をかわし、消極的ではあれ、しゃにむに生存の戦いをつづける。

とうとう見物人のひとり——銀色の帽子をかぶったのっぽの男——が、彼の足をひっかける。狐少年は舗道に倒れ、ひざ小僧と手のひらをすりむく。誰がつかまえにくるかと顔を上げたとたん、飛んできた弾がきれいに頭をとらえる。子どもはすこし進んで倒れ、息絶える。

人はみんな死ぬ。われわれは人がどんなふうに死ぬか知っている。人びとが〈死の館〉でいやいや静かに死んでゆく姿を見ている。大半の人びとは四百年室に向かうが、その内部にはドアノブもカメラもない。自然の災害で死ぬ人びともたくさんいて、その光景はロボットなものである。

が原因調査のためにキューブに記録している。死は珍しいものではないが、たいへん不愉快なものである。

だがここでは、死の様相はちがっていた。あの小さな狐少年——理解するには幼すぎ、母に抱かれて死ぬには大きすぎた少年を除けば、下級民の姿からは、あらゆる死の恐怖が欠落しているのだ。彼らはこころよく死を迎えた。愛と安らぎを、その姿、声、態度いっぱいにあらわして死んでいった。彼らにジョーンの運命を見とどける時間があったかどうか、それは問題ではない。なんにしても、彼らはジョーンに万全の信頼をおいていた。

愛と平安な死——これはまさに新兵器だった。

クローリーは、プライドとひきかえに、こうしたすべてを見そこなったのだ。

調査員たちは、のちに通廊でクローリーの死体を見つけた。彼女の素姓と死んだ状況を再構築することは可能だった。レイディ・パンク・アシャシュの無形の精神が宿るコンピュータは、裁判後も何日か動いていたが、もちろん発見され、解体された。当時は誰ひとり、彼女の意見と最後のことばを聞いておこうとは考えなかった。たくさんの歴史学者が、これには歯がみして悔しがっている。

というわけで、細部ははっきりしている。公文書館には、エレインにかんする長い質疑応答の記録さえも残されている。エレインにかけられた疑いは、裁判後、この審査によって晴れた。しかし〝火〟の観念がどこからまぎれこんだのかはわかっていない。

四人の補完機構長官が裁判をとりおこなっている最中、どこかキューブ・スキャナーの視程のかなたで、そのことばが彼らの心を通り抜けたのだろう。これに対して、抗議の声をあげた者がいる。鳥族（ロボット）のかしら、というかカルマ公安委員長で、名前をフィーシという下部主任である。

キューブには彼の姿が残っている。フィーシは場面の右側に現われる。四人の長官にうやうやしく礼をすると、右手で〝おそれながら……〟という意味の伝統的なジェスチャーをし、発言を求める。持ちあげた手を妙なぐあいにひねる動作で、これはジョーンとエレインの物語を通しで上演するとき、役者たちが真似しようとしてたいへん苦労するものだ（じっさい彼もまた、ほかの人びとと同様、未来世代が自分のさりげない出番を興味しんしんに観察するなどとは夢にも思っていない。このできごと全体が、今日のわれわれの知識からすると、ばたばたと性急に進行しすぎるきらいがある）。ロード・リマオーノがいう――

「発言は許可しない。これから判決を下すところだ」

鳥族のかしらはかまわず発言する。

「わたしの意見はその判決に添うものです、わがロードならびにレイディ諸賢」

「では、いいなさい」とレイディ・ゴロクが命じる。「しかし短く」

「キューブを切るのです。あの動物を処分しなさい。見物人たちを洗脳しなさい。この一時間については、長官諸賢の記憶消去もおすすめします。この事件全体がきわめて危険な性格を持っています。わたしはただオーニソプター部隊の指揮官であり、秩序の番人にすぎません。しかし、わたしは――」

「充分聞いた」とロード・フェムティオセクス。「きみは鳥たちの面倒を見ろ。われわれは諸世界を管理する。なぜきみはおこがましくも〝長官に代わって〟考えるのか？　われわれには、きみの想像もつかないような責任があるのだ。下がりたまえ」

フィーシは影像のなかで、不服そうにうしろに下がる。この一連の場面では、やじ馬の一部が帰りかけているのが見える。昼食の時間で、おなかがすいてきたのだ。このとき彼らは歴史はじまって以来最大の残虐行為を見逃そうとしているとは知らない。これについては、のちに何百というグランド・オペラが書かれることになる。

フェムティオセクスはここからクライマックスにはいる。「知識は少ないより多いがよし。――それが答えだ。惑星シェイヨルほど残酷ではないが、文明世界ではおなじくらい示しがつく見世物の話を聞いたことがある。そこのきみ」と鳥族のかしらフィーシに向かって、「オイルとスプレイ器具を持ってきなさい。すぐにだ」

ジョーンは哀れみと希望をこめて見つめたが、なにもいわなかった。フェムティオセクスがなにをたくらんでいるかは想像がついた。若い娘として、犬としては耐えがたいことだが、革命家としては、使命をまっとうするためにその運命を歓迎していた。

ロード・フェムティオセクスは右手を上げた。薬指と小指を曲げ、その上に親指を合わせた。すると、人差し指と中指がまっすぐ立つかたちになる。当時これは長官から長官への合図で、《私用チャンネル、テレパシー、即刻》を意味していた。以後これは下級民に採用され、政治的団結のシンボルとなる。

四人の長官はトランスに似た精神状態にはいり、判決を共有した。

ジョーンが低く抗議するように、犬の悲しげな鳴き声を思わせる歌をうたいだした。〈黄と茶の通廊〉を出た下級民が、決断のときを迎えてうたった、あの調子っぱずれの単旋聖歌(プレインソング)とおなじものだ。歌詞はべつに特別なものではない。「みなさん、人間のみなさん、あなたたちを愛します」のくりかえしで、カルマの上部シティに出てきたときから訴えてきたものだ。だがそれから過ぎた長い時代のなかで、この歌いかたを模倣できた者はいない。『ジョーンの歌』とかそれに似た題名をつけた歌詞やメロディは、何千となく書かれてきたが、オリジナル・キューブから流れるあの胸を締めつけるような情感にせまったものは、ひとつとしてない。彼女のパーソナリティとおなじように、歌いかたそのものがユニークなのだ。

歌は心の奥底にはたらきかけた。真人たちさえ聞きいり、四人のこわばった長官から目をそむけ、茶色の目の歌い手に魅入られている。もうたくさんだと思う者もいた。彼らは人間の本性もあらわに、その場にいた理由も忘れ、うわの空で昼食をとりに帰っていった。

とつぜんジョーンは歌うのをやめた。

よくひびく声で、ジョーンは群衆に向かって叫んだ――

「終わりは近づいています、みなさん。終わりは近づいています」

すべての視線が、補完機構を代表する男女二人ずつの長官に向いた。レイディ・アラベラ・アンダーウッドはテレパシー会議を終え、こわい顔をしている。レイディ・ゴロクは、声もない悲嘆にやつれた顔をしている。二人の男性長官はきびしく思いつめた表情。

ロード・フェムティオセクスが口をひらいた。

「動物よ、審理は終わった。おまえの罪は大きい。おまえは非合法に生きてきた。これに対する刑は死だ。また、われわれには不明の手段を使って、ロボットたちの行動に干渉した。この新型犯罪に対する刑は、死だけでは不足だ。わたしは紫の星、ヴィオラ・シデレアの惑星で使われている刑を推薦した。おまえはまた、不法にして不道徳な発言を数多くおこない、人類の幸福と安全をないがしろにした。これに対する罰は再教育だが、すでにおまえは二度の死刑宣告を受けているので、これは考慮の必要はない。判決が下るまえに、なにかいいたいことはあるか？」

「今日もし火をつけるなら、わがロード、それは二度と消すことのない火となって、人びとの心に宿るでしょう。わたしを処分することはできます。わたしの愛をはねつけることはできます。でも心のなかに生まれた尊いものを滅ぼすことはできません。それがどんなに腹立たしいものであっても――」

「黙れ！」とロード・フェムティオセクスは叫んだ。「わたしが求めたのは嘆願だ。演説ではない。いまここでおまえを火あぶりにするが、それについてはどう思う？」

「みなさんを愛します」

フェムティオセクスはフィーシの部下たちにうなずいた。彼らはすでに樽とスプレイ器具を、ジョーンの立つ通りに運びだしている。

「この者を街灯柱に縛りつけろ」とフェムティオセクス。「オイルを吹きつけろ。火をつけろ。キューブの用意はいいか？　これは記録にとり、広く知らしめなければいかん。下級民がまた似たようなことを考えたとき、人類が宇宙を支配していることがわかるだろう」彼はジョーンのほうを向くが、どこか遠くを見つめる表情になる。板につかない声音で、フェムティオセクスはいう。「わたしは悪人ではないよ、犬娘くん。だがおまえは悪い動物だから、みせしめに罰しなければならないのだ。わかるかね？」

「フェムティオセクス」と、ジョーンが敬称をつけずに叫んだ。「あなたはたいへん気の毒な人です。でも、わたしはあなたを愛します」

このことばが流れたとたん、彼の顔にはふたたび暗い影がさし、怒りがあらわになった。彼は右手をふって、切るしぐさをした。

フィーシがそのしぐさをまね、樽とスプレイを扱う男たちが、オイルをシューシューとジョーンに吹きつけはじめた。二人の衛兵はすでにジョーンを街灯柱に縛りあげていた。手錠をつなぎあわせたチェーンで体をぐるぐる巻きにし、立ち姿が群衆によく見えるようにしてある。

「火をつけろ」とフェムティオセクスがいった。

エレインは、となりにいる〈ハンター〉の体が急にびくりとするのを感じた。激しく精神を集中しているようだ。エレイン自身は、地球からこのフォーマルハウトに運ばれてきて解凍され、断熱ポッドから出たときの感じを思いだした。――胃はむかつき、頭は混乱し、激情が彼女のうちで荒れ狂っていた。

〈ハンター〉がささやいた。「安楽に死ねるように、あの子の心にはいろうとしたんだ。誰か先に行き着いたやつがいる。わからない……誰なのか」

エレインは呆然と見つめた。

火が近づけられた。とつぜんオイルが発火し、ジョーンは人間松明(たいまつ)さながらに燃えあがった。

10

フォーマルハウトのジョーンの火刑はごく短時間で終わった。だが歴史はこのできごとを忘れないだろう。

フェムティオセクスは最後に残酷きわまる措置をとった。テレパシーでジョーンのうちに侵入すると、彼女の人間的な心を抑えこみ、素朴な犬の心だけを残したのだ。

ジョーンは殉教する女王のように毅然と立ってはいなかった。

ジョーンは、体をなめながら登ってくる炎に抵抗した。叫び吠えるさまは、苦痛にのたうつ犬と変わりなかった。知能は高いけれど、人間のとめどもない残酷さまでは理解できない動物を思わせた。

結果は、ロード・フェムティオセクスの思惑とは正反対だった。

真人の群衆が、好奇心からではなく同情から、まえへと流れはじめたのだ。それまで彼らは殺戮の現場を遠まきにしていた。下級民たちは殺されたときのまま、ある者は血の池につかり、ある者はロボットに打ち倒され、ある者は砕けた結晶のかたまりに変わって横たわっている。人びとは死者たちを踏み越え、死にゆく者のところへ近づいた。だが彼らのようすには、こういう光景に慣れていない人びとのうつけた倦怠はなかった。それはあらゆる生き物が、死の淵にある仲間をまえにして見せる奥深い本能的な行動だった。

エレインと〈ハンター〉をとらえていた衛兵さえも、〈ハンター〉の腕をつかんだまま、思わず数歩踏みだした。気がつくとエレインは、群衆の最前列に出ていた。燃えるオイルの馴染みのない刺激臭が鼻をつき、死にゆく犬娘の吠え声が、鼓膜をつんざいて脳に押し入ってくる。ジョーンはいま火のなかで激しくもだえ、服よりもきつく身をつつむ炎から逃れようとしていた。なにか異様なむかつくにおいが群衆のところまでただよってきた。肉の焼けるにおいをかいだことのある者は、ほとんどいなかった。

ジョーンはあえいだ。

つぎにおりた数秒間の静けさのなか、エレインの耳に、予想もしない物音が聞こえてきた。――大きななりをした人間たちが泣いているのだ。男も女も立ったまま、わけもわからず泣いている。

フェムティオセクスは群衆のまえに立ち、挫折の味をかみしめていた。殺しの業(わざ)にたけたわなかった。

〈ハンター〉が、法を侵してテレパシーを使い、自分の心にはいりこんでいるとは夢にも思
〈ハンター〉はエレインにささやいた。「もうすこししたらやってみるよ。彼女にはもっと立派な死にかたがある……」

それがなんなのか、エレインはたずねなかった。彼女もまた泣いていたのだ。

やがて群衆は、ひとりの兵士の叫びに気づいた。群衆はジョーンの燃える姿から数秒がかりで視線をずらした。

どこにでもいるような兵士だった。何分かまえ、長官たちがジョーンを捕えるように命じたとき、ひとり縛ることができなかった者がいたが、その兵士だろうか。

いま彼は叫んでいた。色をなして声をはりあげ、ロード・フェムティオセクスに向かってこぶしを振るっていた。

「あんたは嘘つきだ、腰抜けだ、大ばかだ。おれは挑戦する――」

ロード・フェムティオセクスは、その兵士と叫びの内容に気づいた。深い沈潜のなかから抜けだすと、これほどの修羅場に似合わない穏やかな声できいた――

「どういうことかな?」

「こんなのはまやかし芝居だ。ここには女なんかいない。火も燃えてない。なんにもない。あんた個人のなにか恐ろしい理由があって、みんなに幻覚を見せているのだ。おれは挑戦するぞ、けだものめ、大ばかめ、腰抜けめ」

平常時なら長官であっても、挑戦を受けて立たなければいけないし、さもなければはっきりと説明し、ことを収めなければならない。

いまは平常時ではなかった。

ロード・フェムティオセクスはいった。「これはみんな現実だよ。わたしは誰もだましてはいない」

「もし現実なら、ジョーン、おれもあんたといっしょだ！」若い兵士は金切り声をあげた。彼はオイルの噴射のまえに飛びだすと、仲間の兵たちがとめるまもなくジョーンのいる火のなかに飛びこんだ。

ジョーンの髪は燃えてしまっていたが、目鼻立ちはまだはっきりしていた。犬のような哀れっぽい鳴き声はやんでいる。フェムティオセクスの思念の集中に横やりがはいったからだ。兵がとなりに立ち、火に焼かれはじめると、ジョーンは彼にこのうえなく優しい女らしい笑みを投げた。それからジョーンは眉根を寄せた。まるで苦痛と恐怖に耐えながら、し忘れたなにかを思いだそうとしているかのようだった。

「いまだ！」〈ハンター〉がつぶやいた。惑星フォーマルハウト3の異質な土着生物の思念を追うとき以上に容赦なく、彼はロード・フェムティオセクスの心を追いつめていった。

ロード・フェムティオセクスの身に起きたことは、群衆の目には見えなかった。いつの間に腰抜けになってしまったのか？　狂気が忍びこんでいたのか？　（じつは背後にいたのは〈ハンター〉で、彼はありったけの精神力をふりしぼって、フェムティオセクスをつかのま大空での求愛にいざなったのだ。二人はともに鳥に似た雄の生き物であり、はるかに遠い地表のどこかに隠れた美しい雌に向かって、熱烈に歌いかけていた)

ジョーンは自由であり、自由であることを知っていた。

彼女は思いを送った。ほとばしる思いは〈ハンター〉とフェムティオセクスをうちのめした、エレインのうちにあふれた、鳥族のかしらフィーシさえも息をひそめた。あまりにも大きな心の叫びだったので、どうしたのかという問いあわせが、一時間もしないうちに他の都市からカルマに殺到した。ジョーンが送ったのは、ことばによるメッセージではなかった。だが、ことばにすればこうなる——

「愛しい人たち、わたしはみなさんの手にかかって死にます。これはわたしの運命です。わたしは愛を持ってきました。愛は生きつづけるためには死ななければなりません。愛はなにも求めません、なにもしません、なにも考えません。愛は自分を知り、ほかの人たちを知り、いろいろなことを知ることです。知って——享受することです。わたしはみなさんのために死んでいきます、やさしい人たち——」

ジョーンは最後にもう一度目をあけ、口をひらき、なまの火炎を吸いこむと、ぐったりと首をたれた。となりの兵は服や体を焼かれながら耐えていたが、その瞬間、火のなかから飛びだし、火だるまで隊のほうへ走った。銃声がひびき、兵士はまえのめりに倒れた。

人びとの泣く声はいま、周辺の街路でも聞こえた。恥かしげもなく群衆にまじって立ち、鑑札付きの飼いならされた下級民も泣いていた。

ロード・フェムティオセクスはそろそろと同僚の長官たちをふりかえった。

レイディ・ゴロクの顔は、粗削りの凍りついた嘆きのカリカチュアと化している。

彼はレイディ・アラベラ・アンダーウッドのほうを向いた。「わたしはなにか失策をおかしたようだ、わがレイディ。すまないが、代わってくれ」

レイディ・アラベラは立ちあがった。フィーシに呼びかけた。「火を消しなさい」

彼女は群衆を見わたした。きびしく実直そうなノーストリリアふうの顔だちからは、表情はまったく読みとれない。惑星じゅうがこのようにしたたかで頑固で頭の回転の速い人びとばかりかと思うと、エレインはながめながら身ぶるいをおぼえた。

「これでおしまいです」とレイディ・アラベラ。「人びとは帰りなさい。ロボットたちはこれをかたづけて。下級民は仕事にもどりなさい」

彼女はエレインと〈ハンター〉に目をやった。「おまえたちのことは知っています。なにをしていたかも見当がつきます。兵士、この者たちを連行しなさい」

ジョーンの亡骸（なきがら）は黒く焼けこげていた。その顔はもうあまり人間らしくは見えなかった。燃えあがった最後の火で、鼻と目が焼けただれてしまったからだ。娘らしい若い乳房はむきだしになり、彼女がかつて若い女性であったことを胸が痛くなるほど無作法に明かしていた。いま彼女は死んでいた、ただ死んでいた。

兵士たちは、下級民の死体であれば箱に投げこむところである。だが彼らはそうせず、戦時に戦友や有力な市民に与えるような栄誉を与えた。担架を下ろし、小さな焼死体をその上に横たえると、隊旗でおおったのだ。誰が命じたわけでもなかった。

エレインたちを連行している兵士までが、軍関係のオフィスや兵舎のあるウォーターロック地区への道すがら、泣いていた。

エレインはこれに気づいて、兵士から感想を聞こうとしたが、〈ハンター〉が首をふって止めた。事件の関係者と口をきけば、兵士が罰せられるおそれがあるのだ。あとで彼はそう説明した。

連れて行かれたオフィスには、すでにレイディ・ゴロクの姿があった。

レイディ・ゴロクの姿があり……つづく数週間は二人にとって悪夢となった。レイディ・ゴロクは悲嘆から立ちなおり、エレインとド・ジョーンの事件の捜査の指揮をとった。

レイディ・ゴロクの姿があり……二人が睡眠をとるあいだも彼女は待っていた。影像なのか実物なのか、果てしない尋問にはつねに立ち会った。ことに、死せるレイディ・パンク・アシャシュ、はぐれ魔女のエレイン、適応処置を受けていない男〈ハンター〉――この三人の偶然の出会いには興味を示した。

レイディ・ゴロクの姿があり……彼女はあらゆることをたずねたが、自分はなにひとつ話さなかった。

ただ一度をのぞいて。

一度だけ、彼女は思いのたけを吐きだした。決まりきった公式手続きが何時間も果てしなくつづいたあと、急に自分の話をはじめた。「調べが終わったら、あなたたちの精神は洗浄されます。だから、ほかにどういうことを知っていようがなんの問題もない。わたしが――このわたしが！――傷ついたのはわかりますか？　わたしの拠って立ついっさいが、底の底まで傷ついてしまった」

二人は首をふった。

「わたしは子どもを産もうと思います。〈ふるさと〉へ帰って産み、遺伝子のコーディングも自分でおこなうつもりです。名前はジェストコーストとつけます。これは古代語のひとつ、パロスキー語で〝残酷〟という意味です。彼がなぜ、どういう状況で生まれたか忘れないためにそうつけるのです。こうして彼も、彼の息子も、そのまた息子も、この世に正義をよみがえらせ、下級民の謎を解こうとするでしょう。この考えをどう思いますか？　いや、考えないほうがいいわね。あなたたちの知ったことではないし、産む決意は変わりませんから」

二人は同情的なまなざしを向けたが、自分が生き残ることを考えるのに精いっぱいで、同情やアドバイスまでは気がまわらなかった。ジョーンの遺体は細かく砕かれ、空中にまかれた。というのは、もしどこかに置いたりすれば、下級民が〝崇拝の地〟にするのではないかとレイディ・ゴロクは懸念したからだ。彼女自身そうしたい気持があり、自分がそうなら、下級民はもっとその気持が強いだろうと思った。

エレインは、ほかの下級民の死体がどうなったのか知らない。ジョーンの指揮のもと、動物から人間になり、イングロックのトンネルからカルマの上部シティまで無謀でばかげた行進をした下級民。――しかし、ほんとうに無謀だったのか？　ばかげた行進だったのか？

あのままトンネルにとどまれば、何日か何ヵ月、あるいは何年か寿命をのばせるにしても、遅かれ早かれロボット警察に見つかり、害獣さながらに（じっさいそのとおりなのだが）駆除されてしまったことだろう。もしかしたら、死は正しい選択だったのかもしれない。ジョーンはいったものだ。「命よりすばらしいものをさがしつづけ、そして命を意味とひきかえにすることが、命の使命でしょう」

やがてレイディ・ゴロクは二人を呼び入れ、いいわたしした。「さようなら、二人とも。もっとも一時間もすれば、わたしのこともジョーンのことも心に残らないのだから、さようならなんてばかげているわね。ここでのあなたたちの仕事は終わりです。すてきな仕事を用意しておきました。都会に住む必要はありません。これからは二人で天候監視員となって、野や山をさまよい、機械が読みきれない微妙な変化に気を配りなさい。これからは生涯いっしょに歩き、ピクニックし、キャンプをはるのです。あなたたちが愛しあっているのは知っていますから、技術者には慎重を期すように念を押しておきました。脳神経を再編成するとき、愛がどこかへ消えてしまっては困りますからね」

二人はそれぞれひざまずき、レイディ・ゴロクの手に口づけした。二人は二度と、意識して彼女に目をとめることはなかった。後年ときどき、キャンプの上空を優雅に舞う最新型のオーニソプターから、上品な女性が首をのりだしているのを見かけることがあった。記憶をなくした二人には、それが狂気から回復したレイディ・ゴロクで、二人のようすを見にきたのだとは知るよしもなかった。

二人は終生その生活を送った。

ジョーンと〈黄と茶の通廊〉の記憶は、まったく残っていなかった。

二人は動物にたいへん優しかったが、これはレイディ・パンク・アシャシュの破天荒な政治的ギャンブルに荷担しなくても、変わりなかったかもしれない。

あるとき不思議なことが起こった。とある小さな谷にはいると、象の生まれらしい下級民がひとり、みごとな石庭を作っていた。おそらくは誰か補完機構の高官が、年に一度か二度ながめに来るためのものだろう。エレインは空模様を見るのにいそがしく、〈ハンター〉は狩りをした経験などきれいに忘れているので、どちらもこの下級民の心をのぞかなかった。とてつもない巨漢だった。許容限度ぎりぎり——人間の五倍の大きさはあるだろう。この男は、むかし二人に親しくほほえみかけたことがあった。

ある晩、象男がフルーツを運んできた。なんというフルーツ！　珍しい外世界のフルーツで、申請を一年間だしつづけても、エレインたちのような並みの人間の口にははいらないものだ。男ははにかんだ象らしい大きな笑みを投げると、フルーツを置き、のしのしと歩き去ろうとした。

「ちょっと待って」とエレインは叫んだ。「どうしてこんなものをいただけるの？　なぜわたしたちが？」

「ジョーンのおかげさ」と象男は答えた。

「ジョーンとは誰だい？」と〈ハンター〉。

象男は哀れむように二人を見つめた。「それはいいんだ。あんたたちは覚えてなくても、おれは覚えてる」

「でも、ジョーンってなにをした人なの？」とエレイン。

「あんたたちを愛した人、われわれみんなを愛した人さ」象男はあわてて背を向け、話を切りあげた。そしてこんな巨漢からは考えられない軽い身のこなしで、二人のまえにある切り立った美しい岩場をするすると登り、見えなくなった。

「そういう人と会いたかったわね」とエレイン。「すてきな人らしいじゃない」

その年、のちの第一世ロード・ジェストコーストが、この世に誕生することになる。

老いた大地の底で

Under Old Earth

伊藤典夫◎訳

スミスの遺作にして、おそらくは最大の異色作である。ダグラス＝オウヤン惑星団の名前は、スミスの全作品中ほかのどこにも見あたらない。またここで作者は〝現実〟と〝伝説〟を分かちがたく織りあわせながら、〈人間の再発見〉の起源のひとつを探っていく。ところでストー・オーディンとは、ロシア語で〝101〟を意味する。

とりあえず走狗(いぬ)がほしい
とりあえずの仕事のために
とりあえず見つけた星――
　　この地球で！

――『害悪の商人』より、挿入歌

1

まず、ここにはダグラス＝オウヤン惑星団がある。かたまりあってひとつ太陽の周囲をめぐり、同じひとつの軌道上をぐるぐるぐるぐるとかける、このような天体は二つとない。はるか地球へ下れば、名誉自殺者たちがいる。彼らが命とひきかえに——ときには恐ろしくも、命よりもっと酷いものとひきかえに——ぶつかっていくいろいろな惑星物理現象は、人間たちがかつて経験したことのないものだ。また、そうした男を恋する女たちがいる。どんなに仮借ないおぞましい運命が待っていようと、彼女らはものともしない。またここには補完機構があり、人間を人間たらしめるためにたゆみなく活動している。そして〈人間の再発見〉に先立つ時代、大道を歩いた民衆がいる。民衆はしあわせだ。しあわせでなければならないのだ。もし悲しんでいるところを見つかれば、なだめられ、薬をあてがわれ、しあわせな人間に改造されるのだから。

この物語には、そのうちの三者が登場する。ひとりは山師。みずからサン＝ボーイ（太陽の子）と称するこの男は、あえてゲビエットへ下り、自身と対決して死んだ。ひとりは女、サントゥーナ。彼女は一千種類もの満足を味わって死んだ。そしてロード・ストー・オーディン。この最古老はことごとく知りながら、そのどれひとつとして、食いとめようとは思いもしなかった。

物語には全篇を通じて音楽が流れている。地球政府と補完機構のひそやかな甘い調べ、それは蜂蜜のように口あたりよく、最後には胸が悪くなる。また人類の大多数にとって禁断の地、ゲビエットの荒々しい違法なビート。最悪はベジアクの狂ったフーガ、そぐわないメロディだ。五十七世紀のあいだ閉ざされたままの——それが偶然のことから開かれ、踏みこまれた！　この出来事とともに、われわれの物語ははじまる。

2

数世紀まえ、レイディ・ルーは語っている。「知識の断片が見つかっています。歴史の明けそめのころ、飛行機の発明よりなお昔、賢人ラオズはこう喝破しました——《水はなにもしないが、なんにでもしみこむ。動かぬことから道は開ける》——時代が下って、ある古代の貴人がいいました。《あらゆるものには音楽の底流がある。われわれは曲に乗って一生を過ごすが、われわれをみちびき動かす音楽は、耳には絶対に聞こえない。しあわせは夢のなかに見る影のように、ひそやかに人の命を奪っていく》と。わたしたちはなによりも人であるべきで、しあわせは二の次でなければなりません。さもなければ、生も死も無意味です」

ロード・ストー・オーディンはもっと単刀直入だ。彼は内輪の友人たちに真実を打ち明けている。「われわれの人口はほとんどの世界で減少している。地球も例外ではない。みんな子供をつくっているが、さしてほしがってはいない。わたしは三子父として十二人、二子父として四人の子をもうけ、単子父としてなら、おそらく何十人ももうけている。仕事にも熱意をだしたが、わたしはそれを生きることへの熱意と勘違いしていた。この二つは別物なのだ。

たいていの人民はしあわせを求めている。それならよしと、われわれはしあわせを与えた。

わびしい無益なしあわせの何十世紀かが過ぎ、不幸な者はみんな矯正されるか治療されるか殺されてしまった。耐えがたい荒涼とした幸福――嘆きのとげも、怒りの酒も、怖れの湯気もない。いまの人間のいったい何人が、古い憤りのひりつく冷たさを味わったことがあるだろう？　太古にはそいつが糧だった。しあわせを装いながら、生きるはりは嘆きであり、怒りであり、憎しみ、恨み、希望だったのだ！　昔の人間は狂ったように繁殖した。星の海へと植民しながら、一方でひそかに、またはおおっぴらに、殺しあうことを夢見た。太古の芝居は、人殺しと裏切りと禁制の恋ばかりだ。いま人殺しはない。法にはずれた恋のありかたなど想像もつかない。ハイウェイ網をこしらえたムルケン連中を想像できるかね？　いままだちゃんと残っている。月からでもあの忌わしい建造物ははっきりと見える。道路を思いうかべるんじゃない。その道路をつっ走る何百万台という乗物のこと、怒りと憎しみと強欲にとりつかれた人民が、火を吐くエンジンに乗ってすれちがっているところを思いうかべるのだ。道路だけとっても、年間五万人が死んだという。いまなら戦争というところだ。なんという人民だろう――昼も夜もかけずりまわり、みんながもっと速く走れるように、その手助けをする乗物をつくるとは！　われわれとは違う。乱暴で不潔で自由な連中だったにちがいない。生きることに飢えていたのだ。――おそらくは、われわれの知らんかたちでな。当時から見れば、いまは千倍も速く走れるが、きょうび誰がよそへ行く？　なぜ行く必要がある？　どこもかしこもみんな同じだ。いくたりかの闘技家と技師は別として」ストー・オーディンは友人たちにほほえんだ。「……それから、われわれみたいな補完機構の長官も別だ。われわれは補完機構なりの理由があって出かける。一般人の理由ではない。人民には、なにかをするほどの理由はない。こちらで考えてやった仕事につき、しあわせに暮らし、本物の仕事はロボットと下級民まかせだ。歩きもするし恋もする。だが不幸ではない。そうはなれないのだよ！」

レイディ・ムモーナが異議をとなえた。「人生はあなたがいうほど悪いものかしら。人民がしあわせだと、こちらが勝手に思いこんでるわけではないでしょう。しあわせだというのは事実なのよ。テレパシーで心の観察はしてるし、ロボットやスキャナーで感情パターンのモニターもしている。サンプルもなにもなしに、そういっているわけではないわ。人民は始終不幸になっています。わたしたちが不断に立ちなおらせているだけ。ときにはひどい事故が起こって、手のほどこしようがないことがあります。たいへん不幸な状態のときには、人は泣き叫びます。口もきかなくなって死んでしまい、どういう手助けも受けつけないときがある。これをまやかしだなんて！」

「いや、いうともさ」とロード・ストー・オーディン。

「いうともってなにを？」

「このしあわせはまやかしだというのだよ」ストー・オーディンは強情だ。

「よくもいいますね」彼女は声を荒くした。「動かしがたい証拠をまえにして。それも、こちらの証拠——補完機構がずいぶん昔に結論を出したものだわ。集めているのもわたしたち自身。補完機構がまちがうことなどありえるかしら？」

「ある」

今度は居合わせた全員が黙りこくった。

ストー・オーディンはみんなに訴えた。「わたしの側の証拠を見てもらおう。人は自分が単子父や単子母であろうがなかろうが、かまっちゃいないのだ。どのみち、どれが自分の子かも知ってはいない。自殺など、誰ひとり犯そうとはせん。われわれが幸福すぎるくらいの状態においているからだ。しかし、ものいう動物、下級民を人間なみにしあわせにすることに、われわれは時間をつかっているだろうか？　それから下級民は自殺をするかね？」

「しますとも」とムモーナ。「たやすくは治療できない傷を負ったときや、命じられた仕事に失敗したときは、自殺するように条件づけしてありますから」

「そういう意味ではない。彼ら自身に問題があって自殺するかということだ。われわれのほうの問題ではなくてな」

「いや、それはない」とロード・ヌルオアがいった。補完機構のなかでも若い聡明な長官だ。「仕事をこなして生きのびるだけで、とてもそれ以上の余裕はないですね」

「下級民のふつうの寿命は？」ストー・オーディンの口調は、誤解しかねないほどさりげない。

「さあ、どれくらいでしょう？」とヌルオア。「半年か、百年か、ひょっとしたら何百年か」

「はたらかなかったらどうなる？」ストー・オーディンは人なつっこい意地悪な笑みをうかべた。

「殺します」とムモーナ。「というか、ロボット警察が処理します」

「当の生き物は知っているのか？」

「はたらかないと殺されることを知っているかということ？」とムモーナ。「もちろんです。下級民にはみんな同じことをいいわたします。はたらかぬ者に生きる資格はないと。でも、それが人間とどうかかわりがあるの？」

ロード・ヌルオアは無言だが、その顔に思慮深い悲しげな笑みがほの見えている。ロード・ストー・オーディンが、のっぴきならない恐ろしい結論へと話を引きこもうとしているのを、うすうす察したのだ。

だがムモーナは気づかず、そこを突いてきた。「わがロード、あなたは人民がしあわせだといいはる。不幸を嫌っていると決めつける。まるで問題を持ちこみたがっているように見えるわ――解答のない問題を。なぜしあわせが不服なの？　補完機構が人類に与えられる最高の贈り物ではないかしら？　わたしたちの使命でしょう。それが失敗だったとおっしゃりたいの？」

「そうだ。失敗しているのだよ」まるで部屋のなかでひとりきりのように、ロード・ストー・オーディンは視線をさまよわせた。

最古老にして大賢者でもあるので、誰もが彼のことばを待ちうけた。

ストー・オーディンはかろやかに息をつぎ、一同にほほえみかけた。「わたしの死ぬ日は知っているかね？」

「もちろん」とムモーナはいい、半秒ほど考えた。「いまから七十七日後です。でも、あなたがご自分で指定したものでしょう。それにいうまでもないことだけど、わがロード、補完機構の会合に個人的な話題を持ちだすのは常識はずれね」

「これは失敬」とストー・オーディン。「しかし法律を犯してるわけではないよ。いわんとすることを明確にしたいのだ。われわれは人間の尊厳を保つという誓いを立てた。ところが、いまわれわれは、希望のないしあわせのぬるま湯づけで人類を殺そうとしている。ニュースは禁制、宗教は廃止、いっさいの歴史は公式機密となりはてた。こうした事柄からしても、われわれが挫折しかけているのは明らかで、それはいいかえれば、われわれの庇護する人類が弱ってきたということだ。活力、持久力、精力、数、なにをとっても衰えかけている。わたしにはまだすこし時間がある。実態を調べてみようと思う」

ロード・ヌルオアの憂い（うれ）にみちた思慮深い問いかけは、すでに答えを察しているかに聞こえた。「それで、どこへ調べに行くと？」

「考えるまでもない」とロード・ストー・オーディン。「ゲビエットへ下るさ」

「ゲビエット――それは無茶な！」数人が叫んだ。ついで、声がひとつ。「あなたには不可侵権がある」

「それは放棄して出かけるよ。もうすでに千年近くも生きて、あと七十七日の余命と決めた人間に、誰が手出しできるものか」

「でも、それはいけません！」とムモーナ。「どこかの犯罪者があなたを捕まえて、複製でもこしらえたら、人類全体を危険にさらすことになる」

「人類のなかから犯罪者が出たのは、この前は、いつのことだったかな？」

「たくさんいるわ、あちこちの外世界に」

「しかし旧地球（オールド・アース）だけを見ればどうだ？」

ムモーナは口ごもった。「知りません。きっと、いたはずです」部屋を見まわす。「どなたか知っていますか？」

沈黙がつづいた。

ロード・ストー・オーディンは部屋の全員をにらみすえた。その目にみなぎる烈々（れつれつ）たる光は、どの時代の長官たちにも信頼され、あと数年は命をのばし、力になってほしいといつも懇願されてきた。いままでは頼みに応じてきたストー・オーディンだが、この四半年（しはんとし）のうちに、とうとうみんなを説き伏せ、世を去る日を決めてしまったのである。だがそうしたあとも、気迫にはすこしの衰えもなかった。一同は見つめられて身をちぢめ、うやうやしく彼の決断を待ちうけた。

ストー・オーディンはロード・ヌルオアを見つめた。「ゲビエットでわたしがなにをする気か、なぜ行かなきゃならないか、きみには理由が見えていそうだな」

「ゲビエットというのは保護区域で、どんな規則も、どんな刑罰も適用されない。一般人もそこへ行けば、本心から思っていることができるのです。彼らがしたがるだろうと、われわれが思うようなことではなくてね。うわさに聞くかぎりでは、そこで出会うのは醜悪で無意味なものばかりらしい。しかしあなたなら、もしかしたら、そうしたものの本質を感受できるかもしれません。人類のだらけた幸福をいやす希望も生まれるでしょう」

「そのとおり」とストー・オーディン。「だからこそ出かけるわけさ。公式の準備をひととおりすませたうえでな」

3

ことばどおり、ロード・ストー・オーディンは発った。これには地球上でもめったに見ない奇怪千万な乗物を使った。弱った足には、もはや長旅に耐える力はない。また余命もあと九分の二年となったいま、両足の再移植を受けて、時間を無駄づかいしたくなかった。

ストー・オーディンは屋根なしの輿に乗り、二人の古代ローマ軍団兵にかつがせた。

軍団兵はじつはロボットで、その体には一滴の血も流れていなければ、一片の生きた組織もなかった。彼らはこのうえなくコンパクトで、作るのがむずかしいロボットだった。というのは、これは脳中枢が胸に埋めこまれたタイプ――数百万枚にものぼる極超薄の積層プラスチックのなかに、遠いむかしに死んだ優れた要人の全生涯にわたる経験が刷りこまれているのである。身につけたものが、胴甲や剣から、キルト、すね当て、サンダル、盾とすべて古代ローマ軍団兵なのは、たんにストー・オーディンの気まぐれ故で、旅の道連れを歴史のとばりの奥から見つけてきたというにすぎない。総金属製のボディはたいへん丈夫にできていた。壁をうちこわし、亀裂をとびこえ、人間だろうが下級民だろうが指一本で倒すことができ、剣を投げさせれば正確さは誘導弾に劣らなかった。

先肩を受け持つ兵士フラヴィウスは、むかし補完機構第14B局の局長をつとめていた。これは極秘のエスピオナージ部局で、長官たちのあいだでさえ所在と機能を知る者はほとんどいない。この男（というか、この元人間）は、死のまぎわ、精神をロボットに刷りこまれる以前には、人類史調査プロジェクトの総指揮者だった。いまは鈍感な愛すべき機械の立場に甘んじ、二本の棒をかついでいるが、主人が彼の強力な精神を必要とするときには、短いラテン語の一句をとなえるだけで、たちまちしゃんと待機姿勢にはいる。ことばは、Summa nulla est.（スンマ・ヌルラ・エスト、総和は無なり）——その意味を知る者は、いまの世にはほかにひとりもいない。

後肩の兵士リヴィウスは、むかし精神科医から将官へと転向した人物である。多くの戦いに勝ち、やや早い死期を選んだが、これは戦いという行為が、自己の敗北を求めるあがきにほかならないことに気づいたためである。

この二人組に、ロード・ストー・オーディンの底知れぬ知力が加われば、これ以上たのもしいチームはなかった。

「ゲビエットへ」とストー・オーディンは命じた。

「ゲビエットへ」と二人は低くいい、輿を支える二本の棒を持ちあげた。

「そこからベジアクへ」とつけ加える。

「ベジアクへ」と抑揚のない声がくりかえした。

輿がストー・オーディンを乗せてうしろにかしいだ。リヴィウスが二本の棒をそっと地面に下ろしたところで、彼はストー・オーディンのところへ来ると、手のひらをあげて敬礼した。

「目覚めてよろしいですか？」リヴィウスは平板な機械の声でいった。

「スンマ・ヌルラ・エスト」とストー・オーディン。

リヴィウスの表情がとたんに生きいきとした。「あの地へ行ってはなりませんぞ、わがロード！　不可侵権を捨て、あらゆる危険にぶつからねばならなくなります。あそこにはまだなにもありません。いまのところは。しかし、やがてはあの地の底の冥府(めいふ)からあふれだし、本格的な一戦をまじえるときが来ます。いまは違う。みじめな生き物たちが、怪しげな不幸にひたりこみ、あなたが考えられたこともない愛欲に――」

「わたしがなにを考えるかなど知ったことではない。反対するほんとうの理由はなんだ？」

「無意味です、わがロード！　あなたにはあと数十日の命しかない。人間のためになにか気高い、偉大なことをしなさい。当局はわれわれの動力も切るでしょう。あなたが去るまえに、われわれもあなたの仕事を分かちあいたいのです」

「それだけか？」

「わがロード」とフラヴィウスがいった。「わたしも目覚めました。わたしなら、行くべしといいますな。あの地では、歴史がふたたび織りなされている。補完機構のお歴々には見当もつかない事態が進んでいます。行ってじかに確かめなさい——死ぬまえに。なにができるわけでもないかもしれないが、わたしは相肩の意見には反対です。危険なことは、まあ、やってみないとわからないが、おそらく宇宙3を飛ぶようなものでしょう。だが、たいへん興味をそそります。それも、行為という行為の種が尽き、思考という思考の種が尽きたこの世界で、なまの好奇心をかきたてるものはそうめったにない。あらためて申すまでもなく、わたしは死者です。しかし不肖わたしでさえ、機械脳のうちに冒険心のうずきを、危険の匂いを、未知なるもののいざないを感じるのです。たとえば、あそこでは犯罪が発生しています。しかも補完機構のかたがたはそれを見逃しておられる」

「わざと見逃しているのだよ。われわれだって馬鹿ではない。どうなるか知りたかったのでね。抑えを失ったとき連中がどこまでつっ走るか、時間を与えてようすを見たのだ」

「赤んぼうまでこしらえている！」フラヴィウスは興奮した口ぶりだ。

「知っている」

「違法の即時通信装置を二台さしこんでいる」とフラヴィウスは叫んだ。

ストー・オーディンは動じない。「どうりで地球の信用格付けが、貿易収支面で落ちているように見えたわけだ」

「コンゴヘリウムのかけらを所有している！」とフラヴィウスは叫んだ。「ありえんことだ！　あれは安定していない。自殺行為だぞ。地球まで傷つけてしまう！　そもそもなにに使うのだ？」

「音楽をやっていますな」フラヴィウスはすこし声を和らげた。

「なにをやってるって？」

「音楽です。歌です。踊るのにつごうのよいノイズです」

ロード・ストー・オーディンは口からつばを飛ばした。「すぐにそこへ連れて行きなさい。ばかげている。コンゴヘリウムのかけらを持ちこむなど、チェッカーをしたいがために居住惑星を宇宙から取っ払ってしまうのと同じくらい始末が悪い」

「わがロード」とリヴィウス。

「なんだ？」

「わたしの反対意見を撤回します」

「よろしい」返事はひどくそっけなかった。

「ほかにも大変なものがありますぞ。この旅には反対だったので、黙っておりました。好奇心をあおるようなものですからな。彼らは神を持っています」

「歴史の講義をしたいのなら別の時間にたのむ」とストー・オーディン。「さあ、また眠りにはいって、運んでくれ」

リヴィウスは動かない。「意味どおりのことを申したまでです」

「神だと？　なにを称して神という？」

「まったく新しい文化パターンの起動力となりうる人物なり観念のことです」

ロード・ストー・オーディンは身をのりだした。「おまえたちは知っているのか？」

「はい、われわれ両名とも」とフラヴィウスとリヴィウス。

「その男を見ました。十分の一年まえ、ご命令で、三十時間ほど自由に歩いてこいとのことでしたので、ふつうのロボット・ボディを装着し、予期せずゲビエットへ踏みこみました。するとコンゴヘリウムの作用を感知しましたので、どうしたことかと、さらに下りました。ふつうコンゴヘリウムは、星ぼしを一定の位置にとどめておくのに――」

「いわんでいい。知っているよ。そいつは人間か？」

「人間です」とフラヴィウス。「アクナトンの生涯をたどりなおしています」

「アクナトンとは？」とストー・オーディン。歴史の知識はあるが、ロボットたちがどの程度調べているか知りたかったのだ。

「原子力に先立つはるかなはるかな時代、エジプトという人間世界を治めていた、顔が長く唇の厚い、のっぽの王です。アクナトンは、歴史のあけぼのの時代では最良の神を発明しました。この男はアクナトンの生涯を逐一再現しております。すでに太陽をあがめる宗教をつくっています。この男は幸福をあざけります。民衆は男の話に耳を傾けています。補完機構を冗談の種にしています」

リヴィウスがつけ加えた。「その男を愛する娘も見かけました。まだ若いが、美しい娘でした。霊力もあると思われますので、いつか補完機構は彼女を取り立てるか滅ぼすか、いずれかを取らざるをえないでしょう」

「そのコンゴヘリウムのかけらで」とフラヴィウス。「二人は音楽を発生させておりました。その男だか神だか——あるいはアクナトンの再来というか、あなたがどう呼ばれようと、わがロード——その者は、なんとも奇妙なダンスを踊っていました。死体がロープで縛られ、マリオネットみたいに踊っているといった感じです。周囲にはそれが精妙このうえない催眠術のような効果を及ぼしていました。わたしはロボットの身でありますが、それでも心おだやかではなかったほどです」

「そのダンスには名前があったのかね？」

「名前は知りません」とフラヴィウス。「しかし、わたしには完全記憶があるので、歌はおぼえました。お聞きになりたいですか？」

「聞かせてくれ」

フラヴィウスは片足で立ち、とんでもない奇怪な角度に両腕をひろげた。かん高い、無礼なテナーの歌声は、不快でもあり魅惑的でもあった。

跳べ、仲間たち、おれが吼えてやる
跳んで吼えろ、お前のために泣いてやる
おれは泣く、だから泣き男

　おれは泣き男、だから泣く
泣くのは、光がなくなったから
　お日さまは消え
　家は見つからず
　時がおやじを殺したから
　おれは時を殺した
　世界は丸い
　日は過ぎ
　雲は飛び
　星はのぼり
　山は火となり
　雨は熱く
　熱いは青い
　おれはおしまい
　お前もさ
跳べ、仲間たち、吼える男のために
跳ねろ、仲間たち、泣き男のために
　おれは泣き男、お前のために泣く

「もうたくさんだ」とロード・ストー・オーディン。

フラヴィウスは敬礼し、その顔は愛すべき無表情にもどった。駕籠(かご)のまえに行き、棒に手をかけたところでふりかえると、最後のひとことを添えた。

「これはスケルトンふうの詩形です」

「歴史の授業はいい。そこへ連れていってくれ」

ロボットは命令にしたがった。まもなく輿は心地よく揺れながら、地球港(アースポート)直下にひろがる、時に置き去りにされた古代都市の斜路を下っていた。見上げれば、あの奇跡の塔——地球港(アースポート)——が、人類をつつむ青い澄みきった虚無をつらぬき、層積雲にふれんばかりにそびえたっている。ストー・オーディンは不思議な乗物のなかで眠りにおち、通行人が奇異の目でのぞきこむのにも気づかなかった。

ローマ兵に運ばれながら、都市の地下へ地下へと降りるにしたがい、ストー・オーディンはあたりの異様さにいくたびも発作的にめざめた。とろりとした気圧となまぬるい腐臭のおかげで、ここでは空気そのものにごりまで、気のせいか鼻につく。

「止まれ!」ストー・オーディンがかすれ声でいい、ロボットたちは止まった。

「わたしは誰だ?」とロボットたちにいった。

「わがロード」とフラヴィウス。「あなたは七十七日後に死ぬと意思表示されましたが、いまのところお名前はまだロード・ストー・オーディンです」

「わたしは生きているか？」

「はい」ロボットたちは口をそろえた。

「おまえたちは死んでいるか？」

「死んではおりません。われわれは機械であり、むかし生きていた人間の精神を刷りこまれています。お帰りになりますか、わがロード？」

「いかん、いかん。よし思いだしたぞ。おまえたちはロボットだ。精神科医で将軍のリヴィウス。極秘任務の歴史家フラヴィウス。人間の心を持っていて、人間ではない。そうだな？」

「そのとおりです、わがロード」とフラヴィウス。

「では、わたしはどんなふうに生きてるといえる？——このストー・オーディンは？」

「ご自分で感じられるでしょう」とリヴィウス。「もっとも、老人の感覚は一筋縄ではいきませんが」

「どんなふうに生きてるって？」ストー・オーディンは市街を見わたした。「これで生きてるといえるか——わたしを知ってる者はみんな死んでしまったというのに？　誰もかれもが通廊を、煙の糸みたいに、雲のかけらみたいに飛んでいってしまった。この世にいて、わたしを愛し、わたしを知ってくれた者たちが、いまひとりもいない。妻のアイリーンもそうだ。茶色の目をしたかわいい女で、学習チェンバーを出てきた姿は若さいっぱい、完璧だった。

ところが時は忍びより、その調べにのってアイリーンは踊った。その体は熟し、老いていった。そりゃ修理はしたさ。だがとうとう死に屈し、わたしがこれから行く場所へ行ってしまった。もしおまえたちが死人なら、教えてもらいたいものだ。死がどういうものか――男も、女も、肉体も、精神も、声も、音楽も飛んでいくただっぴろい通廊、堅いペーブメントの向こうのことをな。われわれみたいなはかない幽霊が、たかが何十年から何百年の寿命でいて、時のやみくもな大風に吹き飛ばされるまえに、なにほどのことができるだろう？――おぼろな影の群れに、どうしてこんなにどっしりした都市や、すばらしいエンジンや、消えることのないまぶしい明かりがつくれたのか？　飛び去るまぼろしたちに――そのひとりひとりに、集団に、どうしてできたのだろう？　わかるか？」

ロボットは答えなかった。哀れみはそのシステムにプログラムされてはいないのだ。だがロード・ストー・オーディンはかまわず長広舌をふるった。

「これから連れていってもらう先は、おそらく野蛮で、自由で、邪悪なところだろう。だが、そこにも死は来る――誰にでも、あらゆる者に来るようにな。わたしにももうじき、明るくさっぱりと終わりが来る。遠い昔に死んでいるべきだったよ。自分を知ってくれる人間がいるからこそわたしなのだ。信頼してくれる兄弟や同志、なぐさめてくれる女性、ずっと昔、あんなにもつれなく睦じく愛した子供たち――彼らがいたからこそわたしであったのだ。いまはみんな行ってしまった。時がふれたと思うと、もういなかった。知っていたあらゆる人間が、あの通廊を走り去っていくのが見える。よちよち歩きの幼いころ、誇りも知恵もつき、仕事に精を出した大人のころ——それが時の手の忍びよるままに老いて折れ曲がり、急ぎ足で去ってしまうのだ。なぜ行ってしまったのか？　この先どうやって生きていける？　死んだあと、自分が生きていたとわかるだろうか？　裏をかこうとした仲間もいて、あるかどうかもわからぬなにかを当てに、冷凍睡眠にはいっていった。いまわたしには人の一生というものがわかる。一生とはなにか？　すこしの遊び、すこしの勉強、よく選ばれたいくらかのことば、いくらかの愛、ひとすじの痛み、いっぱいの仕事、思い出、そして日に向かって伸びあがる土。それが人生というやつだ——星の海を征服したわれわれでさえも！　仲間はどこへ行った？　あの確信にみちていた自分はどこにいる？　わたしを知っている者たちが、嵐に吹き飛ばされるぼろ布みたいに闇と忘却のかなたに消えていくなかで、あれほど自分の確かさを感じていたのに。教えてくれ。わかるはずだ！　おまえたちは機械であって、人間の心を与えられている。人間が結局どういうものかわかるはずだ、表も裏も」

「われわれは人工の産物です」とリヴィウス。「なんであれ人間の手になるものは入っていても、それ以外のものはありません。いまのような話に返答ができましょうか？　ロボットの精神がどんなに精巧であっても、そうした話は受けつけません。悲しみも、怖れも、怒りもないからです。そうした感情の名前は知っていても、感情そのものは知りません。あなたのことばは聞こえても、意味は伝わりません。人生がどんな感じのものか伝えたいのですか？　もしそうなら、それはすでに知っています。たいしたものではない。特別なものではない。鳥にも命はあるし、魚にもある。人間がことばをつかって、命をけいれんと謎のかたまりに変えてしまうのです。物事をこんがらがらせているのは人間です。声をはりあげれば真実が真に迫るというものではありませんよ、少なくとも、われわれにはですが」

「運んでくれ」とストー・オーディン。「さあ、ゲビエットへ運んでくれ。まっとうな人間はもう長いあいだ足を踏みいれたことのない場所だ。死ぬまえに、わが目で確かめておきたい」

彼らは輿をかつぐと、広大な斜路をふたたび穏やかな早足で下りはじめ、暖かいむんむんする地球内部の秘密地帯に向かった。人間の通行人はめっきり減った。だが下級民——ゴリラや無尾猿の出の者がいちばん多い——は通りかかり、シートをかぶせた荷物を引きずりながら、じりじりと上のレベルをめざしている。シートの下になにがあるにせよ、それらはすべて、人類のはるかな過去にさかのぼる未分類の倉庫からくすねてきた財宝だ。またときには、金属の車輪が石の道路をゴーゴーところがる音がした。どこか高みの中間地点で財宝を下ろしたあと、下級民が荷車に乗って下り坂をかけおりてくるのだ。古代には人間の子供たちがこうして車で遊んだというが、ここにある情景はそれをグロテスクに肥大化させたように見えた。

ほとんどささやき声ともつかぬ命令に、二人のローマ軍団兵は立ちどまった。フラヴィウスがふりかえった。なるほど、ストー・オーディンは二人を呼んでいる。兵たちは棒のあいだから出ると、左右から主人に近づいた。

「どうも死にかけているようだ」と、ささやき声で。「しかし、いまはたいへん都合が悪い。

出してくれ、そいつだ——わたしのマネキン・ミイイイ！」

「わがロード」とフラヴィウス。「ロボットが人間マネキンにふれるのはかたく禁じられており、さわろうものなら、以後すぐに自己破壊せよと命令されています！　それでも、かまいませんか？　それでよければ、われわれのどちらを選ばれますか？　どうかご命令を、わがロード」

4

沈黙が長びいてゆく。空気は湿ってにごり、蒸気とオイルの臭気が近くから流れてくるなかで、主人は死んでしまったのではないかと、ロボットたちさえいぶかりはじめた。

ストー・オーディンはやっと気力をふるいおこした——

「手助けはいらん。マネキン・ミイイイのはいった鞄を膝にのせるだけでいい」

「これでしょうか？」フラヴィウスは小さな茶色のスーツケースを持ちあげると、いかにも慎重な手つきで取り扱った。

ストー・オーディンは見えるか見えないかというほどどうなずき、ささやき声でいった。

「気をつけてあけてくれ。マネキンにはさわらんように——それが命令ならな」

フラヴィウスは鞄の留め金をひねろうとした。なかなかはずれない。ロボットは恐怖を感じることはないが、理性的に危険を避けるように調整されているのだ。鞄をあけようとあの手この手とためすうち、フラヴィウスは心が異様に速くかけるのを感じた。ストー・オーディンは助けようとしたが、年老いた手はしびれて弱り、鞄の上にもとどかなかった。フラヴィウスはてこずりながら、心のうちでいった。ゲビエットやベジアクも危険だが、このマネキンいじりこそ、ロボットになって出会った最大のきわどい仕事になりそうだぞ。人間でいたころは、自分のも他人のもよくさわったものだが……。この装置は〈人体モデル、脳波および内分泌系表示型〉（マネキン・エレクトロ・エンセファログラフィック・アンド・エンドクラン）——MEEEといい、ミニチュアの複製のなかに、モデルになった患者の全容態が現われるのである。

　ストー・オーディンはロボットたちにささやいた。「無駄だ。起こしてくれ。ここで死んだら、おまえたちは遺体を持ち帰り、主人が死期を測りまちがえたといいなさい」

　そういったとたん、鞄がぱくんと開いた。なかには裸の小さな人間の男が横たわっていた。ストー・オーディンその人の生き写し模型だ。

「もうよろしいですな、わがロード」リヴィウスが反対側から声をあげた。「わたしが手をとりますので、どうぞ操作を」

　ロボットがマネキン・ミイイイにふれるのは禁じられているが、人間の体にふれるのは、当人の了解があれば違法ではない。リヴィウスの頑丈なキュプロ・プラスチックの指が、何十トンという握力を人間に似せた外形のなかに秘め、ストー・オーディンの手をみちびくと、マネキン・ミイイイの上にのせた。すぐさま優しくきびきびと、フラヴィウスが疲れきった老人の頭をかかえ、両手の動きが見やすいように起こした。

「どこか死んだ部位は？」マネキンにたずねる声は、つかのまはっきりした。

マネキンの体に光がゆらめき、右太ももの外側と右の尻にそれぞれまっ黒な個所があらわれた。

「組織の余力は？」ということばに、ふたたびマネキンは反応した。ミニチュア人体は強烈な紫に変わり、やがて一様なピンクにひいた。

「衰えたとはいえ、人工器官からなにから、まだ総合的な力は残っているようだ」と二人のロボットに。「さあ立てなおしてくれ、早く！　立てなおすんだ」

「大丈夫ですか、わがロード？」とリヴィウス。「トンネルの奥深くでわれわれ三人きりなのに、そのようなことを？　半時間足らずで本格的な病院にかけこめるし、ちゃんとした医者の診断を受けられますが」

「立てなおせといったのだ。やっているあいだ、わたしはマネキンを見る」

「コントロールは通常の位置でしょうか、わがロード？」とフラヴィウス。

「回転はどれくらいに？」とリヴィウス。

「もちろん、うなじのところだ。人工皮膚だから自然にふさがる。十二分の一周で充分だろう。ナイフはあるか？」

フラヴィウスはうなずいた。小さな鋭いナイフをベルトから抜くと、老長官の首筋をそっと探り、下ろしたナイフをすばやく的確にまわした。

「上出来だ！」ストー・オーディンの元気のいい声があがり、ロボットたちは気おされて二、三歩あとじさった。フラヴィウスがナイフをベルトにもどす。いましがたまでぐったりしていたストー・オーディンが、誰の手も借りず、両手にマネキン・ミイイイをつかんでいる。

「どうだ、諸君！　ロボットの身であろうが、これでおまえたちは真実を見とどけ、報告できるぞ」

ロボットたちの目がマネキン・ミイイイに向かう。ストー・オーディンは親指と人差し指で医療人形の両わきを支え、彼らのまえにさしだした。

「どんな表示をするか見てみなさい」声も朗々として、歯切れがいい。

「人工器官、表示！」とマネキンに叫んだ。

小さな人体がピンクから雑色に変わった。両方の足が、打ち身のあとのような深い青みを帯びた。両足、左腕、片目、片耳、そして頭蓋が青い色を保ち、取り付け個所を示している。

「現在の痛み、表示！」とストー・オーディンがマネキンに叫ぶ。人形の色は明るいピンクにもどった。性器から、足の爪先、まつげまで、細部はまったく人間と変わらない。小さな人体のどこにも、苦痛を示す黒は見あたらなかった。

「これからの痛み！」とストー・オーディン。人形が光りだす。おおかたは黒ずんだ胡桃の木の色におちついたが、ところどころ濃い茶色にきわだっている部分がある。

「機能不全——今後の可能性！」ストー・オーディンが叫ぶと、小さな人体は平常のピンクにもどった。脳の基部に小さな稲妻が見えているが、ほかはなんともない。

「わたしは元気だ」とストー・オーディンはいった。「この数百年間と変わりなくやっていける。生命出力をこの高いレベルのままおかせてくれ。数時間はもつだろう。駄目でも失うものはない」ストー・オーディンはマネキンを鞄にもどし、鞄を輿のドアハンドルにつるすと、「進め！」と命じた。

ロボットたちが、まるで主人の姿をさがすような目で見ている。ストー・オーディンは彼らの視線を追い、見つめる先にマネキン・ミイイがあるのに気づいた。人形が黒く変わっている。

「あなたは死んだのですか？」リヴィウスが、ロボットにしては精いっぱいのしゃがれ声できいた。

「死ぬものか！」ストー・オーディンは叫んだ。「ちょっとのあいだ死の淵に踏みこんだが、当面まだ生きている。いまのは、体の苦痛総和がマネキン・ミイイに出てきただけだ。命の火はまだわたしのうちで燃えているぞ。マネキンをしまうから見ていろ……」

人形がパステル・オレンジに燃えあがると同時に、ロード・ストー・オーディンは鞄のふたを下ろした。

ロボットたちは、まるで悪事か爆発でも見たかのように目をそらせた。

「下れ、どんどん下れ」主人の叱咤の声に、ロボットはかつぎ棒のあいだにもどると、地球の臓腑のさらに奥深くをめざした。

5

終わりない斜路をかろやかに下る途中、ストー・オーディンは茶色の夢を見ていた。つかのま目がさめると、黄色の壁が通りすぎてゆくところだった。ひからび年老いた手を見たが、この大気のなかでは、人間より爬虫類に近くなったように思われた。

「老化という灰色の亀の甲のとらわれびとだ」そうつぶやいたが、声はかぼそく、ロボットには聞こえなかった。いま下っている長い殺風景なコンクリートの斜路は、遠い昔に流れたオイルが薄くかぶさっており、ロボットたちも、つまずいて大切な主人を落としてはならじと慎重に駆けている。

どことも知れぬ深い一点で、下り坂はふたたまたに分かれた。左手は段丘状の広々とした土地となり、何千という客を空しく待つイベント・スペースを思わせる。右手はせまい斜路だが、これは上に向かい、やがて黄色い明かりといっしょにカーブしている。

「止まれ!」とストー・オーディン。「女が見えるか? 聞こえるか?」

「なにが聞こえると?」とフラヴィウス。

「コンゴヘリウムのリズムだ、ビートだ。信じられない曲の高鳴りだ、うなりだ。ゲビエットからたちのぼり、何マイルという分厚い岩盤を伝わってくる。あの女だ。わたしにはもう見えるぞ。開けてはならなかった扉のまえで待っている。あの音、星に生まれたあの音楽だ。

人間の耳向きには作られてない」ストー・オーディンはどなった。「聞こえないか——あのリズム？　地底の奥底からひびく非合法の金属、コンゴヘリウムだ。ダーッ、ダーッ。ダーッ、ダーッ。ダーッ。いままで理解する者のなかった音楽だ」

フラヴィウス。「べつになにも。この通廊の空気のふるえと、あなたの心臓の鼓動だけです、わがロード。それから、かすかな機械のような音が、たいへん遠くで」

「そう、そいつだ！」とストー・オーディンは叫んだ。「おまえが〝かすかな機械のような〟といったやつ。聞こえるだろう？——区切った五つのビートから成る音、一音一音がはっきりしている」

「いいや。ちがう。五つのようには聞こえません」

「それからリヴィウス、おまえは人間でいたころ、テレパシー能力があったっけな？　その能力はロボットのおまえにも残っているか？」

「いいえ、消え失せました、わがロード。しかし鋭い感覚はあり、補完機構の地下通信ともつながっています。べつに変わったことはありませんが」

「五音のビートがないって？　区切った音で、あまり長くは引きのばされず、コンゴヘリウムの強烈な音楽が意味とかたちを与えている。そいつがこのやたらに厚い岩盤のなかにこもっているのだ。聞こえないというのか？」

ローマ軍団兵の姿をしたロボットたちは首をふった。

「だが、わたしには岩をとおして彼女が見えるよ。乳房は熟した梨みたいで、濃い茶色のひとみは、割った桃から現われた種のようだ。歌も聞こえるぞ。くだらない奇怪な五ポール格（ペンタ）の詞が、コンゴヘリウムのおぞましい曲のおかげで、なにか荘厳なものに変わっている。歌詞を聞きなさい。わたしが口ずさむだけでは、くだらない歌に聞こえるだろうが、これはぞっとするような伴奏がないからだ。女の名前はサントゥーナといい、いま男をじっと見ている。見ているのも当然だ。並みの男よりはるかに背が高く、この男にかかると、ばかげた歌が身の毛もよだつ不思議なものになる。

細い（スリム）　ジム
消せ（ディム）　彼（ヒム）
酷い（グリム）

男の名前はイェバイーというが、いまはサン＝ボーイだ。顔が長く、唇が厚いところはまさにアクナトン——世界ではじめてひとつの神、唯一無二の神のことを語った男だ」

「ファラオ・アクナトン」とフラヴィウス。「わたしが人間であったころ、その名はわたしの局でも有名でしたな。しかし秘密にされていた。古代も古代にあって、いちばん古くて偉大な王のひとりです。サン＝ボーイが見えるのですか、わがロード？」

「見えるとも、岩の向こうにな。岩をとおして、コンゴヘリウムの生む狂乱が聞こえてくる。行ってみよう」

ロード・ストー・オーディンは輿から出ると、通廊のかたい岩壁に手をつき、そっと弱々しく拍子をとった。黄色い明かりが点々とともっている。軍団兵たちはとほうに暮れている。ここには彼らの鋭い剣でもつらぬき通せないものがある。超小型頭脳に刻まれた人格の影たちには、地中深くのトンネルで野放図な夢にひたる老人のあまりにも人間くさい心境などわかるはずもなかった。

ストー・オーディンは壁にもたれ、重たげに息をしながら、歯擦音ばかりのかすれ声でいった。「これは聞き逃せるようなささやき声じゃない。コンゴヘリウムの五音のビートがわからないか——また狂った曲をはじめてる？　今度の歌詞を聞いてみろ。これもまた五（ペンタ）ポール格だ。くだらない骨ばった単語に曲がついて、血と肉とはらわたを持った。ほら、聞きなさい——

挑め（トライ）　競え（ヴァイ）
叫べ（クライ）　死ね（ダイ）　あばよ（バイ）

これもおまえたちには聞こえなかったか？」

「地表と連絡をとってアドバイスを求めてよろしいでしょうか？」とロボットのかたわれがいった。

「アドバイス、アドバイスとは！　われわれにどういうアドバイスがいる？　ここはゲビエットで、あと一時間も走ればベジアクの心臓部だぞ」

ストー・オーディンは輿にもどり、命令した。「走れ、どんどん走れ！　この石のウサギ穴のどこか、三、四キロと離れていないところだ。わたしが案内する。声がやんだときには、死体を地表に運んでくれれば、すばらしい葬式といっしょに、ロケット棺で二度と帰らぬ軌道に打ち上げてもらえる。心配することはない。おまえたちはたんなる機械だろう？　ちがうか？」最後は金切り声になった。

フラヴィウス。「機械です」

リヴィウス。「機械です。ではありますが――」

「なんだ？」

「ではありますが、機械だという自覚があり、むかし人間の気持を知っていたという自覚もあります。わたし、ときどき思うのですが、人間は考えすぎではないですかな。われわれロボットについて考えすぎのところがあります。下級民についてもそうかもしれません。昔は単純だった。口をきくものはみんな人間だったし、きかないものは人間ではなかった。あなたたちは行きどまりに来ているのかもしれません」

「地表でそんな発言をしてみろ」とストー・オーディンは残酷にいった。「マグネシウム発火で、自動的に機械脳を焼かれてしまう。上では違法な思考がモニターされているのは承知だな？」

「よく心得ています」とリヴィウス。「それに、ここにロボットの姿でいるのですから、むかし人間として死んだこともまちがいないでしょう。死ぬのは苦しくはなかったようなので、このつぎも苦しくはないと思います。しかし、こんなに地球の奥深くまで来ると、物事がどうでもよくなりますな。ここまで来てしまうと、なにもかもが変わる。地球内部がこんなに大きく、こんなに病んでいるとは知りませんでした」

「どこまで深く降りたかではない」老人は心外そうな顔をした。「どこにいるかが肝心なのだ。ここはゲビエット、法律が取り払われた土地。この下、もっと先にはベジアクがある。そこでは法律はいままで存在したことがない。急いで運んでくれ。アクナトンの顔を持つその不思議な音楽家をとっくりとながめたいし、彼を崇拝する女、サントゥーナと話してみたい。気をつけて走ってくれ。すこし上がって、それからすこし左だ。わたしが眠ってしまっても、心配するな。どんどん進め。コンゴヘリウムの音楽が近くなったら、ひとりでに目をさますから。いま、こんなに遠くで聞こえるんだ。近づいたらどうなることだろう！」

ストー・オーディンは輿にもたれかかった。ロボットたちは駕籠の棒をかつぐと、命じられた方向へ道を急いだ。

6

パイプの漏れや道の破損でところどころ手間どったが、走りだして半時間を超えると、光があまりにも明るくなったので、ロボットたちはパウチに手をさしいれ、サングラスをかけた。全装備のローマ軍団兵が兜(かぶと)の下にサングラスをするのだから、これは異様というほかはない(だがその下の目は、およそ目らしくないだけになお異様だ。ロボットの目は、まるで白いビー玉が、きらめくインクのボウル内部を泳いでいるといったふうで、不気味な乳白色の目つきとなる)。主人のようすをうかがったが、動きがないので、ローブのすそを切ると、包帯にしてしっかりと主人の目をしばり、強い光からかばった。

この新しい光のまえには、通廊を照らす黄色い電球は色あせ、目にもはいらなくなってしまう。まるで北極のオーロラのすべての輝きをひとつに凝縮したものが、見捨てられたホテルの地下通路から投射されているようだ。ロボットたちにはその正体はわからないものの、光が五のビートで搏動(はくどう)しているのはたしかだった。

並足で、ときには早足で世界の中心へと下るうち、二人のロボットさえ音楽と光に圧迫感をおぼえるようになった。送気システムがたいへん強力なのだろう。この深さにおりても地熱は伝わってこない。フラヴィウス自身、地表からどれくらい奥深くまで来たのか見当もつかなかった。惑星的規模からいえばたいしたことはなくても、徒歩にしては、ずいぶん遠くまで来たことはたしかだ。

輿(こし)のなかでストー・オーディンが不意に身を起こした。ロボットたちが歩みをゆるめると、不機嫌そうな声がとんだ。

「止まるな、止まるな。立てなおしは自分でやる。それくらいの体力はあるから」

マネキン・ミイイイを出すと、通廊に反映するこぢんまりしたオーロラ光のなかで調べた。マネキンが診断法を変えるごとに、色がつぎつぎと変わってゆく。ストー・オーディンは満足したようすだ。たしかな指づかいでナイフの先を首筋にあてると、生命エネルギーの出力をもっと高いレベルに上げた。

ロボットたちは命令どおり黙々と歩いた。

はじめ光はまごつくほどだった。ときには歩くことさえおぼつかなかった。地図もない迷路のなかで、すでに何十、何百人という人間が――いや、何千人だろうか――ベジアクの最奥へ踏みこみ、なにもかもが許されるこの領域へたどりついているというのは、それこそ信じられないことだ。しかしロボットたちは信じるほかなかった。以前たしかにここへ来たのだが、そのときもどうやって道を探りあてたのか、はっきりした記憶がないのである。

そして音楽！　それは前にもまして激しく彼らを打った。ふりかかる五つのビート、鳴りひびくペンタポールの音色。――それは五語から成る詩形で、何世紀も昔、狂った猫吟遊詩人ク・ポールが、ク・リュートを弾きながら作りあげたものだ。猫族特有の鋭い情感が、人間の痛ましい知性と結びつき、その出会いを詩形そのものが肯定し、強めている。人びとが迷わずここにたどりついたのも驚くにあたらない。

人間の心のうちから噴きあげるのっぴきならない力には、三つの種類がある。信仰心、復讐をはらんだ虚栄心、それに純然たる悪徳で、このどれかによって可能にならなかった行為は、歴史上ひとつもない。ここでは悪徳の命じるままに、人びとは誰も知らなかった深淵を見つけ、野放図な汚らわしい用途に供しているのだ。音楽はなおも呼んでいた。

それは特別な音楽だった。いまではストー・オーディンと軍団兵のところへ、まったく異なる二つの経路から聞こえてくる。分厚い岩盤から伝わってくる振動と、迷路に際限なくはねかえり、暗くよどんだ大気のなかを運ばれてくるこだまだ。通廊の明かりはまだ黄色いが、電磁波のイリュミネーションは音楽にあわせて搏動し、ふつうの照明は影がうすい。音楽はいっさいをあやつり、リズムを与え、あらゆるものにそれなりの命を吹きこんでいる。ロボットたちがまえに来たときには、歌はこんなに強烈ではなかった。

ロード・ストー・オーディンにしても、旅や経験は数知れず積んできたはずなのに、聞くのははじめてだった。

ことばにするなら——

搏動が、肌を灼く波動が、楽音の張りのある反復が、コンゴヘリウムからあふれだす。音楽とはおよそ無縁の金属——物質と反物質が結びついたこの精妙な磁性グリッドは、宇宙の果てに待つ危険さえも寄せつけない。その一片がいま、老いた地球の体内深くはいりこみ、奇怪なリズムを刻んでいるのだ。もつれあい、燃えたち、盛り返す音楽は生ある岩をふるわせ、大気が運んでくるこだまとともに歌っている。エロチックな哀歌が、愛撫し、相和し、分厚い岩石をとおして、うめき、うごめく。

ストー・オーディンは目覚め、前方をきっと見つめた。なにも見えはしないが、体はすべてを受けとめている。

「もうじき入口と女が見えてくるぞ」とストー・オーディン。

「わかりますか？　いままで一度も来たことがないのに？」リヴィウスから質問がとんだ。

「わかるさ。わかるからわかるんだ」

「あなたは不可侵権の羽根を着けていらっしゃる」

「ああ、不可侵権の羽根を着けてる」

「ということは、われわれ、すなわちあなたのロボットも、このベジアクでは自由の身だということですか？」

「好きなようにしていい。わたしの願いを聞いてくれるかぎりはな。聞けないなら殺すだけだ」

「このまま進むなら、下級民の歌をうたってよろしいですか？」とフラヴィウス。「このたまらない音楽をすこしは脳からふり切れるかもしれないので。音楽のほうは感情いっぱい、われわれには感情はない。なのに、心を乱すのです。わかりません」

「こちら、地表との交信波がとだえました」リヴィウスがへんな横やりをいれた。「わたしもうたわなければいけないようです」

「うたいなさい、二人とも。だが足を止めるんじゃないぞ。逆らうなら、おまえたちの命を絶つ」

ロボットたちは声をはりあげ、うたいだした。

おいら、腹立ちを食う
悲しみをのむ
苦労が、齢(とし)が
追いかけてくる
　おしまいのときが来た

命、すり減らし
息を吸いつくし
目のまえは死神
女房もいない
　おしまいのときが来た

おれたちゃ下級民
押して、つぶして、ぶつかって
ガラガラドンと
雷(かみなり)が落ちて
　おしまいのときが来た

　歌には粗野な古来のバグパイプのときめきもこもっていたけれど、コンゴヘリウムの凶暴な正気のリズムをはねのけ、打ち消す力はなかった。音はいま、あらゆる方向から打ちだされてくる。

「みごとな反政府感情の表出だ」ストー・オーディンはそっけない。「だが音楽としては、これのほうが好きだな。地の底を裂いてのぼってくる雑音に比べれば、はるかにましだ。さあ進め、進め。死ぬまえに、しかとこの神秘を見とどけなければ」

「この岩からひびく音楽、耐えるのがなかなか大変です」とリヴィウスがいった。

「数カ月まえに来たときと比べると、ずいぶん強くなったようです。なにかが変わったのでしょうかな？」とフラヴィウス。

「そこが神秘たる所以さ。ゲビエットを占拠するのにも目をつぶり、司法権のそとに置いたわけだ。ベジアクを与え、したい放題をさせておいた。ところがその平凡な人間たちが、よくも大変なパワーをひっぱりだした、というか、そんなパワーに出くわしたものだ。この地球にまったく新しいものを持ちこんだのだ。この分では三人、命を投げださないと問題は解決しないかもしれないぞ」

「われわれはあなたみたいには死ねません」とリヴィウス。「すでにロボットで、刷りこみのモデルになった人間は、とうの昔に死んでおります。動力を切るということですか？」

「そういうことになるか、でなければ別の外力が加わるかだ。気になるか？」

「気になる？　その件でなんらかの感情を持つか、ということですか？　わかりません」とフラヴィウス。「さっきスンマ・ヌルラ・エストの一声で、全機能を立ち上げられたときには、自分には申し分ない経験があると考えておりました。しかしずっと聞いているこの音楽には、千のパスワードをいっぺんに発したような力があります。自分の命のことに注意が向き、人間の事例でいう〝こわい〟という状態になりつつあるようです」

「わたしも感じます」とリヴィウス。「これはたしかに、いままで地球に存在したようなエネルギーではありませんな。わたしが戦略家であったころ、ダグラス＝オウヤン惑星団がらみで、なんとも説明しようのない危険があるという話を聞いたことがありますが、その種の危険がすぐ近く、このトンネルのなかにあるように思われます。地球が生みだしたものではない。人間がこしらえたものではない。ロボットの計算能力をはるかに超えたものです。コンゴヘリウムの媒介により、なにか凶暴な強力なものが、この世にもたらされようとしているのです。まわりをごらんなさい」

あらためて口にするまでもない。通廊そのものが、生きて脈打つ光の虹に変わっていた。

通廊の最後の一周を終えると、彼らはそこにいた。

嘆きの境域のどんづまり――

邪悪な音楽のみなもと――

ベジアクの心臓部に。

それははっきりしていた。音楽に目はくらみ、光に耳はとざされ、五感はまざりあい、まったく混乱してしまったからだ。コンゴヘリウムが身近に存在するところでなければ考えられない。

ドアがあった。見上げるように大きく、こみいったゴシックふうの装飾が彫りこまれている。人間が使ったにしては巨大すぎる。ドアの下に人影がひとつ立っていた。乳房があざやかな明暗のコントラストをなして浮かびあがっているのは、ドアの片方の側——右側——だけから強烈な光がさしているからだ。

ドアの向こうはだだっぴろい広間で、そのフロアは、何百という数だろう、ぼろ服を束ねたようなものでおおわれていた。どれも人間で、意識を失っているのだ。寝ころぶ人体のあいだを飛びわたるようにして、長身の男が、なにか輝くものを持って踊っていた。彼自身がつくりだす音楽のビートにのって、さまよい、ジャンプし、身をひねり、回転している。

「スンマ・ヌルラ・エスト」とロード・ストー・オーディンはいった。「おまえたちロボットも最大出力に上げろ。警戒態勢は万全か？」

「万全です」リヴィウスとフラヴィウスが声をそろえた。

「武器はあるかね？」

「われわれは武器を使えません」とリヴィウス。「プログラミングに反するからですが、あなたは使うことができます」

「それはどうでしょうか」とフラヴィウス。「なんとも申し上げられません。われわれが所持しているのは地表武器です。この音楽、催眠力、光——われわれや武器にどういう作用を及ぼしていることか。こんな地底用に設計された武器ではないでしょう」

「心配ない」とストー・オーディン。「いっさいわたしにまかせろ」

ストー・オーディンはナイフを出した。

踊る光のもとでナイフがきらめくと、戸口の女はやっとストー・オーディンとその奇妙な連れあいの姿に気づいた。

女が口をひらいた。死の予感をはらむ澄んだ声が、重くよどんだ大気をつらぬいた。

7

「誰？」と女はいった。「このベジアクの究極の行きどまりに、誰が武器なんか持ってくるのよ？」

「ただの小さいナイフだ、娘さん」ストー・オーディンがいった。「こんなもので人は危められない。わたしは年寄りで、生命力コントロールも高いレベルにセットしてある」

女は無関心に見ている。ストー・オーディンはナイフの刃先を自分の首筋に持っていくと、これ見よがしに三周まわした。

女は真顔になった。「あんた変だよ、じいさん。もしかしたら、わたしや友達の連中にはヤバい人なのかもしれない」

「わたしは誰にもヤバい人間ではないよ」

ロボットたちはストー・オーディンを見やり、老人の深みとはりのある声に驚いていた。生命力をこんなに高く上げてしまっては、おそらくあと一、二時間と命はもたないだろう。だが壮年期の体力と豊かな感情をとりもどしたのはたしかだった。三人は女を見つめた。女はストー・オーディンのことばを、疑いの余地ない信仰の規範を聞くように、すなおに受けとめたようだ。

「わたしはこのように羽根を着けている」とストー・オーディンはつづけた。「これがどういう意味か知っているかね？」

「補完機構のえらい人だというのはわかるけど、その羽根のことは……」

「不可侵権の放棄証さ。誰でもやる気があるなら、罰される心配なしにわたしを殺したり傷つけたりできる」顔に陰惨な笑みが浮かんだ。「もちろん、こっちにも戦う権利はあるし、戦いかたも知っている。わたしの名前はロード・ストー・オーディンだ。あんたはどうしてここにいるのだね、娘さん？」

「あそこにいる男が好きなんだ――まだ人間だとすればだけど」

女は黙り、あわてて口をすぼめた。奥深い魂の一瞬のつまずきに、少女っぽい口もとがきつくしまるようすは、なんとも異様ながめだった。女は立っている。産み落とされたばかりの赤んぼうよりも丸裸で、顔にはおかしな挑発的な化粧をこらしている。どことも知れない非在の奥底で、愛するという使命に身をささげてきたのだ。だが彼女はいまでも主体性を持った女であり、ちょうどいま見るように、人とじかに心を通わせることのできる人間だった。

「聞いて、じいさん。コンゴヘリウムのかけらを持って上からもどったときだって、ちゃんと人間だったのよ。ここの人たちも、二、三週間まえまでは踊ってた。いまは地面にのびてるだけ。死んじゃいもしない。わたしもコンゴヘリウムを持ったし、音楽も出したことあるわ。あの人、いまでは音楽に取り憑かれて、休みもせずに踊ってる。こっちへは来やしないし、わたしもあっちへ行く気なんかしない。もしかしたらわたしも、あんなふうに倒れちゃうのかもしれない」

耐えがたい音楽の高まりに、女は話しづらそうな表情をした。奥の広間からあふれるすみれ色の光の脈動のなかで、彼女はいったん口をつぐんだ。

コンゴヘリウムの音楽がすこしおさまると、ストー・オーディンがいった。「その不思議なパワーの恩恵を受けながら、もうどれくらい踊っているのかね？」

「一年かな、二年かしら。わかりっこないわ。ここに降りてきたときから、時間なんかわからなくなっちゃってるもの。あんたたち補完機構は、地表で時計もカレンダーも持たせてくれないし」

「われわれがきみらの踊りを見たのは、つい十分の一年まえだ」リヴィウスが口をはさんだ。

女の目が無関心にすばやく動いた。「あんたたち、しばらくまえにここへ来たのと同じロボット？　ずいぶん変わっちゃってる。昔の兵士みたいな格好。どうしてかわからないけど……そうね、一週間まえか、一年まえぐらいか」

「ここへなにをしに来た？」ストー・オーディンの声はやさしかった。

「なんだと思うの？　なぜほかのみんなもここへ降りてきたのかしら？　わたしは逃げたかっただけ。偉い人たちが地表の人間に、時間のない時間、暮らしのない暮らし、希望のない希望を押しつけるから。ロボットや下級民を働かせてるつもりで、本物の人間たちを、希望も逃げ場もないしあわせのなかに氷漬けにしてしまってる」

「ずばりだ！」とストー・オーディンは叫んだ。「ずばり、思ったとおりだ。死とひきかえとはいえ」

「なんだかわからない。そりゃ、わたしたちは役立たずの希望にはまりこんでるけど、あんたみたいな補完機構の偉い人まで、それから逃げてきたというわけ？」

「ちがう、ちがう、ちがう」コンゴヘリウム音楽のゆらめく光が、老人の顔だちに目もあやな網目模様を投げている。「以前、ほかの長官連中に話したことがあるのだよ。きっと地表の人びとのあいだでは、そんなようなことが起こっているだろうとな。わたしがいったとおりのことを、いま聞かせてもらったわけだ。ところで、あんたは何者だね？」

女はなにも着ていない体に目をやり、いまはじめて裸の自分に気がついた表情をした。ストー・オーディンの見まもるまえで、顔を赤らめると、ついで頰から胸までまっ赤にした。

彼女は声をひそめた。

「知らないの？　ここではそういう質問には答えないの」

「規則があるのか？　このベジアクにまで、規則ができているわけか？」

老人が不用意にぶしつけな質問をしたわけではないとわかると、女はぱっと明るい顔にもどった。彼女は熱心に説明をはじめた。「規則なんかあるわけじゃないさ。了解事項だね。そう誰かがいってた――ふつうの世界を捨てて、ゲビエットの境界線を越えたときに。あんたが教えてもらえなかったのは、補完機構の人間だからか、その変な戦争ロボットをみんながこわがっちゃったからでしょ」

「降りてくる途中、人は見なかった」

「やっぱり隠れてたんだよ、じいさん」

ストー・オーディンは軍団兵を見やり、真偽をたしかめようとしたが、フラヴィウスもリヴィウスも無言のままだった。

女をふりかえる。「根掘り葉掘り聞きたいわけではない。どういうふうな人なのかと思ってね。細かい事実ではないのだ」

「人間でいたころは〈一生限り〉だった。長生きして再生を待つ人間じゃなかったの。ロボット連中と補完機構の下部委員がひとりチェックに来て、補完機構で使えるかどうか見ていったよ。知能は人並み以上だ、だけど気骨がない、というのが結論。長いこと考えちゃった。《気骨がない、気骨がない》って。自殺する度胸がないのはわかってたし、生きたくもないので、モニターが見張ってるとわかると、いつもしあわせそうにしてた。そうするうちゲビエットのことを知ったんだ。死ぬんじゃなし、生きてるわけでもないけど、終わりのない遊びからは逃げだせたわね。ここへ来て、そんなにしないうち――」と頭上のゲビエットを指さし――「彼と会ったの。愛しあうようになるとすぐ、ここも地表とたいして変わらないと彼が教えてくれたわ。もっと下のベジアクにも、おもしろ死の方法をさがしに降りてみたって」

「なんの方法？」ストー・オーディンは耳を疑うように聞きかえした。

「おもしろ死。おもしろく死んでいくこと。これは彼のいいかた、彼が思いついたの。わたしいつもついて歩いたし、わたしたち愛しあってた。地表へコンゴヘリウムを取りに出たときは、下で待ったけど。わたしを愛する気持があれば、おもしろ死のことなんか忘れられると思った」

「それは丸ごと真実かな？　それとも、自分の立場をいってるだけか？」

女はどもりながら異議をとなえたが、問いは二度と発せられなかった。

ロード・ストー・オーディンは押し黙り、彼女を見つめている。

女はひるみ、唇をかむと、いやがうえにも高まる音楽と光のなかできっぱりといった。

「やめて。痛い」

ストー・オーディンは目を離さず、「なにもしてはいないよ」と無心な口調でいい、見つめつづけた。たしかに見ごたえはあった。蜂蜜のような肌をした女だ。この光と影の乱舞のなかでも、身に一糸もまとっていないのは見てとれた。それどころか一本の体毛も生やしてはいなかった。――髪の毛はない、眉毛はない、この距離からでははっきりしないが、おそらく睫毛もないだろう。金色の眉をひたいに高々と引いているので、その顔はまやかしの問いかけを際限なくつづけているかに見える。口を金色に塗っているので、しゃべると、ことばは金色の泉からあふれだしてくる。目の上もまた金色だが、目の下は炭のように黒く塗っている。そのため全体の印象は、人類のいままでの経験を超える異質なものになった。千回も累乗されたみだらな悲嘆、永遠にいやされることのない乾いた欲情、得体の知れない目的に奉仕する女らしさ、不思議な惑星群に魅入られた人間の本性。

ストー・オーディンは立ちあがり、見すえた。もし彼女がいまでも人間なら、これで遅かれ早かれ先手を打ってくるだろう。そのとおりとなった。

女はふたたび口をひらいた。「あんた誰？　すごく速く、すごく強烈に生きてる。どうして中にはいって踊らないの、ほかの人たちみたいに？」ひらいたドアから手ぶりで示す先には、意識をなくした人びとの寝姿があり、フロアじゅうにごろごろしている。

「これを踊りというのかい？　わたしはいわんな。踊っている男がひとりいる。あとはフロアにころがってるだけだ。こちらからも同じ質問をさせてくれ。どうしてあんたは踊らない？」

「わたしがほしいのは彼なの。踊りじゃない。わたしはサントゥーナといって、まえには温かく、人間らしく、ふつうに抱きしめてもらえたわ。だけど彼がサン＝ボーイになってからは、毎日どんどん変わってきて、その人たちと踊って――」

「これを踊りというのか？」ストー・オーディンはにべもない。首をふると、冷たくいいはなった。「踊りなど見えないよ」

「見えない？　ほんとに見えないの？」叫んだ。

ストー・オーディンはかたくなに冷酷に首をふった。

彼女はふりかえり、うしろの広間をのぞきこむと、かん高い透きとおった泣き声で、コンゴヘリウムの五音のビートを破った。

「サン＝ボーイ、サン＝ボーイ、聞いて！」

すばやい切れのいい足音はとぎれず、広間を8の字をえがいて駆けつづけている。かかえた金属をたたく指は止まらず、焦点のない光はゆらめき輝いている。

「わたしの、わたしの、大好きな、最愛の、かけがえのない人！」呼びかけは最初よりもっと金切り声でさしせまっていた。

音楽と踊りにリズムの変化が起こった。踊る男が向きを変えて近づくにつれ、音楽はそれとわかるほどテンポをゆるめた。なかの広間でも、大きなドアのところでも、また外の通廊でも、光がやや落ち着いた。女の姿がすこしはっきりとした。たしかに体毛は一本もなかった。踊る男の姿も見えた。若者は背が高く、体は並みのやせかたではなく、手のなかにある金属は、一千の光を反射する水面のようにゆらめき輝いていた。踊る男は、腹立たしげに口早にしゃべった。

「おれを呼ぶ。くりかえしくりかえし何千回もだ。来たけりゃ入ってこい。呼ぶのはやめろ」

しゃべるうち、音楽はすっかりやみ、フロアに横たわるぼろ服の群れが身じろぎし、うめき、目覚めはじめた。

サントゥーナがあわてたようにどもりながらいった。「今度はわたしじゃない。この連中さ。ひとりはすごく手ごわいよ。そいつがいうには、踊る人たちが見えないって」

サン＝ボーイはロード・ストー・オーディンのほうを向いた。「それなら来て、いっしょに踊れよ。そうしたけりゃな。もうここにいるんだ。半分踊ってるようなもんさ。あんたのその機械――」とロボット軍団兵を見てうなずき――「そいつらは踊れない。切ってしまえ」いいながら、背を向けようとする。

「わたしは踊らん。見たいだけだ」ストー・オーディンはつとめて平静を保った。燐光をはなつ肌、腕にかかえた危険な金属、無謀きわまる跳ねるような歩きかた――この若者のいっさいが気にくわなかった。なんにせよ、こんな地の底にしては光が多すぎるし、なにが進行しているのか、手がかりはあまりにも少ない。

「なんだ、ひやかしか。いくら年寄りでも、そりゃあ根性がよくないぜ。それとも、ただニンゲンでいたいだけか？」

ストー・オーディンは全身がかっと熱くなるのを感じた。「人間をニンゲンなどとそんな調子でいえる、そういうきみは何者だ？　きみ自身はまだ人間でいるのか？」

「どうかな。知るものか。おれは宇宙の音楽を受信したんだよ。ありったけのしあわせをこの部屋に引きこんだ。おれは気前がいい。友達とみんなで分けあってる」サン＝ボーイが手ぶりで示すフロアでは、音楽をなくしたぼろ服のかたまりたちが、苦しまぎれにうごめきだしている。ストー・オーディンがさらに広間のなかに目をこらすと、フロアの人びとは若者たちであることがわかった。大半が男だが、女もちらほらまじっている。そのひとりひとりが病み、弱り、青ざめていた。

ストー・オーディンはいいかえした。「あのながめはどうも虫が好かん。きみをつかまえて、その金属を奪いたいくらいだ」

男は右足の爪先でくるりとまわり、いまにも獣みたいにとびさがるかに見えた。ストー・オーディンはサン＝ボーイを追って広間に踏みこんだ。サン＝ボーイは一回転し、またストー・オーディンに向きなおった。そして老人をドアのそとに押しだすと、うしろへしっかりと三歩、抵抗するすきも与えず下がらせた。

「フラヴィウス、金属を取れ。リヴィウス、男を押さえろ」とどなる。

どちらのロボットも動かない。

生命力コントロールはすでに目いっぱいひねり、五感も体力も高くセットしてあるので、ストー・オーディンは前に出て、みずからコンゴヘリウムをつかもうとした。だが一歩踏みだしたきり、体はドアのところで動かなくなった。

こんな思いを味わうのは、前回手術マシンに送りこまれたとき以来はじめてだった。ずいぶん昔だが、宇宙空間で放射線を浴びたことがあり、その影響が老化とともに現われて、頭蓋骨に骨癌ができていると診断されたのだ。手術は顔半面を人工物に取り替えるもので、そのあいだは固定ベルトと薬で身動きもならなかった。いまはベルトも薬もないが、サン＝ボーイが呼びさましたパワーは、おなじように強力だった。

サン＝ボーイは、フロアに寝た人体のあいだを巨大な8の字をえがいて踊っている。先ほどから歌も聞こえるが、それは頭上はるか、地球の表面でフラヴィウスがまねてみせた歌——泣く男の歌だった。

だがサン＝ボーイは泣いているのではなかった。

こけた苦行者めいた顔は、あからさまな嘲笑にゆがんでいた。彼が悲哀をうたうとき、じっさいに表現しているのは悲哀ではなく、人間世界の平凡な悲哀へのあざけりであり、笑いであり、軽蔑であった。コンゴヘリウムはゆらめき輝き、オーロラはストー・オーディンの目をくらませる。広間のまん中には、ほかに二つのドラムがあった。ひとつは高い音で、もうひとつはもっと高い音を出す。

コンゴヘリウムが共鳴している。ボーン、ボーン、ズーン、ズーン、ドーン！

サン＝ボーイが走りながら指をふれると、大きな普通のドラムが鳴りひびく。パラタラン、パラタラン、タラタパン、パラタラン！

小さな不思議なドラムからは、たった二つの音しか出てこない。それもくぐもった音だ。キッドンク、キッドンク、キッドンク！

サン＝ボーイが踊りにもどったとき、ストー・オーディンには、サントゥーナという女の叫びが聞こえたように思えた。恋人を呼んでいる。だが首がまわらないので、ほんとうに彼女の声かどうか確かめることはできなかった。

サン＝ボーイはストー・オーディンのまえに来た。両足をばたつかせながら、まだ踊りをやめず、指と手のひらが打ちすえる輝くコンゴヘリウムからは、呪縛的な怪音がわきでてくる。

「じいさん、おれをひっかけようとしたな。そうはさせねえ」

ロード・ストー・オーディンは答えようとしたが、口やのどの筋肉はぴくりともしなかった。この力の正体はなんだろう、と思う。非常手段はまったく効かないのに、心臓は自然に打ち、肺は楽に空気を吸い、脳は（持ちまえの部分も人工の部分も）ちゃんとものを考えているのだ。

男は踊りつづける。何歩か遠ざかったが、向きを変え、踊りながらもどってきた。

「あんた、不可侵権の羽根を着けてるな。好き勝手に殺していいってわけだ。ここならレイディ・ムモーナやロード・ヌルオアやその仲間にも、なにが起こったか絶対にわかりっこない」

この異端の踊り手は、はるかな地底にいながら、なぜ補完機構の秘密を知っているのか？まぶたを動かすことができたなら、ストー・オーディンは驚きのあまり目をむいたことだろう。

「ありのままが見えてるのに、あんたは見てるものが信じられないんだ」サン＝ボーイはすこし真剣な口調になった。「気の変になったのがコンゴヘリウムのかけらを地底に持ちこんで、奇跡を起こしてるぐらいにしか思ってないだろう。ばかな年寄りだぜ！　そこいらの狂人が自爆もせずに、ここまでかけらを運んでこれるものか。こんなことができる人間はいねえ。あんたは考えてる——この〝太陽の子〟と名乗る山師が、もし人間じゃないとしたら何者なんだ？　いったいなにが、この太陽のパワー、太陽の音楽をこんな地の底深くに運びこんだのか？　世の中のはみだし者たちに狂った楽しい夢を見させ、連中の命をありとあらゆる異時間、ありとあらゆる異世界に流しだしてる張本人は誰だろう？　もしこれがおれだけの能力じゃなかったら、誰がやってる？　いわなくていい。考えてることは読めるよ。代わりに踊ってやろう。おれはたいへん親切な男でね。あんたには嫌われてるかもしれないが」

しゃべりながら、サン＝ボーイはその場でしきりに足をおどらせていた。

ふいに身をひるがえすと、跳躍し、フロアでうごめく人びとの上を飛びこえた。

大ドラムのところに行って、たたいた。パラタラン、タラタパン！

左手が小ドラムをかすった。キッドンク、キッドンク！

両手がコンゴヘリウムをつかむと、たくましい手首で二つに引き裂くかに見えた。

広間全体が音楽に燃えあがり、雷に照らされ、五感の錯乱はやまない。空気がひんやりした液状のオイルのようにストー・オーディンの肌をなめる。踊るサン＝ボーイの体が透きとおり、その向こうに見えてきたものは、現在もまた将来も、地上にはありそうもない風景だった。

「冷たくまばゆくかすかにあざやかに、あふれ輝き映え光る」とサン＝ボーイはうたった。

「ひとつひとつがダグラス＝オウヤン惑星団の世界だ。七つの惑星がくっつきそうにかたまって、ひとつひとつの太陽をめぐっている。凶暴な引力、やむことない塵の雨。ふらつく軌道のおかげで引力の変化は絶えまなく、どの惑星の表面もどんどん姿を変えていく。へんてこな世界だ。空では星たちが人間の想像もつかない野放図なダンスを踊り、惑星たちは知性とまでいえないが、ひとつひとつの共通した意識を持って、時空のあらゆる方向に友を求める呼びかけを送っている。そんなときさ——この洞窟に山師のおれがやってきて、連中を見つけたのは。ちょうどあんたが彼らをおっぽりだしたときだ、わがロード・ストー・オーディンよ。ロボットにこういって——《この惑星団はどうも虫が好かん》そういったっけ、ストー・オーディンよ、遠い昔ひとりのロボットに。《こんなもの見ていたら、誰だって病気になるか気が狂ってしまう》おまえはいったな、ストー・オーディンよ、遠い遠い昔に。《どこかとんでもないところのコンピュータにこの知識を隠すのだ》おまえはそう命令した、ストー・オーディンよ、おれが生まれるまえの時代だ。ところが、こいつが当のコンピュータさ、首が曲がらないので見えないだろうが、おまえのうしろの隅っこにあるやつだ。おれはこの広間に降りてきて、おもしろ死の方法はないものかとさがしてた。なにか並みはずれた——おれの脱走を知って阿呆どもが騒ぎだしたとき、やつらをガツンといわせられるようなのがいい。おれはまっ暗闇で踊った。ちょうどいまと似た感じだろう。クスリも十二種類のんだので、興奮し、舞いあがって、ひどく敏感になっていた。するとコンピュータが話しかけてきたんだ、ストー・オーディンよ。おまえのコンピュータだぞ、おれのじゃない。話しかけてきて、そいつがなんといったと思う？

知っておいてもいいだろう、ストー・オーディンよ、どうせ死ぬのだ。おまえは生命エネルギーを高めて、戦う用意をした。そのおまえが、いまは身動きもとれん有様だ。並みの人間にこんなことができるか？　見てろ。もう一度、バシッと決めてやるからな」

楽音と和音の虹のような叫びがあがり、サン＝ボーイがふたたびコンゴヘリウムをねじるにつれ、広間の内外で一千もの色彩がまばゆく萌えだし、地の底深くの空気は、すっかり音楽にひたされた。その音楽が、またいかにも病んで聞こえるのは、人間がこんなものを思いつくはずがないからだ。動かぬ肉体に封じこめられ、半歩うしろには硬直した二人の兵士ロボットを従えて、ストー・オーディンは、ここで無駄死にする羽目になるのかといぶかった。死ぬまえに、この男に目と耳をつぶされるのだろうかと思案した。まぢかでコンゴヘリウムがねじくれ、輝いている。

フロアの人の群れを飛びこえ、サン＝ボーイが踊りながら後退した。奇妙なリズムをとった身のこなしで、曲に乗ってうしろに下がりながら、見かけは徒競走のデッドヒートさながら前へ前へ出ようとしているかに見える。そのまま広間の中央へ行くと、おかしなポーズをとって跳躍した。はるか下界を見下ろす顔は、まるでフロアをゆく足の動きを調べていたかのようであり、コンゴヘリウムを首のうしろにさしあげ、むりやり膝を高く上げた格好で両足を宙におどらせた。

女がまた呼んでいる声が聞こえたような気がしたが、ことばまではストー・オーディンにはわからなかった。

　ドラムがまた語りだした。パラタラン、パラタラン、タラタパン！　そしてキッドンク、キッドンク、キッドンク！

　大合奏が静まると、踊る男が口をひらいた。流れだしたのはかん高い異様な声で、質の悪い録音をまちがった再生装置で聞いているように思われた。

「なにかがあんたと話そうとしている。しゃべっていいぞ」

　ストー・オーディンは唇とのどが動くことを知った。そっとひそかに、老いた兵士のように、指や足に意識を向ける。こちらは動かなかった。使えるのは声だけだ。彼は口をひらき、当然の質問をした。

「きみは誰だ、なにかさんよ？」

　サン＝ボーイはストー・オーディンをじろりとながめた。その場に静かに立っている。ただ足の動きだけは止まらず、野放図なめまぐるしいジグを踊っているが、影響が上半身にまで及ぶことはない。どうやらダグラス＝オウヤン惑星団の不可思議な勢力圏と、コンゴヘリウムのかけら、人間離れした踊り手、フロアで酔いしれる虐げられた人びと――この四者が結ばれるには、ある種のダンスがなくてはならないようだ。そして顔。そう、顔そのものは厳粛で、むしろ悲しげに見えた。

「おれが何者か教えるようにいわれた」とサン＝ボーイ。

　ドラムのまわりで踊った。パラタラン、タラタパン！　キッドンク・ドン、キッドンク・

ドン！

コンゴヘリウムを高くさしあげ、ねじると、大きなうめきがほとばしった。寄るべない凶暴なひびきであり、何十キロもの岩盤をつきぬけ、遠い地表へとどくかにストー・オーディンには思えたが、すぐに理性がよみがえり、これはいまの苦境からくるばかげた空想なのだと確信した。ほんとうに地表にとどくような大音響なら、そのまえに天井の傷ついたひびわれた岩が頭の上になだれ落ちてくるだろう。

コンゴヘリウムがスペクトルの七色をかけおり、ぬめるような赤黒い肝臓色におちついた。ほとんど黒に近い。

つかのま音が静まったなかで、説明の声が聞こえたわけでもないのに、ストー・オーディンは事の真相がすとんと心に放りこまれるのを感じた。この広間の全史が、いわばわき道から記憶にすべりこんだのだ。一瞬まえにはなんの知識もなかった。つぎの瞬間には、遠い昔から一部始終を知っていたかのようだった。

と同時に、体が解放されるのがわかった。

よろよろと三歩、四歩あとずさりした。

ほっとしたことに、ロボットたちも解放されて向きを変え、いっしょに行動していた。機械の腕が両わきを支えた。

とつぜん顔じゅうにキスの雨が降ってきた。

プラスチックの頬が、遠くかすかに、人間の女の生きいきした温かい唇の刻印を感じている。あのへんてこな女——あの美しい、一糸まとわぬ、無毛の、金色の唇をした女が、ドアのそとで叫びながら待っていたのだ。

疲労は激しく、記憶が押し入ってきたショックは大きいが、気はたしかだった。

「わたしを呼んでくれていたね」

「うん」

「コンゴヘリウムを見ながら引きずられないとは、たいしたものだ」

女はうなずいただけでなにもいわない。

「はいるまいとする意志力が大きかったということかな？」

「意志力じゃないわ。愛してるだけ、なかにいるあの人を」

「もう何カ月も待っているのか？」

「ずっとじゃないわ。食べたり飲んだり眠ったり、自分のことをするときには、上の階にあがるもの。あっちには鏡や櫛や毛抜きや顔料だってあるのよ。きれいに見せるために、サン＝ボーイが興味を持ってくれるかと思って」

ストー・オーディンは肩越しにふりかえった。音楽は低くむせび泣いているが、悲しみを表現しているとは思えない。いまはのろのろした長いダンスの最中で、コンゴヘリウムを手から手へ持ちかえながら、匍匐（ほふく）と背伸びをくりかえしている。「聞こえるか、若いの？」いままた脈々と補完機構の精神がうちに流れるのを感じながら、ロード・ストー・オーディンは呼びかけた。

男からの返事はなく、動きが変わる気配もない。だがだしぬけに、キッドンク、キッドンクと小ドラムがいった。

「彼と、そのうしろにある顔だが——もし女がここをきれいさっぱりと忘れて出ていこうとしたとき、彼らが手放すかどうかだ。どうだろう、きみ？」とストー・オーディンは男にいった。

パラタラン、タラタパン、と大ドラムがいった。ストー・オーディンが解放されたときから沈黙していたドラムだ。

「だけど、行きたくないよ」

「行きたくないのはわかってる。わたしの代わりに行ってほしいのだ。あんたが帰るころには、こちらの仕事はすんでる」彼女が黙ったままなので、ストー・オーディンはつづけた。「ロボットの片方はリヴィウスといい、心理学者で将軍だった男の記憶が刷りこまれている。彼はあんたに同行するが、この場所やこれに関係した出来事は全部忘れるように命令しておく。スンマ・ヌルラ・エスト。聞いているか、リヴィウス？　この娘（こ）といっしょに走り、向こうへ着いたら忘れろ。走って、それから忘れるのだ。あんたにも走って忘れてもらうよ、サントゥーナ。だが、いまから二地球昼夜（アースニクシロン）したら、記憶がよみがえるから、そうしたらもどりなさい。——もどりたければ、もどる必要があればだがね。その気が失せていたら、レイディ・ムモーナのところへ行き、今後の身のふりかたを教えてもらうのだ」

「あと二日と二晩たって、その気があれば、もどってこいということね」

「さあ行け、娘さん、走れ。地表へ走るんだ。リヴィウス、やむをえないときは運べ。とにかく走って走って走るのだ！　彼女が頼りにする以上の力でな」

サントゥーナが思いつめたように見ていた。その裸は無垢そのものだった。金色の上まぶたが黒い下まぶたとぶつかり、彼女は目をぱちくりさせると、涙のしずくを払いとばした。

「キスして、そしたら走る」

ストー・オーディンはかがみ、キスした。

彼女はきびすを返すと、踊る恋人をもう一度ふりかえり、すらりとした脚で通廊を走りだした。リヴィウスが、疲れなどどこ吹く風と、優雅に追いかける。二十分もすれば、ゲビエットの最上層あたりまで行くだろう。

「さてなにをするかわかるかい？」ストー・オーディンは踊る男にいった。

踊る男と背後の力は、今度はこころよく返事をしなかった。

「水さ」とストー・オーディン。「輿に水筒をおいてある。連れてってくれ、フラヴィウス」

8

ロボット兵は、老いて震えのやまないストー・オーディンの肩を支えた。

ロード・ストー・オーディンはここで、人類の歴史を将来数千年にわたって一変させる芸当をおこない、その過程で、地球のうちぶところにある巨大な空洞を爆破した。これには補完機構でも秘中の秘とされる奇策を使った。

三重思考である。

どんなに恵まれた訓練を受けても、三重思考を身につける人間は数えるほどしかいない。人類にとって幸運なことに、ロード・ストー・オーディンは見事その技をマスターしたひとりだった。

彼は三種の思考システムを作動させた。いちばん上のレベルでは、理性をはたらかせながら古い広間をうかがっている。その下のレベルでは、コンゴヘリウムを持った男への不意打ち攻撃を計画した。だが第三の、いちばん下のレベルでは、打つべき手を一瞬に決定し、あとのいっさいを自律神経系のはたらきにゆだねていた。

彼の発した命令はつぎのようなものだった。

フラヴィウスには緊急態勢をとらせ、すぐにも攻撃に移れるようにする。

なんとしてもコンピュータと接触する。そしてこの出来事を――ストー・オーディンが学んだいっさいを記録させ、対抗手段のとりかたまで示唆したうえ、以後意識の表層からは消し去ってしまう。行動のゲシュタルト――反撃の大ざっぱな形式――が、一秒の千分のいくつか心にはっきりしたかたちをとったが、すぐに見えなくなった。

音楽が咆哮（ほうこう）へと高まった。

白光がストー・オーディンをつつんだ。

「おれを倒す気か！」サン＝ボーイがゴシック様式のドアの向こうで声をはりあげた。

「むらむらとしたが、もうおさまったよ」ストー・オーディンは認めた。「なにができるものか。見張られていてはな」

「見張るさ」と冷酷に。キッドンク、キッドンク、と小ドラムがいった。「見えるところにいろよ。ドアからはいる気になったら、おれを呼ぶか、ただ考えるだけでいい。迎えに出て、手をとってやる」

「よかろう」とストー・オーディン。

フラヴィウスはまだ彼を支えている。ストー・オーディンはサン＝ボーイのつくりだす曲にひたすら意識を集中した。こんな野放図な異質な歌は、人類が興って以来、誰の心をかすめたこともないだろう。こちらも歌を返したら、向こうは驚くだろうかと思った。そのおなじ瞬間、もはやまったく意識しないままに、ストー・オーディンの指は第三段階の行動に移っていた。その手がロボットの胸部のふたをあけ、脳の積層化された制御部にのびた。手がひとりでに装置をいじくり、ロボットに命令を与えた。――あと十五分以内に、命令発信機だけを傷つけず、ベジアクとその周辺にある全生命を抹殺せよ。フラヴィウスはなにがおこなわれたか知らない。ストー・オーディン自身、わが手の動きに気づきもしなかった。

「あの古いコンピュータのところへ連れていってくれ」とロボットのフラヴィウスに命じる。「いま知ったへんてこな話がほんとうかどうか確かめたい」ストー・オーディンの頭のなかでは、コンゴヘリウムの使い手すらあっけにとられるような音楽がなりひびいている。

コンピュータのまえに来た。

あらかじめ与えてあった三重思考の命令を受けて、片手がコンピュータを立ちあげ、ボタンを押した。《この現場を記録せよ》——古びた継電器のつぶやきとともに、コンピュータは目覚め、了解した。

「地図を見せてくれ」とコンピュータにいう。

広間の奥では、男が疑惑を煮えたぎらせ、速いジョグトロットへと踊りのテンポを上げた。

コンピュータに図面が現われた。

「美しい」とストー・オーディン。

迷路全体が手にとるように見てとれた。ちょうど真上には、時代をへた耐震用の密閉シャフトが一本ある。——直径二百メートル、高さ数十キロもある垂直の長大な空洞だ。てっぺんには蓋があり、大洋底の泥と海水を締めだしている。いちばん下部は、空気以外に心配な圧力がないため、岩に似せたプラスチックが取り付けてあるだけで、通りかかるロボットや人は、誰も登ってもぐりこもうとはしない。

「見てろよ、わたしのすることを！」とストー・オーディン。

「見てるさ」とサン＝ボーイ。困惑ぎみのうなるような調子で、歌声がかえってきた。

ストー・オーディンはコンピュータをゆさぶると、右手の指を走らせ、特別の要請をコードで入れた。左手のほうは——あらかじめ三重思考で条件づけされたとおり——わきの非常用パネルに、ごく単純ではっきりした技術的コマンドを打ちこんでいた。

うしろからサン＝ボーイの笑いがとどろいた。「コンゴヘリウムを持ってきてほしいという要請か。やめろ！　やめとけ。補完機構のお偉がたとしてじきじきに署名するのでなければな。署名なしの要請じゃなんの足しにもならないぞ。上のセントラル・コンピュータは、ベジアクの狂人どもがくだらない要求をしてきたと思うだけだ」声がせきたてる調子をおびた。「いまどうしてマシンが〝了解と実行〟の信号を送ってきたんだ？」

ロード・ストー・オーディンは平然と嘘をついた。「さあね。きみのに対抗できるようなコンゴヘリウムを送る手筈がついたのだろう」

「嘘だ」と男は叫んだ。「ドアのところへ来い」

フラヴィウスが老人を、ばかげた美しいゴシック様式の入口へとみちびいた。

男は片足から片足へ交互にはねている。コンゴヘリウムの光は、いまではどんよりした赤い警戒色だ。泣き叫ぶ音楽は、まるで人類のあらゆる怒りと疑いを押しかためた新しい強烈なフーガ、たとえるならバッハの『ブランデンブルク協奏曲第三番』に、熱にうかされた無調の対位旋律をつけたかのようだ。

「来たよ」ストー・オーディンはさらりといった。

「おまえ死にかけてるな！」

「死にかけてるのは、きみと会うまえからだ。ベジアクに着いてから、生命力コントロールを最大に上げた」

「はいってこい。死なずにすむぞ」

ストー・オーディンはドアのふちに手をかけ、石のフロアにすわった。居心地のいい姿勢がきまると、ようやく話しだした。

「そう、たしかに死にかけてる。だが、はいるのはお断わりしよう。きみのダンスを見ながら死ぬだけで充分だ」

「なにをたくらんでる？　なにをした？」男はダンスをやめ、ドアのところへ歩いてきた。

「なんなら探ってごらん」

「探っているとも。だがコンゴへリウムのかけらを持ってきて、ダンスでおれを負かしたいという欲望以外にはなにも見えない」

その瞬間、フラヴィウスが暴走した。輿にかけもどり、かがみこむと、ドアへ走った。両手に巨大な鋼鉄のボール・ベアリングを一個ずつ持っている。

「あのロボット、なにをしている？　おまえの心は読めるが、なにも命じてはいない！　あの鉄球を使えば、邪魔な物は――」

サン＝ボーイが声にならぬ叫びをあげると同時に、攻撃がきた。

六十トンは軽く持ちあげるフラヴィウスの腕が、目にもとまらぬ速さで空を切り、第一弾の鋼鉄ミサイルをサン＝ボーイめがけて投げた。サン＝ボーイ、というか、彼のうちにひそむパワーは、虫のようなすばやさで飛びのいた。鉄球は、フロアに横たわる二つのぼろ服姿の人体を突き抜けた。ウーッ！　と、うめいてひとりは息絶えたが、もうひとりは声ひとつ上げなかった。飛んできた鉄球が、首を根もとから断ち切ったからである。敵にしゃべるひまも与えず、フラヴィウスの第二弾が飛んだ。

鉄球はドアのところで食いとめられた。先刻ストー・オーディンとロボットを金縛りにしたパワーが、ふたたび活動をはじめたのだ。鉄球はうなりをあげて戸口に突入したが、空中でぴたりと止まり、つぎの瞬間フラヴィウスに向かってはねかえった。

帰ってきた球は、フラヴィウスの頭をはずしたものの、胸部に激突した。だが脳はまさにその位置にある。ロボットのライトがまたたいて消えた。だが死のまぎわに鉄球をつかみ、サン＝ボーイに投げつけていた。ロボットは絶命し、ねらい定まらぬ鉄球はストー・オーディンの右肩を打った。激痛がストー・オーディンをおそったが、マネキン・ミイイをひっぱりだし、痛みを遮断した。それから肩を調べた。肩はほぼ完全につぶれていた。血液と人工器官の作動油がゆるやかな大きい川となって合流し、わき腹を下った。

サン＝ボーイは踊ることも忘れたようすだ。

女はどこまで行っただろう、とストー・オーディンは思った。

気圧が変わった。

「空気が変だぞ。なぜ女のことを考えた？　どういうことなんだ？」

「心を読め」とストー・オーディン。

「それには踊って、パワーをためなければ」
二、三分ではあったが、落盤を起こしそうな激しいダンスがつづいた。

死がしだいにせまるなか、ストー・オーディンは目を閉じ、死とは心安らぐものだと思った。周囲の光と騒音はあいかわらずおもしろいが、もう重要ではない。

コンゴヘリウムが一千色の虹を織りなし、踊る姿がほとんど透きとおったところで、サン＝ボーイが心を読もうともどってきた。

「なにも見えない」と心細げに。「生命力コントロールの目盛りが高すぎるから、もう長くないぞ。この空気はどこから来てる？　ゴーッという音が遠く聞こえる。だが、おまえの仕業じゃない。ロボットは暴走した。ところが、おまえは満足そうな目で死んでいく。おそろしく変だぞ。みんなとここで無限に生きられるというのに、自分のやりかたで死にたがるとは！」

「そうさ」とロード・ストー・オーディン。「わたしのやりかたで死ぬ。だが踊ってくれ——わたしのために、コンゴヘリウムを持って。そのあいだ、きみから聞いたとおりに事の真相を語ろう。話の筋をきっちり通して死ぬというのも悪くない」

サン＝ボーイはためらい、踊りだし、すぐにストー・オーディンをふりかえった。

「本気でこれから死ぬつもりか？　おまえのいうところのダグラス＝オウヤン惑星団のパワーが、コンゴヘリウムのおかげでここに流れこむ。おれが踊っているかぎり、おまえは安楽だし、いつでも死にたいとき死ねるぞ。おれのあやつるパワーは生命力コントロールの比じゃない。このドアの奥からでも、おまえを宙に浮かべて運ぶくらいは……」

「断わる。いいから踊ってくれ。わたしは死んでいくから。——こっちのやりかたでな」

9

こうして世界は方向を変えた。何千万トンという海水が、なだれを打ってシャフトを下ってくる。

何分としないうちにゲビエットもベジアクも水没し、空気はひゅうひゅうと地表めがけてかけあがってしまうだろう。ストー・オーディンは、うまいぐあいに通風シャフトが奥の広間の天井にあるのを見つけた。物質と反物質から成るコンゴヘリウムが、なだれこむ塩水に浸かったとき起こる事態までは、三重思考をめぐらさなかった。四十メガトンぐらいか、と取りとめなく思う。——遠いはるかな昔にあった問題で、とっくにかたづいたけれども、ふと思いだしたといったふうに投げやりに。

サン＝ボーイは、人類が宇宙にひろがるまえの時代の宗教を演じている。彼は賛歌や聖歌をコーラスでうたった。その目を、両手を、コンゴヘリウムのかけらを太陽に向かってさしあげた。踊りくるうイスラム修道僧のがらがらをふり、〈交差する木材にかけられた者〉を祀る聖堂の鐘を打ち、また時を超えた聖者を祀る梵鐘を鳴らした。その聖者は時を見つめ、ただ踏みだすことによって時から逃れたという。——名前はたしかブッダといったか？　さらにサン＝ボーイは、おぞましい瀆神行為をつぎつぎと演じはじめた。〈旧世界〉が倒れたのち、人類はそんな精神状態におちいったのだ。

音楽は節度を守っている。

光もまた。

おぼろな影たちの果てしない行列を従えて、サン＝ボーイは踊り、昔の人びとがいろいろな神を、太陽を、そしてまた新しい神々を発見するさまを見せた。悠久(ゆうきゅう)の過去から人間とともにある謎をパントマイムで演じた。すなわち、人間はあからさまに死を恐れながら、じつは死を理解しないのは生そのものであるという矛盾。

そして踊りがつづくなか、ストー・オーディンはサン＝ボーイ自身の物語を語って聞かせた。

「きみが地表を去ったのは、サン＝ボーイよ、人間がみんな屑(くず)ばかり――哀れな幸福にひたりこんだのろまばかりに見えたからだ。養鶏場のニワトリみたいに無菌状態で、傷ひとつないように飼われ、死んだら冷凍される、そんな暮らしに我慢できなかったからだ。きみはみじめな苛立った聡明な人たちの仲間にはいり、ゲビエットに活路を求めた。きみは彼らの麻薬や火酒や喫煙物を知った。女たちと知りあい、パーティやゲームに加わった。それでも満足できなかった。そこで名誉自殺者になる道をとった。名誉自殺者、つまり、なにか目新しいおもしろ死の手口を見つけて、自分の存在を世界に知らしめるヒーローだ。きみは、いまや思いだす者もない呪われた場所、ベジアクに降りてきた。発見はなにもなかった。ただの古い機械とがらんとした通廊があっただけだ。あっちこっちにミイラ化した死体や骨が見える。物言わぬ明かりと、通廊を吹き抜ける風のつぶやきがあっただけだ」

「水音がしてるぞ」男は踊りをやめない。「ごうごういってる。聞こえないか、死にかけたじいさんよ？」

「聞こえるとしても知ったことではないね。話をつづけよう。きみはこの広間へ来た。ドアの奇怪な造作から見て、おもしろ死には持ってこいのところに見えた。きみのような哀れなはみだし者がさがしていた場所だが、死にかたが自発的だとわかり、見てくれる人間がいるのでなければ、おもしろみはない。ゲビエットにもどれば友人はいるが、帰りは長い昇り坂だ。というわけで、このコンピュータのそばで眠ってしまった。

その夜、眠るきみの夢のなかにコンピュータが現われ、歌いかけた。

とりあえず走狗（いぬ）がほしい
とりあえずの仕事のために
とりあえず見つけた星――
　この地球で！

目がさめたとき、驚いたことに頭のなかには、いままでこの世になかった音楽が焼きこまれていた。それこそ野放図な、聞いた人間が甘美な悪の味にぞくぞくするような音楽だ。それとともに、きみには仕事ができた。コンゴヘリウムのかけらを盗むことだ。

ここへ下る以前も、サン＝ボーイよ、きみは利口な男だった。ダグラス＝オウヤン惑星団がとりついてからは、その千倍も利口になった。きみは仲間と、これはきみから聞いた――というか、きみを陰であやつる存在からつい半時間まえに聞いた話だぞ――きみは仲間と組んで、亜空間コミュニケーターを盗むと、ダグラス＝オウヤン惑星団の位置をつかみ、ひと目でほれこんでしまった。冷たい光、虹色の光。立ちのぼる滝。そういったもの全部をだ。

きみはコンゴヘリウムも手に入れた。コンゴヘリウムにおいては、物質と反物質が二元磁性グリッドによって積層化されている。これを媒介に、ダグラス＝オウヤン惑星団はきみを生命現象から解き放った。食事も休息もいらないばかりか、空気も水も必要ではなくなった。ダグラス＝オウヤン惑星団はたいへん古い存在だ。彼らはきみを通信リンクに利用した。彼らが地球と人類をなにに使おうとしたかは知らん。もしこの顚末が広まったら、後世の人びとはきみを害悪の商人と呼ぶだろう。なぜならきみは、人間のごくノーマルな危険愛好癖を逆手にとって、催眠術と音楽で人びとを罠におとしいれたからだ」

「水の音だ」とサン＝ボーイがさえぎった。「たしかに水の音だ！」

「かまうな。きみの話のほうが大切だ。それに、われわれになにができる？　わたしは死にかけ、血と生気の池にへたりこんでいる。きみはコンゴヘリウムを持っていては、この広間から出られん。つづけるのが一番だ。そもそもダグラス＝オウヤン超存在にしても、それがなんであったにしろ――」

「であった？」とサン＝ボーイ。

「――なんであるにしろ、親密なふれあいを求めていただけかもしれん。踊れ、さあさあ、踊れ」

サン＝ボーイは踊り、ドラムが声を合わせる。タラタパン、タラタパン！　キッドンク、キッドンク、ドン！　その間コンゴヘリウムは、堅い岩盤を通して音楽をがなりたてた。

もうひとつの音もやまない。

サン＝ボーイは踊りをやめ、呆然としている。

「水だ。水」

「知るものか」

「見ろ」サン＝ボーイは悲鳴をあげ、コンゴヘリウムを高くさしあげた。「見ろ！」

ロード・ストー・オーディンにはわざわざ見るまでもなかった。海水の先陣数トンが、白い泡をかきたてながら、泥を含み、重さを増して通廊から部屋部屋へ押し入ってきたのだ。

「どういうことなんだ？」サン＝ボーイの叫びがひびく。ストー・オーディンには、それはサン＝ボーイの声とは思えなかった。ダグラス＝オウヤン惑星団の強大なパワーのもとにあるどこかの継電器の叫びだろう。そのパワーは人類との友情を求めながら、まちがった相手、まちがった友情を見つけてしまったのだ。

サン＝ボーイが自制をとりもどした。泥水をけたてながら踊りはじめた。虹色の光が、高まる水に照り映えた。大きなドラムが、パラタラン、パラタン！　小さなドラムが、キッドンク、キッドンク！　コンゴヘリウムが鳴りわたっている。ボーン、ボーン、ズーン、ズーン、ドーン！
年老いた目はすでにかすんでいるが、ストー・オーディンには、まだ強烈に踊る男のぎらぎらと輝く姿が見えていた。

「悪くない死にかただ」彼はそう心にいい、死んだ。

10

はるか頭上、惑星の地表では、サントゥーナが大地のうねりに気づき、目をあげたところだった。東の水平線がどす黒く染まり、泥を含んだ水蒸気のかたまりが、うらうらと日の照る凪いだ海面に噴出している。

「こんなこと、こんなこと二度と起こしちゃいけない！」サントゥーナはいい、サン＝ボーイとコンゴヘリウムとストー・オーディンの死のことを思った。

「なんとかしなくては」とつぶやくようにつけ加える。

そして、いったことを実行に移した。

その後数世紀のあいだに、サントゥーナは病と危険と悲嘆をよみがえらせ、人類のしあわせを豊かなものにした。彼女は〈人間の再発見〉の立て役者のひとりとなり、そのもっとも有名な名前、レイディ・アリス・モアはあまねく人びとのあいだにとどろいた。

酔いどれ船

Drunkboat

伊藤典夫◎訳

おそらく宇宙の長い歴史を通じて、これほど悲しい狂った波瀾万丈の物語はない。じっさいこれに類することをやってのける――つまり、こんな距離を、こんなに速く、こんな手段で旅する人間がいままでいなかったのはたしかだ。物語のヒーローはまるっきりの平凡人――といっても、それは初対面の印象である。あらためて見なおせば、いやまあ！　大ちがい。

一方のヒロイン。こちらはとても小柄なアッシュブロンドの女性だ。聡明で、つんとして、痛々しい。そう、痛々しい――まさにその語がぴったりだ。元気いっぱいのときでさえ、見ていると慰(なぐさ)めたいような、手をさしのべたいような気持になるのである。彼女がそばにいると、男はいっそう自分を男らしく感じるのだ。名前はエリザベスといった。

しかしその名前が、荒れくるう、むかつくような宇宙3の虚無のなかに高らかに鳴りひびこうとは、いったい誰が想像したろう。

彼はおそろしく時代のたった、古めかしい型のロケットを使った。それにうち乗り、既存のあらゆるマシンを凌駕(りょうが)して飛んだ。その桁(けた)はずれの速さは大宇宙の丸天井さえ震撼させかねないもので、あの古代の詩――「無数の星その槍を投げつくし、涙で天空をうるおした」（ウィリアム・ブレイク「虎」）は、彼のことを歌ったかとさえ思われた。

彼は飛んだ。あまりにも速く、あまりにも遠くへ飛んだので、誰も頭から信じなかった。みんなの好きなジョークと受けとった。噂に尾ひれのついた笑い話、夏の昼下がりを楽しくすごすホラ話と見た。

いま、われわれは彼の名を知っている。

その名は子供たちにも、そのまた子供たちにも伝えられていくだろう。

ランボー。アルティア・ランボー。第四地球の男だ。

だが彼はエリザベスを追って、どこにもない空間へ突入した。ひとが行けない、行ったことのない、行こうとしない、考えようともしない空間へ飛んだ。

彼はみずからの意志でこれをおこなった。

もちろん、誰もがはじめはジョークだと思ったので、伝えられる旅のようすをたくさんのばかげた歌に仕立てた。

「見つけておくれよ、あのめくるめく感じ(リーリング・フィーリング)!……」とひとりはうたった。

「押しておくれよ、あの琥珀色の番号(アンバー・ナンバー)!……」と、別のひとり。

「どこへ飛んでった、あの黄土色のふざけ屋(オーカー・ジョーカー)?……」と、またひとり。

やがてこれが実話だということがわかった。なかには棒立ちになったまま、鳥肌をたてる人びともいた。そうしない者は、あわてて日常の仕事に逃げこんだ。宇宙3が見つかり、それを突き抜けた者がいる。世界はもう二度と元の姿にはもどらないだろう。堅い岩盤が、開いたドアに変わったのだ。

かつてあれほど清潔でからっぽで秩序立っていた宇宙空間は、いま百万光年の百万倍ものタピオカ・プディングと見えた。——柔らかい粘っこいべとつくなにかが充満し、とても息をしたり泳いだりするどころではない。

どうしてこんなことが起こったのか？

誰もがそれぞれの立場から、自分の手柄にした。

1

「わたしのところへ来てくれたんです」とエリザベスはいった。「死んだわたしの枕もとへ。機械が恐ろしい無意味な死からわたしを救おうとして、わたしの人生をめちゃめちゃにしているところだったから」

2

「自分から行ったのさ」とランボーはいった。「やつらはたくらんで、嘘をつき、ペテンを仕掛けた。だがおれは船に乗り、船になって、向こうへ着いた。誰にやらされたのでもない。腹は立ったが、行ったよ。で、どうだ、帰ってきただろ？」

これも嘘ではなかった。——たとえ彼が緑の草茂る大地でのたうち、すすり泣き、船そのものはどこかとんでもなく遠い異質な宇宙に呑みこまれたあげく、いま彼の温かい血の流れる手の下にあるか、あるいは銀河系の半径ほども彼方にあるかもしれないにしても。

いったい誰に宇宙3の実相がわかろう。

ランボーが恋人を求めて帰ってきたのはたしかだ。彼はエリザベスを愛していた。旅をしたのは彼であり、手柄は彼のものである。

3

しかしロード・クルデルタはずっと後年、友人たちに向かい、小声でひそかにこう話している。「あれはわたしの実験さ。わたしが計画した。ランボーを選んだのもわたしだ。選考装置をめったやたらに駆りたてて、条件にあう男をさがしたよ。そして古い古い設計図どおりにロケットをつくった。歴史の初期のころ使ったやつで、人間が大気からちょっと飛びだし、飛び魚みたいに波から波へはねて、もう鷲になった気分でいたところだ。もしふつうの平面航法船でも使っていれば、船はたちまち無残に呑みこまれて、あとには汚れ水が逆流したみたいに、宇宙にはミルクっぽいもやもやしか残らなかったところだ。そんなリスクはおかさない。わたしはロケットを発射台にのせた。じつはその発射台こそスターシップだったというわけさ！　使ったロケットが古代のものなので、ロケットは直立させ、太古の謎めいた文字をおもて側の模様にした。われわれの組織の名前――IとOとM、つまり人類補完機構（インストルメンタリティ・オブ・マンカインド）――まで、太くくっきりと書いてある。

いったい誰が予想したろう」とロード・クルデルタはつづけた。「――これが最初の思惑など目じゃないくらいの大成功で、宇宙の蝶つがいを引き裂いたばかりか、船もおっぽりだしてしまうとは！　それもエリザベスをひたすら恋い焦がれ、痛切に愛するあまりだ」

クルデルタはため息をついた。

「わかる気もするし、わからない気もする。さしずめ、あの古代のなんとかいう地球人と似たようなものだな。コロンブスといったか、惑星を海上船で逆まわりして新世界を見つけてしまった……。陸地はオーストラリアだったかアメリカだったか、たしかそういう名だ。わたしはそいつをやってのけたんだ。古代ロケットにランボーを乗せて送りだしたところ、宇宙3を通り抜けてしまった。こうなったら、誰がフロアを押しのけて出てきたり、なにもない宙から現われたりするかわかったものじゃない」

クルデルタは、ほとんど切なげにつけ加えた。「しかし話してどうなろう？　どのみち、みんな知っている。わたしの役だって華やかなものじゃない。ただし結末はきれいだ。滝のほとりのバンガロー、人びとからもらい受けたすばらしい子供たち、一篇の詩が書けそうだ。しかし結末のすぐ手前――恋人エリザベスをさがしながら、あられもない狂った姿で病院に現われたところ。こいつは哀れをそそるし薄気味悪い、こいつは恐ろしい。これがみんな滝のほとりのバンガローでハッピーエンドを迎えたのにはほっとするが、そこに至るまでに時間を食ったのなんのって。しかもこの話には、われわれがなんとしても理解できないものがあるんだ。むきだしの肌にふれるむきだしの空間とか、光よりもずっと速いなにかに反応する眼球とかな。アウダッドとはなにか知っているかね？　遠い昔、旧地球（オールド・アース）にいた羊の一種（バーバリシープの別名）で、何千年後のいまもナンセンスな童謡にうたわれている。動物は消えたが、歌は残ったわけだ。ランボーの件も同じようなことになるだろう。ランボーの名前や酔いどれ船がどうしたかは知っていても、彼がなしとげた科学史上の大事件のことは忘れてしまうのだ。エリザベスをさがし求め、ちんたらとも飛ばない太古のロケットで……ああ、童謡かね？　知らないのか？　他愛のない歌だよ。こんなふうな――

　しっかり狙えよ、怪しいもくもく（マーキー・ラーキー）
　（おや、そのおしゃべりは与太（ハム）、本気（ターキー）？）
　撃っておくれよ、死にそなアウダッド
　（なぜかはママに聞かないで、父さん（ダッド）！）

おっと、〝ハム〟や〝ターキー〟がなにかは聞かないでくれ。おそらくは古代動物の体の部分を呼ぶ名前で、ビーフステーキやサーロインと似たようなものだろう。だが、いまでも子供たちは口ずさんでる。いつかはランボーと酔っぱらった船のこともいいだすだろう。ひょっとしたらエリザベスの話まで出てくるかもしれん。だが病院に運ばれたいきさつは、まず絶対に出てこないだろう。あそこはあまりにも恐ろしく生なましく悲しくて、おしまいがすばらしいんだ。ランボーは草むらにいるところを発見された。いいかね、裸で草むらにいたはいいが、それがどこから来たのかわからんのだよ！」

4

ランボーは裸で草むらにいるところを発見されたが、彼がどこから来たのか知る者はなかった。ましてやロード・クルデルタの古代ロケットが、胴体にI・O・Mという文字を負い、行きどまりの無のかなたに飛びたったことなど知るよしもなかった。これがランボー、宇宙3を駆けぬけてきた男だとは知らなかった。見つけたのはロボットたちで、彼らは運びこむかたわら、すべてを映像におさめた。彼らはそのようにプログラムされており、変わった出来事はかならず記録に残すのである。

外来棟にはいった彼を、つぎにはナースたちが見つけた。

生きていると診断されたのは、死んではいなかったからだが、かといって、生きている証拠も見つからなかった。

これで謎はいっそう深まった。

医師が呼び寄せられた。本物のドクターたちで、機械の代用品ではない。錚々たる顔ぶれが集まった。公民ドクター・ティモフェエフ、公民ドクター・グロスベック、そして医局長、サー＝ドクター・ヴォマクトである。彼らが患者を受けもった。

〈病院の反対側の棟には、エリザベスが意識もないままに待っていたが、誰ひとりそれを知らなかった。エリザベスを求めて、彼は宇宙を飛び、星ぼしをつらぬいたというのに、まだ誰ひとり気づいていないとは！〉

その若い男は口がきけなかった。人口調査マシンで指紋と眼紋を調べたところ、この地球の出にはちがいないが、冷凍未生児として第四地球に送られていることがわかった。莫大な経費をかけ、〈即時通信〉で第四地球に問い合わせたところ、いま病院にいる若者は、テスト宇宙船で銀河系間の旅に発ったまま、行方不明であることがわかった。

行方不明者。

船も見あたらず、船の痕跡もない。

なのに、ここにいる。

彼らは宇宙のとば口に立ち、目のまえにあるものを扱いかねていた。彼らは医師であり、人間を治したり造り替えたりするのが仕事であって、運搬とはかかわりない。宇宙2に関してさえ、平面航法でひとが旅をするぐらいのことしか知らない人間が、宇宙3のことまでどうして知ろう。目にはいるのは工学技術なのに、彼らはそこに病をさがしているのだ。健康な体に治療をほどこしているのだ。

彼に必要なのは時間——人間がはじめてなしとげたすさまじい旅のショックから立ちなおる時間だったが、そうとは知らない医師たちは、彼の回復を急がせようとした。

パジャマを着せられると、彼は昏睡状態から一種のけいれん発作の状態へ移行し、着ているものを破いてしまった。ふたたび裸にもどると、フロアにぶざまに横たわり、食事も会話も受けつけなかった。

養分は針で送りこんだが、その間も宇宙エネルギーは、全身から——彼らが知ってさえいたら——いままでにないかたちで放射されているのだった。

医師たちは彼を密室にひとりきり閉じこめ、のぞき穴から観察した。

体は無感覚に硬直し、心は空白というものの、なかなかハンサムな若者だった。髪はブロンド、目は明るいブルーはいいとして、顔だちには一筋縄でいかないものがあった。角ばったあご。堅い意志を秘め、むっつりと結ばれた口もと。顔に走る深いしわは、怒りをこらえにこらえて、何日も何カ月も過ごしてきたかに見える。

入院して三日目の検診でも、患者にはまったく変化はなかった。

パジャマはまた引き裂いてしまい、顔を下にむけて、裸でフロアに横たわっている。

こわばって動きのない体も、前日と同様だった。

（一年後、病室は記念ルームとなり、ブロンズの銘板がこう謳う——《ランボーの部屋。宇宙3に向け、古代ロケットを脱出した彼は、ここに収容された》。だが医師たちは、扱っているものの正体をまだ知らない）

顔を無理な角度で左に向けているので、首の筋肉が浮きあがっていた。右腕が体から真横に出ている。左腕を体から直角に突きだし、肘から先をさらに直角に上に向けている。両足は疾走の体勢のグロテスクなパロディだった。

ドクター・グロスベックがいった。「なんだか泳いでいるようだな。水槽にいれて動くかどうか見てみよう」グロスベックはときどきそういう過激な手段に出る。

ティモフェエフが入れ替わりにのぞいた。「けいれん中だ、まだ」つぶやく。「大脳皮質の機能が落ちているあいだ、苦痛を感じないでいてくれるといいがね。自分がなにを感じているかわからなくては、苦痛と戦いようもない」

「それでは、サー＝ドクター」とグロスベックはヴォマクトに水を向けた。「あなたはどうご覧になりますか？」

ヴォマクトには見るまでもなかった。早くこちらに着いて、ほかの二人が来るまえに、のぞき穴から静かにたっぷりと観察したのだ。ヴォマクトは賢人であり、深い洞察力と豊かな直観に恵まれていた。機械が一年かけて診断することを一時間で見抜くことができた。これがいままでにない病気だということは、すでにうすうす気づいていた。とはいえ、治療法が考えられないわけではない。

　三人の医師はつぎつぎと試していった。催眠療法、電気療法、マッサージ、低周波、アトロピン、スルギタル、ジギタリン系化合物の一族、また何種類かの疑似麻酔性ウイルスで、これは突然変異がたやすく起こる宇宙空間で生みだされたものだ。反応のきざしが出てきたのは、ガス催眠をかけ、電気的に増幅したテレパシーと組み合わせているときだった。患者の心のなかで、まだなにかが進行しているらしいことが確かめられたのだ。さもなければ、神経一本ない脳は、そこらの脂肪組織と同じものになりさがってしまう。ほかの手段では収穫はなかった。ガスに反応して浮かんできたのは、恐怖や苦痛とはちがうかすかな心のゆらぎだった。テレパスは、見慣れない星空のイメージをいくつか報告した（彼はすぐに宇宙警察にまわされ、患者の心に垣間見た星のパターンの照合をおこなったが、合致するパターンはなかった。テレパスは頭のよくまわる男だったが、航星チャートのサンプルとつきあわせるには記憶があいまいすぎた）。

　医師たちはまた薬にもどり、古くからの単純な治療法を試みた。――モルヒネとカフェインをたがいに拮抗させると、荒っぽいマッサージでまた夢のしぼりだしにかかり、テレパスを待機させた。

　その日も翌日も、はかばかしい結果は出なかった。

　その間、地球関係当局はしだいにいらだってきた。彼らの状況判断にまちがいはなかった。病院側は、患者が草むらでロボットに見つかるほんのすこしまえまで、地球上にいなかったという確証をつかんだ。では、どうやって草むらに現われたのか？

地球領空には、侵犯機の報告はひとつもはいっていなかった。金属を白熱させ、空にまばゆい光の弧をえがいた乗物はない。平面航法船が宇宙2をわたるとき、せめぎあう巨大な力が生みだすささやきもなかった。

（クルデルタは超光速船を乗り継ぎ、蝸牛そこのけにのろのろと地球をめざしながら、ランボーが先に着いたかどうか確認しようと気をはやらせていた）

五日目になって、突破口らしいものがひらけた。

5

エ、リ、ザ、ベ、ス、が、通、り、過、ぎ、た、の、だ、。

これがわかったのはずいぶんあと、病院記録の細かいチェックに注意が向いてからである。ヴォマクトたちがそのとき見たのは、ただこれだけ――

患者たちが廊下を運ばれてくる。みんなシーツをかぶせられ、車輪つきのベッドの上で動かない。

とつぜんベッドの行進がストップする。

ナースの悲鳴があがった。

分厚いスチールとプラスチックの壁がでっぱってくる。なにかゆっくりした無言の力が、壁を廊下側に押しだしているのだ。

壁が裂けた。

人間の手が現われた。

機転のきくナースが叫んだ。「ベッドを押して！　全部ここからどかすのよ！」

ナースもロボットたちも従った。

壁がはりだした個所では、フロアが壁にくっついたまま持ちあげられ、ベッドの隊列はそこにさしかかると、波を切るボートの群れのようにぐらついた。廊下の桃色の照明がまたたいている。ロボットたちがかけつけてくる。

壁をぬけて、第二の人間の手が現われた。二本の手は、まるで濡れた紙かなにかのように、壁を左右に押し広げた。

草むらで見つかった患者が、頭を突き出した。

やみくもに左右を見まわす。どこか焦点の定まらぬ目つきで、肌は外空間に焼かれ、不思議な赤茶色の輝きをはなっている。

「やめろ」と男はいった。その一言だけ。

だが、その「やめろ」は効果があった。大きい声ではないが、病院じゅうに伝わった。院内通信システムがこれを中継した。病院の全スイッチがＯＦＦになった。ポンプ類、換気システム、人工腎臓、脳活動ダビング装置、さらには空気をきれいにするだけの単純な空気濾過機まで……。あわてたナースやロボットから医者まで加わって、あらゆる装置や機械をONにもどすためにかけだした。

はるか上空では、一機の有翼機がきりきり舞いしていた。始動スイッチは三重の安全装置つきだが、それがとつぜんOFFになってしまったのだ。さいわい地上に激突するまえに、ロボット・パイロットが操縦を取って代わった。

男は自分のことばが生んだパニックには気づいていないようだった。

（後日、これも〈酔いどれ船効果〉のひとつであったことが世界に知れわたる。男は自分の神経循環系を使って、機械をコントロールする能力を開発したのだ）

廊下に、警官役のマシン・ロボットが到着した。ふかふかしたビロードの殺菌手袋をはめた手には、六十メートルトンの握力が隠されている。警官は男に近づいた。経験をみっちりと組みこまれているので、錯乱や狂気から発するあらゆる危険を識別できた。のちに警官ロボットは、あらゆる感情周波数で〝極度の危険〟インプットを受けとったと報告した。本来なら脱走犯をがっちり取り押さえ、ベッドに連れ帰るところだが、この種の危険が空気にはりつめていては、軽はずみな行動はとれない。彼の手首には、圧縮アルゴンで飛ぶ注射ピストルが仕込まれていた。

ロボットは片腕を上げ、引き裂かれた壁のなかに立つ見知らぬ裸体の男をねらった。内蔵ピストルがプシュッといい、相当量のコンダミンが、ランボーの首の皮膚を破って体内にはいった。コンダミンとは、人間の知る宇宙でもっとも強力といわれる麻薬である。ランボーはくずおれた。

　ロボットはランボーをふわりと優しくつかみ、壁の裂け目から抱えあげると、閉まったドアを錠ごと蹴破り、ベッドにもどした。医師たちの足音が聞こえたので、大きな手でスチールの壁をたたき、正しい形状にもどした。あとの仕上げは作業ロボットか下級民がすればいい。とにかくいまは、ビルの一部が元の角度にもどるだけで、ずっと見栄えがするというものだ。

　ドクター・ヴォマクトが着き、追いかけるようにグロスベックがかけつけた。

「どうした？」その叫びには、生涯かけて積みあげた平静さはみじんもない。ロボットは壁の裂け目を指さした。

「患者が破りました。わたしがなおしました」とロボット。

　医師たちは患者のほうをふりかえった。またベッドからはいだし、フロアに寝ころんでいるが、軽い自然な呼吸になっている。

「患者になにをやった？」ヴォマクトは金切り声だ。

「規定四十七条Bに従って、コンダミンを注射しました。この薬品名は、病院外では口外できません」

「わかっている」やや心外そうに、うわの空でヴォマクトは答えた。「行ってよろしい。ありがとう」

「ロボットへの感謝は異例のことです。しかし是非にというのであれば、わたしの記録装置に賞賛文を吹きこめますが」

「いいから、ポンコツは失せろ！」とヴォマクトはおせっかいなロボットにどなった。

ロボットは目をぱちくりさせた。「ポンコツは見あたりませんが、わたしのことをいわれたという印象を受けました。命令をいただきましたので、帰ります」ロボットは奇妙に優雅な身ぶりで二人の医師のまわりをはねると、ドアに手をやり、こわした錠を所在なげにもてあそんだ。修繕したそうなようすだが、ヴォマクトがにらんでいるのに気づくと、あきらめて退散した。

すこしたって、くぐもった低いバンバンという音がはじまった。医師たちはつかのま耳を澄ませたが、すぐに自分のことにもどった。廊下に出たロボットが、スチールのフロアをそっとたたいて形を整えている。きれい好きなロボットなのだ。どうやら拡張ニワトリ脳をいれているようで、いったんその気になるとしつっこい。

「二つ疑問がある、グロスベック」とサー＝ドクター・ヴォマクトがいった。

「はい、なんなりと」

「壁を廊下側に押しだしたとき、患者はどこに立っていて、どういうてこ作用を使ったのかな？」

グロスベックは答えにつまって目を細めた。「そういわれてみると、見当もつきませんね。じっさいできるはずがない。なのに、やってのけた。もうひとつはなんですか？」

「コンダミンをどう思う？」

「それはわかりきったことですが、危険です。中毒すれば――」

「大脳皮質の活動なしに中毒できるものかな？」ヴォマクトがさえぎった。

「もちろん」すかさずグロスベックがいった。「組織が中毒を起こします」

「では、調べてみたまえ」

グロスベックは患者のそばに膝をつき、筋肉の末端部に指をふれた。とくに筋肉が収束している首筋、肩先、背筋の両側などをまさぐった。

立ちあがったときには、困惑した表情がうかんでいた。「こんなふうな体ははじめてだ。これがいまでもまだ人間の体といえるかどうか」

ヴォマクトはなにもいわない。二人の医師は顔を見合わせた。上司のおだやかな目に見つめられ、グロスベックはもぞもぞと身じろぎした。やがて、ためていたものを吐きだした――

――

「サー＝ドクター、手はあります」

「というのは」ヴォマクトの淡々とした声には、かけらほどの期待も懸念もない。「どういうものだ？」

「こういうことが病院で起こるのは、これがはじめてではないと思いますが」

「なんだって？」とヴォマクト。その目――その恐ろしい目！――は、いうまいと思ったことまでいわせてしまう。

グロスベックは顔を紅潮させた。ささやき声が伝わるようにヴォマクトに寄ったが、そばに誰かが立っているというわけではない。せいた耳ざわりな調子は、どこか恋人のみだらなさそいかけを思わせた。

「患者を死なすのです、サー＝ドクター。死なすのがいい。彼の記録はすでにたっぷりあります。地下から解剖用の死体を持ってくれれば、具合のいいすりかえができます。彼が回復したとしても、それが人類にとっていい結果を生むのか、という問題もあるじゃないですか」

「それはそうだ」声には色も語気もない。「しかしドクター、医師義務の十二条はなんだ？」

「《法をわがものとせず、医は医師のもとにとどめ、国家ないし補完機構に属するものは、それが本来あるべき国家ないし補完機構のもとへ》」グロスベックはため息をつき、提案を引っこめた。「サー＝ドクター、いまの話はなかったことにしてください。医術の話をしていませんでした。どうも国家と政治のことで頭がいっぱいだったようで」

「すると、いまは……？」

「治療しましょう、でなければ患者が治るまでおきましょう」

「きみはどちらを選ぶかね？」

「治療に努めます」

「どうやって？」

「サー＝ドクター」とグロスベックは叫んだ。「ここでわたしの弱みを煽りたてるのはご容赦を！　わたしを気にいっておられるのはわかっていますよ。わたしは図太い自信家ですからね。しかし患者がどこから来たのかも不明ないまの段階で、好きなようにやれとそそのかすのはどうでしょうか。いままでどおり図太くいくとすれば、患者には腸チフスとコンダミンを与えて、テレパスを近くに常駐させますね。しかし、人類はじまって以来の事件です。われわれは人間だが、彼はおそらくそれには該当していない。いままでにないエネルギーと人間との結合体かもしれない。どこからわいてきたのか？　引き伸ばされたり縮められたりを何百万回くりかえしたのか？　何者かもわからず、なにが起こったのかもわかっていない。いまわれわれの扱っているのが、宇宙の寒冷、恒星の熱、距離の厳しさ——そういうものだとしたら、治療などできますか？　血と肉ならやりかたもあるが、もうこれは血と肉とはいえない。さわってみてください、サー＝ドクター！　いままで誰もさわったことのないようなものです」

「さわってみたよ」とヴォマクト。「きみのいうとおりだ。腸チフスとコンダミンを半日やってみよう。いまから十二時間後、きみとこの場所でもう一度会う。その間ナースやロボットがどうするかは、わたしからいっておく」

出しなに二人は、フロアで大の字になった赤茶色の肌の男にあらためて一瞥をくれた。グロスベックの目には、恐怖とないまぜになった嫌悪がうかんでいる。ヴォマクトはほとんど無表情で、苦い哀れみの微笑をうっすらと口もとにうかべているだけだ。

ドアのそばで、看護婦長が二人を待っていた。上司の発した命令に、グロスベックは耳を疑った。

「マム＝ナース、ここに兵器の攻撃に耐える地下室はあるかい？」

「はい、あります。記録の保管に使っていた部屋ですが、記録はその後、コンピュータ軌道に全部転送してしまいましたので……。でも汚れていて、からっぽですよ」

「そこの掃除をしてくれ。換気チューブをさしこむといい。きみの軍事保護者の名前を知っているか？」

「わたしのなんですって？」看護婦長は合点がいかず、叫んだ。

「地球上の人間はみんな軍事保護を受けている。きみらのこの病院を守る軍隊や兵士はどこにいる？」

「サー＝ドクター！　サー＝ドクター！　わたしもずいぶんな年寄りで、ここに勤めさせていただくようになってからでも三百年になります。でも、そんなこと考えたこともありませんでした。どうして兵士が必要ですの？」

「ここの担当部隊を見つけて、待機してもらってくれ。みんな専門家ばかりだよ——われわれとはまたちがう方面の技芸だがね。待機させてくれ。今日じゅうには必要になるだろう。士官や下士官には、責任者としてわたしの名前をいってくれ。さて、この患者にやってほしい薬の名前をこれからいう」

ヴォマクトの話がつづくに従って、看護婦長は目をまるくした。だが修練を積んだ女性であったので、うなずきながら、要点を逐一のみこんでいった。最後には疲れた悲しげな目になったが、彼女自身経験豊かな専門家であったし、サー＝ドクター・ヴォマクトの手腕と見識にはとてつもない敬意を払っていた。またフロアで硬直状態をつづける患者にも、温かい女らしい哀れみを感じていた。

　男は重いフロアの上で永遠に泳ぎつづけている。誰ひとり夢想もしなかったあまたの群島のあいだを。

6

　危機はその夜やってきた。

　患者は地下室の内壁に手の跡を残していたが、脱走はしていなかった。

　兵士たちはきらめく武器を持ち、病院の明るい廊下には不似合いに緊張しているように見える。だが、だらだらと変化のない当直がつづく場合によくあるように、実はひどく退屈しているのだ。

　中尉ははりきっていた。手に握ったワイヤポイントが、凶暴な虫のようにブンブンうなっている。サー＝ドクター・ヴォマクトは、兵士たちが考える以上に武器にはくわしいので、ワイヤポイントが〈高〉の位置にセットされているのに目をとめた。これにはビルの五階上から五階下まで、また水平方向に一キロメートル離れた人間を麻痺させる威力がある。ヴォマクトは余計なことばをかけなかった。ただ中尉に礼をいい、グロスベックとティモフェエフを引き連れて、地下室にはいった。

患者はここでも泳いでいた。

腕を大きく上げたクロール姿勢に変わり、足でフロアを蹴っている。まえのフロアでは、ただ沈まないために泳いでいたのが、ここでは遅々たるものだが、とにかく行先を見つけたようだ。動きはのろくこちこちで、時間的にあまりにも圧縮されているので、ほとんど動いていないように見える。フロアのわきには、ずたずたのパジャマが落ちていた。

ヴォマクトは見まわし、どういう力を使えば、スチールの壁にあんな手の跡を残せるのかといぶかった。グロスベックの提案が頭をよぎる。人類に新しい予測不能のリスクを負わせるくらいなら、患者を死なせよというものだ。ヴォマクトにも似た思いはあるものの、忠告を聞くわけにはいかなかった。

むしゃくしゃをぶつけるように、この偉大な医師は心に問いかけた。――こいつ、いったいどこへ行く気だ?

(エリザベスのもとへ。それが真相である。わずか六十メートル先のエリザベスのもとへ。計り知れない光年をすでに超え、あと六十メートルの距離をわたろうというのだ。ランボーのもくろみを人びとが理解するのは、そんなにあとのことではない。――彼を必要としている愛(いと)しいかけがえのないエリザベスのもとへ!)

コンダミンの特徴は重い無気力状態と肌のほてりだが、それは見えなかった。おそらく腸チフスとうまく拮抗しているのだろう。ランボーはまえよりも生きいきとして見えた。患者の名前は正規の通信システムを通じてとどいていたが、サー＝ドクター・ヴォマクトにとって、まださしたる意味を持つものではなかった。だが、いずれそうなる。いずれは。

その間、ブリーフィングを受けた二人の医師は、ロボットとナースのすえつけた装置で容態を見るのにてんてこ舞いだった。

ヴォマクトは小声で二人にいった。「よくなってきてる。全体にゆるんできた。どなってみよう」

医師たちは忙しいので、ただうなずいた。

ヴォマクトは患者に向かって叫んだ。「きみは誰だ？　何者だ？　どこから来た？」

男の悲しげなブルーの目が、フロアからほんの一刹那ちらりと見あげたが、それをのぞけば意思の疎通らしいものはなかった。手足はあいかわらず地下室のざらつくコンクリートのフロアを泳いでいる。病院のスタッフが巻いた二本の包帯は、またもすりきれていた。ばた足をつづけたため、右膝はこすれて傷つき、フロアに六十センチの血の跡をひいている。黒ずんでかたまった古い血もあれば、流れだして間もない新しい血も見える。

ヴォマクトは立ちあがり、グロスベックとティモフェエフに声をかけた。「さて、苦痛を与えてようすを見よう」

二人は、いわれたわけでもないのに、うしろに下がった。

ティモフェエフが、ドアのところにいるロボットに手を上げた。白い琺瑯引きの小柄な雑役ロボットだ。

しなやかな針金の檻——苦痛ネットが、天井から落下した。

ヴォマクトの義務は、先任医師としていちばん大きなリスクを負うことだ。患者は針金のネットにおおわれたが、ヴォマクトはフロアに手足をつくと、右手でネットの隅を持ちあげ、患者の顔のまぢかに自分も顔をつっこんだ。ローブの裾がきれいなコンクリートの上をすべり、夜の〝遊泳〟で流れた血の跡をかすった。

ヴォマクトの口は、いま患者の耳もと数センチのところに近づいている。

ヴォマクトが「おお」といった。

ネットがブンとうなった。

患者はゆっくりした動作をとめ、背中をそらせると、ヴォマクトの顔をひたと見つめた。苦痛装置のショックに、ヴォマクトの顔から血の気が失せる。グロスベックとティモフェエフにもそのようすは見てとれたが、ヴォマクトは声の乱れもなく、はっきりと患者に呼びかけた——

「きみ——は——誰——だ？」

患者がそっけなくいった。「エリザベス」

ばかげた答えだが、声の調子は正気だ。

ヴォマクトはネットの下から顔を出し、ふたたび患者にどなった。「きみ——は——誰——だ？」

はっきりした返事がかえってきた。

「ちゅらちゅら　星よ
ちゅからが　出ないよー！」

ヴォマクトは眉をひそめ、ロボットにつぶやいた。「もっと苦痛を。最高値まで上げろ」

体がネットの下でばたつき、遊泳にもどろうとしている。

ネットの下で、すさまじい耳ざわりな叫びが起こった。エリザベスという名のひどく歪んだものが、無限のかなたからこだましてくるようだ。

意味にならない。

ヴォマクトは声のかぎりに呼びかけた。「きみ――は――誰――だ？」

思いがけず、ひびきのよいはっきりした声が、のたうつ体から三人の医師に向けてほとばしった。

「おれは駆られてる、裂かれてる、折られてる、盛られてる、張られてる、来られてる、巻かれてる、ぼられてる、取られてる、焼かれてる、掘られてる、割られてる――あああ！」

叫びを最後に声はとぎれ、全身にかぶったネットの激痛をものともせず、男はまた泳ぎだした。

ドクターは片手を上げた。苦痛ネットのうなりがやみ、空中に引き上げられた。

患者の脈をはかる。速い。まぶたをめくる。正常にずっと近い反応になっていた。

「さがって」と二人の医師に。

「わたしと患者の両方にネットをかけろ」とロボットにいう。

ネットが二人に向かって降りた。

「きみは誰だ?」男の体をフロアからなかば抱きあげ、耳もとでどなる。スチールの壁を破った力が、今度は自分たちのほうまで引き裂くかもしれないのに、その危険にさえ気づいていないようだ。

男がまたわめきだした。「おれは3にいる、乱にいる、暗にいる、間にいる、3にいる、よせ! よせ! よせ!」

ヴォマクトの腕のなかでもがく。グロスベックとティモフェエフが上司を救おうと進みでたとき、患者の平静なはっきりした声がひびいた。

「あんたの処置は正しい、ドクター、誰だか知らないが。もっと熱を高く。もっと苦痛を。苦痛と戦うのにクスリをすこし。あんた、おれを引っぱりだしてくれてる。ここが地球なのはわかってる。エリザベスのすぐそばだ。おねがいだ、頼むから、エリザベスを! だが、おれの処置を急ぐな。治るまでには何日も何日もかかる」

驚くほど筋の通った話しぶりなので、グロスベックは医局長ヴォマクトの指示を待たず、ネットを上げるように命じた。

患者がまたとりとめもなくしゃべりだした。「おれは怒りだ、光だ、鉛だ、盛りだ、瘧(おこり)だ、茂りだ、しこりだ、誇りだ、尖(とが)りだ、陰りだ……」声はかぼそくなり、男はぐったりと意識を失った。

ヴォマクトは地下室を出た。足がすこしふらついていた。

グロスベックとティモフェエフが両わきから助けた。

ヴォマクトは二人に力ない笑みを向けた。「あれが合法ならな……こっちもコンダミンを使いたいよ。あの苦痛ネット、病人がしゃきんとし、死人がひくつくわけだ！　酒をくれ。心臓が老いぼれてしまった」

グロスベックがすわらせているうちに、ティモフェエフが廊下を走って薬用酒をさがしにいった。

ヴォマクトはつぶやいた。「彼のエリザベスをどうやってさがすかな？　何百万といるだろう。しかも、あいつは第四地球の男だ」

「サー＝ドクター、あなたはまさに奇跡を起こしました」とグロスベック。「ネットにはいる。可能性に賭ける。ことばを引きだす。こんな光景にはもう二度と出会えないでしょう。きょう一日で、一生分のものを見せてもらいましたよ」

「しかし、これからどうしたらいい？」とヴォマクト。疲れ、途方に暮れた声だった。

だがこの問いに限って、答えは必要なかった。

7

ロード・クルデルタが地球に着いたのである。

パイロットは船を下ろすと、疲労のあまりコントロール・パネルに昏倒(こんとう)した。

護衛猫たちもまた各自ミニチュア船に乗り、船といっしょに飛んでいたが、そのうち三びきは死に、一ぴきは昏睡状態におちいり、残りの一ぴきはよだれを流し、気が狂っていた。

宙港管理委員会がロード・クルデルタを呼びとめ、職権の確認を取ろうとしたところ、彼は非常指揮権を発動して、補完機構の名のもとに宙港駐屯部隊をおさえ、部隊指揮官をのぞいてその場の全員を逮捕すると、指揮官に病院へ連れていくように要請した。宙港のコンピュータは、ランボーという名の〝正体不明〟の男が、当該病院の庭に忽然(こつぜん)と現われたことを、すでに彼に教えていた。

病院のまえでロード・クルデルタはふたたび非常指揮権を発動した。そして全武装兵員を自分の指揮下に入れ、また万が一軍法会議にかけられた場合にそなえて、記録モニターに自分の全行動をおさめるように命じると、視界にいる全員を逮捕した。

戦闘隊形をとった重装備の部隊が、足音も騒々しくティモフェエフを追い抜いた。ちょうど酒を持って、ヴォマクトのところへかけもどる途中だったが、兵たちも急ぎのようすで走っていく。みんなヘルメットの電力を入れ、ワイヤポイントをブンブンいわせていた。

侵入者を追いだそうとナースたちがかけだしてきたが、麻痺光線の針が無慈悲に頭上をかすめると、ちりぢりに逃げだした。病院じゅうが大混乱におちいった。

あとになってロード・クルデルタは、重大な誤りをおかしたことを認めている。〈二分間戦争〉が、間をおかず勃発したからだ。

そうなったいきさつを知るには、補完機構のありかたを頭に入れなければならない。補完機構とは、長官（ロードまたはレイディ）と呼ばれる永続的な官職についた人間の統一体で、巨大な権力を持ち、厳格なおきてに従っている。長官たちは、それぞれが高等法、中等法、一般法の体現者である。また補完機構を維持し、諸世界間の平和を守るために必要ないし適当と思ったことは、なんでも実行できる。しかし失敗や過ちをおかしたときには――そう、そのときは話がちがってくる。非常時には、長官が長官を死に処するといったことも起こるが、もしこの責任を負うような場合、本人にもまた死と不名誉がもたらされる。そのさい正否の差は紙一重にすぎない。というのは、非常時に同等者を殺し、それが誤りとわかった長官が、恥辱のリストに名を連ねるのは当然として、その一方、殺した理由が正当だった（と、のちの審理でみとめられた）長官は、名誉あるリストに加えられるが、それでも死の制裁を受けるのである。

長官が三人の場合、事情はまた異なってくる。長官が三人なら、緊急法廷が成立する。もし彼らが協力し、誠実にことにあたり、補完機構コンピュータへ報告も入れるなら、処罰は免除される。ただし、起こした事態の責任は負わなければならず、公民の地位への格下げもありうる。長官七人、またはある時点で惑星上にいた長官全員という場合には、譴責は問題外で、のちの裁定で誤りがはっきりしたときでも、とった行動の尊厳ある遡行的修復がおこなわれるだけである。

これが補完機構の全業務である。補完機構には不変のスローガンがある。《監視せよ、しかし統治するな。戦争を止めよ、しかし戦争をするな。保護せよ、しかし管理するな。そしてなによりも、生き残れ！》

ロード・クルデルタが軍を動かしたのは（といっても彼の軍ではなく、母星政府の軽常備軍だが）、宇宙3に向けて送った男から、人類はじまって以来の危険がもたらされるのを恐れたからである。

その軍が彼の指揮下から奪われようとは夢にも思っていなかった。長官たちの力はなににも勝り、しかもそれはロボテレパシーと無比の通信網——秘密・開放とも——で強化し、数千年にわたる策略、敗北、隠蔽、勝利、ひたむきな経験によって磨きをかけ、補完機構が古代戦争の灰燼から生まれたときより育てあげてきたものだ。

いいいい、いいいい
なににも勝るもの——それが冒された！

記録にもない時代より、補完機構はつぎのような力を行使してきた。敵対者を法律の条項でからめとる。巧妙な恐るべき武器によって身動きとれなくする。いちばん多いのは、相手の機械や社会の管制機構にもぐりこみ、彼らの意図するところを実行し、彼らを手中にしたときと同様に、その支配の手をとつぜん解いてしまうというものだ。

だがクルデルタの急ごしらえの軍に、力は通じなかった。

8

戦争は、足並みの変化とともにはじまった。

兵士たちの二分隊が移動してきた区画には、動かぬエリザベスの体があった。哀れな痛めつけられた体を治療するため、ジェリー風呂にくりかえしひたされるときを待っている。

分隊の歩調が変わった。

生き残った者たちは説明できなかった。

精神的にひどく混乱したことだけは、あとになって認めている。

どうやらその時点で、彼らははっきりした筋の通った命令を受けたようだ。すなわち、方向を転じ、すぐうしろの味方の部隊を攻撃して、女たちの区画を守れ、と。

病院の建物はたいへん強固につくられていた。でなければ、溶けて崩れ落ちるか、爆発炎上していただろう。

先を行く兵士たちがとつぜん向きを変え、物かげに身を伏せると、あとにつづく味方に向かってワイヤポイントを輝かせた。ワイヤポイントは生物組織だけをねらい、無生物にはあまり被害はない。そのエネルギーは、各兵士が背中にしょった電力リレイから送られてくる。

方向転換後の十秒間に、兵士二十七名、ナース二名、患者三名、看護士一名が死んだ。最初の交戦で、そのほか百九名が負傷した。

部隊指揮官は戦いというものを見たことがなかったが、よく訓練は積んでいた。予備軍をただちに建物の各出口に配置すると、お気に入りの分隊（率いるは、信頼の厚いランズデール軍曹）を地階へやり、そこからまっすぐ真上の女性棟へのぼらせて、敵の正体をさぐることにした。

その時点では、先行した部隊が向きを変え、味方と戦っているとは夢にも思わなかった。のちに部隊指揮官は法廷で、心に不気味な干渉が加えられるという感覚は、自分についてはなかったと証言している。彼が知っているのはただ、自分の部隊がとつぜん武器による攻撃を受けはじめたこと、そして正体不明（！）の敵が味方とおなじ武器を持っていたことだけだ。ロード・クルデルタが軍を送りこんだのは、不特定の敵対者が攻撃してくる可能性を考えてのことなので、指揮官がクルデルタはなにもかも承知だと見たとしても不思議はなかった。これはたしかに敵なのだ。

一分足らずのうちに、両軍の数は互角になった。敵方のワイヤポイントの火勢が、自軍のなかにまで移ってきたからである。先を行く兵士が、負傷者まで含め、くるりと向きを変え、うしろの兵士に向かって撃ちかえしだしたのだ。それはまるで軍隊が、みるみる移動する見えない線によって、まっぷたつに割れてしまったかのようだった。

溶けた死体からたちのぼる脂くさい黒煙が、換気システムに充満した。

患者たちは悲鳴をあげ、医師は毒づき、ロボットはどたどたと走り、ナースたちは呼びかけあっている。

戦闘は、指揮官がランズデール軍曹の姿を見かけたときに終わった。自分の送った軍曹が、女性棟から小隊を率いて飛びだし、指揮官である自分を攻撃してくる！

指揮官はあわてなかった。

フロアに伏せ、横にころがったが、その間にも空気はヒュンヒュン鳴り、ワイヤポイントの放射が空中のバクテリアを殺していった。彼はヘルメット・フォーンの手動装置を〈最大ボリューム〉と〈下士官のみ〉に合わせると、生来の天才的ひらめきを見せてこう命令した

――

「よくやった、ランズデール！」

ランズデールの声は、まるで外宇宙から立ちもどったかのように弱っていた。「はい、この区画を死守します！」

指揮官は呼びかけた。――大声ではあるが穏やかに、狂った男を相手にしているという思いが声に出ないように気をつけた。「おちつけ。待っていろ。いま行く」

ほかのチャンネルに切り替えると、近くの部下たちにいった。「撃ちかたやめ。隠れたまま待機せよ」

ヘルメットから絶叫がひびいた。

ランズデールだ。「隊長！　隊長！　隊長と戦っています。いま気づきました。また取り憑いてくる。気をつけて」

殺傷兵器のブンブン、ヒュンヒュンがとつぜんやんだ。

病院内の人間たちの騒ぎはつづいている。

年功の高い記章をつけた長身の医師が、若い隊長にそっと近づいた。「立っていい。兵たちを引きあげさせてくれ。この戦闘はまちがいだった」

「あなたの命令を聞く義務はない」指揮官はいいかえした。「わたしはロード・クルデルタの指揮下にいる。彼はこの軍を母星政府から接収した、あなたは誰なんだ？」

「敬礼がほしいところだな、大尉。わたしは地球医療予備軍のヴォマクト医監大佐だ。それにしても、ロード・クルデルタを待たないほうがいいと思うね」

「彼はどこに？」

「わたしのベッドに寝かされてる」とヴォマクト。

「ベッド？」若い指揮官は驚きに打たれて叫んだ。

「寝てる。クスリをたっぷり盛られてな。わたしがやった。興奮していたからだ。部下を引きあげさせてくれ。負傷者は芝生で手当てする。死者たちは、あと何分かすれば冷却室で対面できる。直撃で煙になった者はそうはいかないが」

「しかし戦闘は？……」

「まちがいから生じたんだ。でなければ――」

「でなければなんです？」若い士官は声をはりあげた。自分の戦闘体験をむちゃくちゃにされ、動転してしまったのだ。

「でなければ、いままで誰も出会ったことのない兵器さ。きみの軍は味方同士で戦ったのだ。

指揮権が妨害されたのだ」

「それはわかった。ランズデールが攻撃してきましたから」

「しかしなにに取り憑かれたのだと思う？」ヴォマクトは優しくいい、士官の腕をとると、病院の出口へ案内した。どこへ連れて行かれるのかも意識しないまま、大尉はこころよく応じた。それほど医師のことばに気を取られていたのだ。

「わたしにはわかる気がする」とヴォマクト。「他人の夢の泡ぶくだ。夢の泡ぶくが、電気やプラスチックや石——なんでもいい、そういうものになり変わる方法を学んだのだ。宇宙3からたちのぼってくる夢の泡ぶくだよ」

若い士官は呆然とうなずいた。いっぺんに呑みこめる話ではなかった。「宇宙3？」とつぶやいた。まるでまったく異質な生命体が——人類はこの一万四千年彼らを待ちつづけ、いまだに出会っていない——おもての芝生で待っていると聞かされたようなものだった。いまのいままで宇宙3は、たんなる数学的な観念、物語作者の白日夢であり、実在のものではなかったのだ。

サー＝ドクター・ヴォマクトは、若い士官に断わりもしなかった。彼は士官の首筋をそっとなで、鎮静剤を打った。そして草のうえに連れだした。士官はひとり立ちつくし、夜空の星を見上げて幸福そうに口笛を吹いた。背後では、軍曹や伍長たちが生存者を選り分け、傷ついた者を病院にひきわたしている。

〈二分間戦争〉は終わった。

ランボーは、エリザベスが危機におちいった姿を夢見るのをやめた。深い病んだ眠りのなかにあっても、ランボーは、廊下の騒がしい足音が武装兵の侵入の音だと気づいたのだ。彼の心は、エリザベスを守る防衛策をとった。先行する部隊の指揮権を奪うと、彼らを本隊の阻止にまわらせた。なにをしたという意識さえないものの、宇宙3がもたらした種々の力を使えば、それはたやすいことだった。

9

「何人死んだ？」とヴォマクトは、グロスベックとティモフェエフにたずねた。

「約二百名です」

「そのうち再生不能の死者は？」

「煙になった人間ですか。十二人、いや、十四人ぐらいかな。ほかの死者は修復できます。しかし大部分は、新しい人格刷りこみをおこなわなければならないでしょう」

「なにが起きたかわかるか？」

「いえ、サー＝ドクター」二人は声を合わせた。

「わたしにはわかるよ。わかる気がする。いや、まちがいない。人類の歴史はじまって以来のとんでもない話だ。あの患者がやったのだ——ランボーがね。軍隊に取り憑いて、仲間同士で戦わせたのだ。押しいってきた補完機構の長官――クルデルタ。彼とは遠い昔からのつきあいだ。この事件の裏にいたのはクルデルタだ。彼は軍隊なら対処できるだろうと考えた。逆に攻撃の的となることまでは気づかずにな。それから、もうひとつある」

「なんですか？」二人は同時にいった。

「ランボーの女――彼がさがしている女だ。彼女はここにいると思う」

「なぜですか？」とティモフェエフ。

「なぜなら彼がここにいるからさ」

「それは彼が自分の意志でここへ来たと仮定してのことでしょう、サー＝ドクター」

ヴォマクトは、彼の一族に共通する用心深い狡猾（こうかつ）な笑みをうかべた。その笑みは、ほとんどヴォマクト家のトレードマークのようなものだった。

「証明できないことは全部仮定のうえさ。

第一に、彼は宇宙空間から、われわれの想像もつかない力につき動かされ、裸でここに着いたと仮定する。

第二に、ここに着いたのはなにか目的があったからだと仮定する。エリザベスという女が、先にここに来ていたからだ。これからエリザベスを名簿であたってみよう。

第三に、ロード・クルデルタはなにかを知っていると仮定する。軍を率いて、このビルに乗りこんできた。わたしを見ると、わめきだした。ヒステリー性の疲労症は見ればわかる。きみたちだってそうだろう。だからコンダミンを打って一晩眠らせた。

第四に、患者はひとりにしておこう。この事件の噂がもれだしたら、聴聞や裁判が山ほどあるぞ」

ヴォマクトの言は正しかった。

彼はたいてい正しい。

各種裁判がつづいた。

旧地球(オールド・アース)では、もはやニュース報道が許可されていなかったのが幸いした。ミーヤ・ミーフラからすこし西寄りの本部中央病院――そこで起こったことを人びとが知ったなら、暴動と恐慌が全土に噴きあげたことだろう。

10

二十一日後、ヴォマクト、ティモフェエフ、グロスベックの三人は、ロード・クルデルタの裁判に召喚された。クルデルタに対し充分な審理をおこない、必要とあれば、即時の死を与えるため、補完機構長官七人から成る正式審問団が居並んでいる。医師たちはエリザベスとランボーの主治医として、また調査担当長官側の証人として席についた。

死からめざめたエリザベスは、あでやかな成熟した女らしい姿かたちのまま、生まれたての赤んぼうのように美しい。ランボーはエリザベスから目を離せないでいたが、彼女が愛想のよい落ち着いた遠いほほえみを向けるたびに、ひどくとまどった顔をした。（彼の恋人だったことは知らされており、エリザベス自身、信じる気になっていたが、六十時間まえ、言語をダビングされたときより以前の記憶は、彼の思い出も含めていっさい失っていた。一方、彼のほうもまだ舌がうまくまわらず、ときおりおちいる緊張状態は、医師たちも説明がつけられないでいた）

調査担当長官は、スターマウントという男だった。

スターマウントは審問団の起立を願いでた。

長官たちは立ちあがった。

スターマウントは厳粛そのものの態度でロード・クルデルタに対した。「わがロード・クルデルタ、本法廷において、あなたはすみやかにはっきりと答える義務を負う」

「はい、わがロード」

「われわれには要約権がある」

「あなたたちには要約権がある。それは理解します」

「わたしは真実を話し、さもなければ偽る」

「あなたは真実を話し、あるいは偽ります」

「あなたがもし望むなら、事実や意見について偽るのもよい。しかし人間相互の関係についいては、決して偽ってはならない。そのうえでなお偽るようなら、あなたはみずから〈不名誉登録簿〉への記載を求めたことになる」

「わたしは審問団、ならびに審問団の権利を理解します。わたしは場合によっては偽ります――もっとも、その必要が生じるとは思えないが」――ここでクルデルタは、疲れの色の見える理知的な笑みを一同に投げた――「ただし人間関係については偽りません。もし偽るときには、不名誉を覚悟します」

「あなたは補完機構長官として職務に習熟しているか？」

「習熟しており、また補完機構を愛しています。事実、あなたや、列席の栄誉あるロード諸賢と同様、補完機構はわたし自身です。今日の午後、命がつづくかぎり、わたしは恥かしくなくふるまいます」

「彼を信じますか、わがロード諸賢？」とスターマウントがたずねた。

審問委員たちは、司教冠(ミトラ)のような法帽をかぶった頭をうなずかせた。みんな裁判用に儀式ばった服装をしている。

「あなたはこの女エリザベスと関係があるか？」

審問委員たちがいっせいに息をのんだのは、クルデルタの顔が蒼白になったからである。

「わがロード諸賢！」と叫んだが、あとの答えがつづかなかった。

「きまりでは、すぐさま答えるか、さもなければ死だ」スターマウントがきびしくいった。

ロード・クルデルタは自制をとりもどした。「ランボーが彼女を愛していたこと以外、わたしは彼女のことはなにも知らない。わたしは当時いた第四地球から、彼女を地球に向けて送りました。そしてランボーに伝えました。彼女は殺され、死の淵に必死にすがりつきながら、おまえが命の緑野に連れもどしに来るのを待っていると」

スターマウント。「それは真実だったのか？」

「わがロードならびにロード諸賢、それは嘘でした」

「なぜ嘘をついたのか？」

「ランボーのうちの怒りをかきたて、従来の何人(なんぴと)よりも速く地球へ行き着こうとする決定的な理由を与えるためです」

「あーあーあっ！　あーあーあっ！」ランボーの口からもれた二つの荒々しい叫びは、人間というより獣(けもの)の鳴き声を思わせた。

ヴォマクトは患者のほうを見やり、彼自身まで内なる深い怒りにうなり声をあげはじめているのに気づいた。宇宙3の深淵からわきあがるランボーのパワーが、ふたたび活動をはじめたのだ。ヴォマクトは合図を送った。ランボーの背後にいるロボットは、ランボーを静める役を与えられている。琺瑯引きのボディは、つややかな白の雑役ロボットを思わせるが、じっさいは高性能の警官ロボットで、老いた狼の凍った中脳を基盤とする電子大脳皮質が組みこまれている（狼というのは稀少動物で、犬に似ている）。ロボットがふれると、ランボーは眠りに落ちた。ドクター・ヴォマクトは、内心の怒りがひいていくのを感じた。そっと手を上げると、ロボットは合図を受け、睡眠発作を起こす放射線をとめた。ランボーは正常に眠っている。エリザベスは、自分の恋人だと教えられた男を心配げに見まもった。長官たちはランボーから目をもどし、姿勢を正した。

スターマウントが冷たく、「なぜそういうことをした？」

「彼を宇宙3に送りこみたかったからです」

「なぜ？」

「可能であることを証明するために」

「すると、わがロード・クルデルタ、あなたはこの男がじっさいに宇宙3を飛んだと断言するのか？」

「断言します」

「偽りはないか？」

「偽る権利はありますが、偽る気はありません。補完機構の名において、これは真実であると断言します」

審問団から驚きのうめき声が起こった。もはや逃げ道はない。ロード・クルデルタが真実を語っているか――これはつまり、先行するすべての時代が終わりを告げ、人類の新時代がはじまるということだ――さもなければクルデルタは、この世でもっとも動かしがたい宣誓のもとで、ぬけぬけと嘘をついたことになる。

スターマウントまで声の調子を変えた。じらすような口早の理知的な声に、かすかに優しさがこもった。

「それではあなたは、この男がわれわれの宇宙のそとから、皮膚一枚のほかなにも着けず帰ってきたというのか？　道具も使わず、動力もなく？」

「わたしはそうはいっていない」とクルデルタ。「そういったというのは他人の勝手な思いこみだ。よろしいですか、わがロード諸賢、わたしは地球時間で十二昼夜ぶっつづけで平面航法船を飛ばしてきた。ご列席のなかには、ベイター・ゲイター前進基地がどのあたりにあるか、よくご存じのかたもいると思う。わたしには直属の有能なゴー・キャプテンがいるので、そこからさらに四跳航をおこない、銀河系と銀河系のあいだの空間まで出たのです。そこにある惑星上にこの男を置き去りにしました。ところがわたしが地球に来たとき、彼が到着してすでに十二日かそこら過ぎていた。したがって、この旅はある程度瞬間的なものだと考えました。地球時間でいえば、わたしがベイター・ゲイターへの帰り道をとばしていたころ、こちらのドクターは、すでに病院のそとの草むらに男を発見していたことになる」

ヴォマクトが片手を上げた。ロード・スターマウントは発言を許可した。「わが先進ならびにロード諸賢、われわれはこの男を発見していません。発見者はロボットで、彼らが記録に残しています。しかしロボットたちも、彼の到着を見たり映像におさめたりはしていませんん」

「それはわかっている」スターマウントが腹立たしげにいった。「あの四分の一時間に、誰ひとり、どんな手段によっても、地球にやってきた者はいないという報告を受けている。話をつづけよう、わがロード・クルデルタ。ランボーとはどういう関係か？」

「わたしの犠牲者です」

「くわしく！」

「コンピュータで選り出しました。うちに巨大な怒りを抱えた男は、どの方面に見つけやすいかとマシンにたずねたところ、第四地球は探険家や冒険家の需要が大きいので、怒りのレベルが依然として高いという報告を受けました。怒りは生き残りの重要な特性となります。第四地球へ着くと、当局に命じ、怒りの許容限度を大きく超えている境界例をさがさせました。四人の男の名前がうかびました。ひとりは体が大きすぎ、二人は年を取りすぎていた。この男が唯一、わたしの条件に適合しました。だから選びました」

「彼になんといいわたした？」

「いいわたした？　恋人が死んだか死にかけていると」

「ちがう、ちがう」とスターマウント。「瀬戸際の話ではない。そもそもなんといって協力させたのか？」

「こういいました」ロード・クルデルタの声は穏やかだ。「わたしは補完機構の長官であり、命令にしたがわなければ、それも即刻したがわなければ、おまえを殺すと」

「どういう慣例ないし法律のもとで、あなたは行動したのか？」

「それは指定情報だ」すぐさまロード・クルデルタはいった。「ここには補完機構に所属しないテレパスも出席している。遮蔽のある場所を提供されるまで、発言は控えたいのですが」

審問団の数人がうなずき、スターマウントも同意した。彼は質問の方向を変えた。

「すると、あなたはこの男を強要し、本意ではないことをさせたのか？」

「そのとおりです」

「それほど危険なことなら、なぜあなた本人が行かなかった？」

「わがロードならびに委員諸賢、実験の性格上、一回目に実験の推進者自身が命を投げだすわけにはいきませんでした。アルティア・ランボーはみごと宇宙3を突破しました。やがては、わたしも彼の行跡をたどるつもりです」（ロード・クルデルタがどのように成し遂げたかについては、また別の機会に語ろう）「もしわたしが出発し、わたしが失踪していれば、宇宙3の実験はそれで終わりになってしまう。少なくともわれわれの時代においては」

「本部中央病院での戦闘のまえ、あなたが最後にアルティア・ランボーと会った状況を説明したまえ」

「彼をきわめて古い型のロケットに乗せました。また、古代人が宇宙に最初に乗りだすときにやったように、ロケットの胴体には文字も書きいれた。いや、ほれぼれするような工学技術と考古学の結合だった！　一万五千年まえ、パロスキーとムルケンの両分派が宇宙進出を競いあっていた時代——あらゆるものを当時の正確な手本にならって複製しました。ロケットは純白で、そばには赤と白の整備塔。胴体にはI・O・Mと文字があるが、意味はべつに重要ではない。ロケットはどこかへ飛んでいってしまうが、乗員は残るという仕掛けだ。ロケットは火を噴きあげて浮かんだ。火の柱がのびていく。その瞬間、発射台全体が消失した」

「発射台とは」とスターマウントがもの静かに、「それはなにか？」

「改良型の平面航法船です。これまでの実験では、船が分子レベルで溶け去ってしまうので、宇宙にミルクのようなしみが残った。ほかの船は跡も残さなかった。今回、技術者たちはまったく方法を変えました。船の巡航や、乗員の生存、安楽にかかわる装置類は、すべて取り去りました。発射台は三秒か四秒程度、それ以上はもたない。その代わり、十四基の平面航法装置を取り付け、それらが直列にはたらくようにしました。ふつうの平面航法船と同じように飛びたつが、つまり、われわれのよく知る次元のひとつを振りきり、空間の未知のカテゴリーから別の次元を選びとっていくけれども、一般にいう宇宙2にはおさまりきらない——宇宙3にまで突入してしまう勢いです」

「その宇宙3だが、あなたはどのようなものだと考えたのか？」

「われわれの宇宙に対して、遍在的かつ瞬間的なものと考えました。つまり、あらゆるものがあらゆるものに対し、等距離にあると。恋人に再会したいランボーは、ベイター・ゲイター前進基地のさらに向こうの宇宙空間から、ほとんど千分の一秒の時間もかけずに彼女のいる病院に着いてしまうであろうと」

「しかし、わがロード・クルデルタ、そう考えた根拠は？」

「勘です、わがロード。これに関しては、わたしは殺されてもかまわない」

スターマウントは審問団に向いた。「思いますに、わがロード諸賢、彼の今後については、長い余命、重い責任、莫大な報酬、そして本人のこじれた複雑な人格のもたらす疲労というのが、ふさわしい運命ではないかと思いますが」

法帽がゆったりと揺れ、審問団は立ちあがった。

「わがロード・クルデルタ、あなたは裁判終了まで眠りなさい」

ロボットが首筋をなで、彼は眠りに落ちた。

「つぎの証人は五分後」とロード・スターマウントがいった。

11

ヴォマクトはランボーを証人席につかせまいとした。休廷中、彼はロード・スターマウントと激しく議論した。「補完機構はわたしの病院に乱入し、患者二人を拉致したうえに、今度はランボーとエリザベスを苦しめようとする。二人をほっておけないのか？　ランボーは筋道だった答えができる状態ではないし、エリザベスは彼の苦痛を見れば、傷つくかもしれない」

ロード・スターマウントはいった。「そちらにはそちらのルールがあるだろう、ドクター。われわれのほうにもある。この法廷で起こる出来事は、一瞬一瞬、一片一片が記録にとられている。ランボーにはなにもしない。——惑星を破壊する能力でも認められないかぎりはな。

もしそうした能力が発見されれば、もちろん彼を病院に連れもどしてもらい、快適なかたちで死に処してもらう。しかし、そうしたことまでは起こらないと思う。同僚クルデルタの審判のために、彼の証言がほしいのだ。厳格な内部の規律なしで、補完機構がいままで存続できたと思うかね？」

ヴォマクトは悲しげにうなずいた。グロスベックとティモフェエフのところへもどると、残念そうにつぶやいた。「ランボーは証言する。われわれにできることはない」

審問団がふたたび席に着き、法帽をかぶった。部屋の明かりが落とされ、審問席の気味の悪いブルーの明かりがついた。

雑役ロボットに助けられ、ランボーは証人席についた。

「本法廷において」とスターマウントが口をひらいた。「あなたはすみやかにはっきりと答える義務を負う」

「あんた、エリザベスじゃない」とランボー。

「わたしはロード・スターマウントだ」と調査担当長官はいい、形式ばったやりとりをあっさりと取り下げた。「わたしを知っているか？」

「いや」とランボー。

「いまどこにいるかわかるか？」

「地球」

「嘘をつきたいか、それとも真実を話すか？」

「嘘は、人間がおたがいに通じあえる唯一の真実だ。だから嘘をつこう——人間がいつもやってるとおりに」

「旅のことを話せるか？」

「いや」

「なぜだめなんだ、公民ランボー？」

「ことばじゃ説明できん」

「覚えてはいるのか？」

「二分まえの脈の打ちかたを覚えているかい？」ランボーはいいかえした。

「きみと遊んでいるのではない。われわれは、きみが宇宙3を飛んだと考えている。ロード・クルデルタについて、きみの証言を得たいのだ」

「ああ！」とランボー。「あいつは嫌いだ。ずっと気にくわなかった」

「それはわかるが、きみの立場から話してくれる気はないか？」

「話していいかな、エリザベス？」ランボーは聴衆のなかにいる恋人にたずねた。

彼女は口ごもらなかった。「ええ」はっきりした声が、大きな部屋にひびきわたった。

「話してあげて。そうすれば、わたしたちの生活ももどると思うから」

「話そう」

「ロード・クルデルタと最後に会ったのは？」

「服をはがれ、ロケットに押し込められたときだ。ベイタ－・ゲイタ－前進基地から四跳航した惑星で。あいつは地上にいた。おれにさよならと手をふってくれたよ」

「それから、どうした？」

「ロケットが上昇した。変な気分だ。いままでのどんな乗物ともちがう。体重が何倍にも増えたみたいだった」

「それから？」

「噴射はつづいてる。おれは宇宙そのものから放りだされた」

「どんな気持がした？」

「作業船からも遠く離れて、宇宙をゆく衣服も食い物もみんな置き去りだ。ありもしない河また河を下った。目には見えないが、まわりに人間のいるのがわかり、赤肌の連中が生きた人間の体に矢を射こんでた」

「きみはどこにいたのだ？」審問団のひとりがたずねた。

「冬の季節さ、夏などどこにもない。がらんとしたところさ、子供の心みたいな。半島さ、陸地からふっ切れた。おれが船だった」

「きみがなんだって？」同じ委員がたずねた。

「ロケットの鼻づら。円錐部。船だ。おれは酔ってる。船が酔ってる。おれ自身が酔いどれ船だ」

「で、きみはどこへ行ったのだ？」

「狂った舷灯が阿呆な目つきで見てた。波が転々として、あらゆる時代の死者をもてあそんでた。星ぼしが溶けて溜まったプールで泳いだよ。群青が酒になり、アルコールより強く、竪琴より乱調子で、それが恋のまっかっかな赤に醸されてる。人間たちがいままで見たと思いこんだようなものを全部見た。だが、ほんとうに見たのはおれだ。燐光の歌うたうのが聞こえ、寄せる潮は、まるでヒステリーの牛の群れが海からよじ登ろうとしているみたいに、ひづめで暗礁を蹴ってる。信じられないだろうが、おれが見つけたフロリダはここの比じゃないぞ。花々は人の肌で、豹の目がついてるんだ」

「きみはなんの話をしているのだ？」とロード・スターマウント。

「宇宙3で見てきたことさ」とアルティア・ランボーは吐きだすようにいった。「信じるしかないはまかせよう。おれが思いだせることだ。夢かもしれん。だが、いまはこれしか残ってない。何年も何年もたったし、まばたきのあいだでもあった。緑の夜の夢を見たよ。見わたすかぎり水平線が滝となって流れ落ちてるのも感じた。船になったおれは子供らに会い、黄金の人びとが住むエル・ドラドを見せてやった。宇宙で溺れた連中が、ゆっくりとそばを流れていった。行方知れずの宇宙船がたくさん朽ちて静まっているところをただよった。まぼろしの海馬どもがわきを走ってた。夏の季節が来て、陽が打ちすえた。星ぼしの群島を通りすぎるたびに、幻惑する天空が旅する者に道をあけていた。おれは自分のために泣き叫んだ。人間のためにすすり泣いた。酔いどれ船のまま沈みたかった。おれは沈んだ。おれは落ちた。まるで草が湖のように思えた。憂わしげな子供がしゃがんで、おもちゃの帆船を浮かべてる。それが春の蝶みたいにこわれやすそうだ。おれは忘れない——消え去ったたくさんの旗の誇り、うすうす感じた監獄の驕り、実業家たちの泳ぎぶり！　すると、おれは草の上にいた」

「これには科学的な価値はあるかもしれないが、裁判にはなんの役にもたたない」とロード・スターマウントはいった。「病院での戦闘中、きみのやったことについてなにかいいたいことはあるか？」

ランボーの答えはすばやく、異常は見られなかった。「おれがやったことは、おれのせいじゃない。しなかったことについてはいえない。解放してくれ。あんたたちや宇宙には疲れた。お偉がたやでかい事件にはうんざりだ。眠る時間をくれ。回復させてくれ」

スターマウントが片手を上げ、静粛を求めた。

審問団の目が集まった。

彼らの答えが読みとれたのは、その場にいた数人のテレパスだけだった。

「よろしい。行かせてやれ。女も行かせろ。医師たちもだ。しかし、あとでロード・クルデルタを呼びなさい。彼にはたくさん問題があり、もっとつけ加えたい気もする」

12

補完機構、母星政府、本部中央病院の幹部たちは、みんなランボーとエリザベスに祝福を送った。

ランボーの体が回復するにつれ、第四地球のことも大部分思い出せるようになった。旅の記憶は薄れていった。

だがエリザベスをよく知るにつれ、ランボーは彼女を嫌うようになった。

これは彼の女ではない。市場や谷間で知っていた大胆で生意気な娘、雪深い山々や長い船遊びで知っていた鉄火肌のエリザベスではない。ひよわで、しとやかで、彼に身も心も捧げている誰か別の女だ。

ヴォマクトはこれも治療した。

彼はランボーをヘスペリデスの快楽都市へ送った。そちらへ着くと、大胆で話好きの女たちが、彼の名声と富に群がりよった。
二、三週間で——まさにほんの二、三週で——彼はエリザベスに会いたくなった。彼が生身で宇宙を駆けている最中、死から癒されたこの不思議な引っこみ思案の娘が、また恋しくなった。
「ほんとのことをいってくれ、ダーリン」ある日ランボーは、真剣に重々しく彼女に問いかけた。「ロード・クルデルタは、きみが死んだあの事故を仕組んだんじゃないだろうな？」

「彼はいなかったと聞いたわ。ほんとうに事故だという話よ。わたしは知らない。もう決してわからないでしょうね」

「それはもういい」とランボー。「クルデルタはどこか遠い星の海で、トラブルをほじくりだしては巻きこまれてる。おれたちにはバンガローがあり、この滝があり、おたがいがいる」

「そうね、ダーリン、わたしたちがいる。そして夢のようなフロリダはもうなし」

昔の話がとびだし、ランボーは目をしばたたいた。だがなにもいわなかった。宇宙3を通り抜けた人間は、宇宙3にもどらないことを願う以外、人生に多くを求めないのだ。ときどき彼は自分がまたロケットになった夢を見ることがあった。古代のロケットになり、ありえない旅に飛びたとうとしている夢だ。誰でもまねるがいい！　と彼は思った。誰でも勝手に行くがいい！　おれにはエリザベスがいて、おれはここにいる。

ママ・ヒットンのかわゆいキットンたち

Mother Hitton's Littul Kittons

伊藤典夫◎訳

ちょっぴりひねった視点から語られるオールド・ノース・オーストラリアの物語である。この惑星は、人間の寿命を四百年あるいはそれ以上も伸ばすストルーンの原産地——信じがたいほど富裕な世界であり、したがって防備も行きとどいている。プロットの一部は、「アリ・ババと四十人の盗賊」からの借用。時代は、長篇『ノーストリリア』のそれより数十年前らしい。なぜならその小説の中では、ヴィオラ・シデレアは、ボザートの無謀な冒険の痛手から、まだ立ちなおっていないからである。

劣悪な情報伝達は盗みを抑制する。
豊かな情報伝達は盗みを助長する。
完全な情報伝達は盗みを抹消する。
ヴァン・ブラーム

1

月はくるくるとまわる。女が見守る。二十一の切子面が、月の赤道にそって磨きあげられている。女の仕事は、月を兵器化することにある。ママ・ヒットンがその人。オールド・ノース・オーストラリアの兵器管理官である。

血色のよい陽気なブロンドの女性で、年齢は不詳。目は青く、乳房は大きく、両腕はたくましい。いかにも母親然としているが、たったひとり生んだ子供は何世紀もむかしに死んだ。いま彼女は、人の母ではなく、惑星の母の役をつとめている。ノーストリリア住民はママの監視があるからこそ、安眠できるのだ。兵器たちは、いつ醒(さ)めるとも知れぬ病んだ眠りの中にある。

その夜ママ・ヒットンは、これで二百回目にもなるだろうか、警報パネルに目をやった。パネルは静まっている。危険信号はともっていない。だが彼女は、この宇宙のどこかに敵の存在を感じた。ノーストリリアを不意打ちし、その計りしれぬ富を奪おうと機会をうかがう敵……。待ちかねて、彼女は鼻を鳴らした。おいで、けちな泥棒、と心にいう。おいで、泥棒。ここへ来て、死ね。待たせるのはよくないよ。

われながらばかげたことを考えていると気づいて、笑みがうかぶ。

ママ・ヒットンは男を待ちうけた。

相手はそうとは知らない。

問題の男、盗賊は、すっかりくつろいでいた。名前はベンジャコミン・ボザート。くつろぐ術(すべ)にかけては、高度の修練をつんだ男なのである。

ここトティオーレの都、サンヴェールでは、この男が盗賊ギルドの上級監事であり、さざめく星影に似た菫(すみれ)色の星のもとで育った人間であるとは、よもや疑う者はいない。この男からヴィオラ・シデレア（ラテン語で、星影に似た菫色の意味）の匂いをかぎわける者はいない。レイディ・ルーの言葉がある。「かつてヴィオラ・シデレアは、あまたの世界の中でももっとも美しい世界でした。いま、それはもっとも汚れた世界です。かつてその住民は人類の模範でした。いまは盗人であり、嘘つきであり、人殺しです。彼らの魂は昼日中にもにおいます」レイディ・ルーは死んで久しい。名望のあった女性であるが、彼女は誤っていた。盗賊に、人がそれと気づく匂いはない。ベンジャコミンは知っていた。彼の〝悪事〟は、鱈の群れに近づく鮫以上でも以下でもないのである。生命の本質は生きることにあり、彼は餌食を求めて生きるように育てられ、実際そうするしかなかったのだから。

ほかにどんな生きかたがあろう。ヴィオラ・シデレアに破局が訪れたのは遠いむかし、光子帆船が宇宙から姿を消し、平面航法船が星の海をささやきながら渡りはじめたころである。彼の祖先たちは、航路からはずれた惑星上に、救いの見込みもなく取り残された。しかしヴィオラ・シデレアの人びとは死を拒んだ。生態系は変わり、彼らは人から略奪する生き物となった。時と遺伝学の助けを借りて、この恐ろしい生きかたに順応した。そしていま、彼こそはヴィオラ・シデレアの第一人者――盗賊の中の盗賊なのである。

名前はベンジャコミン・ボザート。

彼は誓いをたてた。オールド・ノース・オーストラリアの富を死を賭して奪う、と。だが死ぬ意志は毛頭なかった。

サンヴェールの浜は暖かく美しい。トティオーレは、旅客が通過するだけの自由で気楽な惑星である。手にある武器は、ツキと彼自身。その二つを、彼は有効に役立てるつもりだった。

ノーストリリア人は殺しも辞さない。

それは彼にしても同じこと。

いまこの瞬間、この地では、彼は美しい浜辺に憩うのんきな旅行者である。どこか別の場所、別の時間には、兎の群れにまぎれこむ鼬、鳩の群れにとびこむ鷹になりうる。

盗賊にしてギルド監事、ベンジャコミン・ボザート。何者かが待ちうけているとは彼は知らない。彼の名前さえ知らぬ相手が、彼ひとりのために、死を覚醒させようとしていることを知らない。ベンジャコミン・ボザートの心は平静なままだった。

ママ・ヒットンは平静ではなかった。敵がいることをおぼろげに感じてはいるが、所在がいまだにつかめないのだ。

一ぴきの兵器がいびきをかいた。ママは生き物に寝返りを打たせた。

一千の星のかなたでベンジャコミン・ボザートはほほえみ、渚にむかって歩きだした。

2

ベンジャコミンは観光客の気分だった。日焼けした顔は泰平そのもの。誇らしげな閉じかげんの目には落ち着きがある。端正な口もとにはチャーミングな笑みこそないが、それでもどこか感じのよさがのぞいている。魅力たっぷりで、少しも異和感を与えない。実際の年齢よりもはるかに若く見えた。彼は弾むような屈託ない足どりでサンヴェールの渚を歩いた。

　波が打ち寄せた。白くうねだつさまは、母なる地球の砕け波を思わせる。サンヴェール市民は、この世界が〈ふるさと〉に似ていることを誇りにしている。〈ふるさと〉を見た者はひと握りもいないが、その歴史はだれもが聞きかじっており、広大な宇宙にいまだ政権をふるう年経りた政府のことを思うとき、心なしか不安をおぼえる人びとは多い。地球の補完機構に好感は持てないものの、みんなそれを敬い畏れているのだ。波は、地球のきれいな半面を思い起こさせるのだろう。しかし、それほどきれいではない半面を、好き好んで思いだす人間はいない。

　この男には、母なる地球のきれいな半面に通じるものがあった。男のうちにひそむ力に気づいた者はなかった。サンヴェールの人びとは、渚を歩いてゆく男にうつろにほほえみかけた。

　大気はそよともせず、周囲にあるすべてはのどかそのもの。太陽にむかって顔をあげる。目を閉じる。暖かな日ざしがまぶたにしみこみ、安らぎと頼もしい触感で彼のうちを明るくする。

　ベンジャコミンは、いまだかつて誰もたくらんだことのない壮大な盗みを夢想した。人類が有史以来きずいたもっとも豊かな世界から、莫大な富を盗み去る夢を心に描いた。生まれ育った惑星ヴィオラ・シデレアにその富を持ち帰ったとき、なにが起こるだろう。ベンジャコミンは太陽から顔をそむけ、浜辺の人びとにけだるい視線を投げた。

今のところノーストリリア人の姿はない。彼らはたやすく見分けがつく。赤い肌をした大柄の人びと。万能のスポーツマン、そのくせ彼らなりに無邪気で、若く、おそろしく手ごわい。彼がこの盗みの準備にかかって二百年になる。この目的のために、盗賊ギルドは彼の寿命をのばしさえした。かつては交易の中心、いまや略奪と窃盗の前哨基地にまで落ちぶれた貧しい故郷、ヴィオラ・シデレア——彼はその惑星の夢を体現した存在なのだ。

ホテルからノーストリリア人の女が現われ、浜辺にやってくるのが見えた。彼は待ち、見守り、夢想した。たずねたいことがひとつあるのだが、おとなのオーストラリア人からはまず答えは引き出せまい。

「おかしなものだ」と彼は思う。「この時代になってまだ〝オーストラリア人〟という言葉が出てくるとは。これは遠い遠いむかし、地球で使っていた名前だ——ありあまる富をたくわえた、この勇敢な手ごわい連中のかつての呼び名だ。世界の裏側に根をおろし、闘った若者たち……それが今では、全人類の圧制者。富はやつらが握っている。なにしろサンタクララ薬がある。ほかの世界の生死は、ノーストリリア人と交易が持てるかどうかで決まる。だが、おれは認めない。故郷(くに)の連中も同じだ。おれたちは人間にはちがいないが、生身の人間にとっては狼なのだ」

ベンジャコミンは優雅に待ちうけた。実際のとしは二百だが、多くの太陽のもとで焼けた顔は、四十そこそこにしか見えない。行楽客の標準からいえば、着ているものもふだん着といえる。星から星をわたり歩くセールスマン、年季のいったギャンブラー、宇宙港の副支配人、どのようにもとれる。ことによると、星間通商路で活動する探偵かもしれない。事実はそのいずれでもない。盗賊なのである。あまりにも腕のいい盗賊なので、頼もしい雰囲気、落ち着いた物腰、グレイの瞳、ブロンドの髪にまどわされて、ふりかえった人が荷物を預けてゆくほどだ。ベンジャコミンは待ちうけた。女の目がこちらに向いた。不信をむきだしにしたすばやい一瞥。

見て安心したらしい。女は通りすぎた。ふりかえり、砂丘のむこうに呼びかける。「おいでなさい、ジョニー。ここで泳ぎましょう」十かそこらの少年が砂丘のいただきに現われ、母親のもとにかけてきた。

ベンジャコミンはコブラのように身をひきしめた。目が細くなり、眼光が鋭くなった。

これこそ獲物だ。小さくもなく、大きくもない。獲物が幼すぎれば、答えは得られない。おとなすぎれば、くわえこんでも役に立たない。ノーストリリア人が格闘するときの強さは評判だ。おとなが相手では、精神的にも肉体的にもつけいる隙はない。

ベンジャコミンは知っていた。これまでノーストリリア人の惑星に近づいた異分子――夢の世界オールド・ノース・オーストラリアに侵入をくわだてた盗賊は、ひとり残らず同胞との連絡を絶ち、生命を落としている。以後、消息はいっさい伝わってこない。

だが一方で、相当数のノーストリリア人が、秘密を知っているという確信もあった。ときには彼らは、それにまつわるジョークをとばしたりする。若いころ、そんなジョークをよく聞いたものだが、一度たりと答えに近づくこともかなわぬままに、今では老人というも憚られるほど年を重ねてしまった。生きるには金がかかる。すでに彼は二度目の人生のなかば。その生命は、同胞がまっとうな手段で買いとったものだ。みんな腕のいい盗賊であり、苦労して盗んだ金をサンタクララ薬に注ぎこんで、大盗賊ひとりの余命をのばしてくれている。ベンジャコミンは暴力が好きではない。だが史上最大の盗みへの道がひらけるなら、喜んで暴力に訴えるつもりだった。

女がまたこちらを見た。ベンジャコミンの邪悪な形相はうかびでたとたん柔和な顔に溶けこみ、彼は平静にかえった。緊張がとけた一瞬を、女の目がとらえた。女は好感を持った。女はほほえむと、ノーストリリア人特有のぎごちないためらいを見せて、こういった。

「わたしが泳いでいるあいだ、この子をちょっと見ていていただけます？　たしかホテルでお見かけしたかたですわね」

「あ、どうぞ。ぼくは構いません。おいで、坊や」

ジョニーは陽のあたる砂丘を、死にむかって歩いてきた。母親の敵に身をゆだねた。だが母親はすでに背を向けていた。

ベンジャコミン・ボザートの熟練した手がのびた。少年の肩をつかむ。ふりむかせ、力まかせにすわらせる。叫ぶまもなく、少年は自白剤を注射されていた。

苦痛、ついで強力な薬品が脳に加えるハンマーの一撃——それがジョニーの感じたすべてだった。

ベンジャコミンは海を見わたした。母親は泳いでいる。ふりかえって二人を見ているようす。不安は感じていないらしい。母親の目には、少年は、いかにもくつろいだ雰囲気の中で、男がさしだすものをのぞきこんでいるように見えるだろう。

「なあ、坊や」とベンジャコミン、「教えてくれ。外からの攻撃を防ぐ手段はなんだ？」

少年は答えない。

「防衛手段はなんだ、坊や？　防衛手段は？」ベンジャコミンはくりかえした。それでも少年は答えない。

戦慄に近いなにかが、ベンジャコミン・ボザートの肌を走った。トティオーレでのわが身の安全は、この一点にかかっている。ノーストリリア人の秘密にくらいついたはいいが、計画を白紙にもどしかねない一か八かの賭けをしていることに気づいたからだ。

彼を阻（はば）んでいるのは、じつに単純明解な仕掛けだった。少年は、攻撃に対する条件づけを受けているのだ。むりやり答えを引き出そうとすれば、条件反射によって完全なだんまりが始まる。文字どおり、口がきけなくなってしまうのである。

日ざしに濡れた髪をきらめかせて、母親がふりかえり、「だいじょうぶ、ジョニー？」と呼びかけた。

ベンジャコミンがかわりに手をふった。「いま写真を見せているところです。気に入ってくれましてて。どうぞごゆっくり」母親はためらったのち、海にもどると、そろそろと遠ざかった。

自由のきかないジョニーは、ベンジャコミンの膝に病人のように軽々とすわっている。「ジョニー、きみは今から死ぬんだ。ぼくの質問に答えてくれないと、すごく痛い目にあうよ」少年は腕の中で力なくもがく。ベンジャコミンはくりかえした。「ぼくの質問に答えてくれないと、痛いことをするよ。防衛手段はなんだ？　防衛手段はなんだ？」

少年はもがきつづける。それが命令に従おうとする行動であり、逃れるためのものではないことに彼は気づいた。力をゆるめると、少年は手の中からすり抜け、湿った砂の上に指を走らせはじめた。文字が現われた。

二人のうしろに男の影が近づいた。

ベンジャコミンは神経をとぎすませた。ふりむきざま殺すか逃げるか……覚悟をきめて腰をおろすと、となりの少年にいった。「ほう、むずかしいぞ。いいパズルだ。もっと見せてくれよ」通りすぎるおとなに笑いかける。見ず知らずの男だった。男は好奇心いっぱいの目をむけたが、やさしく打ち解けて子供と遊ぶおとながいるだけのこと、ベンジャコミンの人好きのする顔を見て、また無関心な表情にかえった。

少年の指は、砂の上に文字をつづってゆく。

謎の語句が全貌をあらわした——**ママ・ヒットンのかわゆいキットンたち**。

母親が、もの問いたげな顔で海から上がってきた。ベンジャコミンは上衣の袖をひらりとなで、第二の注射針をとりだした。検出に数日から数週間を要する微妙な毒。少年の脳に狙いを定め、後頭部の髪の生えぎわに針をすべらせると、突き刺した。かすかな刺し傷は髪のかげになる。超硬度の針は頭蓋のふちをかすめ、少年は死んだ。

殺人は完了した。さりげない手つきで、砂の上の謎を消す。女が近づいた。かげりのない気づかわしげな声で、ベンジャコミンは呼びかけた。「お母さん、ちょっといらしてください。息子さんが暑さにあてられたようです」

少年の死体を母親に返す。母親は顔色を変えた。おびえ、身をこわばらせた。なにをしたらよいのか途方に暮れている。

女は一瞬、射るように彼の目を見据えた。

二百年にわたって積んだ修練がものをいった……女にはなにも見えなかった。殺人者の目は殺意に輝いていない。鷹は鳩のうしろに隠れたまま。したたかな顔が内心の動揺をおさえこんだ。

ベンジャコミンの落ち着きぶりは堂に入っていた。いざとなれば女も殺すつもりだが、おとなのノーストリリア人女性を殺せるものか自信はなかった。親身な口調で、「いっしょにいてやってください。ホテルまで走って人を呼んできます。急いで行きますから」

きびすを返し、走った。その姿が海岸監視員の目にとまり、かけつけてきた。「子供が病気なんだ」と叫ぶ。現場にもどると、困惑気味の、しびれたような悲しみの表情が待っていた。そして悲しみ以上にあらわな疑惑。

「病気じゃありません。死んでます」

「ばかな」ベンジャコミンは怪訝な顔をした。本心からその感情に徹した。全身から、顔のかぼそい筋肉の一本一本から、共感をにじませた。「そんなはずないんだが。いましがたまで、ぼくと話していたんですよ。砂の上になぞなぞを書いて遊んでいたんです」

母親の口から、うつろな、つぶれた声がもれた——人間らしい声音を捨て去り、思いがけぬ悲嘆をこめて、調子っぱずれに今後とこしえにひびきつづけるであろう声。「死んでいます。あなたは見た。わたしも、たぶん見たと思う。どういうことなのか、わたしにはわからない。この子にはサンタクララをいっぱいあげていたのに。千年も生きられたのに、いま死んでしまった。あなたの名前は？」

「エルドンです」とベンジャコミンはいった。「セールスマンのエルドンです。ここにはよく来てるんですが」

3

〝ママ・ヒットンのかわゆいキットンたち。ママ・ヒットンのかわゆいキットンたち〟

ばかげた語句が心をよぎる。ママ・ヒットンとは何者なのか？　だれの母親なのか？

〝キットン〟とはなにか？　キトゥン（kitten）のつづり違いか？　子猫のことなのか？

それとも、まったく違うものなのか？

愚かしい答えを得るために愚かしい殺人をおかしたというのか？

あの疑わしい目つきの打ちひしがれた女といっしょに、あと何日ここにとどまらなければいけないのか？　どれくらい監視態勢をつづけなければならないのか？　ヴィオラ・シデレアに帰りたい。たいした収穫ではないが、この秘密を同胞のもとへ持ち帰り、調べてみたい。ママ・ヒットンとは何者なのか？

彼は勇を鼓して部屋を出ると、階下におりた。

大ホテルの快適な単調さの中では、他の客たちの目は自然に彼に集中した。なにしろ、浜で死んだ子供を最後に看取った男である。

ロビーにたむろする醜聞好きの客のあいだでは、少年は彼に殺されたのだとする眉唾(まゆつば)な噂が流れていた。これを否定する人びともいて、エルドンは素姓のたしかな男だと弁護した。彼はセールスマンのエルドンである。ばかげた言いがかりだ。

ゴー・キャプテンを乗せた船が星の海をささやきながら渡り、いたずらなそよ風に舞う木の葉のように、人びとがさまざまな世界を気ままに往来(ゆきき)する——もちろん旅費を負担できればの話だが——時代になっても、人の心はさほど変わってはいなかった。ベンジャコミンは悲壮なジレンマに直面した。答えを探りだそうとすれば、ノーストリリア人のしかけた保安装置が必ず待ちうけている。それを充分心得ていた。

オールド・ノース・オーストラリアは桁(けた)はずれに富んだ惑星である。ノーストリリア人が、傭兵や、保安スパイ、秘密調査員、警戒装置などを駆使していることは、星の海にあまねく知れわたっている。

〈ふるさと(マンホーム)〉――金では買えないはずの、母なる地球――さえ、長命薬によって買収されている。一オンスのサンタクララ薬は、精製され結晶化され、〝ストルーン〟と名を変えて、人間の寿命を四十年から六十年もひきのばす。ストルーンは、地球庶民のもとにオンス単位、ポンド単位で供給される。しかしオールド・ノース・オーストラリアでは、それがトン単位で精製されているのだ。このような富に加えてノーストリリア人は、金額には換算できない資源を産する、途方もない惑星をひとつ所有している。思いたてば、彼らはなんでも買える。そして代金を、他人の生命によって支払うのだ。

すでに数百年来、彼らは秘密の財源で外人を雇いいれ、安全保障の一翼をになわせている。ベンジャコミンはロビーに立ちつくした――〝ママ・ヒットンのかわゆいキットンたち〟。一千の世界の知恵と富を掌中(しょうちゅう)にしながら、彼はその言葉の意味をだれにも問うことができないのだ。

とつぜん表情が明るくなった。

その顔は、おもしろいゲーム、楽しい気晴らし、懐しい友人、おいしい料理を思いついた男の顔になった。彼は思いつきにしばし陶然とした。

ものをいわない情報源がひとつある。図書館だ。少なくとも、わかりきった単純な事柄なら調べられる。死んでゆく子供から探りだした秘密のうち、すでにおおやけになっている事実もあるはずだ。

〝ママ〟または〝ヒットン〟または特殊な用法としての〝かわゆい〟または〝キットン〟――

—この四語のうちのどれかひとつでも手がかりになれば、わが身を危険にさらした値打ちもあり、ジョニーの死も無駄ではなかったことになる。ノーストリリア強襲の糸口がつかめるかもしれない。

　右足のかかとをくるりと返し、意気揚々と向きを変える。かるい快調な足どりでビリヤード・ホールにむかう。その先には図書館がある。彼は図書館に入った。

　とびぬけて豪華なホテルであり、またとびぬけて時代がかってもいた。紙製の書物も、本式に製本したものが備わっていた。ベンジャコミンは閲覧室を横切った。見ると、『銀河百科事典』二百巻がそろっている。彼は〈Hi-Hi〉の見出しのある巻をとった。うしろから本をあけ、〃ヒットン〃の名をさがすと、見つかった。「ヒットン、ベンジャミン——オールド・ノース・オーストラリアの開拓者。防衛システムの一部を創案したといわれる。一〇七一九年生、一七二一三年没」それだけだった。ベンジャコミンは書棚をあさった。〃キットン〃という語は、その独特のつづりでは、百科事典の中にも、図書館のどんな資料の中にも見当たらなかった。彼はそこを出て階上にあがり、自室にもどった。

　〃かわゆい〃も見つからずじまいだった。たぶん、あの子供の子供っぽいミスだろう。

　彼はちょっとした博奕（ばくち）に出た。母親は困惑と心痛のあまりなかば盲（めし）いたまま、ポーチのはずれの、背もたれのかたい椅子にかけている。まわりに集まり、慰（なぐさ）めている女たち。少年の父親がまもなく到着することを、彼らは知っている。ベンジャコミンは母親のところに行き、お悔みをいおうとした。母親は目もくれなかった。

「申しわけありませんが、いまから発ちます。つぎの惑星にむかうんですが、当地時間で二、三週間後にはもどります。なにか急な用事がありましたら、こちらの警察に住所を知らせておきますから……」

ベンジャコミンは、悲嘆にくれる母親と別れた。

のんきなサンヴェール警察は、彼の即時離星ビザの申請になんの難色も示さなかった。ベンジャコミンは静かなホテルを出た。彼は優先渡航許可をとった。とにかく身元は知れており、所持金もある。そして客人の意向に反するのは、サンヴェールの習慣ではないのだ。ベンジャコミンは船に乗った。しばらく体をやすめようとキャビンにむかう途中、ひとりの男と並んだ。キャビンの相客だろう。まだ若い感じで、髪をまん中から分けている。背は低く、目はグレイ。

ノーストリリア秘密警察の駐在員である。

さしもの年季をつんだ盗賊も、この男が警察官だとは気づかなかった。図書館自体が警戒網の中にあり、独特のノーストリリアふうつづりによる〝キットン〟の語をさがす行為、それ自体が警報装置だとは夢にも思わなかった。そのつづりをさがしたことから、小さな警報が発令された。彼は仕掛け線にふれたのである。

見知らぬ男は会釈した。ベンジャコミンも会釈をかえした。「旅まわりの身でしてね。いまちょっと仕事があいたところなんだけど……。どうも思わしくありませんなあ。どうですか、景気は？」

「いや、そういうのには疎くて。儲ける仕事じゃないんです。技術関係だものだから。リヴェラントといいます」

ベンジャコミンは男を値踏みした。どう見ても技術者である。二人はおざなりに握手した。リヴェラントがいった、「あとでバーにでもお伴しますよ。その前にひと休みだ」

二人が横になり、会話がとぎれると、平面航法のひらめきが一瞬船を通過した。衝撃は去った。平面航法については読んだり教えられたりして、彼らにもひととおりの知識はあった。二次元への突入とともに、どういう仕組みなのか、宇宙の猛威はコンピュータにとりこまれる——そして船をあやつるゴー・キャプテンの手で処理されてしまうのだ。

頭ではわかっているが、実感がつかめない。感じたのは、かすかな疼きだけだった。

空気には鎮静剤がまじり、換気装置から送りこまれている。これを吸うと、多少酔い心地になる。

盗賊ベンジャコミン・ボザートは、酔いと狼狽に打ち勝つすべを学んでいた。テレパスが心を読もうとする気配を感じると、訓練の初期に意識下に埋めこまれた機能がはたらき、すさまじい動物的な抵抗が起こるのである。だがボザートは、専門家のまやかしには慣れていなかった。ヴィオラ・シデレアの人間がまやかしの被害者になろうとは、盗賊ギルドも予期してはいなかった。リヴェラントはすでにノーストリリアと接触していた——星の海に金権をふるうノーストリリアと、十万の世界に警報を発し、たったひとりの不法侵入を見張るノーストリリアと、連絡をとっていた。

リヴェラントがおしゃべりを始めた。「もっと遠くまで行けたらいいですなあ。オリンピアへ行きたいなあ。オリンピアではなんでも買えるから」

「話は聞いてます」とボザート。「一風変わった交易惑星で、ビジネスマンはあまりお呼びでないとか」

リヴェラントは笑った。陽気な、いつわりのない笑いだった。「交易？　連中は交易はしません。あれはただの交換です。あっちこっちの世界から集まってくる盗品を、また売りさばくだけなんだから。形を変え、色を塗り、ちがう商標をつけてね。それが商売ってわけです。住んでるのは盲人ばかり。変てこな世界ですよ。こっちはただ出かければいいんだ。好きなものが、ほしいだけ手に入る。しかし……一年もいたら、どんなことができるだろうなあ！　目明きは、ぼくとひと握りの観光客だけ。そのうえ、みんなが銀河系のあちこちに置き忘れたつもりでいる値打ちものがありったけ。難破船やら、見捨てられたコロニーやら、そういったものの半分がたが汚れをきれいに落として、ドーン！　とオリンピアに集まってくる」

実際オリンピアは、そこまでよいところではない。なぜ殺人犯をそんな星に手引きしなければならないのか、リヴェラントには合点がいかなかった。わかっているのはひとつ。彼には任務があり、任務は不法侵入者の誘導であるということだけだった。

二人の男が生まれるはるか以前、映話番号簿に、書物に、荷箱や送り状に、暗号がしかけられた。変形つづりの語〝キットン〟――ノーストリリア防衛網の一環をなす月のコード・

ネームである。これが使われた瞬間から、ノーストリリアは厳戒態勢に入っていた。白熱したタングステン線のように、全神経を熱くとぎすまし、凶暴な戦いのときを待ちうけていた。

二人が連れだってバーに足をむけるころには、ほかでもないオリンピア行きをすすめたのが相客であることを、ベンジャコミンはほとんど忘れかけていた。当面の行先はヴィオラ・シデレア。まずそこで、つぎの旅の承認を得なければならない。オリンピアを落とすのはそれからだ。

4

母星に帰ったボザートは、控え目ながら温かい歓迎をうけた。

盗賊ギルドの長老たちが出迎えた。彼らはボザートをほめたたえた。「おまえをおいてほかに、これだけのことが誰にできよう？　いわば新形式のチェスの第一手をさしたようなものだ。こんな序盤の手は今までになかった。人名がある、動物がある。まず調べてみることだ」盗賊議会のメンバーは、そなえつけの百科事典にむかった。人名の〝ヒットン〟にあたり、つぎに〝キットン〟の項を見つけた。それがにせの手がかりであり、仕掛けたのが同胞のうちにひそむスパイだと知る者はなかった。

スパイとなった男が誘惑の罠におちたのは、それよりはるか以前のことである。男は出世のなかばで女色におぼれ、秘密をもらし、恐喝され、母星に送り返された。それがノーストリリアの諜報活動の一端であるとも知らず、恐ろしい回答を待ちつづけた歳月、男はそのつけがいとも簡単に支払えるものだとは夢にも思わなかった。相手は、百科事典に加える一ページを送ってよこしただけだった。男はページをつけ加え、へとへとになって帰宅した。恐れおののき待った歳月の重みは、盗賊にとっては大きすぎた。自殺したくなるのがこわいばかりに、彼は酒に身をもちくずした。しかし百科事典は、わずかに改変された問題のページも含めて、そのまま残った。ほかの改訂部分と比べてその個所にはなんらおかしなところはない。だが、全文がまっ赤なにせものであった。

訂正を要する事実を以下に記す。第2版刊行後24年。

伝えられるノーストリリアの〝キットン〟とは、地球産ミュータント羊を発病させる有機的手段の謂(いい)であり、病気が産みだすウイルスはサンタクララ薬として精製される。〝キットン〟は、この病気、および外的変動に対する同病のもろさをともに表わす語として、一時期多用された。ノーストリリアの初期開拓者のひとり、ベンジャミン・ヒットンの経歴とかかわりがあると信じられる。

盗賊議会のメンバーが読みおえると、議長がいった。「書類は用意した。いつでも出かけなさい。まずどこへ行く？　ノイハンブルク経由か？」

「いいえ。オリンピアにくいこんでみるつもりです」

「オリンピア、けっこう。あせらずにな。失敗は千にひとつもないだろう。だが、もし失敗したら、われわれはその帳じりを合わせなければならなくなる」

議長は苦笑いすると、ベンジャコミンに一枚のカードをわたした。ヴィオラ・シデレアの全労働力と全資産をたくした空白の抵当証書である。

議長は荒い鼻息に似た笑い声をあげた。「おまえがその交易惑星で大きな借りをつくれば、こちらは否も応もなく正直者になりさがる。失敗なんぞすれば――みじめなものだ」

「ご心配には及びません」とベンジャコミンはいった。「わたしひとりでケリをつけます」

この宇宙には、あらゆる夢がうたかたと消える世界もある。だが四角な雲のうかぶオリンピアは、そのひとつではない。オリンピアでは人びとの目は輝いている。というのは、なにも見ていないからだ。

「われらに光が見えるならば、それは苦しみの色である」とナハティガルは説く。「もし目がなんじをつまずかすならば、なんじをえぐりだして捨てよ。なんとなれば、罪は目にあるのではなく、魂にあるのだから」

オリンピアでは、こうした話は珍しくない。この世界の植民者たちは、はるかな昔に盲目となり、いまでは自分たちのほうが、視力のある人びとより優れていると認めている。レーダーの細いワイヤが彼らの脳を刺激する。けだもの並みの人間が、顔のまん中に埋めこんだ二つの小さなガラス鉢で光を感知するように、彼らは放射線を感知する。絵画はくっきりとあざやかであり、彼らはきわだった鋭さに固執する。建物はありえない角度にそそりたっている。盲目の子供たちの歌声がひびくなか、オーダーメードの天候が順番どおり、万華鏡さながらの幾何学模様をえがいて移り変わってゆく。

ここに男が現われた。ボザートである。盲人の星にあって彼の夢はどこまでもはばたき、過去にだれひとり生きて知りえた者のない情報とひきかえに、彼は大枚を投じた。

角ばった雲、アクアマリンの空。他人の夢の中の世界のように、オリンピアが眼下を流れすぎてゆく。長居をするつもりはなかった。ノーストリリア周辺のきらめきぬかるむ宇宙空間で、死とのランデブーが待っているのだ。

オリンピアに着くと、ベンジャコミンはオールド・ノース・オーストラリア攻撃の準備にかかりきった。到着して二日目、幸運がめぐってきた。ラヴェンダーという男に出会ったのである。名前は聞きおぼえがあった。盗賊ギルドのメンバーではないが、星の海に悪名をとどろかす命知らずのならず者である。

ラヴェンダーを見つけたことにはなんのふしぎもない。この一週間ラヴェンダーの噂は、眠りをむさぼるベンジャコミンの枕から、夜ごと十五回ずつ流されていた。彼が夢を見るときに見る夢は、ノーストリリアの対敵情報組織がひそかに植えつけたものだった。ベンジャコミンをオリンピアにおびきよせた相手は、いま彼に当然の報いを与えるため、着々と準備を進めているのだ。ノーストリリア警察は残忍ではない。しかし母星を守るためにはなんでもする。そのうえ、これには少年殺しの復讐がからんでいるのだ。

ラヴェンダーが手を打つ前、ベンジャコミンがラヴェンダーと交わした最後の会話は、劇的なものだった。

ラヴェンダーは話に乗らなかった。

「おれはどこにも行かんよ。どこも襲うつもりはない。なにも盗む気はない。そりゃ、おれも相当あぶない橋をわたってきたがね。しかし、わざわざ自殺しに行くのはごめんだ。あんたの頼みというのは、まさにそいつだからな」

「なにが手に入るか考えてみろ。無限の富だ。嘘じゃない、今までだれもつかんだことのない大変なカネがころがりこむんだ」

ラヴェンダーは笑った。「そういう話が前に出なかったと思うか？　おれは悪党だ、あんたも悪党だ。おれは当てずっぽうで仕事はしない。即金でいただきたいね。おれは戦うのが商売、あんたは泥棒。なにを狙っているかは聞かんが……まずカネがほしい」

「持っていない」とベンジャコミン。

ラヴェンダーは立ちあがった。

「じゃ、声をかけたのが、そもそもの間違いだったな。雇うも雇わんもいいが、おれの口を封じるにはカネがかかるぜ」

取引が始まった。

ラヴェンダーは見るからに悪人づらをしていた。本来ものやわらかで平凡な男なのだが、悪に徹するために多くの苦労を積んできたのである。悪はきびしい労働である。努力のあとは、しばしば人の顔にあらわれる。

ボザートの顔にうかんだ笑みは、屈託がなく、さげすみなど微塵もなかった。

「ポケットから出すものがある。まわりを見張っていてくれ」

ラヴェンダーは、聞こえたそぶりも見せなかった。武器も出さない。左手の親指がじりじりと掌のふちをすべってゆくだけ。ベンジャコミンは仕草に気づいたが、動じなかった。

「これだ。惑星クレジットだ」

ラヴェンダーは笑った。「話には聞いているがね」

「受けとってくれ」

ラヴェンダーは、薄板を重ねたカードをとった。目をむいた。「本物だ」と声にならぬ声で、「本物じゃないか」心なしか打ち解けたようすで、目を上げた。「こんなやつは今まで見たことがない。で、条件はなんだ？」

話しつづける二人のわきを、けばけばしいオリンピア人たちが通りすぎてゆく。黒と白を極端に対比させたファッション。外套や帽子にきらめく信じがたい幾何学デザインの装身具。二人の男は現地人に目もくれず、交渉に没入している。

ベンジャコミンはひとまず安心した。ヴィオラ・シデレア全住民の一年間の労働を担保に、帝国海兵隊内国宇宙パトロールの元大尉、ラヴェンダーの無条件の全面協力をとりつけたのである。彼は抵当証書をわたした。一年間の保証書きがついている。こんなオリンピアにさえも会計機は存在し、契約はいったん母なる地球に送られて、このカードが盗賊惑星を法的に拘束する正当な抵当証書であるという承認をうけるのだ。

ラヴェンダーは心のうちで、「これが復讐の第一歩だ」とつぶやいた。この人殺しが消えた瞬間から、彼の同胞はそれこそ正直に働いて借りを返さねばならなくなるだろう。ラヴェンダーは冷ややかな興味をおぼえて、相手を見つめた。

ベンジャコミンはこれを友情のあらわれと受けとり、人好きのする屈託のない笑顔をむけた。取引の親密さと厳粛さを強調したいあまり、すっかりいい気分で右手をさしだした。男たちは握手をかわした。ボザートには、自分がなにと手を結んだのか知るよしもなかった。

5

「見わたす大地は灰色、おお。空の果てから果てまで、灰色の草。水門だって近くはない。高いも低いも、山ひとつない——平らな丘と、灰色に重なる灰色ばかり。ごらん、まだらおぼろの光の花が、星の中洲に咲きほこる。

そうだ、それがノーストリリア。

どん底あがきの日は去った——作業も辛抱も苦労も消えた。

くすんだ青い大地には、茶っぽいベージュの羊が憩い、低い空を走りすぎてゆく雲は、まるで大地をくみしく鉄パイプのよう。

選りどり見どり、病んだ羊をとるがいい。病気こそが金になる。惑星をくしゃみしろ、でなけりゃ、不死をひとつまみ咳(しわぶ)いてくれ。もしもそちらが狂った星で、あなたみたいな能なしや小鬼の住む土地ならば、ここはまさにそれ以上。

だが、それは本にあるだけだ。

もし見たことがないのなら、あなたにノーストリリアはわからない。けれど、ひと目見たときは、あなたは信じもしないだろう。

星図はオールド・ノース・オーストラリアと、これを呼ぶ」

この世界の心臓部に、世界を守る飼育場がある。ヒットン邸である。

塔が周囲をかこみ、塔のあいだにはワイヤがかけわたされている。ワイヤの中には、無秩序にたれさがっているものもあり、地球の金属では考えられない光沢を放っているものもある。たちならぶ塔の内側は、広い土地。一万二千ヘクタールのコンクリートから成る土地である。探知機は、コンクリートのなめらかな表面数ミリの高さまでとらえ、さらに別の探知機が送受するパターンは、分子レベルの隙間にまで及ぶ。飼育場はどこまでも続く。その中心に、一群の建物がある。そこがキャサリン・ヒットンの職場であり、彼女の家族がひきうけたノーストリリア防衛の要(かなめ)なのである。

細菌は、はいることもなく、出てゆくこともない。食料はすべて瞬送機で送られる。建物のうちには動物がいる。彼女ひとりをたよりに生きるけものたちである。もし不運な事故が起こったり、けものの一ぴきに襲われたりして、キャサリン・ヒットンが急死しても、彼女の完全なコピーを所有する政府が、ただちに新しい飼育係を催眠教育でそだてる手筈になっている。

丘陵から解き放たれた灰色の風が、探知機の塔をすりぬけて、灰色のコンクリート面をわたってゆく。真上の空にはいつも、磨きあげられた切子面を見せて、囚われの月がかかっている。風は灰色の建物にすさまじい勢いでぶつかると、裏手のコンクリート面にすべりこみ、ヒュルヒュルと丘陵のかなたに駆け去ってゆく。

建物のある谷間は、さほどカムフラージュを必要としない。ノーストリリアは、どこも似たようなものだからだ。コンクリート自体はわずかに着色され、地味のやせた自然の土地と見せかけられている。これが飼育場であり、女である。両者がひとつになったとき、それは有史以来人類が築いたもっとも富裕な世界の外郭防衛線となる。

キャサリン・ヒットンは窓のそとを見やり、ひとり思った。「市場へ行くまで、あと四十二日。もてなしの日だから、行けばジグのような音楽がいっぱい。

おお、市の日に通りをゆけば
みんなの誇らしい笑顔に会える！」

彼女はふかぶかと息を吸いこんだ。若いころいろいろな世界を見てきたが、いまではこの灰色の丘陵をこよなく愛していた。ややあって建物の奥にきびすを返すと、帰りを待ちわびる動物たちのもとへ戻った。彼女はただひとりのママ・ヒットン、ここにいるのは彼女のかわゆいキットンなのだ。

　キットンたちのあいだを歩く。地球産のミンク――〈ふるさと(マンホーム)〉から送りだされた最強・最小・最狂のミンクから、彼女が父親とともに交配してきた精鋭である。ノーストリリアの羊はストルーンをもたらす。ヒットン家の人びとは、その羊をねらう敵を撃退する任務に生涯を捧げてきた。だがミンクたちは、狂ったまま生まれてくるのだ。

　何世代にもわたる交配によって、狂気は骨の髄にまでしみこんでいた。ミンクたちは死ぬためだけに生まれ、生き残るために死んでゆく。これがノーストリリアのキットンである。恐怖と怒りと飢えとセックスが、完全にこんがらがったけものである。彼らはおのれを食い、仲間同士で食いあう。自分の仔を食い、人を食い、有機物なら手当たりしだいに食う。愛を感じたときにはやむにやまれぬ殺意に絶叫し、おのれに対するすさまじい憎悪をうちに秘めて生まれてくる。彼らが生命をながらえているのは、仲間やおのれをあやめることがないように、鉤爪(かぎづめ)の一本一本をかたく縛られて、台の上で目覚めるからにほかならない。ママ・ヒットンがミンクたちを眠りからさますのは、彼らの一生のうちでも指折り数えるほど。繁殖と殺戮だけの生き物なのである。ふだん目覚めさせるのは、一度に二ひきと決まっている。

　その日の午後、ママ・ヒットンは檻の見まわりにかかりきった。けものたちは安らかに眠っている。養分は血管に流れこんでおり、ときには彼らは数年間も目覚めずに過ごすこともある。繁殖の時期には、雄がまだ寝ぼけまなこ、雌が獣医学的な処置を受けられる程度に目がさめている状態をねらって、手早くことが運ばれる。仔は生まれると、すぐに眠る母親から引き離される。仔はママ・ヒットンにやしなわれ、しあわせな二、三週間を過ごすが、やがて成獣の特徴が発現する。その目は赤く血走って狂気と興奮をやどし、建物の隅々にまでかん高い、おぞましい鳴き声をほとばしらせて感情を爆発させる。ちんまりした毛深い顔はゆがみ、輝く狂った目はぎょろぎょろ動き、鋭い鋭い鉤爪には力がこもる。ママ・ヒットンが彼らを眠りにみちびくのはそのときだ。

今回の彼女は一ぴきも起こさなかった。かわりにミンクたちをベルトで固定し、養分を送るパイプをはずした。そして遅延興奮剤を与え、目覚めた瞬間には完全な覚醒状態に入るようにした。

最後に彼女は自分にも強い鎮静剤を射つと、椅子にもたれ、信号を待ちうけた。ショックとともに信号がはいったときには、これまで一千回もくりかえした行動をまた起こさなくてはならない。

まず施設全体に、耐えがたいノイズを鳴りひびかせる。

数百ぴきのミュータント・ミンクが目覚める。目覚めとともに、彼らは飢えと憎しみと怒りとセックスのまっただ中にとびこむ。ベルトに体をぶつけ、仲間を、仔を、おのれを、彼女を殺そうとあがく。手当たりしだいに襲いかかり、生きるためにはなにものも恐れない。

ママ・ヒットンはそれを知っていた。

部屋の中央にはチューナーがある。チューナーは共感中継機であり、単純なテレパシー波長を受信する機能がある。このチューナーにむかって、ママ・ヒットンのかわゆいキットンたちの高密度の感情が送りこまれるのだ。

怒り、憎しみ、飢え、セックス、そのすべては人の耐えられる限度をはるかに越えて高まり、中継機を通して増幅される。テレパシー送信を運ぶ波長は、この施設をはなれ、飼育場のある谷間の周辺、丘陵の尾根にたちならぶ高い塔の上で、さらに増幅される。そしてママ・ヒットンの自転する月が、幾何学の法則にのっとり、中継波を空ろな包囲陣にむけて反射させる。

テレパシー波は、切子面から人工衛星群にむかう。人工衛星の数は十六、どうやら気象制御システムの一部らしい。衛星は宇宙空間ばかりか、付近の亜空間をもカバーしている。ノーストリリア人に見落としはない。

ママ・ヒットンの警報パネルから、断続的なショックが伝わった。

信号がはいった。ボタンを押す親指がしびれる。

けたたましいノイズがひびいた。

ミンクが目覚めた。

たちまち部屋は、クチュクチュ、キーキー、シューシュー、ウーウー、ウォーンウォーンに満たされた。

けものの鳴き声にまじって、別種の物音。ピシピシカリカリというその音は、凍った湖面に降るあられを思わせる。数百ぴきのミンクが、金属パネルを鉤爪で引き裂こうとする音だ。

ママ・ヒットンの耳に、ごぼっという音が聞こえた。一ぴきのミンクが前足をふりほどき、どうやら自分の喉をかきむしりだしたらしい。にこ毛におおわれた皮が裂ける音、血管がちぎれる音を、彼女はたしかに聞いた。

消えゆく一ぴきの声に耳をすます。だが確認はできなかった。まわりの騒音が大きすぎるのだ。ミンクが一ぴき減っただけ。

彼女がすわっている場所は、テレパシー中継から守られている。だが遮蔽は完全ではない。すっかり老いこんだはずなのに、彼女は奇妙な途方もない夢がうちをかけぬけるのを感じた。どこかで苦しんでいる生物のことを思うと、憎しみに胸がときめいた——ノーストリリア通信システムの自動遮蔽なしでは、相手は苦悶にのたうつしかないのだ。

長いあいだ忘れていた欲情が激しくつきあげてくる。

記憶にあるとは思いもしなかったさまざまなものが、いまでは猛烈に恋しい。数百ぴきのけものの発する恐怖のけいれんが、つぎつぎと襲いかかる。

だが奥の奥では、彼女の正気の心が問いつづけていた。「あとどれくらい我慢できるだろう？　どれくらい我慢しなければいけないのだろう？　神様、この世界の人たちをお守りください！　哀れな老いたわたしをお守りください」

みどりのランプがついた。

椅子のもうひとつの肘掛けにあるボタンを押す。ガスがシュッと入ってきた。薄れてゆく意識の中で彼女は、その瞬間にキットンたちもまた眠りにおちたことを知っていた。

ママ・ヒットンがつぎに目覚めるときには、ミンクはまだ意識を失っている。そして彼女の仕事が始まる。生きている数を確認し、みずから喉を掻き切った一ぴきと、心臓麻痺で死んだ何びきかをとりだし、生き残りを再編成し、傷を手当てし、幸福な眠りをさまたげぬよう飼育し交配し、つぎの目覚めの信号がはいるまで――ノーストリリアの富をねらう敵がふたたび現われるそのときまで、眠らせておくのだ。

6

なにもかもが思いどおりに運んだ。ラヴェンダーは非合法の平面航法船を見つけてきた。平面航法船にはきびしい認可制がとられているので、これは並みたいていの成果ではない。非合法の船を手に入れるのは、悪党の惑星が総力をあげても優に人間の一生分の歳月がかかる難事業なのである。

ラヴェンダーには金がふんだんにあった。ベンジャコミンの金が。

盗賊惑星のまっとうな富が、書類の変造と大きな借りの返済に注ぎこまれたのだ。この見せかけの取引は、宇宙船や貨物や乗客を登録するコンピュータに入り、やがては一万の世界の通商活動の中に、ほとんど跡形もなくまぎれこんでしまうだろう。

「あちらさんが払うというんだ。受けとってやってくれ」とラヴェンダーは、ぐるになった相手にいった。見かけは犯罪者だが、その男もまたノーストリリアのスパイである。「どうせ悪事のために出た金だ。たっぷりつかってしまってかまわん」

ベンジャコミンが発つ直前、ラヴェンダーは追加メッセージを入れた。

メッセージは慣習を破って、直接ゴー・キャプテンを経由するかたちで送られた。ゴー・キャプテンはノーストリリア艦隊の中継指揮官だったが、そうした人となりをにおわせないよう、入念に命令されていた。

メッセージは、平面航法の許可にかかわるものだった――ストルーン二十数錠に値する情報で、これを使えばヴィオラ・シデレアをさらに何百年か抵当に入れられる。ゴー・キャプテンは答えた。「これは伝える必要はない。答えはイエスだ」

ベンジャコミンが操縦室に入ってきた。条例違反だが、彼はルールを侵すためにこの船を借り切っているのだ。

キャプテンは険をふくんだ目で見つめた。「あんたは乗客だ。出てくれ」

「小型ヨットも積みこんでいるんだ。おれを別にすれば、ここはおたくの身内ばかりだろう」

「出てくれ。いるのが見つかったら罰金だぞ」

「かまわん。払うよ」

「払うって？　ストルーン二十錠が払えるものか。ばかばかしい。そんなにたくさんのストルーンを持ってるやつはいない」

まもなくころがりこむ数千錠のことを考えて、ベンジャコミンは笑った。あとはただ、平面航法船から飛びたち、いっきに襲い、キットンを横目に見て戻ればよいだけだ。

彼の力と富は、ノーストリリアがいま手のとどくところにあるという確信に発している。ストルーン二十錠など、あとでそれが数千倍にもなって返ってくるとあれば、タカが知れたものだ。キャプテンがいった。「それだけの値打ちはないよ。二十錠払ってまで、ここにいることはない。それより、ノーストリリアの通信ネットワークの内側にもぐりこむ方法を教えよう。あんたに二十七錠出す気があればの話だがね」

ベンジャコミンは顔をこわばらせた。

このまま死んでしまいそうに思えた。これまでの苦労、これまでの修練――浜辺で殺した子供、クレジットで打った博奕、そしていま、思いがけない敵！

ベンジャコミンは覚悟をきめ、「どういうことなんだ？」ときいた。

「なんでもない」

「〝ノーストリリア〟といったな」

「いった」

「ノーストリリアが出たのなら、もう感づいているはずだ。だれに聞いた？」

「あんたの狙い目が無限の財宝にあるなら、行くところがほかにどこにある？　うまく逃げだせれば、二十錠かそこらなんて屁でもない」

「三十万の人間の二百年分の労働量なんだ」ベンジャコミンは陰気にいった。「脱出できたら、二、三十錠どころじゃないだろう。あんたの星の連中にもたっぷり分け前がある」

ベンジャコミンの心に、数千、数万の錠剤のイメージが浮かんだ。「そうだ、それはわかっている」

「脱出できなければ、カードはあんたの手に残る」

「そのとおりだ。わかった。ネットワークの中に入ってくれ。二十七錠払おう」

「カードをくれ」

ベンジャコミンは拒否した。年季を積んだ盗賊である。当然、盗みは警戒する。だが、そこで考えなおした。この瞬間が運の分かれ目だ。他人に賭けるのもやむをえまい。

とりあえずカードの保証が必要である。「極印して返すよ」とキャプテン。興奮のあまり、ベンジャコミンは、カードが複製機にさしこまれたのに気づかなかった。取引が記録され、オリンピア・センターに情報が送られたのち、地球の商業代理機関で、惑星ヴィオラ・シデレアを借方とする損失および抵当権が、以後三百年にわたって確立されることになるとは夢にも思わなかった。

ベンジャコミンはカードを受けとった。正直な泥棒になった気分だった。

彼が死ねば、カードは失われ、同胞の借りは帳消しになる。もし成功すれば、その程度の借りはポケット・マネーで払える。

ベンジャコミンはすわった。ゴー・キャプテンがピンライターたちに信号を送った。船はぐらりと揺れた。

飛行は、主観時間にして三十分ほど続いた。キャプテンは宇宙ヘルメットをかぶり、飛び石から飛び石へつたい歩きするように、母星への道をまさぐっている。ここは、へまをしながら進まねばならない。さもないと、逆スパイの手中にあることをベンジャコミンに感づかれてしまうからだ。

だがキャプテンはベテランだった。ベンジャコミンにひけをとらないベテランだった。

スパイと盗賊を乗せた船は、ノーストリリアへ飛んだ。

船はネットワークの内側に現われた。ベンジャコミンはキャプテンたちと握手を交わした。

「こちらが呼んだら、実体化してくれ」

「お気をつけて」とキャプテン。

「そう祈るよ」

ベンジャコミンは宇宙ヨットに乗りこんだ。正常空間に入って一秒足らずのちには、ノーストリリアの灰色の広がりが目の前にせまってきた。簡素な倉庫を思わせる宇宙船は、二次元に消え、彼はヨットとともに取り残された。

ヨットは降下した。

降下にうつってまもなく、すさまじい混乱と恐怖が彼をとらえた。

地上にいる女のことなど知るよしもない。だが女のほうは、ベンジャコミンが増幅されたキットンの怒りにさらされるさまを、はっきりと感じていた。彼の理性はこの一撃にくずれた。主観的経験がひきのばされ、わずか一、二秒が数カ月にも感じられる苦痛と酩酊と錯乱の中で、ベンジャコミン・ボザートはおのれの人格の潮にのみこまれた。月からの中継波はミンクの思考をぶつけてくる。脳細胞が再編され、ありえない仮説——人間にかつて起こったことのない恐ろしい出来事をこねあげた。そして恐怖と苦痛の重圧のもとで、彼の意識は空白になった。

大脳皮質下の人格は、もうすこし長持ちした。

肉体は数分間抵抗をつづけた。情欲と飢餓に狂った肉体は、操縦席の中でそりかえり、おのれの腕にくらいついた。左手は顔をかきむしり、左の眼球をえぐりだした。ほとばしる獣欲に絶叫し、おのれをむさぼり食おうとする……その試みはなかば成功しただけだった。

ママ・ヒットンのかわゆいキットンたちの圧倒的なテレパシーが、頭脳の奥底にまでしみとおった。

ミュータント・ミンクたちはすっかり目覚めていた。

ボザートの周囲の空間は、中継衛星が送りだすミンクの狂気でくまなく汚染されていた。ボザートの肉体は長く生きてはいなかった。数分後には動脈の口がひらき、頭はうなだれ、ヨットは、襲撃目標であった倉庫群にむかって自動的に降下していった。ノーストリリア警察がヨットを回収した。

警察官たちもまた不快感に悩まされていた。全員が気分をわるくしていた。全員の顔が蒼白だった。中には吐いた者もいた。ミンク防衛線のふちをかすめたのである。テレパシー波のいちばん弱い空間を通りぬけたのである。それでも苦しむには充分だった。

彼らは知りたくなかった。

忘れようとしていた。

若い警官のひとりが死体をながめた。「いったい、こいつはなににやられたんだろう？」

「柄でもない仕事を選ぶからさ」と警部がいった。

若い警官はけげんそうに、「柄でもない仕事とは？」

「われわれから物をくすねる仕事だ。こちらには防衛兵器がある。どんなものか知りたいとは思わんがね」

若い警官は、はぐらかされたのが不満なようすで、いまにも上司にたてつきそうな表情を見せたが、ベンジャコミン・ボザートの死体には二度と目をむけようとしなかった。

年配の警部はいった。「気にするな。死ぬのに手間どったわけでもないし、それにこいつは、このあいだのジョニー坊や殺しの犯人だ」

「この男ですか？　しかし、なぜこんなに早く？」

「われわれがおびきよせた」警部はうなずいた。「死にたがっているから、死なせてやったまでだよ。そうしてわれわれは生きていく。きびしいものだろう？」

換気装置が低いおだやかな唸りをあげている。けものたちはふたたび眠りについた。新鮮な空気の噴流がママ・ヒットンを洗う。テレパシー中継機はまだスイッチが入ったまま。ママ・ヒットンは自分自身とともに、飼育場と、切子面のある月と、人工衛星群を感じた。盗賊については、気配もない。

よろめく足で立ちあがる。服は汗で湿っている。シャワーを浴びて着替えよう……はるか〈ふるさと（マンホーム）〉では、商業クレジット回路が金切り声で人間を呼びたてていた。補完機構の若い下部主任が機械に歩みより、手をさしだした。

機械はその手の中にひらりとカードを落とした。

カードを見つめる。

「借方ヴィオラ・シデレア——貸方地球偶発損失基金——ノーストリリア勘定——四〇〇、〇〇〇、〇〇〇人＝メガ年（マン・メガイヤー）」

男はからっぽの部屋でひとり口笛を吹いた。「ストルーンがあろうがなかろうが、連中がこれを払いきるころには、おれたちはみんな死んじまってるぜ！」男は部屋を出ると、友人たちにこの奇妙なニュースを伝えに行った。

機械はカードが返却されないので、また一枚コピーを作った。

アルファ・ラルファ大通り
Alpha Ralpha Boulevard

浅倉久志◎訳

ここでわれわれは〈人間の再発見〉の端緒を目にすることになる。それはロード・ジェストコーストと、アリス・モアとによる大事業で、自由に対する人間の権利――危険や、不確実性や、さらには死にさえ曝される権利――を復活しようとするものだった。ピエール＝オーギュスト・コートの描いた《嵐》という絵がスミスの想像力を書きたて、アルファ・ラルファ大通りの上での一場面が生まれた。マクトは、ひょっとすると邪悪なヴォマクトたちのひとりかもしれない。だが、そうでないかもしれない。なおさら複雑怪奇なことに、アバ・ディンゴは、〝嘘たちの父〟を意味するセム語とオーストラリア語がつながったスラングかもしれない……

あの初期の日々のわたしたちは幸福に酔いしれていた。だれもかれも、そして、とりわけ若者たちがそうだった。〈人間の再発見〉がその緒についたばかりで、補完機構は宝庫を底深く掘りかえし、古代文化と古代言語、それに古代の災厄までも復活する仕事にとりかかっていた。あの完全化の悪夢は、わたしたちの祖先を自滅の瀬戸際まで追いこんだのだった。いまや、ロード・ジェストコーストとレイディ・アリス・モアの先導のもと、古代文明は大陸塊さながら、過去の海から隆起しつつあった。

このわたしも、一万六千年ぶりに、はじめて郵便切手を封書に貼った男である。ヴィルジニーを連れて、最初のピアノ・リサイタルを聴きにいった男でもある。わたしたちはタスマニア島でコレラが放出される光景を視眺マシンで見物したが、そこに見るタスマニア人たちは、もはや保護されずにすむ喜びにあふれて街路で踊りくるっていた。世界各地で、人生はにわかにスリルに富んだものとなってきた。どこへいっても、人びとはもっと不完全な世界を作り出そうと激しい意欲を燃やしていた。

このわたしもある病院へはいり、そしてフランス人となって退院した。もちろん、それまでの人生も記憶には残っている。残ってはいるが、もはやそれはどうでもいいことだった。ヴィルジニーもフランス人になった。常夏の果樹園に実る熟れきった果実のように、未来はわたしたちの行く手に横たわっていた。しかも、わたしたちはいつ死ぬのか見当もつかない。以前には、よくベッドの中でこんなことを考えたものだ――〝政府がぼくに与えた寿命は四百年。あと三百七十五年たつと、政府はぼくへのストルーン注射を打ち切り、そこでぼくは死ぬことになる〟と。だが、いまやどんなことも起こりうる。安全装置が切られたのだ。疫病が解放されたのだ。幸運と希望と愛に味方されれば、千年も生きることもできよう。逆に、まちがえば明日死ぬかもしれない。わたしたちは自由なのだ。

一日の一瞬一瞬に、わたしたちは喜びを満喫した。

ヴィルジニーとわたしは、最古代世界の滅亡以後はじめて現われたフランス語の新聞を買った。そして、ニュースばかりでなく、広告までをむさぼり読んだ。この文化には、復活の困難な部分もある。たとえば、名称しか残されていない食べ物などは、話題にするのがむずかしい。だが、〈地の底の底〉でうまずたゆまず働きつづけているホムンクルスたちと機械によって、すでに全世界の地表へ送り出された数かずの珍奇な品物は、あらゆる人間の胸を希望でみたすのに充分だった。わたしたちは、これらのすべてが一種の真似ごとであり、また一面ではそうでないことを知っていた。ある疫病が統計的に正しい人数だけを殺しおわると、その疫病が停止されることを知っていた。ある事故の発生率が高くなりすぎると、原因は発表されぬまま事故だけが停止されることを知っていた。補完機構がやはりわたしたちを見まもりつづけていることを、知っていた。ロード・ジェストコーストとレイディ・アリス・モアが、友人としてわたしたちと遊び戯れているだけであり、こちらをそのゲームの犠牲者に仕立てるつもりはまったくないことに、わたしたちは確信を持っていた。

　たとえばヴィルジニーの場合である。以前の彼女は、出生番号のコード音をそのままに、メネリマと呼ばれていた。丸ぽちゃという言葉が似つかわしいような、小柄のかわいい娘で、ぴったりと頭を覆った茶色の巻き毛の持ちぬしだった。日ざしにむかって目を細めないと虹彩に秘められた宝が輝きを放たないほど、すばらしく深みのある濃い茶色の瞳をしていた。わたしは彼女と親しかったが、ほんとうによく知っていたとはいえない。しょっちゅう彼女を見てはいたが、心でその姿を見たことはなかった。フランス人になったあと、病院の外で彼女とばったりでくわすまでは。

　なつかしい友人に会えたうれしさに、わたしは旧共通語で話しかけようとしたが、言葉は出てこない。そして、いつのまにか相手のほうも、もはやメネリマでなく、見知らぬすばらしい古代の美女——過ぎ去った時代の宝物世界からこの後世へさまよいこんできた女性に変わっていた。わたしはようやく、どもりながらいった。

「きみはいまなんという名?」わたしの口から出たのは古代フランス語だった。

彼女もおなじ言語で答えた。「ヴィルジニーと呼んでちょうだい（ジュ・マペル・ヴィルジニー）」

彼女を見るのと、恋におちるのは、たったの一過程だった。この娘にはなにか強烈で奔放なものがあり、柔らかでみずみずしい肉体がそれをうまく隠している。二つの茶色の瞳をかりて、運命がわたしに語りかけてきたように思えた。その瞳は、ちょうどわたしたちふたりが周囲の見も知らぬ新世界に問いかけるように、あどけなく、驚異をこめて、わたしに問いかけていた。

「もしよろしければ」何時間かの睡眠学習でおぼえたとおりに、わたしは腕をさしだした。彼女はそれを受け、わたしたちは病院をあとにした。

わたしは頭にうかんできたメロディに古代フランス語の歌詞をそえて、小声でくちずさんだ。彼女はわたしの腕を軽くひっぱって、ほほえみかけた。

「それ、なんの歌？」と彼女がきいた。「それとも、自分でも知らない？」

歌詞はひとりでにそっと唇に浮かんでくる。わたしは彼女の巻き毛に声をこもらせて、静かに、ささやくように歌った。それは、〈人間の再発見〉が、ほかのたくさんのものといっしょにわたしの心へ注ぎこんでくれた、あるポピュラー・ソングだった——

探した目あての女じゃないさ。
ひょんなことから知りあったまで。
フランス語だって片言で、
マルチニーク訛の舌たらず。

金持じゃない。シックじゃない。
でも、あの流し目にとろけそう、
ただそれだけの……

とつぜん、歌詞の流れがとだえた。「あとは忘れたらしい。これは『マクーバ』という歌で、古代フランス人がマルチニークと呼んでいた美しい島と関係があるんだよ」

「その島なら知ってるわ」と彼女が叫んだ。おそらく、わたしとおなじ記憶を与えられたのだろう。「地球港（アースポート）からなら見えるわよ！」

わたしは、以前の世界へだしぬけにひきもどされたように感じた。地球港はこの小大陸の東端にある建造物で、二十キロもの高さに一本柱で支えられている。その上では、補完機構の長官たちが、もはや意味を失った機械にとりかこまれて執務をつづけている。そこには、星の海からの船がささやきを立てて入港してくるのだ。その港の写真は見たことがあっても、わたしはそこへ行ったことはない。いや、それどころか、そこへ行ったことがあるという人間にも、まだお目にかかったことがない。行く必要がどこにあろう？　そもそも歓迎されるかどうかも疑わしい上に、視眺マシンで充分その光景を見ることができるのだ。それにしてもメネリマが——わたしの知っているあの退屈なほどおとなしく可憐なメネリマが——地球港へ行ったことがあるとは、なにか不気味だった。あの〈旧完全世界〉ですら、物事は見かけほど単純でも明快でもなかったらしい——ふとそう考えさせられた。

新しいメネリマのヴィルジニーは旧共通語で話そうとしかけたが、結局あきらめてフランス語でいった。

「わたしの叔母は——」もちろん彼女がいうのは、血縁関係のある年長の婦人の意味である。ここ数千年のあいだ、ほんとうの叔母を持った人間はどこにもいない。「——〈信仰者〉だったの。それで、わたしをアバ・ディンゴへ連れていったのよ。神聖さと幸運を授かるためにね」

古いわたしは、いささかのショックを受けた。フランス人のわたしは、すでに人類が異常化する以前からこの娘が異常なことをしていた、という事実に気をのまれた。アバ・ディンゴは、地球港の大支柱の中間に設けられている、とっくに廃物化したコンピュータである。ホムンクルスたちはそれを神として崇めているし、またときおりそこを訪れる人間もないではない。だが、それは煩わしいこと、下品なことと見なされている。

いや、見なされていたのだ。すべての物事が新しく生まれ変わる前には。

声に反発がこもらないよう気をつけて、わたしはたずねた。

「あそこはどんなところだった？」

彼女はかろやかな笑い声を上げたが、そこにはぞっとするようなビブラートが含まれていた。昔のメネリマでさえ秘密を持っていたのなら、新しいヴィルジニーはなにをはじめるだろうか？　わたしを恋に陥れた運命、腕によりそう彼女の手の感触を永遠の時とわたしを結ぶ絆のように思わせた運命が、いまは憎らしいものにさえ感じられた。

ヴィルジニーはにっこり笑いかけただけで、なにも答えなかった。地表道路はあいにく修理中だった。わたしたちは斜路で地下最上層まで降りることにした。真人とホミニッドとホムンクルスがいっしょに通行することが、法的に認められている街層である。

どことなくいやな気分だった。わたしは生まれた場所から二十分以上の旅をしたことがない。しかし、いま降りていく斜路はいちおう安全に見える。ホミニッドというのは、最近はあまり見かけないが、さまざまな惑星の環境に適応するように（真人でありながら）その肉体を改造された、星ぼしからの来訪者である。ホムンクルスは、道徳的にはホミニッド以上に嫌悪すべきものだが、たいていは非常に整った容姿をしている。彼らは動物から人間の体形に育種された種族で、もはや真人の行きたがらない場所で機械といっしょに働くという、煩わしい仕事をひきうけているのだ。中には、真人と交わったものがいるという噂もあって、わたしは愛するヴィルジニーをそんな生き物に近づける気持になれないのだった。

彼女はわたしの腕に手をあずけていた。斜路が終わって、往来の激しい通廊へはいると同時に、わたしはその手をほどき、彼女の背中に腕をまわして、もっとそばへひきよせた。通廊の中は、わたしたちがあとにしてきた真昼の日ざしをあざむくほど明るいが、どこか異様で、危険に満ちみちた感じだった。これが昔なら、わたしはそんな不気味な生き物に近づくより、さっさと家にひきかえすほうを選んだろう。しかし、この時代、この瞬間のわたしは、せっかく見つけた恋人と別れるのが耐えられなかったし、また、もしわたしが塔の中のアパートへ帰れば彼女も自分のアパートへ帰るのではないかと、それも心配だった。とにかく、フランス人になったことが、危険に一種の薬味を添えていた。

　実をいうと、あたりを行きかう人びとは平凡そのものだった。たくさんの機械がせわしなく働いており、その中には人間の形に似せられたものも、またそうでないものもあった。ホミニッドはひとりも見かけなかった。ホムンクルスたちも——わたしたちに先行権をゆずったところから見て、それにちがいないと思うのだが——真人とまったく変わりのない姿をしていた。まばゆいばかりに美しい娘が、わたしに不愉快な流し目をよこしてすれちがった——無遠慮で、知的で、あらゆる媚びの限度を逸脱した挑発的なまなざしだった。わたしはその娘が犬の生まれではないかと思った。ホムンクルスの中では、犬族がいちばん人間になれたがる傾向がある。ある犬人の哲学者などは、犬は人間の味方の中でももっとも歴史の古いものだから、ほかのどの生物よりも人間と近しくする権利がある、と論じたテープを作ったほどだ。あのテープを見たときには、犬がソクラテスの姿に似せて育種されたことが滑稽に思えたものである。だが、いま地下最上層へ実際足を踏み入れてみると、そんな気持にはなれない。もし、彼らのうちのだれかが無礼な振る舞いに出てきたら、どうすればよいのだろう？　その相手を殺すか？　しかし、そんなことをすれば法律上の悶着が生じ、補完機構の下部委員たちと話しあいをしなければならなくなる。

　ヴィルジニーは、なにも気づかないようすだった。

　彼女はさっきのわたしの質問には答えなかったくせに、地下最上層のことをあれこれとわたしにきいた。こちらも幼いころに一度訪れたことがあるだけなのだが、驚嘆のこもったハスキーな声に耳もとでささやかれるのはわるくない気持だった。

あれが起こったのは、そのときである。

最初わたしは、その相手がひどくずんぐりして見えるのを、地下の照明のいたずらかなにかに思っていた。男がそばまで近づいたとき、そうでないのが明らかになった。二メートル近い肩幅。ひたいの醜い傷痕が、頭蓋から切りとられたつのの跡を示している。どうやら牛の種族から作られたホムンクルスらしい。正直なところ、彼らの中にそんなぶざまな姿で放置されたものがいるのは、わたしにも意外だった。

しかも、その男は泥酔していた。

おたがいの距離がせばまり、彼の心の中の唸りがきこえてきた。

……コノ二人ハ真人ジャナイ、ほみにっどデモナイ、オレタチノ仲間デモナイ――コイツラハナニシニココヘキタ？　コイツラノ考エル言葉ハサッパリワカラン。

彼は一度もフランス人の心を読んだことがないらしいのだ。

これはまずい。ふつう、ホムンクルスは言葉はしゃべれても、テレパシー能力を持つものは少ない――それができるのは、〈地の底の底〉などで、テレパシーでしか命令を中継できない特殊な仕事についているものに限られている。

ヴィルジニーがわたしにすがりついた。

共通語ではっきりと、わたしは思念をこらした――ワタシタチハ真人ダヨ。サア、通シテクレ。

答えはなく、返ってきたのは咆哮だけであった。どこで酒を飲んできたのか、とにかく彼にはわたしのメッセージが通じなかったのだ。

彼の思念がしだいに恐慌と無力感と憎悪をつのらせていくのが、わたしにも感じられた。つぎの瞬間、まるでわたしたちを粉ごなにしかねないような勢いで、彼は足をはねあげて突進してきた。

わたしの心が焦点を結び、停止命令を投げかける。

効果はない。

狼狽のあまり、わたしは彼にフランス語で思念を送ってしまったのだ。

ヴィルジニーの悲鳴。

牛男はもう手の届きそうなところまで迫った。

だが、間一髪で彼は横へそれてわたしたちとすれちがい、巨大な通廊にひびきわたるような大声で吠えた。そして、わたしたちがいまきたほうへと走り去っていった。

まだヴィルジニーを抱きしめたままで、わたしはなにが起こったのかと、うしろをふりかえった。

そして、奇妙きてれつなものをそこに見いだした。

わたしたちの姿が、わたしたちから離れて、通廊をいまきた方角へ駆けもどっていくのだ
——黒紫のマントをはためかせたわたしと、金色のドレスをたなびかせたヴィルジニーとが。

その映像は本物そっくりで、牛男はそれを追いかけているのだった。

呆気にとられて、わたしはきょろきょろと周囲を見まわした。もう、安全装置はわたしたちを保護していないはずなのに、と思いながら。

ひとりの娘が静かに壁ぎわにたたずんでいた。わたしはあやうくそれを彫像と見誤るところだった。だが、相手は声をかけてきた。

「それ以上近よらないで。わたしは猫です。彼の目をだますのはわけなかったわ。でも、あなたがたは地上へもどるほうがよさそうね」

「ありがとう」とわたしはいった。「ありがとう。きみの名を聞かせてもらえないか」

「聞いてどうなるの？　わたしは人間じゃないのよ」

わたしはすこしむっとして反駁した。「お礼が言いたかっただけさ」話をしているあいだに、わたしは彼女の炎のような美しさに気づいた。清らかなクリーム色の肌、そして――人間にはとうてい望みえないほど繊細な――ペルシア猫独特の燃え立つような朱金色の髪の毛。

「わたしの名はク・メル」と娘がいった。「地球港で働いているわ」

この答えに、ヴィルジニーもわたしも気をのまれた。猫人はわたしたちより下等な、避けるべき存在であり、地球港はわたしたちより高等な、敬うべき存在だ。いったい、ク・メルはそのどちらに属するのか？

ク・メルはにっこりした。その微笑は、ヴィルジニーの目よりもわたしの目に向けられたものだった。それはおびただしい量の淫蕩な知識をひけらかしていた。といっても、彼女が別にわたしを誘惑するつもりでないことはよくわかっている。ク・メルの態度からしてもそれは明らかだ。たぶん、彼女はその微笑しか知らないのだろう。

「かたくるしいことはやめましょうよ」と彼女はいった。「そこの階段を使ったほうがいいわ。彼がひきかえしてくるのが聞こえるから」

ぎくりとわたしは背後をふりかえり、あの酔った牛男の姿を探した。まだ姿は見えない。

「そこを昇りなさい」ク・メルはうながした。「地上へ通じる非常階段よ。彼が追っていかないように、わたしがうまくはからうわ。あなたがたのしゃべっていたのは、フランス語?」

「そうだ。でも、どうしてそれを——」

「さあ、早く行って。よけいなことを訊いたりしてごめんなさい。急いで!」

わたしは教えられた小さなドアをくぐった。らせん階段が上へつづいている。階段を昇ったりするのは真人としての品格にかかわるが、ク・メルにここまでうながされては断われなかった。わたしはク・メルに別れの会釈をすると、ヴィルジニーの手をひいて階段を昇った。

やっと地上へ出て、わたしたちはひと休みした。

ヴィルジニーがあえぎながらいった。「ぞっとしちゃった!」

「もう安全だよ」とわたし。

「安全どうこうじゃなく、わたしのいうのはあの不潔さよ。あの女と話をするなんて!」

ヴィルジニーは、ク・メルのほうがあの酔った牛男よりもわるいと言いたいらしい。わたしが返事をせずにいると、彼女はこんなことをいった。

「悲しいことにね、あなたはもう一度あの女と会うことになるのよ……」

「なんだって？　どうしてそんなことがわかる？」

「わかるんじゃないわ。そんな気がするだけ。でも、わたしの予感はとてもよく当たるのよ。なにしろ、アバ・ディンゴへ行ったんですものね」

「ねえ、だからむこうでなにがあったのかと訊いてるんじゃないか」

ヴィルジニーは黙ってかぶりを振り、街路を歩きだした。あとを追うしかない。わたしも多少腹が立ってきた。

もう一度、さっきよりも不機嫌な口調でたずねた。「むこうでなにがあったんだ？」

娘の誇りを傷つけられたようすで、彼女はいった。「別に、なにもなかったわ。長い長いのぼり坂。あの年とった叔母さんに連れられていったの。着いてみたら、その日は機械がなにも話さないとわかったわ。それで、シャフトで降りる許可をもらって、また自動路へもどってきただけ。まる一日むだにしたわ」

彼女はわたしに顔を向けず、まっすぐ前を見たまま話していた。その思い出が、ちょっぴり不快なものであるかのように。

やがて、彼女はわたしをふりかえった。魂を探し求めるような激しさで、茶色の瞳がわたしの瞳に食い入ってきた。（魂。これもフランス語にある言語で、旧共通語にはそれに相当するものがない）彼女は明るい口調で訴えかけた。

「この新しい日に陰気になるのはよしましょうよ。新しいわたしたちにもっと優しくしなくちゃね、ポール。もしフランス人になりきるつもりなら、なにかほんとうにそれらしいことをしてみない？」

「カフェだ」とわたしは叫んだ。「ぼくたちに必要なものはカフェだよ。そのカフェがどこにあるかも知ってる」

「どこ？」

「地下自動路を二つ乗りかえた先。機械が地上に出てくる場所、ホムンクルスが縁からこっちをのぞくのを許されている場所だよ」ホムンクルスがこっちをのぞく場面を想像して、新しいわたしはおかしくなった。古いわたしは、彼らを雲や窓やテーブルとおなじように考えていたものだ。古いわたしは彼らに会ったことはないが、動物をもとにして作られたのだから正確には人間といえないことを知っていた。しかし、彼らは人間そっくりに見えるし、人間そっくりにしゃべることもできる。新しいわたしのようにフランス人になってみて、はじめて彼らが醜くも、美しくも、また絵画的でもありうるのがわかった。いや、絵画的どころか、ロマンチックですらある。

ヴィルジニーもおなじ思いだったらしい。「そうね、彼らは清潔だし、とてもかわいいわ。そのカフェはなんていう名？」

「〈つややかな猫〉」とわたしは答えた。

〈つややかな猫〉——それがあとになって、水が叩きつけ風の吼えたける悪夢につながるのを、どうしてわたしが知りえたろう？　それがやがてアルファ・ラルファ大通りとかかわりをもつことになるのを、どうしてわたしが予想できたろう？

もしそれを知っていたなら、この世のどんな力も、わたしをそこへ行かせることはできなかったはずだ。

カフェには、すでにいくたりかの新フランス人たちが、わたしたちの先を越して到着していた。

大きな茶色の口ひげを生やした給仕が注文をとりにきた。わたしはじっと彼を観察した。もしかすると、不可欠な奉仕という理由で人間に混じって働くことを許可された、公認のホムンクルスではないかと思ったのだ。しかし、そうではなかった。彼は純然たる機械だった。もっとも、その声には古代のパリッ子を思わせる温かみがあった。設計者は、手の甲で神経質に口ひげを撫でる癖までを彼に組みこんでおり、ひたいの生えぎわにうっすら汗をにじませる仕掛けも忘れてはいない。

「マドモアゼル？　ムシュー？　ビールですか、それともコーヒー？　来月には赤ぶどう酒もはいります。毎時かっきりから十五分間と、三十分からあとは、太陽が出ます。毎時二十分前から五分間だけ雨が降り、傘をお楽しみになれます。わたしはアルザス生まれです。ご用はドイツ語かフランス語でお申しつけください」

「わたしはなんでもいいわ」ヴィルジニーがいった。「あなたが決めて、ポール」

「じゃ、ビールだ。ブロンド色のビールを二人前」

「かしこまりました、ムシュー」

給仕は腕の上でナプキンを振りながら立ち去った。

ヴィルジニーは目を細めて太陽を仰いだ。「いま雨が降るといいのに。本物の雨ってまだ見たことがないわ」

「そう急くもんじゃないよ」

彼女は熱心にたずねた。「ポール、ドイツ語ってなあに？」

「別の言語、別の文化さ。来年復活されるって話をどこかで読んだ。どうしたんだい、フランス人になるのがいやなのか？」

「ううん、大好きよ。番号扱いよりずっといいわ。でもね、ポール――」彼女は当惑に瞳をくもらせ、言葉を切った。

「でも、なんだい？」

「ポール」と彼女はもう一度わたしの名を呼んだ。それは新しいわたしにも古いわたしにも手の届かない、いや、わたしたちを形作った長官たちの目論見も手の届かない、彼女の心の奥底からのせつない希望の叫びだった。わたしは彼女の手をとっていった。

「さあ、話してごらんよ」

「ポール」彼女の声はすすり泣きに近かった。「ポール、どうしてなにもかもがこんなに急に起こるのかしら？　きょうはわたしたちの第一日目、それなのに、もうふたりとも一生涯いっしょに暮らしてもいいほどの気持になっているわ。そういえば、よく知らないけれど結婚というものがあって、これもよくわからないけれど、お坊さんを探してこなきゃならないんでしょう？　ポール、ポール、ポール、なぜこんなに物事が急なのかしら？　わたしはあなたを愛したい。いいえ、もう愛してる。でも、よそから仕向けられてあなたを愛するのはいやだわ。ほんとうのわたしでありたいのよ」彼女の声はかなりおちついてきたが、両眼からぽろぽろ涙がこぼれていた。

そこで、わたしはついばかなことを言ってしまった。

「心配はおよしよ、ヴィルジニー。きっと補完機構の長官たちが、なにもかもうまくプログラムしてくれているさ」

それを聞くなり、彼女はこらえかねたように大声で泣きだした。大のおとなが声をあげて泣くなんて、生まれてから一度も見たことがない。奇妙で不気味な眺めだった。

隣のテーブルにいた男がわたしのそばへやってきたが、わたしはふりむきもしなかった。

「ねえ、ヴィルジニー」となだめるようにいった。「だいじょうぶだよ。ぼくらはきっとうまく――」

「ポール、わたしがあなたのものになれるように、一度あなたから離れさせて。二、三日、いいえ二、三週間、それとも二、三年かかるかもしれないけれど、とにかく一度どこかへ行かせて。そのあとで、もし――もしもよ――わたしが帰ってきたら、こんどこそそれがほんとのわたしであって、機械に命令されたプログラムのひとつじゃない証拠だわ。ね、おねがい、ポール。ああ神さま、わたしをお助けください！」ふいに醒めた口調になって彼女はいった。「ポール、神ってなにかしら？　言葉は与えられても、わたしたち、意味を知らないのね」

さきほどの男が横から口をはさんだ。「あなたがたを神のところへご案内しましょうか？」

「きさまはだれだ？」とわたしはとがめた。「だれがよけいな口出しをしろとたのんだ？」これは旧共通語を話していた時代にはおよそ使われなかった言葉づかいだった――わたしたちは新しい言語といっしょに、激しやすい気性まで植えつけられたらしい。

見知らぬ男は礼儀正しさを崩さなかった。やはりフランス人なのに、うまく感情を抑えていた。

「マクシミリアン・マクトというものです。以前には〈信仰者〉でした」

ヴィルジニーは目を輝かした。その男を見つめたまま、放心した手つきで涙を拭いつづけた。マクトは痩せた背の高い男で、よく日焼けしていた。（どうして、短時間のうちに日焼けすることができたのだろう？）彼の髪は赤味がかっており、鼻の下にはロボット給仕のそれに似た口ひげがあった。

「マドモアゼル、あなたは神のことをおたずねになりましたな。神は、これまでつねに神が存在したところに存在します――わたしたちの周囲に、わたしたちのそばに、わたしたちの中に」

世慣れた感じの男としては、妙なことをいう。彼を追いはらおうと、わたしは立ちあがった。ヴィルジニーがその意図を察して、先手を打った。

「あら、すみません、ポール。そのかたに椅子をさしあげてくださる？」

優しい声だった。

機械の給仕が、円錐形のガラス・コップを二つ運んできた。コップの中には、金色の液体が泡の帽子をかぶっている。ビールがどんなものか見たことも聞いたこともないのに、そのくせわたしはその味をちゃんと知っているのだった。わたしは盆の上へ代金を置くまねをし、おつりを受けとるまねをし、給仕にチップをやるまねをした。どんな方法でいろいろな新しい文化にそれぞれ別の通貨を持たせるかという問題は、補完機構もいまだに考えあぐねているのだ。そして、食べ物や飲み物にほんとうの金を払うことは、もちろんできるはずがない。食べ物も飲み物もただなのだから。

機械は口ひげを撫で、ナプキン（赤と白の格子縞）でひたいの汗を軽くたたき、それから物問いたげにマクトを見た。

「ムシュー、ここにお掛けになるのですか？」

「そのとおり」とマクト。

「ご注文の品はこちらへお持ちいたしますか？」

「いけないいか？　このおふたりは承知してくださったよ」

「かしこまりました」機械は手の甲で口ひげをこすり、バーの薄暗い一角へ退散した。

このやりとりのあいだも、ヴィルジニーはマクトから視線をはずさなかった。

「あなたは〈信仰者〉?」と彼女はいった。「わたしたちとおなじようにフランス人になっても、まだ〈信仰者〉ですの? でも、あなたがあなただと、どうしてわかるんですか? どうしてわたしはポールを愛しているんでしょうか? 長官たちとその機械が、わたしたちの中のあらゆるものを制御してるんですか? わたしはわたしになりたいの。どうしたらわたしになれるかを、あなたはご存じ?」

「いや、知りません、マドモアゼル。それはわたしには過ぎた光栄ですよ。しかし、どうしたらわたし自身になれるか、それはいま学んでいる最中です。実はね」マクトはわたしをふりかえった。「わたしはもうこれで二週間、フランス人として暮らしてきました。ですから、どこまでのわたしがわたし自身であり、どこからが、新しい言語と危険をわたしたちに与えるという、こんどの過程でつけ加えられたものかを、もう知っています」

給仕が小さなガラスの容器を運んできた。長い柄の上にちょこなんと載ったそれは、地球港の不吉な小模型に思えた。中には乳白色の液体がはいっていた。

マクトはわたしたちにむかって、それをさしあげた。「おふたりのご健康を祝して」

ヴィルジニーはまたもや泣き出しそうな表情になった。マクトとわたしが飲み物をすすっているあいだに、彼女は鼻をかみ、ハンカチをしまった。鼻をかむという行為を見たのもはじめてだが、それはこの新しい文化にぴったりしているように思われた。

マクトはなにか言いたげにわたしたちへ笑いかけた。折から、太陽が時間どおりに顔をのぞかせた。光輪を与えられた彼は、悪魔か聖者といったものに似て見えた。だが、先に口をひらいたのはヴィルジニーだった。

「あなたはそこへいらしたのね？」

マクトはわずかに眉を上げ、ひたいにしわを寄せて、「ええ」と答えた。

「予言もお受けになって？」

「ええ」彼はちょっと迷惑そうに、暗い顔つきをした。

「どんな予言でしたの？」

彼は答えずに、かぶりを振った。この世には、みんなのいる席で言ってはならないことがある、とでも言いたげに。

わたしはいったいなんの話か知りたくて、横から口をはさもうとした。

ヴィルジニーはわたしに目もくれずに話をつづけた。「でも、予言はあったのでしょう？」

「ええ」とマクト。

「それはだいじなこと？」

「マドモアゼル、もうその話はよしましょう」

「いやよ」と彼女は叫んだ。「生死の問題ですもの」指の関節が白くなるほど、両手を握りしめている。まだ口もつけられていないビールは、すでに日なたで生ぬるくなっていた。

「よろしい。では、おたずねなさい……ただし、お答えすると保証はできませんよ」

わたしもそれ以上は黙っていられなかった。「いったいなんの話だ？」

ヴィルジニーはあざけるようにわたしを見た。とはいっても、それは恋人のあいだのあざけりで、過去の冷たいよそよそしさはなかった。

「ポール、おねがい。話しても、きっとまだあなたにはわからないわ。もうすこし待っててちょうだい。それで、予言はどんなことでしたの。マクトさん？」

「予言は、このわたし、マクシミリアン・マクトが、すでにだれかのいいなずけである茶色の髪の娘と生死をともにする、というものでした」彼はそういうと苦笑をうかべた。「ところが、わたしはいまもって、〃いいなずけ〃の意味も知らないのです」

「じゃ、いっしょにそれを調べましょう」とヴィルジニー。「あれは、いつその予言をしたんですか？」

「〃あれ〃とはだれのことだ？」わたしはふたりにどなった。「いいかげんにしろ。いったいなんの話だ？」

マクトはわたしを見やると、声をひそめていった——「アバ・ディンゴ」彼女には、「先週ですよ」と答えた。

ヴィルジニーは蒼白になった。「じゃ、やっぱりあの予言はほんとうなんだわ。そうよ、まちがいないわ。ねえ、ポール、あれはわたしにはなにも言わなかったの。でも、叔母には、いまでも忘れられないことを言ったわ！」

わたしは彼女の腕をしっかりとらえて目をのぞきこもうとしたが、顔をそむけられてしまった。わたしはきいた。「なんと言ったんだい？」

「ポールとヴィルジニー」

「それで？」とわたし。

ヴィルジニーはまるで別人のようだった。唇をきゅっと噛みしめている。だが、怒っているのではない。もっと別の、もっとわるいことだ。彼女は緊張にとらえられているのだ。これも、ここ数千年のあいだ、だれも経験しなかったことである。「ポール、おねがいだから、この単純な事実をつかんでちょうだい。あの機械が叔母に告げたのは、わたしたちふたりの名前だけだったわ――でも、それは十二年も前のことなのよ」

マクトがだしぬけに立ちあがり、そのはずみに椅子が倒れた。給仕が駆けよってきた。

「それできまった」とマクトはいった。「三人でいっしょに戻ってみましょう」

「戻るってどこへ？」とわたし。

「アバ・ディンゴへ」

「しかし、なぜいますぐ？」わたしがそういうと、ヴィルジニーも、「いま行って、むこうが動いてくれるかしら？」と声を合わせる。

「あれはいつも動いていますよ」とマクト。「北側の面へ行けばね」

「そこへはどうやって行くんですか？」とヴィルジニー。

マクトは悲しげに眉をひそめた。「道はひとつしかありません。アルファ・ラルファ大通りです」ヴィルジニーが立ちあがった。わたしもそれにならった。

立ちあがりしなに、わたしは思い出した。アルファ・ラルファ大通り。それは薄くたなびく蒸気のように空にかかった廃道である。かつては儀式用の大通りで、征服者たちがそこを下り、貢物(みつぎもの)がそこを上った。だが、さしもの大通りも朽ち果て、雲の中に置き去られ、百世紀もの歳月のあいだ、人類から閉ざされてしまったのだ。

「それなら知っている」とわたしはいった。「でも、壊れてるよ」

マクトはなにもいわずにじっとわたしを見つめた。まるで局外者を見るような目で……。

ヴィルジニーが、血の気のない、沈んだ顔つきでいった。「行きましょう」

「しかし、なぜ?」わたしはきいた。「なぜだい?」

「にぶいひとね。わたしたちは神を持たないかもしれないけれど、すくなくともあの機械を持っているわ。旧世界から生き残ったものの中で、補完機構にも理解できないのはあれだけなのよ。もしかしたら、あれは未来を告げてくれるかもしれない。もしかしたら、あれは非機械かもしれない。とにかく、別の時代の産物なのは確かだわ。あなたにはわからないの、ポール? もしあれが、わたしたちはわたしたちだといったら、わたしたちはわたしたちなのよ」

「で、もしそう言わなかったら?」

「そのときは、わたしたちじゃないんだわ」彼女の顔は悲しみで暗かった。

「どういう意味だ?」

「つまり、わたしたちがわたしたちじゃなく、ただのおもちゃか人形、長官たちのこしらえたマリオネットにすぎないという意味よ。あなたはあなたじゃなく、わたしもわたしじゃないのよ。でも、もしアバ・ディンゴが――ポールとヴィルジニーの名を十二年前にちゃんと知っていたあのアバ・ディンゴが――わたしたちはわたしたちだと告げてくれるなら、あれが予言機械でも神でも悪魔でも、そんなことはどうでもいいわ。たとえ、あれがなんであろうと、真実がわかりさえすれば」

その言葉になんと答えられよう？　マクトが先頭に立ち、彼女がそのあとにつづき、わたしがしんがりになって、三人は歩きだした。わたしたちは〈つややかな猫〉の日ざしに別れを告げた。カフェを出たとき、雨が降りだしてきた。一瞬、給仕は本来の機械の姿に返って、まっすぐ前を見つめた。わたしたちは地下道の入口を横切り、高速の自動路へと降りていった。

ふたたび地上に出ると、そこはりっぱな住宅地区だった。だが、すべては廃墟だ。樹々が建物を突き破って枝を伸ばしていた。雑草が芝生にはびこり、開いた戸口をくぐり抜け、もはや屋根のない部屋部屋に花を燃え上がらせていた。都市が巨大な空洞に変わるほど地球人口の激減したこの時代に、だれが野外の一軒家をほしがるだろう？

柔らかな土の道を歩いているうち、一度、幼子を含めたホムンクルスの家族たちがこっちをのぞいているのを見たように思った。しかし、わたしが建物のかげに認めたいくつかの顔は、ただの幻覚だったのかもしれない。

マクトは無言だった。

ヴィルジニーとわたしは手を組み、彼と並んで歩いた。この奇妙な遠足を楽しんでよさそうなものなのに、わたしの手は彼女の手をきつすぎるぐらいに握りしめているのだった。ヴィルジニーはまたしても唇をかみしめていた。これが彼女にとって大問題なのは、わたしにもわかる――彼女はいま巡礼の途中なのだから。（巡礼は、古代に行なわれたある強力な場への徒歩旅行で、肉体のためにも魂のためにもよいとされていた）それに同行することは、別にいやではない。というより、彼女とマクトがカフェを出発する決心をしたときから、くるなといわれてもついていくつもりだった。しかし、わたしとしては、この旅を真剣にとる必要はどこにもない。いや、それとも？

マクトはなにを望んでいるのだろう？

いったいあのマクトは何者だ？　短い二週間で、あの心はなにを学んだのだ？　彼はわたしたちに先立って、どんなふうに危難と冒険の新世界へ乗り出したのだ？　わたしは彼を信用できなかった。生まれてはじめて、わたしは孤独を感じた。これまでなら、いつどんなときでも、補完機構のことを考えるだけで、保護者のだれかが待っていたように心の中へ駆けつけてくれた。テレパシーがあらゆる危険を防ぎ、あらゆる傷心を癒（いや）し、わたしたちのめいめいに割り当てられた十四万六千九十七日の旅の支えになってくれた。しかし、いまはちがう。わたしはこの男をまったく知らないのに、これまでわたしを庇護してくれた機構よりも、この男をたよりにしていかねばならない。

荒れ果てた土の道から、とほうもなく広い大通りにはいった。舗装は、何物もそこに生えることができないほど平滑で無傷だったが、風の運んできた土砂がそこかしこに大地の小さな飛び地を作り上げていた。

マクトが立ちどまった。

「これです、アルファ・ラルファ大通りは」

わたしたちは声をのみ、忘れ去られた古代帝国の街道を眺めた。

左手では、大通りはゆるやかなカーブを描いて遠くへ消えていた。わたしの育った都市のはるか北方へ通じているのだ。そこに別の都市があるのは知っているが、都市の名は思い出せない。おぼえていてなんになろう？　どのみち、わたしの都市とそっくりな都市にちがいないのだから。

しかし、右手では――

右手では、大通りは斜路のように急上昇していた。雲の中に消えていた。雲層の縁近くには、災厄の跡があった。はっきりとは見えないが、想像を超えた力で、大通りぜんたいがまっぷたつに切断されているようすだ。あの雲の上のどこかに、アバ・ディンゴがあるのだろう。どんな質問にも答えの得られる場所が……。

とにかく、このふたりはそう思っているのだ。

ヴィルジニーが身をすりよせてきた。

「ひきかえそう」とわたしはいった。「ぼくたちは都会育ちだ。廃墟のことなどなにも知らない」

「ひきかえしたいなら、止めはしませんよ」とマクト。「これは単なるわたしの好意だから」

申し合わせたように、彼とわたしはヴィルジニーの顔をうかがった。

茶色の瞳がわたしを見上げた。その瞳からは、女と男よりも、人類よりも歴史の古い、ある訴えがつたわってきた。彼女が言いたいことを、言葉を聞かないうちにわたしは知った。知らずにはいられない、と言いたいのだ。

マクトは、所在なげに足もとの柔らかな石を踏みつぶしていた。

ようやく、ヴィルジニーが口をひらいた――「ポール、わたしだって危険のための危険を冒すつもりはないわ。でも、カフェで言ったのは真剣なことよ。あなたとわたしがおたがいを愛しあうように命じられた可能性が、どこにもないと言いきれる？　もし、わたしたちの幸福も、わたしたち自身も、ああして眠っていたあいだにフランス語を教えてくれたあの機械の一本の繊維に、それとも、あの機械の声に、よりかかっているとしたら、それはなんという人生かしら？　古代世界にもどるのは、楽しいことかもしれない。たぶん、そうでしょう。それに、あなたといるだけで、わたしはきょうまでそんなものがあると考えもしなかったほどの幸福を感じるわ。もし、これがほんとうのわたしたちなら、それはとてもすばらしいことだし、わたしたちもそれを知っておくべきだと思うの。でも、もしそうでないなら――

――」彼女はまたしくしく泣きだした。

わたしは言いたかった——「もしそうでないとしても、やはりおなじように思えるはずだよ」と。しかし、抱きよせたヴィルジニーの肩ごしに、マクトの不吉で不機嫌な顔が、じっとこっちをにらんでいた。言うべきことはなにもない。

わたしは彼女をひたすら抱きしめた。

マクトの足もとから、ひとすじの血が流れているのが見えた。土がそれを吸いこんでいく。

「マクト、怪我をしたのか？」とわたしはきいた。

ヴィルジニーもふりかえった。

マクトは眉を上げ、ひややかにいった。「いや。どうして？」

「血だよ。きみの足もと」

彼はちらと下を見た。「ああ、これかね。なんでもない。飛べもしない非鳥の卵さ」

ヤメロ！　わたしは旧共通語を使い、テレパシーで叫んだ。おぼえたてのフランス語は試みようともせずに。

マクトはびっくりして、一歩あとずさった。

無の中から、わたしにメッセージが伝わってきた——アリガトウ　アリガトウ　ヨイオオキイヒト　ヒキカエセ　アリガトウ　ヨイオオキイヒト　ヒキカエセ　ワルモノ　ワルモノ　ワルモノ……。どこかから、獣か鳥が、マクトに用心しろと警告してくれたのだ。わたしはアリガトウと軽く思念を返して、マクトに注意をひきもどした。

彼とわたしはにらみあった。これが文化というものなのか？　いまのわたしたちが本来の人間なのか？　自由とは、疑い、恐れ、憎む自由を、つねに含むものなのか？

わたしはこの男がどうしても好きになれない。忘れられた犯罪の名称が心によみがえってくる——陰謀、殺人、誘拐、狂気、強姦、強盗……。

そのどれひとつも知らなかったわたしたちなのに、いまのわたしはそのすべてを肌で感じていた。

マクトは単調な声で話しかけてきた。おたがいに心の中をテレパシーで読みとられないよう壁を作ったので、いまや意志疎通の手段は感情移入とフランス語だけしかない。「もともと、これはあなたの思いつきだった」とマクトは真実からほど遠い言葉をのべた。「でなければ、すくなくとも、お連れのご婦人の……」

「もう嘘がこの世界にもどってきたのか」とわたしはいった。「そのために、ぼくらはなんの理由もなく、雲の中を歩かされるのか」

「理由はある」とマクト。

わたしはヴィルジニーをそっとかたわらへ押しやり、反テレパシーが頭痛のように感じられるほど堅く心をふさいだ。

「マクト」自分でもその声の中に野獣の唸りを聞く思いだった。「なぜぼくらをここへ連れてきたかを言え。言わないときさまを殺す」

彼はひるまない。戦う身構えでわたしと相対した。「殺す？　つまり、わたしを死なせるというのか？」だが、彼の言葉には自信が欠けていた。どちらも格闘のすべを知らないながらに、彼は防御、わたしは攻撃の姿勢をとった。

わたしの思考の盾の下に、動物の思念がもぐりこんできた――ヨイヒト　ヨイヒト　カレノクビシメル　イキフサグ　カレ　アアア　イキフサグ　カレ　アアアア　タマゴツブレタヨウニ……。

忠告のぬしの詮索は後まわしにして、わたしはそれにしたがった。ことは簡単だった。マクトに歩みより、両手で彼ののどをつかんで力をこめる。彼はわたしの手を払いのけようとした。つぎに足で蹴りつけてきた。わたしはとにかくのどにしがみついていた。これが長官かゴー・キャプテンなら、格闘のすべぐらい心得ているかもしれない。だが、わたしはそれを知らないし、彼もそれを知らない。

わたしの両手にかかった突然の重みで、格闘はけりがついた。

おどろいて、わたしは手を離した。

マクトは意識がない。これが死なのか？

いや、そのはずはなかった。なぜなら、彼が上体を起こしたからだ。ヴィルジニーが駆けよった。彼はのどをさすり、かすれ声でいった――

「あんなことはすべきじゃない」

わたしは勇気づけられた。「話せ」と唾（つば）を吐きかけるような調子でいった。「なぜぼくらを連れてきたがったかを話せ。さもないと、またおなじことをやるぞ」

マクトはよわよわしく苦笑した。ヴィルジニーの腕に頭をもたれさせながらいった。「恐れはある種の心の動揺なのか、それとも動物的な警戒なのか？

れだよ。恐れ」

「恐れ？」わたしは〝恐れ〟という言葉を知ってはいても、その意味を知らない。それはある種の心の動揺なのか、それとも動物的な警戒なのか？

心を開いたままで考えていたらしい。彼がソウダと思念を返してきた。

「しかし、どうしてそんなものが好きなんだ？」とわたしはきいた。

アノ味ガ忘レラレナイカラダ、と彼は思念で答えた。ワタシハムカツキ、ゾットシ、生キスル。アレハすとるーんノヨウニ効キ目ノ強イ劇薬ダ。ワタシハ一度アソコヘ登ッタ。アノ高ミデ、タクサンノ恐レヲ経験シタ。スバラシイ、悪イ、善イ——ソレラヲ全部イッショニ混ゼタ気分ダッタ。千年ヲ一時間デ生キタ。ワタシハモットソレガ欲シイ。ダガ、ダレカトイッショニ行ケバ、モット面白クナルノジャナイカト思ッタ。

「やはりおまえを殺す」わたしはフランス語でいった。「おまえはとても——とても……」

探さねば出てこない言葉だった。「おまえはとても邪悪だ」

「やめて」とヴィルジニー。「この人に話させなさい」

マクトは言葉を使おうとせずに、なおも思念で語りかけてきた。アレハ補完機構ガ決シテ与エテクレナカッタモノダ。恐レ。現実。ワレワレハ昏睡ノ中デ生マレ、夢ノ中デ死ンデイタ。下級民、イヤ動物デサエ、ワレワレニ比ベレバ生キテイタ。恐レヲ持タナイ機械、ソレガワレワレダッタ。自分ヲ人間ト思イコンデイル機械ダッタ。ダガ、トウトウワレワレモ自由ニナレタノダ。

わたしの心の中に赤くなまなましい怒りを見いだしたのか、彼は話題を変えた。キミニ嘘ハツイテイナイ。コレガあば・でぃんごヘノ道ダ。ワタシハ行ッタコトガアル。あば・でぃんごハ、チャント動イテイルヨ。コチラ側ハイツモ動イテイルンダ。

「やはり動いてるんだわ」ヴィルジニーが叫んだ。「いまの話を聞いた？　動いているって！　彼は真実を話してるわ。おおポール、行きましょうよ！」

「わかった。行こう」

わたしはマクトを助けおこした。彼はなにか恥ずべきことをしでかしたように、当惑の表情をしていた。

わたしたちは不壊の大通りを歩きだした。快い踏み心地だった。

姿の見えない、さっきの小鳥か小動物らしいものが、わたしの心の底で思念を泡立たせている——ヨイヒト　ヨイヒト　カレヲコロセ　ミズ　ミズ　ミズヲモッテイケ……。

わたしはそれを無視して、彼といっしょにヴィルジニーを中にはさんで歩きだした。わたしはその忠告に耳をかさなかった。

耳をかせばよかったのだ。

道のりは長かった。

それは新しい経験だった。だれの保護も受けていないという自覚には、なにか胸おどるものがあった。空気さえも、天候機械に束縛されていない自由大気である。たくさんの鳥が目にふれたが、こちらが思念を投げかけてみても、相手の心には驚きと空白しかない。これまで見たこともない自然鳥らしい。ヴィルジニーに鳥の名をきかれて、わたしは記憶にあるかぎりのフランス語の鳥名を、歴史的な正確さにこだわらず、気のむくままにあてはめて答えた。

マクシミリアン・マクトも機嫌をなおして、いくらか調子はずれの歌を披露してくれた。わたしたちは高い道を行き、彼は低い道を行くが、スコットランドへは彼が先に着くだろう、というような歌詞だった。どうも意味がよくわからないが、軽いリズムは快かった。マクトだけがどんどん先へ進んだときには、いつもわたしは『マクーバ』をいろいろに作りかえて、ヴィルジニーの美しい耳もとへささやくように歌った。

探した目あての女じゃないさ。
ひょんなことから知りあったまで。
フランス語だって片言で、
マルチニーク訛の舌たらず。

冒険と自由に有頂天なわたしたちも、やがて空腹を感じはじめた。そして、トラブルが始まった。

ヴィルジニーは街灯の柱に駆けより、こぶしで軽く柱を打って、「食べ物」と命じた。ふつうなら、柱は蓋を開いてわたしたちに食事を提供するか、それとも数百メートル以内で食事にありつける場所を教えてくれるはずだ。柱はそのどちらもしなかった。なにもしなかった。壊れているらしい。

そこで、面白半分に、わたしたちは街灯の柱を順々に叩いて歩いた。

アルファ・ラルファ大通りは、すでに周囲の田園から半キロメートルも上昇していた。野鳥がわたしたちより下を飛んでいる。路表にこぼれた土砂も、雑草の斑点も、めっきり少なくなった。巨大な道路は、支柱もなく、宙にかかるリボンのように雲の中へカーブを描いていた。

わたしたちは街灯の柱をたたき疲れたのに、まだ食べ物にも水にもありつけない。

ヴィルジニーがいらいらしはじめた。「いまさらひきかえすには遅いわね。食べ物がよけい遠くなるだけ。あなたがなにか持ってくればよかったのよ」

食事持参で旅することなど、わたしが思いつくはずがないではないか。この世のどこに、食べ物を持ち歩くような人間がいるだろう？　どこでも食べ物が手にはいるのに、それを持ち歩くなんて。わたしの恋人は、わがままを言っているのだ。しかし、やはり彼女はわたしの愛する娘であり、その気質の甘美な不完全さゆえに、わたしはいっそう彼女を愛（いと）おしく思った。

マクトは、わたしたちの口論からひとり離れて、街灯の柱をたたきつづけていたが、やがて意外な結果を手に入れた。

ちょうど彼が、大きな街灯のついた一本の柱に、いつもの元気のいい、それでいて慎重な一撃を加えようと身を乗りだしたときだった——つぎの瞬間、彼は犬のような悲鳴をあげ、非常なスピードで坂の上へむかって滑走をはじめた。なにやら叫ぶのが聞こえたが、言葉はききとれない。たちまち、その姿は行く手の雲の中に消えてしまった。

ヴィルジニーがわたしをふりかえった。「もう帰りたくない？　マクトは行っちゃったわ。わたしが疲れたということにしてもいいのよ」

「本気なのかい？」

「ええ、もちろん」

わたしはちょっぴり憤懣のまじった笑い声を立てた。さっきまであれほど強情に前進を主張していた彼女が、こんどはわたしの機嫌をとりたいばかりに、諦めてひきかえそうなどと言いだす。

「いいんだよ。もうそんなに遠くもないだろう。このまま進もう」

「ポール……」彼女は体を寄せてきた。茶色の瞳は懸念をたたえていた。わたしの目を通して、わたしの心の中を見透そうとしているようだった。心の中で、わたしはたずねた——コノ方法デ話ソウカ？

「いいえ」彼女はフランス語で答えた。「一度にひとつのことだけを言いたいから。ねえ、ポール、たしかにわたしはアバ・ディンゴへ行きたい。というより、行かずにはいられないの、わたしの人生でいちばん大きな問題ですもの。でも、そのくせ、行きたくない気もするわ。あそこには、なにかまちがったものがある。あなたを失うよりは、たとえ嘘の条件でもがまんして、いっしょにいたいのよ。あそこでは、なにが起こるかしれたものじゃないわ」

　不機嫌にわたしは詰問した。「マクトの話していた〝恐れ〟を感じてるのかい?」

「ちがうのよ、ポール。とんでもないわ。この気持には、わくわくするところなんてちっともない。機械の中でなにかが壊れたような――」

「黙って!」わたしは彼女をさえぎった。

　はるか前方、雲の中から、獣の泣き叫ぶような声が伝わってくる。なにかの言葉らしい。きっとマクトだろう。「気をつけろ」という言葉が聞こえたようにも思えた。心で彼を探りあてようとしたが、距離が輪を描き、わたしはめまいを感じた。

「追ってみよう」

「ええ、ポール」彼女の声は、幸福と諦めと絶望の、はかりしれぬ混合物だった……。

　前進をはじめる前に、わたしはじっとヴィルジニーを見つめた。この娘はわたしのものだ。空は黄色に変わったが、まだ明かりはつかない。濃く黄ばんだ空の下で彼女の茶色の巻き毛は黄金にきらめき、茶色の瞳は虹彩の黒さに近づいている。運命に魅いられた彼女の娘らしい顔は、わたしがこれまでに見ただれの顔よりも深い謎にみちていた。

「きみはぼくのものだ」

「そうよ、ポール」彼女は答えると、明るくにこっと笑った。「そのとおりよ!　とてもすてきな言葉ね」

手すりにとまっていた一羽の鳥が、鋭い目をわたしたちに向けてから飛び去った。たぶん、人間どものたわごとに呆(あき)れて、薄暗い空に身をまかせる気になったのだろう。はるか下のほうで鳥は落下をやめると、翼をひろげ、ゆっくりと風に乗った。

「ぼくたちは鳥ほど自由じゃないけれど、過去百世紀のだれよりも自由なんだ」

答える代わりに、ヴィルジニーはわたしの腕を抱きしめ、ほほえみかけた。

「さあ、それじゃマクトを追いかけるか。ぼくの腰に手をまわして、しっかりつかまっていたまえ。あの柱をたたいてみるよ。たぶん食べ物はむりでも、乗物にはありつけるさ」

彼女がしっかりつかまったのを確かめて、わたしは柱を打った。

どの柱だったか？　一瞬後には、もうおぼろにぼやけた柱の行列が、わたしたちの横をかすめて背後へ飛び去っていた。足もとの路表は堅固なままに思えるのに、わたしたちは非常な早さで移動している。貨物用の地下自動路でも、これほど高速のものは見たことがない。ヴィルジニーのドレスが、指を鳴らしたような音を立てて、激しくはためく。あっというまにわたしたちは雲の中にとびこみ、そして雲をくぐりぬけた。

新しい世界がわたしたちをとりかこんでいた。雲は真下と真上にあった。そこかしこで青空がのぞいていた。古代の技術者たちは、この道路に巧妙な設計をほどこしたのにちがいない。わたしたちは上へ、上へ、上へと登ったが、めまいはまったく感じなかった。

別の雲。

目まぐるしい早さでいくつかのことが起こった。それを物語るには、実際の出来事よりも長くかかりそうだ。

なにか黒いものが行く手から迫ってきた。わたしの胸を激しい打撃がおそった。ずっとあとで気づいたのだが、それは道路の端から体が投げ出されるまえに、わたしをつかもうとしたマクトの手だったらしい。それから、わたしたちはまた雲の中にはいった。ヴィルジニーになにを言う暇もなく、第二の打撃がおそった。すさまじい苦痛。いままで経験したこともない苦痛。どういうわけか、ヴィルジニーがわたしと折り重なって倒れ、そしてわたしのむこうへと転がったらしい。わたしの両手は彼女にひっぱられている。

痛いからひっぱるなと言おうとしたが、声が出ない。議論はあきらめて、彼女の好きなようにさせることにした。わたしは彼女に近づこうともがいた。そして、そのときはじめて、両足の下が虚空なのに気づいた――橋も、高速自動路も、なにもないのだ。

いまわたしがいるのは大通りの末端――まっぷたつになった裂け目の、高いほうの端だった。眼下にあるのは、弧を描いた数本のケーブルだけで、そのまたはるか下には、川か道路と思える細いリボンが見えた。

わたしたちは不注意に道路の裂け目へむかって突進し、そしてはずみのついたまま遠くむこうへ投げとばされて、対岸の縁でしたたか胸を打ったということらしい。

心配しなくてもいいのだ、苦痛は。

じきにロボット医師が駆けつけて、わたしを修理してくれるだろう。

だが、ヴィルジニーの顔をひと目見たせつな、わたしはさとった。ここにはロボット医師も、世界も、補完機構もない。風と苦痛のほかはなにもないのだ。彼女は泣いていた。しばらくして、ようやく言葉が聴きとれるようになった。

「わたしのせいだわ。わたしのせいだわ。ポール、あなたは死んだの？」

〝死〟というものの意味を、まだふたりともよく知らなかった。これまでは、人それぞれに定められた時がくると、いなくなってしまうだけのことだったからだ。しかし、死が生命の停止だということぐらいは、わたしも知っていた。自分が生きていることを知らせようとしたが、彼女はわたしをなんとか奈落の縁からひきよせようとして、ひらひら動きまわるだけだった。

わたしは両手をつっかい棒にして、やっとのことで起きなおった。

彼女はひざまずくと、わたしの顔を接吻で覆った。

ようやく、わたしはあえぎあえぎ声を出した。「マクトは？」

彼女は背後をふりかえった。「どこにも見えないわ」

わたしもふりかえろうとした。彼女はわたしに無理をさせまいと、それを止めた。「じっとしていて。わたしが探すから」

勇敢にも、彼女は大通りの裂け目の縁まで歩いていった。換気口に吸いこまれる煙のような早さで通過する雲の切れ目をのぞき、むこう岸に目をこらした。そして叫んだ。

「いたわ。彼、とても変な恰好よ。博物館の昆虫みたい。ケーブルの上をこっちへ渡ってくるわ」

かろうじて四つん這いになると、わたしは彼女のそばへ近づき、道路の縁から下をのぞいた。たしかにマクトだ。一本の糸の上をのろのろ動いているひとつの黒点、その下に舞う鳥の群れ。とうてい安全には見えない。おそらくマクトは、これからの一生に必要なだけの〝恐れ〟を、もうたっぷり手に入れたのではなかろうか。それがどんなものにしろ、わたしは〝恐れ〟など欲しくなかった。わたしの欲しいのは、食べ物と、水と、そしてロボット医師だ。

ここには、その三つのどれもない。

わたしは懸命に立ちあがった。ヴィルジニーが手をかそうとしたが、袖に彼女の手をふれさせただけで、なんとか立ちあがれた。

「先へ進もう」

「先へ?」と彼女。

「アバ・ディンゴへ。むこうには、もっと親切な機械がいるかもしれない。ここは寒さと風だけ。それにまだ明かりもつかないしね」

彼女は眉をひそめた。「でも、マクトは……」

「彼がここへたどりつくまでには、まだ何時間もかかる。それまでには、ここへもどってこられるよ」

彼女はうなずいた。

ふたたび、わたしたちは大通りの左側へ寄った。しっかり腰につかまるようにと彼女に言ってから、わたしは街灯の柱を順々にたたいて歩いた。自動路の乗客用の再作動装置が、どこかにあるはずだ。

試みは四度目に成功した。

ふたたび風が着衣をはためかせ、わたしたちはアルファ・ラルファ大通りを上にむかって疾走しはじめた。

急に大通りが左へカーブして、わたしはもうすこしで倒れそうになった。ようやくバランスをとりもどすと、逆方向へのカーブがはじまった。

やがて、わたしたちは停止した。

ここがアバ・ディンゴなのだ。

一本の歩道、その上に散らかった白い物体——把手や、桿や、わたしの頭ほどの大きさのいびつな球。

ヴィルジニーは黙りこくって、わたしのそばに立っている。

わたしの頭ほどの大きさ？　その球のひとつを足でかたわらへ押しやったとたん、わたしはそれがなんであるかをさとった。それは人間の一部分だ。内部構造の一部分だ。そんなものを見たのは、生まれてはじめてだった。そういえば、あそこに落ちているのは、かつて人間の手であったものにちがいない。そうしたたぐいのものが、何百となく壁ぎわに散らばっている。

「おいでよ、ヴィルジニー」強いて声をおちつかせ、思念を隠して、わたしはうながした。

彼女は無言でついてきた。歩道に散らばったものに好奇心をそそられてはいるが、それらの正体にはまだ気づかないようすだ。

わたしのほうは、壁に気をとられていた。

とうとうそれは見つかった――アバ・ディンゴの小さなドアの列。

ドアのひとつには、METEOROLOGICALと記されている。それは旧共通語でもフランス語でもないが、非常に似たところがあるので、大気の現象に関したことらしいと見当はつく。

わたしはドアのパネルに片手をあててみた。パネルは半透明になり、そこへ古代文字が浮び出た。意味不明の数字、意味不明の文字、そして――"Typhoon coming"

わたしのフランス語では、"coming"の意味はわからない。しかし、"typhoon"は明らかに台風(ティフォン)、つまり最大級の大気擾乱(じょうらん)だ。わたしは思った――この問題は天候機械にまかせよう、わたしたちには関係がない。

「これじゃ役に立たないな」

「あれはどんな意味なの？」とヴィルジニー。

「大気の擾乱があるらしい」

「まあ」と彼女。「じゃ、わたしたちには関係ないことね。そうでしょう？」

「もちろん、ないさ」

わたしはつぎのパネルへ進んだ。FOODと記されている。小さなドアに手を触れた瞬間、壁の内部でなにかが苦しそうに軋(きし)んだ。この塔ぜんたいが嘔吐におそわれたようだった。ドアがほんのすこし開き、すさまじい悪臭が噴き出してきた。そしてドアが閉まった。

第三のドアは**HELP**と書かれており、さわってみたが、なにも起こらなかった。たぶん、古代の徴税装置かなにかかもしれない。わたしの手が触れても、なにも生み出さないのだ。第四のドアはそれよりもっと大きくて、下の一部分がすでに開いていた。上のほうには、**PREDICTIONS**とドアの名称が記されている。古代フランス語が読めるものには、その意味は明らかだ。下のほうにはもっと謎めいた言葉が並んでいる――**PUT PAPER HERE**これがどんな意味かは、ちょっと見当もつかない。

テレパシーを試みてみた。なにも起こらない。風がささやきながら通りすぎていった。カルシウム質の把手や球のいくつかが、歩道の上をからころと転がった。もう一度わたしは全力を集中して、遠い昔にここを去った思念の痕跡を探しもとめた。悲鳴が心の中に届いてきた。人間のものとも思えぬ、かぼそく長い尾をひいた悲鳴。それだけだ。

たぶん、それで気持をかきみだされたのかもしれない。わたしは〝恐れ〟こそ感じなかったが、ヴィルジニーのことが気がかりになった。

彼女はじっと地面を見つめていた。

「ポール、あのおかしなもののあいだに見えるのは、男物のコートじゃない？」

前に博物館で古代のX線写真を見たことのあるわたしは、そのコートの中に、人間の内部構造を作りあげていた材料がまだ包まれたままなのを、知っていた。例の白い球がそこにない以上、そのコートを着た人間が死んでいるのは確かだ。古代には、どうしてこんなことが起こりえたのか？　こんなことが起こるのを、なぜ補完機構は放任していたのか？　だがそういえば、補完機構はこの塔のこの側面をつねに立入禁止にしていたはずだ。その違反者たちが、わたしには想像もつかない方法で、刑罰を受けたのだろうか？

「見てよ、ポール」とヴィルジニーがいった。「ちょうど、手がここにはいるわ」

止めようとするいとまもなく、彼女は**PUT PAPER HERE**と書かれた平たいスロットに手をさしいれた。

そして悲鳴をあげた。

手を挟まれたのだ。

横からわたしが手をひっぱったが、びくともしなかった。彼女は苦痛に息をあえがせはじめた。だしぬけに、手がすっぽり抜けた。

明瞭な文字が皮膚に刻みこまれている。わたしは自分のマントの端を裂いて、彼女の手に包帯をあてた。

啜り泣く彼女をかたわらにして、わたしはそっと包帯をはずしてみた。わたしがそうするのといっしょに、彼女も皮膚の上の文字を読みとった。

そこには、明瞭なフランス語で、〝あなたは一生涯ポールを愛する〟と記されていた。

わたしがもう一度包帯をあてておわるのを待って、ヴィルジニーはくちづけを誘うように顔を仰向けた。「ここへきたかいがあったわ。あんなに苦労しただけのかいがあったわ、ポール。さあ、帰りましょう。これでよくわかったわ」

わたしはあらためて彼女に接吻し、そして念を押した。「もう、これではっきりしただろう？」

「ええ、ええ」彼女は涙の中からほほえんだ。「いくら補完機構でも、ここまでは仕組めないわ。なんて利口な古代機械でしょう！　ポール、これは神、それとも悪魔？」

まだそれらの言葉にくわしくなかったわたしは、なにも答えずに彼女の背中を優しく撫でた。わたしたちはきびすをめぐらして帰ろうとした。

いざ帰る段になって、わたしは自分がまだPREDICTIONSを試みていないことに気づいた。

「ちょっと待ってくれないか。この包帯の端をすこしちぎるよ」

彼女は辛抱強く待ってくれた。わたしは掌ほどの大きさに包帯を裂きとり、それから、地上に落ちているもと人間の一部分を拾いあげた。腕の末端らしい。それを使って布切れをスロットへ押しこむつもりで、さっきの場所へひきかえしたが、ドアの前まできてみると大きな鳥がそこをふさいでいた。

手で押しのけようとすると、鳥はわたしにむかって騒がしく啼きたてた。叫び声と鋭いくちばしで、わたしを脅かそうとしているようにも見える。この調子では、立ちのきそうもない。

しかたなく、テレパシーを使った――ワタシハ真人ダ。ソコヲドケ！

鳥のおぼろげな心は、ダメ・ダメ・ダメ！　と閃光をくりかえすだけだった。

こぶしで強くたたくと、鳥はばたばたと羽ばたき、やっとそこを退いた。歩道の白い散乱物のあいだへ舞い降り、それから翼をひろげ、風に乗ってどこへともなく飛び去った。

わたしはスロットへ布切れをさしこみ、心の中で二十かぞえてから引きだした。

文字は明瞭でも、それはなんの意味もなしていなかった――〝あなたはあと二十一分間ヴィルジニーを愛する〟

彼女の幸せな声、さっきの予言で勇気づきはしたが、手の苦痛のせいでまだどこか震えのこもった声が、遠い遠いところからわたしに届いた。「なんと書いてあるの、ポール？」

うっかり手を離したふりをして、わたしはその布切れを風に飛ばした。布切れは鳥のように空を舞った。ヴィルジニーはそれが飛び去っていくのを見送った。

「あら！」と落胆したように、「なくしちゃった！　なんて書いてあったの？」

「きみのとおんなじさ」

「でも、文句はちがうでしょう、ポール？　なんて書いてあったの？」

愛、悲しみ、そしておそらくはいささかの〝恐れ〟をも感じて、わたしは嘘をささやいた。

「〝ポールはいつもヴィルジニーを愛する〟そう書いてあったよ」

彼女は晴ればれとほほえんだ。小柄のぽっちゃりした体が、風にしっかりと耐えて、幸福そうに立っている。ふたたび彼女は、わたしが子供のころにおなじ街区で知りあった、あのかわいいメネリマだった。いや、それ以上のものだった。彼女は、新しく発見された世界の中でわたしが新しく発見した恋人なのだ。マルチニークからきたマドモアゼルなのだ。あの予言はばかげている。食べ物のスロットから見ても、あの機械が壊れているのは明らかではないか。

「ここには食べ物も水もないんだな」とわたしはいった。実をいうと、手すりのそばに水溜まりがひとつあったが、歩道に散らばった人間の構造部分の上を吹き流されてきた水らしくて、とても飲む気は起こらない。

ヴィルジニーは幸福に有頂天で、手の怪我も、渇きも、空腹も忘れたように、元気よく陽気に歩いていた。

心の中でわたしは思った。二十一分間。モウ旅ヲハジメテ六時間タッ。コレ以上ココニイルト、未知ノ危険ガ心配ダ。

わたしたちは元気よくアルファ・ラルファ大通りを下りはじめた。アバ・ディンゴへの訪問をなしおえて、わたしたちはまだりっぱに〝生きて〟いる。とにかく、こんな自分が〝死んで〟いるとは思えない。もっとも、これらの言葉はあまりにも長いあいだ意味を失っていたので、そのことを考えるのは骨が折れる。

下り坂はたいそう急で、足がひとりでに馬のように跳ねあがるぐらいだった。信じられぬほど強い力で、風が顔に吹きつけてきた。しかし、やはり風にはちがいない。もっとも、わたしが〝風(ヴァン)〟という言葉を調べてみたのは、事件がすべて終わったあとのことだったが。

塔の全容はとうとう見えずじまいだった——古代の高速自動路がその前でわたしたちを下ろした、あの壁を見ただけである。塔の残りの部分は、ちぎれたぼろ切れのようにはためきながら駆けていく雲のむこうに、終始隠されていた。

空は、一方が赤く、他の一方が汚らしい黄色だった。

大きな水滴がわたしたちに打ちつけてきた。

「天候機械が壊れてるんだ」わたしはヴィルジニーに叫んだ。

彼女も叫びかえしたが、その声は風に消されてしまった。わたしは天候機械のことをもう一度くりかえしたが、彼女は嬉しそうに温かくうなずいた。吹きつのる風が髪の毛で彼女の顔を鞭打ち、空から降りかかる水滴が金色の炎のようなガウンに点々としみを作っている。だが、それも気にならないらしい。彼女はわたしの腕に体をあずけていた。下り坂の急勾配に全身を張りつめて駆けおりながらも、幸福な顔がわたしに笑いかけてきた。その茶色の瞳は確信と活気に満ちあふれていた。彼女はわたしが見とれているのを見て、走りながらわたしの腕にくちづけした。彼女は永久にこのわたしのものなのだ。そして、彼女もそれを知っている。

上からの水は、あとになって本物の〝雨〟だと知ったのだが、しだいにその量を増してきた。とつぜん、それは鳥の群れを送りつけてきた。一羽の大きな鳥が、ひゅうひゅうと唸る風に逆らって激しく羽ばたきながら、わたしの顔のすぐ前で宙に静止した。といっても、風に対しては時速何十キロもの速さで飛んでいるのにちがいない。鳥はわたしの顔にむかって声高に啼きたて、そして風に押し流されていった。それが去っていくのと入れちがいに、別の一羽がわたしの体にぶつかった。見ると、すでにその鳥も大気の急流に運び去られていくところだった。わたしが捉えたのは、そのまばゆい空白な心のテレパシー的なこだまだけだった――ダメ・ダメ・ダメ・ダメ！

なにがダメなのか？　鳥の忠告はどうもよくわからない。

ヴィルジニーがわたしの腕をぎゅっとつかんで立ちどまった。

わたしも立ちどまった。

すぐ前方に、アルファ・ラルファ大通りの断ち切られた端がある。みにくい黄色の雲が、不可解な使命へと急ぐ毒魚のように、その裂け目を泳ぎぬけていく。

ヴィルジニーが叫んだ。

よく聞こえなかったので、わたしは彼女のくちびるがこちらの耳にくっつくほど上体をかがめた。

「マクトはどこ？」と彼女。

そろそろと、わたしは彼女を大通りの左側へ導いていった。そこには手すりがあって、重く速い空気の流れとそれが運んでくる水滴を、いくらか防いでくれそうだ。もう、あまり遠くは見えない。わたしは彼女に両膝をつくようにいった。わたしもその横に体を屈めた。水滴が背中を打ちすえてくる。周囲の光はどす黒い黄色に変わっている。

まだ周囲は見えるが、なにほどのものも見えない。

そのまま手すりの陰にじっとしていたいところだったが、彼女にうながされた。マクトになにかしてやれという。なにがしてやれるのか、わたしには思いつけなかった。もし、彼がうまく避難所を見つけていれば、無事なはずだ。しかし、あのケーブルの上にいたままだとすれば、この強い推力を持つ風にたちまち押しやられて、マクシミリアン・マクトはもはや存在しなくなる。彼は〝死に〟、そして彼の内部構造はどこかの地面の上で漂白されることになるだろう。

ヴィルジニーはなおも言いはった。

わたしたちは縁へと這い寄った。

顔を狙って、鳥が弾丸のように飛んできた。思わずわたしはたじろいだ。翼が触れた。刺されたように頰が燃えた。あの羽毛がこんなに堅いものだろうか。アルファ・ラルファ大通りの上で人間にぶつかってくるなんて、ここの鳥はみんな精神機構が故障しているな、とわたしは思った。これは真人に対する正しい態度じゃない。

ようやく、腹這いのまま、縁へ手が届いた。左手の爪で、手すりの石に似た材質をつかもうとしたが、装飾の丸溝を除くとつるつるしてほとんど手がかりがない。右手はヴィルジニーを支えていなければならない。登りのときの打撲のあとがまだ痛むので、そんな姿勢で這い進むのはとても苦しい。ためらっているすきに、ヴィルジニーがひとりで前へ出ていった。

もうなにも見えない。

いちめんの闇。

風と水のこぶしが、わたしたちを打ちつづける。

ヴィルジニーのガウンが、主人に逆らう犬のように彼女をひきとめている。もう一度手すりの陰に連れもどさなくては、とわたしは思った。そうして、この大気の攪乱がおさまるのを待つしかない。

とつぜん、周囲を光が走った。古代人が稲妻と呼んだ、野放しの電気である。これもあとで知ったのだが、天候機械の領域の外ではたびたび起きる現象らしい。

そのまばゆい閃光が、わたしたちを見上げている白い顔を照らしだした。マクトが、すぐ下のケーブルにぶらさがっているのだ。口をひらいているところからするとなにか叫んでいるのにちがいない。その顔の表情が示すものが、〝恐れ〟か、それとも大きな幸福だったのかは、永久にわからない。ただ、それが興奮に満ちていたとだけはいえる。まぶしい光は一瞬で消え、叫び声のこだまが聞こえたように思えた。テレパシーで彼の心を探ったが、なにも捉えられない。執拗な鳥が、どこかからわたしに思念を投げつけているだけだった――ダメ・ダメ・ダメ・ダメ・ダメ・ダメ！

ヴィルジニーがわたしの腕の中で身をこわばらせた。しきりに身もだえした。わたしはフランス語で彼女に叫んだ。きこえない。

こんどは心で呼びかけてみた。

ほかのだれかが、そこにいる。

ヴィルジニーの心が、わたしにむかってぱっと燃えあがった。嫌悪をみなぎらせて。アノ猫娘。ワタシニ触リニクル！

彼女は激しく身をよじった。わたしの右腕がとつぜん空（から）になった。金色のガウンのきらめきが縁のむこうへとびだすのが、闇の中に見えた。わたしは心を遠くへのばして、彼女の叫びをとらえた。

ぽーる、ぽーる、愛シテルワ。ぽーる……タスケテ！

落下につれて彼女の思考は薄れていった。

ほかのだれかとは、前に地下道で会ったことのある、あのク・メルだとわかった。

アナタガタ二人ヲ助ケニキテアゲタノニ、とク・メルは思考でわたしに伝えた。モットモ、彼女ヲ助ケルノハ、鳥タチ気乗リ薄ダッタケレド。

鳥タチトコレト、ナンノ関係ガアル？

アナタガ鳥タチノ命ヲ救ッタカラヨ。鳥タチノ子ノ命ヲ。ホラ、赤イ髪ノ男ガ、アノ子ラヲミナ殺シニショウトシタデショウ？　アナタガタ真人ガ自由ニナッタトキ、ワタシタチニドンナコトヲスルカ、ミンナガ心配シテイタノ。デモ、コレデワカッタ。真人ニハ二通リアル。ホカノ生キ物ヲ殺ス悪イ人ト、生キ物ヲ守ル善イ人ガ。

わたしは思った——善と悪とはただそれだけのことなのだろうか？

そこで警戒をゆるめるべきではなかったのかもしれない。人間は格闘のすべを身につける必要に迫られていないが、ホムンクルスはちがう。彼らは闘争の中で育ち、トラブルの中を生きぬいて働いているのだ。猫娘のク・メルは、わたしのあごにピストルのような拳固を見舞った。麻酔剤を持っていない彼女が、わたしを連れて台風の中でケーブルを渡っていくためには——猫であってもなくても——わたしを気絶させた上で運ぶより、ほかに方法がなかったのだ。

つぎに目がさめると、そこはわたしの部屋だった。気分がすっかりよくなっていた。ロボット医師がそこにいた。彼はいった。

「たいへんなショックでしたね。あなたのご希望しだいで、この一日間の記憶は消去できますよ。補完機構の下部委員に連絡をとっておきましたから」

それは快い言葉だった。

あの烈風はどこの話だろう？　わたしたちの周囲へ石のように落下してきた大気は？　天候機械も制御できない場所で駆けまわっていた水は？　あの金色のガウンは、マクシミリアン・マクトの恐れに飢えた荒々しい顔は、いったいどこへいったのか？

わたしがそれらのことを考えているのに、テレパシーを持たないロボット医師はなにひとつ気づかない。わたしはじっと彼を見つめた。

「ぼくの恋人はどこだ？」と叫んだ。

ロボットは嘲笑できないはずなのに、このロボットはそれを試みた。「燃えるような髪の毛をした素裸の猫娘ですか？　彼女は着るものをとりに行きましたよ」

わたしは彼を見つめた。

旧弊で小さい機械の心は、いかにもそれらしく、厭味（いやみ）な小さい思考を作りあげていた——イヤハヤ、アナタガタ〝自由人〟ノ変化ノ早サニハ……。

機械と議論する人間がどこにいる？　彼に答えてみたところでなんにもならない。

だが、もうひとつの機械は？　二十一分間。どうしてあの予言が的中したのだろう？　どうしてあの機械はそれを予知したのだろう？　わたしはあの機械とも議論したくなかった。あれは、なにかの理由で保存されている非常に強力な機械にちがいない——おそらく、古代の戦争に使われたものだろうか。それを詮索しようとは思わない。人によっては、あれを神と呼ぶだろう。わたしはなんとも呼ばない。わたしは〝恐れ〟など欲しくないし、もう一度アルファ・ラルファ大通りへ帰るつもりもない。

だがお聞き、おおわが心よ！——おまえはもう一度あのカフェを訪ねる気になれるだろうか？

ク・メルが部屋にはいり、ロボット医師が出ていった。

帰らぬク・メルのバラッド

The Ballad of Lost C'mell

伊藤典夫◎訳

スミス自身のことばによれば、羅貫中(らかんちゅう)の十四世紀ごろの作「『三国志演義』にある奇想と陰謀たっぷりの場面からとりとめもなくヒントを得た」という。ク・メルその人は、スミス家にいた猫の一ぴき、キャット・メラニーが発想のみなもとにある。ク・メルとジェストコーストは、のちに長篇『ノーストリリア』にえがかれる出来事でもかがやきを放つ……

あれはあの娘のなにしたものさ
ベルをくもりで隠してさ、ほら
けれど恋した男はホミニッド
あの娘のなにしたあれはどこ行った？

——『帰らぬク・メルのバラッド』より

彼女は遊び女であり、相手は真の人間、万物の霊長であった。だが彼女は知恵をもって挑み、うち勝った。こんなことはいままでになかったし、二度と起こるはずもない。だが、たしかに勝ちをおさめたのだ。また彼女は人間の血をひいてもいなかった。見た目は人間らしいものの、祖先は猫であり、それは名前のまえのCという文字から知れた。父親の名はク・マッキントッシュ、彼女の名はク・メル。居並ぶいかめしい補完機構長官たちを向こうにまわし、みごとに奇策を成功させた。

舞台となるのは地球港(アースポート)――地上最大の建築物であるとともに地上最小の都市であり、小大洋の西岸に二十五キロもの高さにそそり立っている。

ジェストコーストはその第四バルブの外側にオフィスを持っていた。

1

ジェストコーストは朝の日ざしがお気に入りだった。だが、ほかの補完機構長官たちはそういうことには無関心なので、オフィスと住まいをどこに置こうがまったく横やりははいらなかった。メイン・オフィスは奥行きが九十メートル、高さは二十メートル、幅は二十メートルある。そのうしろが〝第四バルブ〟であり、広さはほとんど千ヘクタール近い。形はらせん状で、巨大な蝸牛(かたつむり)を思わせる。ジェストコーストの住まいは広々としているが、アースポートの外縁ぐるりに取り付けられた消音器(マフラー)の仕切り穴のひとつにすぎなかった。アースポートはとてつもないワイングラスのように、マグマから高空へ伸びあがっていた。

アースポートは、人類の機械化熱がきわまった時代につくられた。人類は連続した歴史のあけぼのから原子力ロケットを持っていたけれど、ふだんは化学ロケットに頼り、惑星間用のイオン駆動や原子力駆動を運んだり、恒星間旅行用の光子帆船を軌道上ですこしずつ組み立てるのに使っていた。部品をちびちびと宇宙空間へ運ぶわずらわしさに耐えかね、彼らは十億トンのロケットをこしらえたが、いざ完成してみると、どんな田舎へ降りても環境を台なしにしてしまうことがわかった。ダイモン人――地球人を祖先とし、どこか星ぼしのかなたから帰ってきた種族――が人間に手を貸し、外気にも錆びにも時の流れにも歪みにもびくともしない物質でロケットを建造した。そして彼らは去り、二度ともどってこなかった。

ジェストコーストはよく邸のなかを見まわし、昔のことを空想する。白熱したガスが低いため息のようにバルブからわきだし、この部屋をはじめ、六十三の似たような部屋に押し入っていたころは、どんなふうだったろう？　いま奥にはずっしりした木材の壁があり、バルブ自体はがらんとした空洞で、すくなからぬ野生動物のすみかとなっている。もはやこんなに広いスペースを必要とする者はいないのだ。部屋は使い勝手がよく、バルブはなんのはたらきもしていない。平面航法船は星ぼしの世界からささやき降りてくる。船舶はアースポートへ法的な便宜から着陸するが、彼らはなんのノイズもたてないし、もちろん熱いガスを噴きだすこともない。

ジェストコーストははるか下界の雲を見下ろし、ぽつりといった。「いい天気だ。空気がうまい。トラブルもなし。なにか食べよう」

ジェストコーストはよくそのような独り言をいった。個人主義者であり、変人といってもいい。人類最高会議の一員として、問題を抱えてはいても、個人的な問題はひとつもなかった。ベッドの上にはレンブラントの絵がかかっていた。――この世界に残る唯一のレンブラントだが、いまレンブラントの真価がわかる人間はおそらく彼ひとりだろう。奥の壁には、歴史のかなたに埋もれた帝国のタペストリーが幾枚か飾ってあった。毎朝、太陽は彼のまえでグランド・オペラを演じ、さまざまな色を陰らせ、輝かせ、うつろわせる。すると諍いと殺傷と崇高なドラマに明け暮れた遠い時代が、ふたたび地球によみがえったような気がするのだった。彼はシェイクスピアを一冊、コールグローヴを一冊、それに聖書の〈伝道の書〉の切れはし二ページを、ベッドぎわの錠の下りた箱に入れて持っていた。この宇宙で古代英語が読めるのは四十二人だけで、ジェストコーストはそのひとりだった。またワインをたしなみ、夕陽海岸には自分のぶどう園を持って、部下のロボットたちにワインをつくらせていた。煎じつめるならジェストコーストは、プライベートな面では安楽にわがままに豊かに暮らし、その代わり、生まれもった才能を、公的な方面に気前よく分けへだてなくほどこすことに人生を捧げた男であった。

その朝めざめたとき、ジェストコーストには、これから起こるできごとの予感はなにひとつなかった。若く美しい女が身も世もなく彼に恋してしまうとは――政府内部で百年あまりも経験を積んだのち、おなじくらい強大で、歴史も浅くないもうひとつの政府の存在を知ろうとは――半分も理解できない大義のために、陰謀と危険の渦中によろこんで身を投げることになろうとは、夢にも思わなかった。こうしたことはみんな、時のかなたに慈悲深く隠されていたから、起きたばかりの彼の悩みらしい悩みは、朝食に小さな杯でホワイト・ワインを飲んでよいものかどうかということだけだった。毎年の第百七十三日には、卵を食べるのを恒例にしているのだ。卵はめったに口に入らないごちそうなので、食べすぎたり食べそびれたりしてその日をぶちこわしにしたくなかった。「ホワイト・ワイン、ホワイト・ワイン、どうしようか？」つぶやきながら、ジェストコーストは部屋をぱたぱたと歩きまわった。

ク・メルが彼のまえに現われようとしていたが、そうとは知るよしもない。ク・メルは勝つ運命にあったが、それはク・メル自身も知らないことだった。

〈人間の再発見〉が起こり、この世に政府・金・新聞・民族言語・病気・不慮の死などがよみがえって以来、人類は下級民の問題をかかえていた。下級民――つまり、本物の人間ではなく、地球のいろいろな動物を人間らしくつくりかえただけの生き物のことである。彼らはことばをしゃべり、読み書きができ、歌い、はたらき、愛し、死んでゆく。だが彼らに人間法は適用されず、〝ホムンクルス（劣小人）〟の呼び名のもとに、動物やロボット並みの法的地位を与えられているのだ。真人の血をひく外世界人は、かならず〝ホミニッド（亜人）〟と呼ばれた。

ほとんどの下級民はなんの疑問もなく仕事につき、半奴隷的な地位を受け入れている。有名になる者もいた。――ク・マッキントッシュは、常重力下で五十メートルの走り幅跳び記録を出した最初の人間型生物だった。ク・マッキントッシュの姿影は一千の世界に広まった。その娘ク・メルは遊び女であり、外世界からやってくる人間やホミニッドを迎え、くつろがせる仕事についていた。アースポートに勤める特権はあったが、安い給料で、ずいぶんとはたらかなくてはいけない義務も負っていた。人類すべてが、豊かな社会に長く暮らしすぎて、貧しいというのがどういうものか忘れていた。そこへ補完機構の長官たちは、下級民――改造された動物――もまた、古代世界の経済機構にぞくするという命令を下したのである。家に住み、食事をとり、物を持ち、子どもを教育するには、彼らもいっぱい稼がなければならないのだ。破産すれば貧窮院行きであり、ガスによる苦しみのない死が待っていた。

どうやら人類は、みずからの根本的問題はみんな処理してしまったものの、地球の動物たちにたいしては、彼らがどれほど変身しようと、同等の地位を与える心のゆとりがないようだった。

第七世ロード・ジェストコーストはこの政策に反対していた。もともと愛情は薄く、恐怖を知らず、功名心には遠く、職務への献身あつい男だ。だが政治に対する情熱は、恋愛感情さながらに根深く、不屈だった。自分が正しいと知りながら、二百年間ずっと投票で否決されてきた結果、思いどおりにやりたいという欲望は、彼のうちで激しくたぎりたっていた。

ジェストコーストは、下級民の権利を信じる数少ない真人のひとりだった。人類が古いあやまちをほんとうに正したいなら、下級民も権力の手段――たとえば武器、富、陰謀の機会、そして（とりわけ）組織を持ち、人類に対抗するようにならなければいけない。ジェストコーストはそう考えていた。彼は革命を恐れてはいなかったが、求めているのは正義であり、それは強迫観念めいた目標となってほかのあらゆる問題を押しのけていた。

下級民のなかに不穏な動きがあるという噂が流れたとき、補完機構の長官たちはロボット警察にいっさいの捜査をまかせた。

だがジェストコーストはそうしなかった。

独自に警察をつくると、下級民をみずから捜査にあたらせ、敵をさそいだす可能性に賭けた。立場はちがっても、こちらに敵意がないとわかれば、いつかは下級民のリーダーたちと引きあわせてくれるかもしれない。

もしそうしたリーダーが実在するなら、彼らはじつに利口である。アースポートに潜入したスパイたちのなかで、ク・メルのような遊び女が尖兵だというあかしは、たとえばどんなところに出てくるか？　もし彼らは実在するなら、おそろしく用心深いといわねばならない。機械と人間両方のテレパシー・モニターが、あらゆる思考波をランダム抽出で監視している。下級民がしあわせでいる外的理由はまったくないはずなのに、コンピュータからさえ、信じがたい量の幸福感のほかにこれといったものはなにも読みとれないのである。

ク・メルの父親の死——下級民の生んだもっとも有名な猫スポーツ選手の死が、ジェストコーストに最初のたしかな糸口を与えた。

ジェストコーストはみずから葬儀の場に出向いた。遺体はそこから冷凍ロケットで宇宙空間に打ち上げられる。弔問客は、やじ馬とすっかりまざりあっていた。スポーツは万民のものであり、民族を問わず、世界を問わず、種を問わない。ホミニッドたちもいた。ホミニッドは真人であり、人間の血を百パーセント受け継いでいるが、さまざまな世界の生活条件に合わせて、彼ら自身や祖先が肉体改造をおこなったので、外見はグロテスクで恐ろしかった。

下級民——動物の出の〝ホムンクルス〟たちもいた。たいてい作業衣姿だが、彼らのほうが、外世界から来た人びとよりずっと人間らしかった。人間の体格の半分に満たなかったり六倍を超えたりする者は、おとなになることが許されないのだ。顔だちは人間らしくなければならず、そこそこに人間らしい声を持たなければならない。初等学校で落第すれば、罰は死であった。ジェストコーストは群衆を見まわし、ひそかに驚きの声をあげた。「この人たちが生きていくのに、われわれは一番むずかしいハードルを設定した。そのうえ絶対的な進歩の保証に与えたのが、命というぎりぎりの条件だ。これで追い越されないと考えるとは、われわれはなんという愚か者か!」人ごみにまじる真人たちは、彼とおなじ考えではないらしい。下級民の葬儀へ来たはずなのに、持っている杖であたりの者を横柄にたたく姿が見え、熊人・牛人・猫人たちはすぐさま場所をゆずり、詫びのことばをつぶやいている。

ク・メルは父親の冷たい棺に付き添っていた。

ジェストコーストは監視しただけではなかった。見るからに、彼女は美形だった。ジェストコーストは、一般市民がおこなえば破廉恥だが、補完機構長官としては法にかなった行為に出た。彼女の心をのぞいたのだ。

そこで出くわしたのは予想もしないものだった。

遠のく棺に向かって、ク・メルが叫んだのだ。「イーテリーケリー、助けて! わたしを助けて!」

彼女の思いは音声から成り、文章から成るものではなかったので、彼はなまの音声を手がかりに探索をはじめるしかなかった。

ジェストコーストは、思いきった行動もなしに高い地位にのぼったのではない。頭の回転は速かった。知的な深みにいたるには、速すぎるところもあった。彼は論理ではなく、全体観によって考えた。この娘に友情の押し売りをすることに決めた。

はじめは出会いを天佑にまかせようとしたが、やがて考えを変えた。

ク・メルが葬儀から帰りかけたとき、ジェストコーストは、彼女を取り巻くけわしい顔の輪のなかに割りこんだ。周囲にいるのは下級民で、お悔みをいおうと詰めかける無作法だが善意のスポーツ・ファンから彼女をかばっているのだ。

ク・メルはジェストコーストと知って、しかるべき敬意をあらわした。

「わがロード、お見えになるとは思いませんでした。父をご存じだったのですか？」

ジェストコーストは厳粛にうなずくと、慰めと哀悼のことばを朗々と述べた。これには人間からも下級民からもひとしく賛同の声がもれた。

だが腰にたらした左手は、中指と親指をぱちぱちと合わせ、彼女に向かって《注意！　注意！》としきりに信号を送っていた。――これはアースポートの職員たちが、外世界からの旅行者に気づかれずに仲間に警告を発したいとき、いつも使う合図である。

ク・メルは驚きのあまり、すべてを台なしにしてしまうところだった。ジェストコーストの殊勝な二枚舌が終わらないうちに、彼女はかん高い声をあげた――

「このわたしが、ですか？」

ジェストコーストは慰めのことばをつづけた。「……そう、まさにきみなのだよ、ク・メル、お父上の名前を受け継ぐにいちばんふさわしいのは。この共通の悲しみのときに、みんなが頼りに思うのはきみだ。きみ以外の誰にいえばいい——ク・マッキントッシュはなにごとも中途半端には終わらせなかった、その熱意と良心のおかげで寿命を縮めてしまったのだ、と。さようなら、ク・メル、わたしはオフィスに帰る」

それから四十分後、ク・メルは彼のところへやってきた。

2

ジェストコーストはまっすぐ向かいあい、ク・メルの顔を見つめた。

「今日はきみの一生のうちでも大切な日となる」

「はい、わがロード、悲しい日です」

「いや、お父上の葬儀のことじゃない。わたしが話したいのは、みんなが向かいあわねばならない未来のことだ。目下のところは、きみとわたしの二人だがね」

ク・メルは大きく目を見ひらいた。そうした種類の男だとは思ってもいなかったからだ。

彼はアースポートを自由に動きまわる官僚である。外世界からの重要な客の出迎えに現われ、式部業務に気を配っている。ク・メルは歓迎チームの一員であり、不満のある客が着いたり、口論をおさめたいときに出動する遊び女である。古代日本のゲイシャのように、これは名誉ある職業である。節操のない女ではなく、職業的に客とたわむれる接待役なのだ。ク・メルはぽかんとジェストコーストを見つめた。ふしだらな要求をしているようには見えなかった。けれど、とク・メルは思った。——男というのはわからないから。

「きみは男のことがわかっているね」ジェストコーストは彼女にリードをまかせた。

「そう思います」といって、ク・メルはおかしな表情をした。はじめほほえんだときには、遊び女の学校で習った微笑ナンバー3（目に焼きついて離れない）だったが、場違いだと気づいて、ふつうの笑みに切り換えたのだ。しかめっ面になったような気がしてならなかった。

「わたしを見て、信用できるかどうか考えなさい。わたしは二人の命をこれに賭けるつもりだ」

ク・メルは見つめた。補完機構長官と遊び女の両方がかかわりあうなんて、いったいどういう用件が考えられるだろうか？　おたがい共通するものはなにもない。これからも、ないに決まっている。

だがク・メルは目を離さなかった。

「わたしは下級民の力になりたいのだ」

ク・メルは目をぱちくりさせた。これはへたな近づきかたであり、通例あとには露骨な色目づかいが来る。だがジェストコーストの顔はかげりもなく真剣だった。彼女はつぎのことばを待った。

「きみたちは、われわれ人間とことばを交わせるほどの政治権力も持っていない。といっても、べつに真人種族にたいして裏切り行為をしようというわけじゃない。きみたち下級民にひとつ便宜をはかりたいのだ。われわれと上手な取引をすれば、長い目で見たとき、いろんな生物がもっと楽に暮らせるようになると思うんだがね」

ク・メルはフロアに目を落とした。赤毛がペルシア猫の毛のようにふわりと揺れ、頭がまるで炎につつまれているように見えた。その目は人間のものだが、光があたると反射するという違いはあった。虹彩は古代の猫の深みのあるグリーンである。フロアから顔を上げ、ジェストコーストをまっこうから見返す目には、打ちかかるような気迫があった。

「わたしのなにがほしいんですか?」

ジェストコーストは見つめかえした。「よく見なさい。わたしの顔を見るのだ。私事でなにかを求めているように思えるかな、どうだ?」

ク・メルはとまどった表情でいる。「私事以外になにがあるんです? わたしは遊び女です。重要な役にはついていないし、教育もあまりありません。わたしが一生に得る以上の知識を、あなたはお持ちです」

「もしかしたらね」見つめる目は動かない。

ク・メルは自分が遊び女の身ではなくなって、人間のような気がしてきた。なんだか気持がおちつかない。

「聞きたいことがある」ジェストコーストは厳粛な口調になった。「きみのリーダーは誰かね?」

「ティードリンカー委員です。外世界からの訪問客はみんな担当しておられます」ク・メルは注意深く見ていたが、裏があるような気配はまだ見当たらなかった。

ジェストコーストは気をそがれたような顔をした。「彼のことじゃない。彼はわたしの局の者だ。下級民のなかでのリーダーは誰かね？」

「父がそうでしたが、死にました」

ジェストコーストはいった。「すまない。どうかすわってくれ。だけど、わたしのいってるのはそういうことではないんだ」

疲れきっていたので、いわれるままに椅子にかけたが、なんの気なしにとったしどけないポーズは、それだけで並みの男の一日をめちゃめちゃにしかねないようなものだった。彼女が着ているのは普段着に近づけた遊び女のドレスで、立つとそれほど抵抗感のない最新ファッションになる。だが仕事の性格上、すわると、思いのほかきわどく肌をあらわにするようにデザインされていた。――といっても、身もふたもなくむきだしにしてショックを与えるのではなく、スリットや吊りや裁ちかたによって予想外にヴィジュアルな刺激を与えるのだ。

「頼むから、着ているものをすこしなおしてもらいたいな」ジェストコーストの声の調子が急に変わった。「わたしは役人とはいっても、男だよ。この話しあいは、われわれにとってはどんな楽しみより重要なものだ」

ク・メルは彼の声音にすこし身をすくめた。べつに気をひこうとしたわけではない。葬儀の日とあっては、計画もなにもあったものではない。彼女が持っているのはこういう服だけなのだ。

ジェストコーストは表情からすべてを読みとった。そして、容赦なく用件をつづけた。「お嬢さん、わたしはリーダーのことを聞きたいのだ。きみは上司と父親の名前をあげただけだ。リーダーを教えてくれ」

「わかりません」と泣きそうな顔で。「わかりません」

それなら、と心にいう、一か八かの賭けに出るまでだ。彼は心の短剣を思いきって急所に向けた。鋼のようなことばを彼女の顔に突き立てた。「誰なのか……」ゆっくりと冷たく、「その……イー……テリー……ケリーとは？」

それまでク・メルの顔は悲しげで、血の気のひいたクリーム色をしていた。それがいまは蒼白だった。身をよじって離れた。ひとみが対の炎のように輝いた。

対の炎のような……ひとみの輝き。

めまいがジェストコーストをおそった。小娘の催眠術などにかかるものか、と思った。

ひとみの輝きは……まるで冷たい炎のよう。

まわりの部屋がかすんでゆく。女の姿が消えた。ひとみが、ひとつの冷たい白い火のかたまりとなった。

火のなかに、ひとりの男の姿があった。両腕は鳥の翼だが、肘にあたるところから人間の手が生えている。顔は古代の石像さながらにくっきりと白く冷たく、目はくすんだ白だ。

「わたしがそのイ・テレケリだ。そのうちわたしを信じるようになる。ク・メルはわたしの娘だ。話しなさい」

姿は薄れた。

ジェストコーストは、女がまだぎこちなく椅子にかけ、遠くを見る目で凝視しているのに気づいた。催眠術の強さをからかおうとジョークをいいかけ、ク・メルがまだ深い術のなかにあるのに気づいた。自分は解放されたのに、ク・メルの体はこわばったままで、ドレスはまたしどけない状態にもどっている。それは気をそそるながめではなかった。いたいけな子どもが事故にあったように、いいつくせないほど痛ましいばかりだった。ジェストコーストは話しかけた。

話しかけたが、返事はあてにしていなかった。

「おまえは誰だ?」そういって、術の深さをさぐった。

「わたしは名前を口に出していわれることのない者だ」女は鋭いささやき声を発した。「きみに秘密をのぞかれた者だ。わたしの姿と名前はもうきみの心に刷りこんだ」

ジェストコーストはこの手のまぼろしには逆らわなかった。彼はすぐさま決断を伝えた。

「いま心をひらけば、こうしているあいだにめあてのものをさがすか?　それだけの力があるか?」

「それ以上だ」女の口を通して、声がささやいた。

ク・メルが上体を起こし、彼の肩に両手をおいた。じっと目を見つめた。ジェストコーストも見返した。彼自身なかなかのテレパスだが、ク・メルのうちからあふれだす途方もない思考圧にはまったく不意をつかれた。

(さあ、のぞけ)とジェストコーストは命じた。(ただし下級民の件だけだぞ)

(わかった)とク・メルの背後にひそむ心がいった。

(わたしが下級民をどう処遇しようとしているか見えるか?)

心を中継装置に使われて、ク・メルが荒い息をしているのが聞こえる。彼は平静を保つように心がけ、心のなかのどの部分が捜索されているか見きわめようとした。ここまではたいしたものだ、と思う。当の地球にこんな知性が、と感嘆した。――それも、われわれ補完機構が気づきもしないうちに!

乾いた小さな笑いが、女ののどもとからもれた。

ジェストコーストは思いを送った。(失礼、つづけてくれ)

(そのきみの計画だが)と異質な心がいった。(――もうすこし見せてもらえないか?)

(これでありったけ全部だ)

(ほう)と異質な心。(代わりに考えさせようというわけだ。下級民撲滅(ぼくめつ)にかかわる〈鐘(ベル)〉と〈蔵(バンク)〉へのキーを教えてもらえないかね?)

(情報キーは、手にはいるようなら提供できる。だがコントロール・キーはこまるし、〈鐘(ベル)〉のマスター・スイッチもだめだ)

(よかろう)と相手の心。(代価はどのように支払う?)

(補完機構にたいしてわたしの方策のサポートを頼む。交渉の時期には、できたら下級民をおちつかせてくれ。その後どういう協定を結ぶ場合にも、名誉と信義を重んじてほしい。しかし、どうやってキーを手に入れる？　方法を考えだすだけで一年がかりになりそうだ）

（見るチャンスを娘に一度与えてくれ）と異質な心がいった。（そのときわたしが背後にいる。それでよいか？）

（いいだろう）とジェストコースト。

（切るか？）と心。

（また連絡をとるときはどうする？）ジェストコーストは思考を返した。

（いまとおなじだ。この娘を介して会う。わたしの名前を口に出すな。できることなら考えもするな。切るか？）

（切ろう！）とジェストコースト。

両肩に手をかけていた娘が、彼の顔を引き寄せると、しっかりと温かくくちづけした。それまで下級民にふれたことはなかったし、キスすることになろうとは夢にも思っていなかった。それは心地よい感触だったが、ジェストコーストは首に巻きつく腕をはずすと、彼女の体をすこし横に向け、自分にもたれかかるようにした。

「お父さん！」ク・メルがしあわせそうにため息をついた。

そのとたんク・メルはびくっとし、彼の顔を見てドアへ飛びさがった。「ジェストコースト！」と叫んだ。「ロード・ジェストコースト！　わたし、どうしてこんなところに？」

「仕事は終わったよ、お嬢さん。帰ってよい」

彼女はよろめきながらもどってきた。「気持が悪い」いうなりフロアに吐いた。

ジェストコーストはボタンを押して掃除ロボットを呼び、デスクをたたいてコーヒーを用意した。

ク・メルはうちとけて、彼の下級民にかける期待をいっしょに話しあった。一時間ほどいただろう。立ち去るころには、ひとつの計画がまとまっていた。二人ともイ・テレケリの名前はおくびにも出さず、目的をおおっぴらに話すこともなかった。モニターたちが聞いていたとしても、疑わしい話はかけらも見つけだせなかっただろう。

彼女がいなくなると、ジェストコーストは窓のそとに目をやった。はるか下方には雲があり、下界に夕闇がおりてきたのが見える。彼は下級民を救おうともくろみ、組織化の進んだ人類が考えも気づきもしなかった力と遭遇した。彼は思った以上に正しかったのだ。これはなんとしてもやり遂げなければならない。

だが相棒になったのが——ク・メルだとは！

広大な宇宙の歴史のなかで、こんなに奇妙な使節がかつてあっただろうか？

3

一週間もしないうちに行動計画はできあがった。ねらいは補完機構長官会議——頭脳中枢そのものであり、工作はここでおこなわれる。危険は大きいけれど、〈鐘(ベル)〉にじかにアクセスできるなら、けりをつけるのに数分とかからない。

この種のことになると、ジェストコーストはりきる。

彼は知らないけれども、ク・メルは二つの角度から彼を観察していた。ひとつは抜け目ない献身的な共謀者の面で、二人を巻きこんだ革命的な目標にすっかり共鳴している。もうひとつ——それは女性としての面だった。

ク・メルは、どんなホミニッド女性よりも純粋な女らしさに恵まれていた。訓練を積んだ笑み、手入れされた赤毛と、信じがたいほど柔らかなその手ざわり、若いしなやかな肢体にそなわる引き締まった乳房、どっしりした尻——そうしたものの値打ちを知っていた。自分の脚線がホミニッド男性に与える効果のほどを最後の一ミリの単位まで知っていた。真人たちは、彼女のまえではすなおに秘密をのぞかせた。男たちは満たされぬ欲望を隠さず、女たちは抑えがたい嫉妬にみずからをさらけだした。だがク・メルが人間に通じているのは、なによりも自分が人間ではないからだった。ク・メルは似せることで学んだが、似せるという行為は意識的なものである。真人の女にはなんでもないような、または一生に一度考えるかどうかというような無数のちっぽけなことがらが、切実な知的観察の対象になった。彼女は専門職において女であり、同化策において人間であり、遺伝的本性においては好奇心いっぱいの猫であった。いま彼女はジェストコーストを愛しはじめており、それに気づいていた。

しかし彼女にしても、この恋がいつか噂にのぼり、伝説へとふくらみ、ロマンスに蒸留されることまでは知らなかった。こんな一節ではじまる俗謡(バラッド)が、のちに有名になるとは夢にも思わなかった――

あれはあの娘のなにしたものさ
ベルをくもりで隠してさ、ほら
けれど恋した男はホミニッド
あの娘のなにしたあれはどこ行った？

これはみんな未来に属することで、ク・メルは知らない。

過去は知っていた。

ある外世界の王子がいったことばを覚えている。王子は彼女のひざに頭を休め、別れのしるしにモットのグラスを傾けながら、こうつぶやいたのだ。

「変だな、ク・メル、おまえは人間でもないのに、おまえみたいに知性のある人間には地球で会ったことがない。知ってるかな、わたしをここへ送ってよこす経費は、故郷(くに)の星には相当な痛手なんだ。で、わたしはなにを得た？　ゼロ、ゼロ、千回くりかえしてゼロだ。だが、いまはおまえがいる。おまえが地球政府の実力者だったら、故郷(くに)の住民のほしがっているものを手に入れられただろうし、地球だってもっと豊かになったろうに。ここは〈ふるさと(マンホーム)〉だという。マンホームだと、よくいったものさ！　ここで唯一ものわかる人間が、雌猫ひとりだとは」

王子はク・メルの足首に指をすべらせた。ク・メルは動かなかった。これもてなしのひとつであり、また、もてなしが行き過ぎにならないように、彼女は自分なりの基準を設けていた。地球警察が目を光らせているのだ。彼らにとってク・メルは、外世界人の便宜のために置いた要具であり、アースポートのロビーに見えるふかふかした椅子や、地球の味気ない水はだめという旅行者向きの、辛い水の出る水飲み器とすこしも変わるところはない。そもそもク・メルは感情を持ったり、いっしょに考えたりできる立場にはなかった。もし事件を起こしていれば、そこらの動物や下級民なみに恐ろしい罰を加えられただろうし、場合によっては、短い形式的な尋問のあと、上訴も許されず（法律がみとめ、慣習があおるとおりに）処分されていたにちがいない。

これまでにキスした男は千人にものぼる。いや、千五百人にはなるだろうか。ク・メルは遠来の男たちの気持をほぐし、星へと帰ってゆく彼らから、不満や秘密を聞きだした。それは感情的には疲れるものの、知的にはたいへん刺激になる暮らしだった。ときには人間女たちのとりすました鼻高々な顔を見て、彼らがわがものにしている男たちを、彼ら以上によく知っていると思うと笑いがこみあげてくることもあった。

あるとき女性警官が、新火星（ニュー・マーズ）から来た二人の開拓者についてのレポートに目を通したことがある。ク・メルは二人にぴったり寄り添っているようにという命令を受けていた。やがて女性警官はレポートを読みおえたが、ク・メルを見上げた顔は、嫉妬と上品ぶった怒りにゆがんでいた。

「あなたは猫だという。なにが猫よ！　あなたは豚、犬、けだものよ。地球のためにはたらいているかもしれないけど、人間並みになったなんて思わないほうが身のためね。補完機構があなたみたいなモンスター連中に、外世界から来た真人の接待をさせるなんて、わたしにいわせれば犯罪行為だわ！　わたしには禁じることはできない。だけど、もし本物の地球人に指一本でもさわったときは、〈鐘〉のみぞ知るだわ。近づいたら——色目なんか使ったりしたら最後よ！　わかったわね？」

「はい、マム」と、そのときク・メルは答えたが、内心こう考えていた。「この哀れな女性は、着るものの選びかたも髪の結いかたも知らないのだ。きれいにしている者をうらむのも仕方がない」

　もしかしたら女性警官は、なまの憎悪でク・メルをおどせると思ったのかもしれない。それはまちがいだった。下級民は憎しみには慣れっこであり、なまで供されようが、愛想のよさにくるまれ、毒として皿に盛られようが、それほど変わりはないのだ。もともと憎しみとともに生きてきたのである。

　しかしいま、すべては変わった。

　ジェストコーストに恋してしまったのだ。

　彼は愛してくれているのか？

　それはありえないことだ。いや、ありえないわけではない。考えられないことだし、法に反するし、ふしだらなことではある——そう、そのとおりだが、不可能ではないのだ。彼女の思いのいくばくかは通じているはずである。

だが通じているにしても、相手にそれらしいそぶりは見えなかった。

真人と下級民が恋におちた例は多い。下級民は例外なく処分され、人間たちは洗脳された。こうした行為を禁じる法律が存在するのだった。科学者たちは下級民を生みだし、本物の人間が及びもつかない能力（五十メートル・ジャンプのほか、地底二マイルではたらくテレパス、非常ドアのまえで千年待つこともいとわない亀人、報酬もあてにせず門を警護する牛人）をさずけるとともに、多くの下級民を人間そっくりの姿に変えた。そのほうが扱いやすいからだった。人間の目、五指に分かれた手、人間に近い体格——こういうものがあれば工学的にも都合がいい。下級民を人間らしい外形・人間らしい大きさに統一することによって、科学者たちは家具を二種、三種、はては十何種もこしらえる手間を省いた。人間的なかたちが、どんな下級民にもぴったり合うようになったのだ。

だが彼らは人間的な心を見落としていた。

そしていま、ク・メルはひとりの男を恋するようになった。自分の父親の父親の父親ほども年の離れた真人の男を。

だが彼のまえでは、娘らしい感情はすこしもわかなかった。思えば、父親とのあいだには気楽な仲間意識があり、無邪気ですなおな情愛が流れ、父のほうがずっと猫に近いのに、それがすこしも苦にならなかった。二人のあいだには、永遠に口にされないことば——どちらからもいいだしにくく、おそらくは絶対にいってはならない事柄があり、それがうずくような空虚をつくっていた。二人はあまりにも身近なので、それ以上近づきようがなかった。これは二人のあいだを途方もなく隔(へだ)て、胸のはりさけるような悲しみを生んだが、口にできることではなかった。その父親が死に、いまここに真人の男がいる、ありったけの優しさを見せて——

「そう、それなんだ」とク・メルは心にささやいた。「いままで通りすぎた男たちは、こんなにありったけの優しさを見せたことはなかった。それも、わたしたち哀れな下級民にはとどきそうもない深い感情をこめて。といっても、わたしたちにそういう深みがないわけじゃない。ただ下級民は、ゴミのように生まれ、ゴミのように扱われ、死ねばゴミのように取り除かれるのだ。そんな暮らしから、どうやって本物の優しさが育つだろう？　優しさには一種独特のおごそかなところがある。人間であることのすばらしさはそれなのだ。彼はそういう優しさを海のように持ちあわせている。だけど不思議、不思議、不思議——いままで心から愛した人間女がひとりもいないなんて」

さむざむとした気持になり、思いはとだえた。

やがて気をとりなおすと、つぶやいた。「ちがう。愛したとしても、きっと遠い昔のことで、もうどうでもいいんだ。いまは、わたしがいる。知っているんだろうか？」

4

ロード・ジェストコーストは知っていたが、知っているともいえなかった。日ごろ忠誠を示し、栄誉を捧げるのが仕事なので、ジェストコーストは忠誠を向けられることにも慣れていた。ときにはそれが狂気じみて、積極的な行為にまで及ぶことがあり、ことに女性や子どもや下級民にその例が多いこともよく経験していた。これまではすべて切り抜けてきた。いま彼はク・メルに賭けていた。すばらしく聡明な女性であり、アースポート警察接客部門に所属する遊び女として、個人的感情を抑えるすべを学んだだろうと信じていた。

「悪い時代に生まれたものだ」とジェストコーストは思う。「こんなに聡明で美しい女と出会いながら、仕事が優先だとは。しかし人間と下級民との件は厄介だ。とにかく厄介だ。ひとりひとりの人格などは割りこまないほうがいい」

結論はそこに行き着く。おそらくそれはまちがいではなかった。

もし名無しの者が——あえて記憶からも伏せたあの存在が、〈鐘〉攻略を望んだのなら、それは命を賭けるに値することだ。感情がはいりこむ余地はない。重要なのは〈鐘〉であり、正義であり、人類の向上への絶えざる回帰であるからだ。自分の命さえ問題ではない。なすべき仕事はほとんどやりおえている。ク・メルの命も問題ではない。なぜなら失敗すれば、彼女は永遠に下級民でいるしかないからだ。重要なのは〈鐘〉である。

もくろんでいることの代価は大きいが、じかに〈鐘〉に工作できるなら、ことは数分で終わる。

もちろん〈鐘(ベル)〉は、たんなる鐘(ベル)ではなかった。実体は三次元の状況表示装置で、人間の背丈の三倍の大きさがある。それは会議室の一階下に設置され、かたちは古代の鐘に漠然と似ていた。長官たちがつどうテーブルは中央がまるくくりぬかれており、〈鐘(ベル)〉をのぞきこみさえすれば、手動ないしテレパシーで呼びだした〝状況〟を見ることができた。その下の〈蔵(バンク)〉はフロアに隠れて見えないが、全システムの要(かなめ)となるメモリー・バンクである。その複製は、地球上の三十余の地点に分散されている。また恒星間宇宙にも二つの複製が隠されていて、ひとつはラウムソッグとの戦争の名残、あの全長九千万マイルの黄金の船のかたわらにあり、もうひとつはアステロイドに擬装されている。

長官たちの多くは、補完機構の所用で地球を留守にしていた。

出席者は、ジェストコーストのほかには三人きりだった。――レイディ・ヨハンナ・グナーデ、ロード・イッサン・オラスコアーガ、それにロード・ウィリアム・ノット＝フロム＝ヒアである（ノット＝フロム＝ヒア家は、数百年まえ地球へ再移住してきたノーストリリアの名門である）。

イ・テレケリはジェストコーストに計画の大筋を説明した。

まずジェストコーストは、ク・メルを審問の場に召喚する。

召喚はまじめにおこなわれる。

もし中継にくるいが生じても、自動判決によるク・メルの略式死刑は避けなければならない。

審問中、ク・メルは半トランス状態にはいる。

するとジェストコーストは、〈鐘(ベル)〉のなかからイ・テレケリが求める情報を呼びだす。呼びだしは一度で充分だ。情報の追跡はイ・テレケリが責任を負う。また同席した長官たちの気をちらすのも彼、イ・テレケリである。

見かけは単純だ。

こみいってくるのは、行動に移してからである。

あぶなっかしい計画に見えるが、この段階でジェストコーストにできることはない。大義への情熱おもむくままに陰謀に加担してしまったことが、いまになって呪わしかった。名誉ある撤退をするには遅すぎる。それに、一度約束してしまったことだ。それに、彼はク・メルが——遊び女というより一個の存在として——好きであり、彼女が失意のうちに一生を終えるのを見たくはなかった。下級民がアイデンティティーや地位をどんなに大切に思っているか、彼は知っていた。

気は重いが頭脳はさめきった状態で、ジェストコーストは会議室へ向かった。ひとりの犬娘が近づいてきて、議事目録をよこした。もうずいぶんまえから廊下で見かける使い走りの女だ。

ふと疑問が心をかすめた。会議室にはいってしまったら、ク・メルやイ・テレケリはどうやってコンタクトしてくるつもりなのか。内部には、テレパシー遮蔽網が緊密にはりめぐらされている。

　ぐったりとテーブルにつく――

　とたんに椅子から飛びあがりそうになった。陰謀者たちは目録そのものを偽造していたのだ。最初の項目はこうなっていた。「ク・メル、ク・マッキントッシュの娘、猫族（純血）、一一三八区所属、その自供。題目――ホムンクルス原料の密輸出。関連――惑星デ・プリンセンスマクト（オランダ語で〝王族の力〟の意）」

　レイディ・ヨハンナ・グナーデの手はすでにボタンの上で踊り、当該惑星のデータを呼びだしている。そこの住民はとてつもなく力持ちのホミニッドだが、地球から移住したころとおなじ体形を保つのに涙ぐましい努力をはらっていた。その一世のひとりが、いま地球に滞在中だった。プリンス・ファン・デ・スヘメリング――〈黎明（れいめい）の王子〉の称号を持つ人物で、外交と通商半々の目的で来星している。

　ジェストコーストはすこし遅れて着いたので、目録を見ているうちにク・メルが部屋に通された。

　ロード・ノット＝フロム＝ヒアがジェストコーストに議長役を要請した。

「申しわけないが、サー学者（スカラー）」とジェストコースト。「今回はあなたからも、ロード・イッサンに引き受けていただけるように頼めないだろうか？」

　議長役は形式的なものである。意見の取りまとめをしなくてすめば、〈鐘（ベル）〉と〈蔵（バンク）〉にもっと神経を集中できるようになる。

ク・メルは囚人服を着ていた。それは彼女によく似合っていた。いままでは遊び女の衣装でいるところしか見たことがなかったのだ。うす青い囚人用チュニックを着た姿は、たいへん若く、たいへん人間ぽく、たいへんなよやかで、たいへんおびえて見えた。背筋をのばし、殊勝げにすわるその姿から、猫らしいところは、流れる炎のような髪としなやかそのものの体つきにうかがえるにすぎない。

ロード・イッサンがク・メルにうながした。「おまえはすでに自供している。その内容をくりかえしなさい」

「この男は」とク・メルはいうと、〈黎明の王子〉の姿影を指さし、「人間の子どもを痛めつけて見世物にしているところへ連れていけと命じました」

「なに！」三人の長官が同時に叫んだ。

「どんな場所ですか？」そういったレイディ・ヨハンナは、優しさには人一倍きびしい。

「その見世物小屋の主人は、そちらにおすわりの紳士とよく似ています」いいながら、ク・メルはジェストコーストを指さした。誰にも制止できないほどすばやく、誰も疑いをはさめないほど控えめに、ク・メルは部屋のなかをまわると、ジェストコーストの肩に手をおいた。

接触テレパシーのぞくっとする感覚がジェストコーストに伝わり、クワックワッという鳥の声が彼女の脳からひびいた。イ・テレケリがすでに彼女とコンタクトしていることを示すものだ。

「しかしこのかたと比べると、五パウンドほど痩せた感じで、二インチほど背が低く、髪は赤毛です。小屋はアースポートのコールド・サンセット地区のはずれ、大通り沿いの大通り地下にあります。このあたりには下級民が住み、評判の悪い者も目立ちます」

〈鐘(ベル)〉が白っぽく変わり、その地帯にたむろする不良下級民の何万という情報コンビネーションをひらめかせてゆく。ジェストコーストは自分の意志とは関係なく、目がこのかりそめの白さに釘付けにされるのを感じた。

〈鐘(ベル)〉が澄んだ。

マシンがひとつの部屋をぼんやりと映しだした。子どもたちがハロウィーンのいたずらごっこをしているのが見える。

レイディ・ヨハンナが笑った。「これは人間ではないわね。ロボットだわ。昔のくだらない遊戯です」

「まだあります」とク・メル。「この男は一ドルと一シリングをほしがり、故郷に持ち帰りたいようすを見せました。本物を、です。ロボットが何枚か偶然に発見したのです」

「それはどういうものか？」とロード・イッサン。

「大昔の金――古代アメリカと古代オーストラリアの本物の通貨だ」とロード・ウィリアムが叫んだ。「複製はわたしも持っているが、オリジナルは国家博物館にしかない」ロード・ウィリアムは、熱心で一途なコインの収集家なのだ。

「見つかった場所は、アースポート直下にあるどこかの古い隠れ家です」

ロード・ウィリアムは〈鐘(ベル)〉に向かってどなりかからんばかりの声をあげた。「付近の隠れ家を残らずあたって、その金をおさえろ」

〈鐘(ベル)〉がくもった。先刻はいかがわしい界隈を洗うため、アースポート・タワー北西部の監視ポイントを残らずひらめかせた。いま〈鐘(ベル)〉はタワー直下のあらゆる監視ポイントのスキャンにはいり、数知れぬ情報コンビネーションをめくるめく速さでふるいわけると、とある古ぼけた工具室に焦点を合わせた。一体のロボットが、小さな円形の金属片を何枚もみがいている。

みがく情景が見えたとたん、ロード・ウィリアムが逆上した。「あれをここに呼べ」どなった。「わたしが買い取りたい！」

「よかろう」とロード・イッサン。「すこしばかり異例だが、問題はない」

マシンに捜索装置の中枢が映り、当該ロボットをエスカレーターのところへ呼んだ。

ロード・イッサンがいった。「これはたいした事件ではないな」

ク・メルはめそめそしている。たいした役者だ。「つぎに、その人はホムンクルスの卵を手に入れたいといいました。Eタイプ、鳥族の卵を故郷に持って帰るというのです」

イッサンは捜索装置を作動させた。

「もしかしたら」とク・メル。「もう廃棄系列に捨ててしまっているかもしれません」

〈鐘(ベル)〉と〈蔵(バンク)〉は、ハイスピードですべての廃棄装置の洗いだしにかかった。ジェストコーストは神経がひどく研ぎ澄まされているのを意識した。人間わざでは、とても記憶できるものではない――何千何万というパターンが、肉眼では追いつかない速さで〈鐘(ベル)〉内をひらめき過ぎてゆく。だが、いま彼の目を介して〈鐘(ベル)〉を読んでいる頭脳は、人間のものではないのだ。その脳自体、コンピュータに連結されているのかもしれない。補完機構長官ともあろうものが、人間スパイ・アイに使われるとは不名誉なことだ、とジェストコーストは思った。

マシンがすっかり濁った。

「おまえはかたりだ」とロード・イッサンが叫んだ。「証拠が出てこないぞ」

「未遂だったかもしれない」とレイディ・ヨハンナ。

「その男を尾行しろ」とロード・ウィリアム。「古代のコインを盗むようなら、なんでも盗みかねない」

レイディ・ヨハンナはク・メルと向きあった。「おまえはバカな生き物です。よけいな手間をかけさせて、わたしたちが重要な星際問題に取り組むじゃまをした」

「これだって星際問題です」ク・メルは泣いた。その手がジェストコーストの肩からすべりおりた。いままでずっと体がふれあっていたのだ。中継が破れるとともに、テレパシー・リンクも切れた。

「それはわれわれが裁定する」とロード・イッサン。

「おまえはあぶなく罰せられるところでしたよ」とレイディ・ヨハンナ。

ロード・ジェストコーストはなにもいわなかったが、うちには温かいものがあふれていた。もしイ・テレケリが彼の見立ての半分程度でも有能なら、いまごろ下級民はチェックポイントや逃走ルートのリストを手に入れ、地球の官憲がふりわける気まぐれな無痛死刑から逃れるすべを探っているだろう。

5

その夜、街に歌声が起こった。

目に見えた理由もないのに、下級民がとつぜんうかれだした。

ク・メルは山猫ダンスを踊り、ちょうどその日の夕刻、宇宙駅から着いたばかりの新しい客のまえで披露した。やがて家に帰り着くと、父親ク・マッキントッシュの遺影のまえにひざまずき、ジェストコーストのはたらきをイ・テレケリに感謝した。

しかし物語が知れわたるのはそれから何世代ものち、ロード・ジェストコーストが下級民の救世主として祭りあげられ、当局が――イ・テレケリの存在も知らないままに――選挙で選ばれた下級民代表と、よりよい生活条件の交渉にはいるようになってからである。そのころにはク・メルはとうに死んでいた。

だが、そのまえにク・メルは長い充実した一生を送った。

遊び女にふさわしくない年になると、ク・メルは女性シェフに転身した。彼女の料理は評判をとった。一度ジェストコーストはその店を訪れたことがある。食事の終わりに、彼はたずねた。「下級民のあいだでくだらない歌がはやっている。人間で知っているのはわたしだけだがね」

「わたし、歌のことはあまり知りませんの」

「〝あの娘がなにして〟とかいうんだ」

ク・メルは、ゆったり仕立てたブラウスの胸もとまでまっ赤になった。中年になって、彼女はずいぶん肉がついた。レストラン経営がそのあと押しをしたのだ。

「ああ、あの歌！」とク・メル。「くだらないわ」

「きみがホミニッドに恋をしたといってる」

「いいえ、ちがいます」変わりなく美しいグリーンのひとみが、探るように彼の目の深みを見つめた。ジェストコーストは居心地悪くなった。これはどうも私事に傾きすぎている。政治的つきあいは望むところだが、個人的つきあいは苦手だった。

部屋の照明が変わり、猫の目がきらきらとかがやいた。そこには昔とおなじ、あの不思議な、燃えるような赤毛の女がいた。

「恋とはちがいます。あんなもの、とても……」

心はこう叫んだ。（あなたよ、あなたよ、あなたなのよ）

「しかし歌では」ジェストコーストは引き下がらない。「ホミニッドだといっている。あのプリンス・ファン・デ・スヘメリングではなかったのかね？」

「誰ですって？」ク・メルは平静に問いかけたが、感情は叫んでいた。（ダーリン、ダーリン、いつになったらわかってもらえるの？）

「力持ちの男だ」

「ああ、あのかた。忘れていたわ」

ジェストコーストはテーブルから立ちあがった。「なかなかはりきってやっているね、ク・メル。きみは市民であり、議員であり、リーダーでもある。それで何人子どもを産んだか、覚えていられるかい？」

「七十三人ですわ」ク・メルはいい返した。「たくさん産むからって、わたしたちが忘れるものですか」

ジェストコーストのふざけたようすが消えた。真顔になり、声に優しさがこもった。「悪気はなかったんだ、ク・メル」

ジェストコーストは知らなかったが、彼が立ち去ると、ク・メルはキッチンにもどり、しばらく泣いた。何年も昔、目的をおなじくする同志となってから、ク・メルが人知れず愛したのはジェストコーストその人だったのだ。

ク・メルが百と三歳の長寿をまっとうして世を去ってからも、ジェストコーストはアースポートの回廊や昇降路で、いくたびとなく彼女を見かけた。ク・メルのひ孫にあたる娘たちの多くがク・メルと瓜二つで、そのうちの何人かは遊び女の職につき、大成功をおさめていたのだ。

彼女たちはもう半奴隷ではない。いまでは市民（留保階級）であり、財産、身元、権利を守る姿影パスを所持している。ジェストコーストはそのみんなの名づけ親である。だから、宇宙きっての肉感的な美女たちがたわむれのキスを投げてきたりすると、まごついてしまうことも多かった。そもそも彼の生きがいは政治的な情熱をみたすことで、個人的な情熱をみたすことではなかった。その意味では、彼はいつも恋をしていた。熱烈に恋していたといえる――正義そのものを。


やがて自分の番がきて、死が近いとわかったとき、彼に後悔はなかった。何百年も昔、彼には妻があり、妻を心から愛したからだ。子どもたちは、とうに人類の血脈に加わっている。最後にひとつ知りたいことがあり、彼ははるか地の底にいる名無しの者（または、その後継者）に呼びかけた。内なる呼びかけは、やがて叫びに近いものになった。

（わたしはきみたちに力を貸した）

「そうだ」はるかかなたから、あるかなきかというほどのささやきがひびいた。

（わたしは死が近い。知りたいことがある。ク・メルはわたしを愛していたのか？）

「ク・メルはきみなしに生きていった。それほどまでに愛していたのだ。自分のためではなく、きみのためを思って遠ざかったのだ。心底から愛していたのだよ。死も、命も、時も超えるほどに。もうきみたちは離れることはない」

（離れることはない？）

「そうだ、人びとの思い出がつづくかぎり」と声はいい、沈黙した。

ジェストコーストは枕に頭を沈め、終わりを待った。

シェイヨルという名の星

A Planet Named Shayol

伊藤典夫◎訳

スミス自身認めているように、この小説はダンテが下敷きで、『地獄篇』のある部分をSF形式に翻案したものだ。――ただし、スミスならではの独特のひねりが加わっている。物語の設定は、明らかに長篇『ノーストリリア』よりさらにあとの時代で、その証拠に長篇では、シェイヨルへの追放がまだ脅しに使われている。作品集の終わりに至って、「スキャナーに生きがいはない」とおなじくヴォマクト家の一員が登場する。――また、われわれはスズダルともめぐりあえる。しかし、ゴー・キャプテン・アルヴァレズの来歴については、スミスはそれ以上なんの光も投げかけてくれない……

1

定期船とフェリー・ステーションでは、マーサーの扱いに天と地の開きがあった。定期船では、食事を運んでくる男たちは彼をあざけったものである。

「しっかり悲鳴をあげろよ」と、ねずみ顔の船室係はいった。「そうすりゃ受刑の模様が皇帝陛下のご誕生日に放送されるとき、ちゃんとおまえの声だとわかるから」

もうひとり、でぶの船室係は、あるとき濡れた赤い舌の先で厚ぼったい赤紫の唇をなめながら、こういった。「筋がとおるじゃないか。痛みに始終苦しんでいれば、自分のなかでいろんなものが死ぬ。その——なんだかんだの埋め合わせに、いいことがあるに決まってるんだ。女に変わっちゃうとか、自分が二人になるとかな。なあ、にいさん、楽しくてたまらないようだったら教えてくれ……」

マーサーは答えなかった。悩みはいっぱいあり、意地の悪い男たちの白日夢につきあっている暇はなかった。

フェリー・ステーションでは事情はちがっていた。生物薬剤局のチームは、手ぎわよく、感情をまじえず、あっというまに彼の拘束を解いた。囚人服もすっかり脱がせ、定期船に残した。彼が全裸で基地に移ると、職員たちはまるで珍しい草花か、手術台に寝かせた体を見るように彼を検分した。プロらしい上手なさわりかたは、やさしいとさえいえた。犯罪者というよりも検体の扱いだった。

男も女も医師の白衣姿で、そのまなざしにさらされると、自分がすでに死人としか思えなくなる。

マーサーは口を開きかけた。年配の、いかにも地位の高そうな男が、きっぱりといいわたした。「なにもいわなくていい。もうすこししたら、こちらから話す。いまやっているのは予備の検査――きみの健康状態を調べるためのものだ。ぐるっとまわってくれないか」

マーサーは体をまわした。看護士が強い殺菌剤で背中をごしごしとこすった。

「これからチクッとする」と、ひとりの技師がいった。「だが危険だとか痛いとか、そういうことはない。皮膚の各層の強さを調べるものだ」

「ぼくが何者か知らないのか？」あまりにも冷淡な扱いについ声を出したとたん、第六腰椎のすぐ上にとがったものが突き刺さり、その個所がかっと熱くなった。

「もちろん知ってるわ」と、ひとりの女が答えた。「隅にファイルが全部あるから。あなたにその気があれば、あとで主任ドクターからあなたの犯罪の話が出るでしょう。いまは静かにして。皮膚のテストの最中だし、手間どらせるようなことをしなければ、ずっと気分がよくなるから」

誠実な彼女は、もう一言つけ加えた。「それに、正確な結果もとれるし」

彼らは一刻も無駄にせず仕事にはいった。

マーサーは横目をつかって、そのようすをながめた。べつに変わった風景ではなく、人間の形をした悪鬼が、地獄への控えの間に群れているといった印象はない。ここが究極の懲らしめと不名誉の惑星、シェイヨルの月であることを明かす証拠はなにひとつない。彼が名前もない犯罪をおかすまえ、日常の暮らしのなかで目にした医療関係者たちとおなじように見える。

彼らはお決まりの仕事から仕事へと移ってゆく。別の女が外科用のマスクをし、白い台を手で示した。

「どうぞ、それに乗ってください」

皇宮の壁のそばで衛兵に拘束されたとき以来、〝どうぞ〟といわれたことはなかった。いわれるままに動きだし、台のあたまのところに、パッドで包んだ手枷が取り付けてあるのに気づいた。マーサーは足をとめた。

「どうぞ進んで」女のことばに、周囲の二、三人がふりむいた。

二度めの〝どうぞ〟は彼の心をゆさぶった。なにかいわなければと思った。ここにいるのは血のかよった人びとであり、彼も人間と認められたのだ。声がうわずり、かん高い割れたような声で、マーサーはたずねた。「あのう、これはもう刑罰？」

「ここに刑罰はありません。シェイヨルの衛星ですからね。台に乗ってください。まず一回めの皮膚強化をおこなって、そのあと主任ドクターのところに行きましょう。そうすれば、犯罪のことも思いきり話せるから──」

「ぼくの犯罪のことは知ってますか？」まるで隣人を相手にしたように声がやわらぐ。

「知りませんとも」と女はいった。「でも、ここを通り抜ける人たちは、みんな犯罪をおかしたとされているようね。だれかがそう考えたから、ここに来たんでしょうけれど。ほとんど皆さん、自分の犯罪のことを話したがりますよ。でも、わたしをてこずらさないで。わたしは皮膚科の技師で、あなたはここで最高の処置を受けてシェイヨルの地表に降りなければいけないんだから。さあ、台に乗ってください。それに主任ドクターに会う用意ができたときは、きっと犯罪のほかにも話すことが出てくるでしょう」

マーサーはいいつけに従った。

もうひとり、マスクをした人物──若い女のようだ──が、ひんやりした優しい指で彼の手をとると、いままで感じたこともないほど心地よく、パッド付きの手枷にはめこんだ。帝国にある尋問マシンはみんな経験済みだと思っていたが、これはいままでのどれとも似ていない。

看護士がうしろにさがった。「完了しました、サー・ドクター」

「どちらにします？」皮膚科の技師が声をかけた。「たくさん痛みを味わうか、それとも二時間意識を失いますか？」

「だれが痛みなんか？」

「そういう検体もいるんです」と技師。「ここに来るころには心境が変わってしまって。それまでにどういう扱いを受けたかによるんじゃないかしら。そうすると、あなたは悪夢刑は受けなかったのね」

「うん、それは知らなかった」いいながら、内心こうつけ加えた。まだ受けそびれた罰があるとは思わなかった。

最後の公判で、電気の通じたワイヤにつながれ、証人台に接続されていたのを思いだす。法廷は暗く、天井は高かった。まばゆいブルーの光が裁判官の一団を照らし、彼らのかぶる法帽は、遠いむかしにあった監督教会の司教冠（ミトラ）のとんでもないパロディを思わせた。裁判官たちがしゃべっているが、声は聞こえない。ところが一時的に音声切断が解け、声が流れてきた。

「あの青白い悪魔的な顔を見たまえ。ああいう手合いは、どこをついていても身に覚えがあるものだ。わたしは苦痛ターミナルを提案する」

「惑星シェイヨルではなくてか？」と第二の声。

「いや、駛走虫（しそうちゅう）、ドロモゾアの星さ」と第三の声。

「こいつには似合いだ」と最初の声がいった。そのへんで法廷エンジニアのだれかが、被告の不法な立ち聞きに気づいたらしい。音声は切れた。そのときマーサーは知ったのだ。──自分がすでにいっさいがっさいの罰を味わい、人類の残忍性と創意を超えたところに来てしまったことを。

なのに、この女は、夢刑罰を受けそびれたという。この宇宙に、彼より救いようのない境遇におかれた人間がいるものだろうか？　シェイヨルには大勢いるにちがいない。彼らは帰ってきていない。

マーサーはその仲間にはいるのだ。受刑者たちは、自分が流される因になった犯罪のことを、自慢たらたらしゃべるのだろうか？

「お望みのものですよ」と女性技師がいった。「といっても、ふつうの麻酔剤です。目がさめたときあわてないで。これからあなたの皮膚は、生物学的に、化学的に厚くされて、強くなります」

「痛いのかな？」

「もちろん。でも、それは頭から消してしまいなさい。ここは罰するところではないんですもの。あるのは、ただの医療的な痛みだけ。手術をたくさん受ける人間なら、だれでも味わうものです。刑罰、あなたがそう呼びたいのだったら、それはシェイヨルに降りてから下されます。ここでやるたったひとつのことは、着陸したあと、生存しやすい体に改造することです。ある意味では、先にあなたの命を救ってしまうわけね。事情がわかれば感謝の気持もわいてくると思うけど。とにかく、皮膚の変化に末梢神経が反応するということだけ頭に置いておけば、これから起こることも楽にしのげると思いますよ。それから意識がもどったとき、すごく気持の悪い思いをすることは覚悟したほうがいいわ。でも、それもこちらで手は打てますけど」

彼女が大きなレバーを倒し、マーサーは気を失った。


意識がもどると、ふつうの病室に寝かされていたが、そのことには気づかなかった。全身が火中に埋めこまれたようだった。片腕を上げ、燃えていないかと確かめた。いつもと変わりない腕だが、すこし赤みをおび、すこし腫れている。寝返りを打とうとした。火は焼けつくような猛火となり、途中で動けなくなった。耐えきれず、うめき声をあげた。

「痛みどめが必要ね」と声がした。

若いナースだ。「頭を動かさないで。いい気持を半分わけてあげるから。そしたら、肌も平気になるわ」

ナースは頭に柔らかなキャップをかぶせた。見かけは金属だが、感触はシルクに似ていた。

マーサーは手のひらに爪を食いこませ、ベッドでばたつきたくなるのをこらえた。

「叫んでもいいのよ。そういう人多いの。一、二分がまんすれば、キャップが正しい脳葉を探りあてますからね」

女は部屋の隅に行ってなにかをしたが、マーサーには見えなかった。

スイッチのはいる音がした。

火は肌から消えなかった。まだ燃えているが、不意に苦にならなくなった。心は妙なる快感にみち、それは脳から波紋を広げながら、神経系へ脈打ち流れていくように思われた。快楽宮にはよく出かけたものだが、こんなのは味わったことがない。

ナースにお礼をいいたくなり、ベッドのなかで身をよじってそちらを見た。全身が痛みにかっとなったが、苦痛は遠かった。拍動する快感は、脳から流れだして脊髄を下り、すみずみの神経へと伝わってゆく。その密度があまりにも高いので、痛みは遠い瑣末的な信号としか思えないほどだ。

ナースは隅にひっそりと立っている。

「ありがとう、ナースさん」

返事はない。

もっとよく見ようとしたが、すさまじい快感が、神経の伝達情報で書かれたシンフォニーさながら全身をひくつかせている状態では、目がいうことをきかない。やっと焦点をあわせると、彼女もまた金属キャップをかぶっているのがわかった。

マーサーはキャップを指さした。

彼女は喉もとまでまっ赤になった。

夢うつつの声だ。「あなた、いい人のような気がしたの。わたしのこと告げ口しないと思ったから……」

人なつっこい笑みを投げたつもりだが、肌の痛みと頭からほとばしる快感の二段攻撃のもとでは、どういう顔つきをしたのか見当もつかなかった。「それは違法だぜ。こまった違法行為だ。でも気持がいいね」

「こんなとこでどうやって暮らしていけると思う？」とナース。「あなたたち検体は、ここでふつうの人と変わりなくおしゃべりして、シェイヨルへ降りていってしまう。向こうへ行くと恐ろしいことが起こる。そのあと地表基地から、あなたたちの体の部品がときどきだすの。何度も何度も。急速冷凍されて、二年の任期が切れるまでには、あなたの首を十回ぐらい見るんじゃないかしら。急速冷凍されて、いつでも切り刻めるようになったやつをね。あなたたち囚人は、こっちの苦しみも知るべきだわ」と歌うようにいう。快感負荷が、まだ彼女を心地よくリラックスさせているのだ。「向こうへ着いたらすぐ死んでしまって、責め苦の後始末をこちらにまわさないでくれたらいいと思う。叫び声が聞こえるのよ。シェイヨルにむしばまれはじめてからも、まだ人間みたいな声。なぜそうなの、検体さん？」呆けたようにくすくす笑う。「こんないやな目に遭わせといて。わたしだって、たまにはひと乗り味わいたくなって当然だわ。いまなんか、ほんとほんと夢心地で、あなたをシェイヨルに下ろす用意をするのも、ちっとも苦にならない」よろよろとベッドに寄ってきた。「このキャップ脱がせてくれます？　もう両手を上げる気力もないわ」

マーサーは指のふるえを見ながら、キャップに手をのばした。

指がキャップ越しに彼女の柔らかい髪にふれた。脱がせようとキャップのふちの下に親指を入れたところで、こんなにかわいい女性にふれるのははじめてだと思い当たった。昔から彼女を愛していたような気がした。これからもずっと愛しつづけるような気がした。キャップが脱げた。彼女はすっと立ちあがると、すこしふらつき、椅子につかまった。目をつむり、大きく息をしている。

「ちょっと待って」と平静な口調でいう。「一分たてば大丈夫だから。このひと乗りにありつけるのは、新入りが皮膚痛をやわらげるのに使うときだけなの」

彼女はルーム・ミラーに向かい、髪をととのえた。背中を向けたままでいう。「下の階のこと、わたし口をすべらせてなければいいけど」

マーサーはまだキャップをかぶっている。それをかぶせてくれた美しい女性をいとしいと思った。うちに脈打つ快感を、いままで彼女と分かちあっていたと思うと泣きたい気がした。彼女を傷つけるようなことばは絶対に漏らすまい。〝下の階のこと〟とは、シェイヨルの地表についての無駄口か。なにもしゃべっていないという裏付けがほしいのだとわかったので、マーサーは彼女をあたたかく元気づけた。「きみはなにもしゃべっていないよ。なんにもね」

ナースはベッドに歩み寄ると、体をこごめ、マーサーの唇にキスした。そのキスも、遠いことでは苦痛とおなじ。なにも感じなかった。脳からあふれだす快感のナイアガラは、ほかの感覚がはいりこむ余地を与えないのだ。だが親密さは気にいった。心の暗い正気の片隅から、女とキスするのはこれが最後だぞと声がささやきかける。だが、そんなことはどうでもいいように思えた。

ナースは手慣れた指づかいでキャップの位置をととのえた。「ほら、ぴったり。あなた、いい人ね。わたし忘れたふりして、ドクターが来るまでキャップをおいておくわ」

にっこり笑い、彼の肩においた手に力をこめる。

そして足早にドアに向かった。

白いスカートが一瞬かわいくひらめき、彼女は病室から消えた。立ち去る脚が、またなんともいえずきれいだった。

すてきな娘だ。しかし、このキャップが……あうっ、いま肝心なのはキャップだ！　彼は目を閉じ、キャップが脳の快楽中枢を刺激するにまかせた。皮膚の痛みは依然としてあるものの、病室の隅にある椅子とおなじくらい気にさわらない。苦痛は、たんにこの部屋で起こる出来事というだけだ。

腕をしっかりとつかむ感触があり、目をあけた。

年配の、地位の高そうな男がベッドのかたわらに立ち、不審そうな笑みをうかべて見下ろしていた。

「彼女、またやったな」と年配の男。

マーサーは首をふり、若いナースにはなんの落ち度もないと合図した。

「わたしはドクター・ヴォマクトだ」と年配の男はいった。「いまからこのキャップをはずす。苦痛がぶりかえすが、そんなにひどくはないはずだ。ここを出るまでに、あと何回かキャップをかぶれるだろう」

すばやい力強い動作で、ドクターはキャップをはぎとった。

体表からふたたび火が流れこみ、マーサーの体はたちまち二つに折れた。悲鳴をあげはじめ、そこでドクター・ヴォマクトのおだやかな視線に気づいた。

あえぎ声でいう。「すこし――楽です」

「そうだと思う。キャップを取らないと、きみと話せないからな。きみに二、三、選択の自由を与える」

「はい、ドクター」

「きみは重罪をおかしたかどで、シェイヨルの地表に下ることになる」

「はい」とマーサー。

「おかした罪のことを話したいか？」

マーサーは、不変の日ざしがふりそそぐ宮殿の白壁のことを思った。壁のそばで聞いた、小さな生き物たちのかぼそいニャーニャーという鳴き声のことを思った。マーサーは両腕と両足、背中とあごをきゅっと引き締めた。「いや、話したくないです。名前もない犯罪だ。帝室一族に対する……」

「けっこう。それが健全な態度だ。犯罪はもう過ぎたことだ。この先には未来がある。さて降下のまえに、きみの心をこわしてもいい。――そうしてほしければだがね」

「それは違法行為だ」

ドクター・ヴォマクトは、あたたかい自信にみちた笑みを向けた。「もちろん違法だ。人間の法に反したものはいろいろあるさ。だが科学にも法はある。シェイヨルに降りたら、きみの肉体は科学に奉仕する。その肉体にマーサーの心があるか、下等なエビの心のようなものしかないか、それはわたしの知ったことではない。肉体をあやつれるだけの心は残すが、きみの歴史的な背景は取り去って、肉体にもっと安楽に生きるチャンスを与える。きみの考えかたしだいだ。自分でいたいか、いたくないか？」

マーサーは首を左右にふった。「わからない」

「わたしは自分の立場を賭けて、逃げ道を教えているんだぞ。わたしだったら、やってもらうね。向こうはひどいから」

マーサーは、でっぷりした大きな顔を見つめた。打ち解けた笑みを信頼する気にはなれなかった。おそらくは彼の刑罰をいっそうつらくする計略だろう。皇帝の残忍さはつとに知られている。先帝の未亡人、太后レイディ・ダーに、どんな仕打ちをしたか見るがいい。皇帝は自分より若かったレイディ・ダーに、死よりも過酷な運命を与えたのだ。それにしてもシェイヨル行きが決定済みなら、なぜドクターはわざわざ規則を乱そうとするのか？　もしかしたら、このドクター自身条件付けされていて、どういう提案をしているか自覚がないのではないか。

ドクター・ヴォマクトはマーサーの表情を読んだ。「わかった。拒絶か。心もいっしょに持っていきたいわけだ。それはかまわん。わたしが良心の呵責(かしゃく)を感じるわけじゃない。では、つぎの忠告も受けつけないか？　降下のまえに、目を抜くことを推奨したいんだが。視力をなくせばずっと楽になるぞ。それはたしかだ。警告放送用に録音した声をいろいろ聞くのでね。視神経を焼き切ってしまうから、二度と視力がもどることはない」

マーサーは体を左右にゆすった。燃えるような痛みはところ嫌わぬむずがゆさに変わっている。だが皮膚の不快感より、心の痛みのほうが大きかった。

「これも拒絶するわけだね?」とドクター。

「そういうことになります」

「では、あとは準備だけだ。なんなら、もうしばらくキャップをかぶっていたまえ」

マーサーはいった。「かぶるまえに、下の状況を話してもらえますか?」

「すこしならね」とドクター。「世話係がひとりいる。人だが、人間族ではない。牛を改良したホムンクルスだ。この男は頭がよくて、たいへん誠実だ。きみたち検体はシェイヨルの地表に放たれる。ドロモゾアは特殊な生物で、この惑星にしかいない。きみの体に巣くったら、ブ・ディカット——これが世話係だけれども——彼が麻酔で切り取って、こっちへ送ってよこす。組織は冷凍保存されるが、酸素呼吸生物ならほとんどなにとでも適合する。つまり、拒絶反応は出ない。宇宙全域で使われている外科用補修組織の半分は、ここから搬出されたものだ。生存という点だけからいえば、シェイヨルはたいへん健康的な世界だよ。死ぬということがない」

「つまり、刑罰は永久的につづく」

「わたしはそこまではいってない。いったとすれば、それは誤りだ。きみはすぐには死なないだろう。どれくらい生きられるかはなんともいえない。しかし、これだけは忘れないように。きみがどんな苦しい目におちいろうが、ブ・ディカットが送りだすサンプルは、あらゆる居住世界の何万という人びとを救っているのだ。さあ、キャップをかぶって」

「いや、話してるほうがいい。これが最後かもしれないから」

ドクターは奇妙な目つきで彼を見た。「その苦痛に耐えられるなら、いいとも、話したまえ」

「向こうで自殺はできますか？」

「なんともいえない。起こったことがないんだ。声を聞くかぎり、そうしたがってるようだがね」

「だれかシェイヨルから帰還した人間は？」

「四百年まえ着陸禁止になって以来、ひとりもいない」

「向こうでは、ほかの人たちと話せますか？」

「うん」

「刑罰はだれが加えるのですか？」

「だれもいないさ、馬鹿だな」ドクター・ヴォマクトは声をあげた。「これは刑罰じゃないんだ。みんながシェイヨルを敬遠するので、志願者よりも罪人のほうがマシという結論が出たにすぎない。おそらくはね。とにかく、きみを罰するような相手はいない」

「看守もですか？」声に哀れっぽい調子がまざった。

「看守も、規則も、禁制もない。ただシェイヨルがあり、ブ・ディカットが世話をしてくれるだけだ。まだ心と目がほしいか？」

「このままにします。いままで持っていたんだから、この先も大事にしますよ」

「じゃ、キャップをかぶせて、もうひと乗りさせてあげよう」

キャップをととのえるドクターの手つきは、ナースとおなじように軽やかで優雅だった。しかも、すばやい。自分用のキャップに手を出すようすはなかった。

快感が、荒々しい酔いのように流れこんだ。燃えさかる皮膚が遠くにしりぞく。近くにドクターがいるが、それさえどうでもよかった。シェイヨルなんか怖くはない。脳からあふれだす幸福のパルスはあまりにも大きく、恐怖や苦痛のつけいる隙はなかった。

ドクター・ヴォマクトが手を突きだしている。

なぜだろうとマーサーは思い、つぎの瞬間、このすばらしい親切なキャップ使いは、握手を申しでているのだと悟った。マーサーも手を上げる。重いけれど、腕もまた浮きうきしていた。

握手をかわす。変な気分だ、とマーサーは思った。脳からの快感と皮膚の痛み、その二重の層をとおして、にぎった手の感触を味わうなんて。

「さよなら、マーサーくん」とドクターはいった。「さよなら、そしておやすみ……」

2

フェリー・ステーションでは下にもおかぬ扱いを受けた。つづく数百時間は、長い奇怪な夢のように過ぎた。

若いナースはそれから二度、マーサーがキャップ姿で寝ている部屋に忍びこみ、いっしょにキャップを楽しんでいった。体表を肥厚化させる浴場もあった。強い局部麻酔を使って歯が抜かれ、ステンレス・スチールの歯と入れ替わった。ぎらつく光の照射療法で皮膚の痛みがとれた。手足の爪には特別な処置がほどこされた。爪はしだいしだいに恐るべき鉤爪(かぎづめ)に変わっていった。ある夜、無意識にアルミ製のベッドで研いでいるのに気づき、見ると、深い溝ができていた。

意識は、いつもすっかり晴れるということはなかった。ふたたび子どもにかえり、痛がっているときには母親といっしょに家にいる錯覚におちいった。寝ながら笑った。みんな受刑のためにここへ送られてきたはずが、じつは底抜けに楽しい場所とわかったからだ。裁判も、尋問も、裁判官の姿もない。食事もうまいが、あまり深くは考えなかった。なんといってもキャップがある。目が覚めているときも、とろりとしていた。

とうとうキャップ姿で断熱ポッドに乗せられた。――この一人乗り宇宙カプセルで、フェリー・ステーションから下の惑星へ投下されるのだ。体がすっぽりおさまり、顔だけが残った。

ドクター・ヴォマクトが、泳いで部屋にはいってきたように見えた。「よくやった、マーサー」と叫ぶ。「きみはたいへん頑健だ。聞こえるか？」

マーサーはうなずいた。

「向こうへ行ってもがんばれ、マーサー。なにが起ころうと、みんなを救っているということは忘れるな」

「キャップは持っていけますか？」

答えのかわりに、ドクターは手ずからキャップを脱がせた。二人の男がポッドのふたを閉じ、暗闇がおりた。意識が晴れはじめ、パニックにおちいったマーサーは保護材に体をぶつけた。

雷鳴がとどろき、血の味がした。

つぎに意識がもどると、冷えびえとした部屋にいた。衛星の寝室や手術室よりもはるかに肌寒い。誰かが彼をそっとかかえあげ、テーブルにのせた。

目をあける。

巨大な顔が見下ろしていた。いままでマーサーが見たどんな顔と比べても、四倍は大きいだろう。大きな茶色の目が、いかにも牛らしく柔和にのんびりと右に左に動き、マーサーをつつむ保護材を調べている。顔そのものはハンサムな中年男の顔で、ひげはなく、髪は栗色だった。ふっくらした肉感的な唇のあいだから、超大型ながら健康そうな歯がのぞき、薄笑いをうかべている。その顔はマーサーが目をあけたのに気づくと、人なつっこい胴間声でしゃべりだした。

「おれは世話係だ。名前はブ・ディカット。だけど、ここじゃそんな名前はいらん。〝友人〟でいい。そういって声をかけてくれれば、いつでもお役に立つぜ」

「痛い」とマーサー。

「そりゃ痛いさ。どこもかもだろう。高いところから落っこってきたからな」

「キャップをもらえないか」とマーサー。質問ではない。要求だった。彼のひそかな内なる永劫の安泰は、キャップひとつで決まるように思われた。

ブ・ディカットは笑った。「ここにゃキャップはないよ。おれが使うかって？　そう見えるかもしれんな。おれにゃ、ほかにもっといいものがある。心配するない、にいさん、ちゃんと治してやるから」

マーサーはうなずけない顔をした。フェリー・ステーションの憂さがキャップで晴れたのなら、少なくとも脳への電気刺激ぐらいなくては、シェイヨルの地表で待つ責め苦を打ち消すことはできないだろう。

枕がはぜるように、ブ・ディカットの笑いが部屋にみちた。

「コンダミンって聞いたことあるか？」

「いや」とマーサー。

「あんまり強すぎて、薬局方にも記載が許されていない麻薬さ」

「そいつがあるのか？」マーサーの表情が晴れた。

「もっといい。スーパーコンダミンがある。名前は、これを開発したニュー・フランスの町からとってる。化学者が水素原子をもう一個つなげたんだ。これでぐんと効きめが上がる。その体のままで打てば、三分で死ぬよ。だがその三分は、あんたのなかじゃ、一万年しあわせだったみたいに思えるはずだ」ブ・ディカットは茶色の目を派手にぎょろつかせると、だだっぴろい舌で厚ぼったい赤い唇をぴちゃぴちゃと鳴らした。

「それがなんの役に立つ?」

「打てるのさ、そいつを。このキャビンを出て、ドロモゾアにさらされたあとならな。体が持ちこたえられるようになる。百の利があって、害はなんにもない。おもしろいものをみたいか?」

うんという以外に、どうすればいいのか? マーサーは内心むっとした。おれがお茶の会に誘われて急いでいるとでも思っているのだろうか?

「ほら、窓のそと」とブ・ディカット。「なにが見えるかいってみろ」

大気は澄んでいた。地表は砂漠に近く、生姜色のなかに不規則に走る緑は、地衣類や低い藪だろう。乾いた強い風によるものか、見た目にもいじけ、縮かんでいる。風景は単調そのものだ。二、三百ヤード行ったところに明るいピンクの物体が群れていて、生き物のようだが、遠すぎてよく見えないためなんとも形容のしようがない。さらにその遠く、マーサーの視野のいちばん右の端に、六階建てのビルほどもあるだろうか、とてつもなく大きい人間の片足の彫像があった。膝から上がどうなっているか、ここからは見えない。

「大きな足が見える。だけど——」

「だけどなんだ？」ブ・ディカットのようすは、まるで巨大な子どもが、おそろしく内輪なジョークの種明かしをひた隠しにしているように見えた。巨漢ではあるが、あの大足の指と並んで立てば小人みたいなものだろう。

「しかし本物の足のはずはない」とマーサー。

「本物だよ」とブ・ディカット。「あれがゴー・キャプテン・アルヴァレズ、この惑星の発見者だ。六百年たっても、まだしっかりしたものさ。もちろん、いまじゃほとんどドロモゾア化してるが、人間の意識もすこしは残ってるんじゃないかと思う。おれがどうするか知ってるかい？」

「えっ？」

「スーパーコンダミンを六cc打ってやると、鼻を鳴らしてくれるぜ。ほんと気持よさそうな鼻あらしだ。知らんやつが聞けば、火山の噴火だと思うだろう。スーパーコンダミンってのは、そういう薬さ。それをごまんと分けてもらえるんだ。たいしたしあわせ者だぜ、マーサー。おれという親友ができて、注射までしてもらえるんだ。仕事はこっちが全部引き受けて、お楽しみは全部あんた。意外や意外のハッピーエンドときた」

それは嘘だ！　嘘だ！　とマーサーは思った。それでは、あの悲鳴はどうした——刑罰記念日に流される警告放送は？　なぜドクターが脳をこわすとか視覚を抜くとかいいだすのか？

牛男が悲しげに見つめていた。気を悪くした表情だ。「信じてくれないんだな」口調もひどく悲しげだった。

「そうじゃない」マーサーは真情を伝えたいと思った。「ただ、あんたがなにかいい漏らしてるんじゃないかという気がして」

「たいしてないさ。ドロモゾアが侵入したときは、とびあがるくらい痛い。体に新しい部品——頭とか、腎臓とか、手とかが生えてきたときは、うろたえるぜ。たった一回の接触で、三十八本の手が生えてきたやつがいる。おれはその手を全部切り取って冷凍し、上の階に送ったよ。みんなの世話は抜かりない。おそらくはあんたもしばらくは悲鳴をあげるだろう。だけど、これだけはおぼえていてくれよ。〝友人〟ってひと声かけてくれりゃ、宇宙史上ないくらい手厚く処置してやるぜ。ところで目玉焼きを食いたくないか？　おれは食わないんだが、真人はたいていい好きなようだから」

「目玉焼き？　卵がどうした？」

「どうってことはない。あんたらへのもてなしさ。出ていくまえに、腹ごしらえしたほうがいい。そうすりゃ、一日目をすこしは楽に切り抜けられる」

マーサーがあっけにとられて見守るまえで、大男は低温容器から貴重な卵を二つ取りだすと、小さなフライパンにじょうずに落とし、マーサーがめざめたテーブル中央の加熱フィールドにフライパンをおいた。

「おかしいか、〝友人〟って？」ブ・ディカットはにたりとした。「いまにわかるさ。そとに出たら、それを忘れんこった」

一時間後、じっさいマーサーはそとに出た。

ドアのまえに立ったときには、気分はふしぎに安らかだった。ブ・ディカットが気さくに背中を押した。そのひと押しはやさしく、はげましとも受けとれた。

「おれが鉛の服を着なきゃならんようなことはするなよ」マーサーはその服にすでに出会っていた。並みの宇宙船のキャビンほどもあり、となりの部屋の壁にかかっていた。「このドアが閉まったら、そとのドアが開く。そしたら出ていくだけだ」

「しかしなにが起こるんだ？」恐怖が腹のなかで輾転（てんてん）し、内部から小さな手でしきりに締めつけてくる。

「それをいうなよ」とブ・ディカット。すでに一時間も、マーサーの根掘り葉掘りの質問をかわしてきたのだ。地図だって？　ブ・ディカットはそのことばに笑ったものだ。食事？　心配するなと答えた。ほかの人たち？　いるとも。武器？　なんのために、と問い返した。ブ・ディカットは、自分が友であることを何回も何回も力説した。マーサーの身になにが起こるのか？　みんなに起こったのとおなじことさ。

マーサーは歩みでた。

なんともない。日ざしはさわやかだ。強化された皮膚を、風がそっとなぶる。

マーサーは不安げに見まわした。

キャプテン・アルヴァレズのまさに山のような巨体が、右側の風景を大半占領している。

これには、あまりかかわりたくなかった。補給所のほうをふりかえる。ブ・ディカットは窓からのぞいていなかった。

マーサーはまっすぐ前方にゆっくりと歩いていった。

日ざしがガラスのかけらにきらめくように、地面に光が走った。太ももがちくっとした。とがった器具で軽く突かれたような感触だ。マーサーはその個所を手ではらった。

まるで空が落下してきたようだった。

痛み――いや、痛みどころではない、まさにズキズキと脈打つ生物――が、尻から足へと右半身を駆けくだった。ズキズキは胸に達し、マーサーの呼吸をうばった。倒れると、地面が彼を痛めつけた。ステーションの病院で味わったものなど問題ではない。野天(のてん)に横たわり、息をするまいと努めたが、呼吸はつづいていた。息をするたびに、ズキズキは胸郭(きょうかく)といっしょに動いた。あおむけになり、太陽を見上げた。やっと太陽が白熱したすみれ色であることに気づいた。

呼ぼうと思うことすら無意味だった。声は消え失せていた。苦悶の巻きひげが内でもつれあっている。息を止めることができないので、いちばん痛まないやりかたで空気を取り入れることにした。あえぐのは体にこたえる。ちびちびとするのが、いちばん苦痛が少なかった。

まわりの砂漠は荒涼としていた。首をめぐらして補給所を見ることもできない。こいつがそうか、と思った。永劫にわたるこいつが、シェイヨルの刑罰なのか?

近くで声がする。

気味悪いほどピンクの顔が二つ、マーサーを見下ろした。かつては人間であったのかもしれない。男のほうはごくふつうに見えるが、鼻が二つ並んでついていた。女のほうは目を疑うような人間のカリカチュアだった。両頰にひとつずつ乳房が生え、赤んぼうのようなぽっちゃりした指が、ひたいから房となって垂れているのだ。

「すばらしい。新入りさんだわ」と女。

「おいでよ」と男。

二人に抱きかかえられ、マーサーは立ちあがった。抵抗する体力はなかった。二人に話しかけようとすると、みにくい鳥が鳴くような、耳ざわりなカーカーという声が出た。

二人は器用にマーサーと足並みをそろえた。見れば、ピンクの生き物の群れがいるほうへ彼を引きずってゆく。

近づくにつれ、彼らが人間であることがわかってきた。いや、以前は人間であったというべきか。フラミンゴのくちばしをした男が、自分の体をつついていた。女が地面に横たわっている。頭はひとつだが、元の体らしいものに加えて、首のところからひとりの少年の体が横に生えていた。少年の体はきれいで真新しく、浅い息をするほかには、麻痺しているかのようになんの動きも見せない。マーサーは周囲を見まわした。このグループで曲がりなりにも服を着ているのは、たったひとり、オーバーコートを横に巻きつけている男だけだ。マーサーはまじまじと見つめ、やっと、男が腹の外側に二つ――それとも三つ？――の胃袋をぶらさげているのに気づいた。オーバーは胃袋を固定するためなのだ。透きとおった腹膜は、いまにも破れそうに見えた。

「新入りよ」と、頬に乳房のある女がいった。女と二つ鼻の男はマーサーを下ろした。

グループは地面に思い思いにちらばっている。

マーサーはもうろう状態のまま、彼らのあいだに横たわった。

老人の声がした。「どうやらじきに給食の時間らしいぞ」

「ああ、いやだ！」

「早すぎるぞ！」

「ごめんだぜ！」

不承知の声があちこちであがった。

老人はつづけた。「そら、山の親指の近くだ！」

索莫（さくばく）としたつぶやきが、目にしたものの真偽を裏付けていた。

どうしたのかとマーサーは聞こうとしたが、カーカーという声しか出てこない。

ひとりの女が——ほんとうに女か？——四つんばいでやってきた。女は正常な手のほかに、胴から太ももの途中まで何十本という手に埋め尽くされていた。なかには年老いてしなびたようなものもまじっている。だが大半は真新しく、ピンクで、最初の女のひたいから下がる赤んぼうの指と変わりなかった。女が彼に向かって叫んだが、べつに大声を出す必要はなかった。

「ドロモゾアが来るわ。今度は痛いわよ。この星に慣れてきたら、地面にもぐったほうが——

人びとの群れのまわりには塚のようなものがたくさん見え、女は手をふってそれを示した。

「あれはもぐってる人たち」

マーサーはまたカーと声をあげた。

「心配しないで」と、手だらけの女はいい、閃光がふれると声にならぬ叫びをあげた。

光の粒々はマーサーのところにも来た。痛みは最初のときと似ていたが、もっと奥深くを探る感じだった。体のうちの奇妙な感覚が必然の結論をみちびきだすとともに、目が大きく見ひらくのを感じた。――このきらめき、この粒々、この名付けようのないものは、彼のうちに養分を注ぎこみ、肉体をこしらえているのだ。

この生命体にもし知性があるとしても、それは人間的なものではないだろう。だが目的は明らかだった。耐えがたいジンジンの合間に、マーサーは彼らが胃袋をみたし、血のなかに水分を増やし、腎臓と膀胱から水分を取り去り、心臓をマッサージし、肺を動かすのを感じた。

彼らのおこないは、ことごとくが善意と慈愛にみちていた。

しかも、ことごとくが痛いのだ。

とつぜん、羽虫の大群が舞いあがるように、彼らは去った。マーサーはどこか遠くの騒ぎを意識した。――醜悪な物音が、知性も抑制もなく垂れ流しにされている。あたりを見まわすと、騒ぎがやんだ。

音の主はマーサー自身だった。叫んでいたのだ。悲鳴をあげていたのだ。――狂った人間の、おびえた酔いどれの、死にもの狂いになった獣の醜悪な悲鳴を。

叫びがやむと、ふだんの声にもどっていた。

男がひとり近づいた。ほかの者とおなじく、服は着ていない。男の頭には、一本の大釘が突き抜けていた。釘のまわりの皮膚は、両端とも癒えている。「やあ、同輩」と大釘の男はいった。

「こんにちは」とマーサー。こんな星で口にするには笑止の平凡なせりふだ。

「自殺はできないぜ」と、頭に大釘をさした男はいった。

「いいえ、できるわ」と、手に埋まった女がいった。

マーサーは、はじめの苦痛が消えているのに気づいた。「どうなってるんだ?」

「部品が増えたのさ」と大釘の男がいった。「やつらは飛んできては、体の部品をくっつけていく。しばらくするとブ・ディカットが来て、もうすこし熟したほうがいい部品をのけて、あとは全部切り取っていく。彼女みたいにね」男があごをしゃくって示したところには、首から少年の体を生やした女が横たわっていた。

「それだけかい?」とマーサー。「部品がつけ足されるズキリと、給食のジンジンだけか?」

「ちがう。われわれの体が冷えすぎていると思うと、体のなかをまるで火が燃えてるみたいに熱くする。逆に熱すぎると思うと、冷たくする。一本一本の神経をな」

少年の体を生やした女が声をかけた。「それにときどき、わたしたちが不幸だと見ると、無理やりしあわせを味わわせようとするの。わたしには、それがいちばん辛いわ」

マーサーはどもった。「ここの人――というか、群れはこれだけかい？」

大釘男は笑わず、かわりに咳払いした。「〝群れ〟か！　笑わせるぜ。人間はうようよいるよ。みんな地面にもぐりこんでる。ここにいるのは、まだ口がきける連中だ。かたまっていれば寂しくない。ブ・ディカットの巡回も多くなるし」

マーサーはつぎの質問にはいったが、力が抜けていくのがわかった。きょう一日は身にこたえた。

まるで水に浮かぶ舟のように、地面がぐらついている。空が黒くなった。倒れる彼をだれかが受けとめた。地面に寝かされる感触。つぎの瞬間には、慈悲深く、魔法のように眠りがおりた。

3

一週間もすると、グループのようすがわかってきた。彼らは心うつろな人間集団だった。ドロモゾアにはまったく無知で、いつきらりと光り、つぎなる部品をつけ加えていくかといったことを知る者はなかった。あれからマーサーは刺されていないが、補給所のすぐそとで受けた傷は堅くなりだしていた。マーサーが遠慮がちにズボンのベルトをゆるめ、ずりおろして傷をさらすと、大釘男が検分した。

「頭ができてる。赤んぼうの頭まるごとだ。ブ・ディカットが切って送ったら、上の階では喜ぶぞ」

グループは彼の社交生活まで気にかけてくれた。彼らは群れいちばんの美女を紹介した。胴体をいくつも伸ばした若い女だ。骨盤が両肩に変わり、その下のほうに生えた骨盤がまた肩となり、五人分の体が数珠つなぎとなっている。顔には傷ひとつない。彼女は気をつかいながら、親身にマーサーに接した。

だがその姿に肝をつぶしたマーサーは、ぼろぼろした柔らかい乾いた地面にもぐりこむと、百年とも思える時間、顔を出さなかった。それがまる一日足らずであったことは、あとになって知った。出てくると、胴がいくつもつながった女はまだ待っていた。

「べつにわたしのために出てくることはなかったのよ」と女はいった。

マーサーは土ぼこりをふり落とした。

あたりを見まわす。すみれ色の太陽は沈むところで、青と、さらに深い青と、たなびくオレンジの夕焼けが幾重にも縞をなしている。

マーサーは女をふりかえった。「きみのために起きたんじゃない。やられるのを待ちながら、寝ころんでいたってしょうがないじゃないか」

「見せたいものがあるわ」女は小高い塚を指さした。「掘ってごらんなさい」

マーサーは女を見つめた。親身なようすは変わらない。マーサーは肩をすくめると、いかつい鉤爪で地面に挑みかかった。堅い皮膚と土掘り用の頑丈な爪のおかげで、犬みたいに楽に掘れた。掻きだすそばから、土は流れ落ちてゆく。穴の奥にピンクの色をしたものが現われた。マーサーはすこし慎重に掘りすすめた。

それがなにかは見当がついた。

思ったとおりだ。男が眠っている。体の片側に、余分な腕が何本も整然と並んで生えていた。反対側の半身は正常らしい。

マーサーがふりかえると、胴の多い女はのたくりながら、すでに近くに来ていた。

「これだと思ったんだが、ちがうかい？」

「そう。この人はドクター・ヴォマクトに脳を焼いてもらっているの。視覚も取ってもらっているわ」

マーサーは地面にすわりなおし、若い女を見つめた。「いうとおりにした。さあ、意味を教えてくれ」

「見てもらうためよ。知ってもらうため。考えてもらうため」

「それだけかい？」

女がだしぬけに身をよじり、マーサーをぎくっとさせた。連続した胴や胸が、遠い足もとのほうまで波打った。その胴体全部に、空気はどんなふうに送られているのか？　そんな疑問が頭をかすめた。彼女を哀れだとは思わなかった。自分を除けば、だれも哀れだとは思わなかった。発作が去ると、女はすまなそうにほほえみかけた。

「また部品を植えこまれたわ」

マーサーはむずかしい顔でうなずいた。

「今度はなんだ、手かい？　もう足りてるだろう」

「ああ、これね」女はつながったトルソをふりかえった。「大人の体になるまで待つと、ブ・ディカットに約束したの。彼は有能よ。ところでその男。いまあなたが掘りだした男をごらんなさい。どっちがしあわせかしら、その男とわたしたちと？」

マーサーはまじまじと女を見つめた。「そのためにわざわざ掘らせたのか？」

「ええ」

「ぼくが答えると思うかい？」

「いいえ。すぐでなくてもいいわ」

「きみは何者なんだ？」

「ここではそういう質問はしないこと。意味がないから。でも新入りさんだから、教えてあげましょう。わたしは昔、レイディ・ダー――皇帝の継母でした」

「きみが！」マーサーは思わず叫んだ。

彼女は悲しげにほほえんだ。「着いてまもないから、そういうことが大事に思えるのね！だけど、もっと大切なこと教えてあげるわ」彼女は口をつぐみ、唇をかんだ。

「なんだい？」マーサーはせかした。「つぎのひと突きが来るまえに聞きたいな。やられたら当分は、考えることも話すこともできなくなる。早くいってくれ」

彼女は顔を近づけた。すみれ色の太陽の暗いオレンジの暮色のなかでも、その顔はまだ愛らしかった。「人の命は永遠ではないのよ」

「うん、それは知ってる」

「信じなさい」とレイディ・ダーは命じた。

暗い平原に光がいくつもまたたいた。まだ距離は遠い。「掘るのよ、掘るの、今夜のために。刺されないですむかもしれない」

マーサーは掘りはじめた。さっき掘りだした男を横目でながめた。脳を失った男は、水面下のヒトデにも似たひそやかな動きで地中にもぐってゆく。

それから五日後、それとも七日後か、群れのなかに叫び声がひびいた。

マーサーは半身男と顔なじみになっていた。腹から下半分がない男で、こぼれる内臓を半透明のプラスチック包帯のようなもので固定している。半身男は、ドロモゾアが善行という使命に憑かれておそってきたとき、じっと身を伏せてやりすごす方法を教えてくれた。

半身男はいった。「勝てる相手じゃないよ。アルヴァレズなんかは山のように大きくされて、身動きもとれない。いまはわれわれを幸福にしようという気だ。養分を与えて、掃除をして、気持よくさせる。静かに寝てろよ。悲鳴は気にするな。みんな出してるんだから」

「クスリはいつもらえるんだ？」とマーサー。

「ブ・ディカットが来たときさ」

その日ブ・ディカットが現われ、車輪のついた橇（そり）のようなものを押してきた。橇の滑走部で丘を越え、車輪で平地を進んでくる。

ブ・ディカットが着くまえから、群れは激しくざわめきたった。いたるところで、睡眠者の掘りだしがはじまっている。ブ・ディカットが彼らの居場所に来るころには、群れの倍にものぼる数の眠れるピンクの肉体が、男女老若さまざまに日ざしにさらされていた。地中の者たちは、地上の者と比べて、いい状態でもなければ悪い状態でもなかった。

「急いで！」とレイディ・ダーの声がとんだ。「全員の用意が終わっていないと、注射はおあずけにされてしまうの」

ブ・ディカットは例の重い鉛の服を着ている。

気さくに手をふるようすは、子どもへのおみやげを手に帰宅した父親を思わせた。群れはまわりに集まったが、まといつくことはなかった。

ブ・ディカットは橇のなかに手をのばした。瓶をとりつけた背負い革があり、肩にかけると、ストラップのロックを留めた。瓶からチューブが吊り下がっている。チューブをなかば下ったところに小さな圧力ポンプ、突端にはきらめく皮下注射針がついていた。

ブ・ディカットは用意を終え、こちらへ来いと合図した。みんな浮きうきと顔をかがやかせて近づいた。ブ・ディカットは集団のなかに分け入り、突っ切ると、首から少年の体を生やした女のところへ行った。頭頂部のラウドスピーカーから、金属的な声がひびきわたった。

「いい子だ。よーしよーし、いい子だ。そら、でっかいでっかいプレゼントだぞ」ずいぶん長いあいだ注射をしていたので、チューブのなかを泡粒がひとつ、瓶までのぼりつめるのが見えた。

それから彼は集団のところにもどり、ときおり胴間声を発しながら、外見からは想像もつかない優美なすばやい身のこなしで動きまわった。針をきらめかせ、休むまもなく注射を打ってゆく。誰もがとろんとして、地面にへたりこんだり寝ころんだりしはじめた。

彼はマーサーの顔を覚えていた。「よう、にいさん。さて、お楽しみの時間だ。補給所にいたとき打てば死んでる。おまえさんはなにか用意したかな？」

ブ・ディカットの問いの意味がわからず、マーサーが口ごもると、鼻の二つある男が代わって答えた。「きれいな赤んぼうの頭が生えてきてるが、まだ取っていいほど大きくはないようだよ」

いつ腕に注射されたのかも気づかなかった。

ブ・ディカットがつぎの一群に取りかかったとき、スーパーコンダミンがとつぜん効いてきた。

ブ・ディカットを追いかけ、鉛の宇宙服に抱きついて、愛しているといいたかった。つまずいてころんだが、痛みはなかった。

胴のたくさんある女が近くに寝ていた。マーサーは声をかけた。

「すばらしいと思わない？　きみは美しい、美しい、美しいよ。ここへ来てよかった」

大きくなる手の房をぶらさげた女がやってきて、となりにすわった。女からは温かみと友情がひた寄せてくる。マーサーには、彼女がたいへん優艶に見えた。彼は服からもがきでた。こんないい人たちが裸でいるのに、自分だけが服を着ているのは愚劣だし気取りすぎている。

二人の女はしきりに話しかけ、甘い声で歌いかけてくる。

べつになにをいっているわけでもないことは、心の片隅で気づいていた。あまりにも作用が強すぎるゆえに、宇宙社会が禁じたクスリの陶酔を表現しているだけなのだ。心のおおかたの部分では、彼はしあわせに酔っていた。こんなにいい惑星に来れたなんて、なんとツイていたのだろうと思う。レイディ・ダーに伝えようとしたが、ことばがまとまらなかった。

すさまじい痛みが腹に突き刺さった。クスリがあとを追いかけ、痛みを呑みこんだ。病院のキャップに似ているが、その千倍も気持がよかった。最初こそ身が萎えるほどだった痛みは、もうない。

マーサーは慎重にかまえることにした。心をしゃきんとさせると、砂漠にピンクの裸身をさらして横たわる二人の女性に話しかけた。「いまのはいい食いだった。また頭が生えてくるかな。ブ・ディカットが喜ぶだろうなあ！」

レイディ・ダーが苦労しいしい、いちばん上の半身を起こした。「わたしだって元気よ。話もできる。忘れないように、忘れないように。人の命は永遠ではないわ。わたしたちだって死ねるのよ。ふつうの人とおなじように死ねるの。わたしはそういう死を信じる！」

マーサーは、しあわせの向こうにいる彼女にほほえんだ。

「そりゃ死ねるだろうさ。だけど、これもすてきじゃ……」

いいかけた口が重くなり、気力が抜けた。目はさめきっているが、なにをしたい気も起きない。この美しい土地で、気のおけない魅力的な人びとにかこまれ、マーサーはにこにこと
すわっていた。

ブ・ディカットが外科刀を消毒していた。

その後どれくらいスーパーコンダミンの影響下にあったのか。マーサーは悲鳴もあげず身動きもせず、ドロモゾアの介添えに耐えきった。神経の苦しみと皮膚のむずがゆさは、身近ながらどうということのない現象だった。自分の体を、遠い他人事のような興味でながめた。レイディ・ダーと手の房を生やした女がつきそってくれた。長い時間がたったころ、半身男がたくましい腕で体を引きずりながらグループのところへ近づいた。たどりつくと、眠そうに人なつっこくまばたきし、ふたたび安らかな自失状態へのめりこんでいった。ときたま日の出が見えることもあり、すこしのあいだ目をとじ、ふたたびあけると今度は星が光っていた。時は意味をなくしていた。ドロモゾアは謎めいたやりかたで空腹をみたし、クスリが生理的欲求を消した。

やがて苦痛の根がもどってきたのに気づいた。

苦痛自体はまえと変わっていない。だが彼のほうが変わっていた。

いまシェイヨルで起こりうることはみんな頭に入っている。しあわせな時期の出来事はよく覚えていた。まえは気づいただけ――いまはじかに感じられた。

レイディ・ダーに声をかけ、クスリはどれくらい前に打ったのか、つぎに打つまでどれく

らい待つのかとたずねた。彼女は至福のなかで柔和にそっけなくほほえみかけた。どうやら地面に数珠つなぎになったトルソは、マーサーの体よりはるかに薬物の受容量が大きいらしい。気持は伝わってくるものの、彼女は明らかに口をきける状態ではなかった。

半身男は地面に横たわっている。腹腔は半透明の膜に保護されているが、その内側で動脈が色あざやかに脈打っているのが見えた。

マーサーは男の肩をつかんだ。

男は目をさまし、相手がマーサーだと知ると、いかにも健康そうな寝ぼけた笑みをうかべた。

「〝おはよう、若者よ〟――と、芝居ではいうところだね。芝居を見たことは？」

「カードを使ってやるゲーム？」

「ちがう。視眺マシンみたいなものだが、本物の人間たちが人物を演じるんだ」

「見たことないな」とマーサー。「いや、ぼくがききたいのは――」

「ききたいのは、ブ・ディカットがいつ注射器持参でもどってくるかだろう？」

「ええ、まあ」マーサーは見すかされ、てれくさい思いをした。

「もうじきさ。それで芝居のことを連想したんだ。みんな、このあとに起こることを知っている。それがいつ起こるのか知っているんだ。人形さんたちがどう反応するかも知ってるし――」いいながら、大脳皮質を除去された人びとが眠っているハンモック群を手ぶりで示し――「新入り連中がなにをきくかも知っている。ところが、ひとつの場がどれくらい長びくかは知らないんだ」

「〝場〟とは?」とマーサー。「注射の名前かい?」

半身男は、本心からとも思える愉快そうな笑い声をあげた。「ちがう、ちがう、ちがう。きみは甘美な夢にとりつかれすぎてる。場というのは芝居の一部だよ。つまり、物事が起こる順序は知っているが、ここに時計はないし、だれも日を数えずカレンダーもつくらず、たいした気候の変化もないので、ひとつひとつの出来事がどれくらい長びくか、さっぱりわからないということさ。苦痛は短く、快感は長いような気がする。だが、このごろはどちらも二地球週ぐらいらしいと思うようになった」

判決以前、教養とはあまり縁がなかったので、〝地球週〟の意味ははかりかねたが、男からそれ以上のことは聞けなかった。ドロモゾアの部品移植がはじまり、半身男は顔をまっ赤にすると、マーサーに「抜いてくれ、このバカ! 早くひっこ抜いてくれ!」と意味もなくわめきだしたからである。

手をこまねいて見まもるうち、男は体を横にねじると、砂ぼこりにまみれたピンクの背を向け、低いしゃがれ声で泣きはじめた。

それからどれくらいたってブ・ディカットが来たのか、マーサー自身にも見当がつかない。数日後のような気もする。数カ月後だったかもしれない。

またもブ・ディカットは父親さながらにふるまい、群れは子どもさながらに群がり寄った。今回ブ・ディカットは、マーサーの太ももにかわいい頭を見つけ、嬉しそうにほほえんだ。

そこには眠る幼児の頭があった。てっぺんにはぽよぽよと頭髪があり、伏せた目のうえには優美な眉毛がついている。マーサーは至福の針を受けた。

太ももに外科刀がはいると、子どもの頭とマーサーの体をつなぐ軟骨にぎりぎりと刃先のくいこむ感触があった。切り離される瞬間、幼児は顔をゆがめた。ブ・ディカットが腐食性消毒剤を傷口に塗ると、さしたることもない痛みが遠くひんやりとひらめき、出血はたちまちやんだ。

つぎには胸から二本の足が生えた。

それから、自分の首のわきにもうひとつの首。

ではなくて、あれは下半身のあとだったか？　少女の腰から足の爪先までが、わき腹から生えてきたのだ。

順序はおぼえていない。

時もはからなかった。

レイディ・ダーはいつもほほえみかけてくれたが、この地に愛はなかった。彼女は余分なトルソをなくした。奇形からのひとときの解放期間、彼女はかわいい、スタイルのいい女性にもどった。だが二人の仲でいちばんすてきなのは、彼女のささやきだった。それは幾千回となく、ほほえみと希望をもってくりかえされた。

「人の命は永遠ではないのよ」

彼女にとってそれはたいへん大きな慰めであるものの、マーサーにはあまりピンとこなかった。

こうして出来事は起こり、受刑者たちは姿を変え、新入りの到着はつづいた。ときには脳を焼かれた新入りたちが、目覚めのない眠りについたまま、ブ・ディカット運転の地表トラックに積まれ、ほかの群れのところへ運ばれてゆくのが見えた。ドロモゾアがおそうと、荷台の上の人体は手足をばたつかせ、人語とは無縁の声音で泣き叫んだ。

そうするうち、ようやくブ・ディカットを補給所の戸口まで追いかけるチャンスが来た。それはスーパーコンダミンの至福に逆らっての行動だった。さんざん苦しみ、とまどい、悩んだ経験から、自分、つまりマーサーがいい気持でいるとき質問しないと、答えは得られそうもないと悟ったのだ。たとえようもない快楽に耐えながら、彼はブ・ディカットにとりすがった。――ここへ来てどれくらいになるか、記録を見て教えてほしいと。

ブ・ディカットはしぶしぶながらうなずいたが、戸口には出てこなかった。補給所内に造り付けになった広報ボックスから答え、がらんとした平原にどら声がとどろくと、語らうピンクの群れは愉悦のなかでかすかにざわめき、友人ブ・ディカットはなにをいいたいのかと首をかしげた。聞こえてきたことばはきわめて含蓄が深いものに思えたが、理解できる者はひとりもいなかった。それはたんにマーサーがシェイヨルで過ごした時間にすぎなかったからである。

「標準年で――八十四年と七カ月、三日と二時間十一・五分だ。がんばれ、にいさん」

マーサーは立ち去った。

愉悦と苦痛のなかにあっても心のひそかな片隅はさめたままで、ブ・ディカットのことを不思議に思っていた。あの牛男はなぜシェイヨルにとどまることを承知したのか？　スーパーコンダミンなしでなにが楽しいのか？　ブ・ディカットはたんに義務に縛られた狂人なのか、それともいつかは故郷の星にもどり、彼そっくりの小さな牛人の家族にかこまれて安楽な余生を送るつもりでいるのだろうか？　陶酔とはうらはらに、ブ・ディカットの数奇な運命のことを思うと泣けてきた。自分の運命はもう納得していた。

最後に物を食べたときのことを思いだす。――本物のフライパンで焼いた本物の卵だ。いまはドロモゾアに生かされているが、それがどういうプロセスで起こるのかは見当もつかない。

よろめく足でグループにもどった。土ぼこりのたつ平原に裸で横たわり、レイディ・ダーが親身に手をふり、となりにすわる場所があるという仕草をした。周囲にはだれが権利を主張しているのでもない何平方マイルという土地がある。だがマーサーは、彼女の気づかいをありがたいと思った。

4

歳月は――歳月であるとすればだが――過ぎていった。シェイヨルの大地は変わらなかった。

ときおり間欠泉の噴きだすブクブクという音が、平原をわたってかすかに耳にとどいた。口のきける者は、これをキャプテン・アルヴァレズの息の音と断言した。夜と昼はあるが、農作物の実りはなく、四季の移り変わりもなければ、世代の交代もなかった。時は止まっているも同然であり、クスリの快楽はドロモゾアの衝撃や苦痛とごたまぜになり、レイディ・ダーのことばの意味を遠いものにした。

「人の命は永遠ではないのよ」

それは希望であり、信じるに足る真実ではなかった。人びとには星ぼしの運行を追いかける才知も、たがいに名前を呼びかわす機転も、集団の知恵のためにひとりひとりの経験を集める創意もなかった。ここには脱走の夢は生まれない。補給所のかなたの発着場からは昔ふうの化学ロケットがいくたびも飛びたったが、こりかたまって動かぬ異形の人体のあいだに隠れる算段をすることもなかった。

はるかな昔、このグループの者ではない誰か受刑者が、手紙を書こうとしたことがある。男の手書きの文字は岩に残っていた。マーサーは読み、ほかにも何人かこれを読んだが、書き手はわからずじまいだった。といって、気にかける者もなかった。

岩に書かれたひっかき傷の文字は、故郷への音信だった。書きだしはまだ読むことができた。「昔はぼくも、きみと同じように、一日の終わりに窓から抜けだし、やさしい風に吹かれながら家へ帰ってきたものだ。昔はきみと同じように、ぼくにも頭がひとつ、手が二つ、合わせて十本の指があったものだ。頭のまえの面は顔といい、そこでしゃべることができた。いまは字を書けるだけで、それも苦痛が抜けたときしか書けない。昔はぼくも、きみと同じように食べ、飲み、名前を持っていたものだ。名前は思いだせない。この手紙を受けとるきみ、きみは立つことができる。ぼくには立つことさえできない。いまはただ光たちが来るのを待ち、彼らの意のままに養分の微粒子を一粒一粒仕込まれたり、取られたりしている。ぼくが罰されているとはもう思わないでくれ。ここは刑罰の地ではない。なにか別のものだ」

ピンクの群れに、その〝別のもの〟がなんであるかを突き止めようとする者はいなかった。好奇心は遠い昔に失われていた。

こうして、小さな人間たちの日が来た。

そのとき——といっても一時間でも一年でもない、その中間にあるいくばくかの期間——レイディ・ダーとマーサーは声もなく陶然とすわり、スーパーコンダミンの快楽に身をゆだねていた。語りあうことはなにもない。クスリがすべて肩代わりしてくれる。

補給所から耳ざわりな咆哮（ほうこう）がひびき、二人は軽く身じろぎした。

マーサーたちのほか、一人か二人が広報システムの拡声器のほうを向いた。

レイディ・ダーが雰囲気におされて口をひらいたが、べつになにかをいうべきほどの大事ではなかった。「あれはたしか、〈戦争警報〉と呼んでいたものだと思ったけれど」

彼らはまた愉悦にひたりこんだ。

ひとりの男が這い寄ってきた。頭のわきに発育不全の頭を二つ生やしている。頭は三つとも恍惚の表情で、このひょうきんな姿はなかなか目を楽しませた。スーパーコンダミンの脈打つ喜悦のなかで、すこしばかり悔やまれるのは、頭の晴れている隙に、男の前歴を聞いておかなかったことだった。だが相手が先に答えてくれた。気力をふりしぼってまぶたを持ちあげると、男はレイディ・ダーとマーサーに向かい、おぼろげに軍人の敬礼とわかる崩れた仕草をした。

「元巡洋艦艦長のスズダルといいます、マム・サー。警報が鳴っています。報告を入れたいのですが、そのう、まだ……わたし……戦闘準備が整わないという」

男は眠りにおちた。

レイディ・ダーの優しいけれど威厳にみちた声が、男の目をひらかせた。

「艦長、なぜ警報が鳴っているのですか？　あなたはなぜここへ出頭したのですか？」

「マム、あなたと耳の生えた男性が、われわれのことをいちばん気にかけてくれている気がします。なにか命令がおありかと思いまして」

マーサーは見まわし、耳の生えた男性の姿をさがした。それはマーサー自身だった。その時期、顔は密生する小さな幼い耳にほとんど隠れていたが、自分では気にとめてもいなかった。そのうちブ・ディカットが切除に来るし、あとはまたドロモゾアが部品をつけ足してゆくだろう。それを知ってさえいればいい。

補給所のノイズは大きくなり、かん高い、鼓膜を引き裂くような轟音になった。群れにも、ざわめきが広がってゆく。

目をあけ、見まわし、つぶやく者もいた。「うるさい音だ」というと、またスーパーコンダミンのしあわせなまどろみに落ちていった。

補給所のドアがひらいた。

ブ・ディカットが服も着ずに
とびだしてきた。いままで金属の防護服なしに外界に出てきたことはない。

ブ・ディカットは走り寄り、うろたえた目でさがし、レイディ・ダーとマーサーの姿を見つけると、二人を両わきに抱えあげ、補給所へかけもどった。ブ・ディカットは二人を二重ドアの奥に放りこんだ。骨のへし折れるような音がして、したたかな落下のショックが新鮮だった。フロアが傾斜し、二人をなかに入れた。すこししてブ・ディカットが現われた。

どなった。「あんたらは人間だ。というか、昔はそうだった。人間のことがわかる。おれは従うだけだ。だが、これには従えん。見てくれ！」

四人の美しい人間の子がフロアに横たわっていた。いちばん小さい二人は双子のようで、年はまだ二歳ぐらい。ほかに五つぐらいの少女と、七つかそこらの少年。四人ともまぶたが落ちくぼんでいる。四人ともこめかみに赤い筋が走り、髪の毛は剃られて、脳の切除手術のあとを見せていた。

ドロモゾアの心配もどこへやら、ブ・ディカットはマーサーたちのそばに立ち、声をはりあげた。

「あんたらは本物の人間だ。おれはただの牛だ。義務は果たす。だが、こいつはそのなかにゃない。子どもだぞ」

　マーサーの心の片隅にはまだ分別が残っていて、驚きと不信を表明していた。だが思いを長いあいだ保つのはむずかしかった。スーパーコンダミンが大波のように意識に打ち寄せ、いっさいがっさいを美化してしまうのだ。スクリに潤った心の表層はこういう。「子どもが仲間に入るってのも悪くないぜ」だが、こわれていない心の内奥は、捨て去ったはずの廉恥心をまだ残していて、こうささやくのだ。「これはわれわれがやった犯罪の比じゃない！しかも帝国がそいつを犯したのだ」

「それで、あなたがしたことは？」とレイディ・ダー。「わたしたちはなにをしたらいいの？」

「はじめステーションを呼んだ。なにをいってるか察したとたん、向こうは切っちまった。なにせこっちは人間族じゃないからな。仕事してろと主任ドクターにいわれたよ」

「ドクター・ヴォマクトかい？」とマーサー。

「ヴォマクト？　やつは百年まえに死んだ。老衰でな。新しいドクターが切ったんだ。おれにゃ人間の気持はないが、これでも地球生まれだし、地球の血はうけついでるぜ。おれなりに感情はある。まじりけなしの牛の感情がよ！　これだけは許せねえ」

「なにをしたの？」

　ブ・ディカットは窓に目を上げた。決意が顔を明るく染めている。愛するように強いるクスリの作用をはるかに超えて、その姿は毅然とし、気高く、私心なく――まるでこの世界の父のように見えた。

にっこりして、「知れたら、おれは殺されるね。銀河警報を発令させたんだ。――全艦出撃待機ってやつを」

フロアにすわり、レイディ・ダーが声を強めた。「でも、それは侵略されたときだけよ！　誤警報だわ」全身に気を入れると、立ちあがった。「この余計なものを、いますぐにみんな切り落としてくれるかしら？　人間たちが降りてくると思いますから。それから、わたしの着るものを用意しなさい。ここにはスーパーコンダミンの効き目を中和する薬はないのですか？」

「そいつを待ってたんだぜ！」ブ・ディカットが叫んだ。「この子らを受け入れる気はない。おれを指揮してくれ」

ブ・ディカットは補給所のフロアを使い、即刻その場でレイディ・ダーをふつうの人間のかたちに刈りこんだ。

腐食性消毒剤の蒸気が、煙のように室内に立ちのぼった。マーサーには成行きはたいへんドラマチックで快く、ときたまうたた寝に引きこまれた。気がつくとブ・ディカットが彼の体を刈りこんでいた。ブ・ディカットは長い長い引き出しをあけ、切除した部品をしまってゆく。部屋の冷気からすると、ここは冷蔵ロッカーだったのだろう。

ブ・ディカットは二人を壁ぎわにすわらせた。

「考えてたんだがよ。スーパーコンダミンの解毒剤なんてない。そんなもの、だれが要る？

だが、おれの救命艇に備えつけの薬なら打ってやれる。気付け薬だが、宇宙空間でまずどんな目にあっても回復させられるって話だ」

　補給所の屋根の上でウィーンと音がした。ブ・ディカットはこぶしで窓をたたきあけると、顔をつきだし、空を見上げた。

「降りてこい」とどなる。

　すぐに着陸機が地面に接触するズンという衝撃があった。ドアがうなりをあげてひらく。シェイヨルになぜわざわざ人が降りてくるのか、と不思議に思った。だが入ってきたのは人間ではなかった。税関ロボットたちだ。彼らなら、人間が耐えられないような速度でも支障なく飛行できる。そのうちの一体は検査官の記章をつけていた。

「侵略者はどこだ？」

「どこにも――」とブ・ディカットが口をひらく。

　レイディ・ダーが、全裸とはいえ帝室の者らしい気品を見せて、聞き違えようのない明瞭な声を発した。「わたしは前皇后のレイディ・ダーです。わたしを知っていますか？」

「いいえ、マム」とロボット検査官。その姿は、ロボットなりにひどく居心地悪そうに見えた。マーサーのクスリ漬けの頭は、シェイヨルにロボットがいてくれたら頼もしいだろうに、と身勝手なことを考えていた。

「これは古いことばでいえば、最高非常事態です。わかりますか？　補完機構とコンタクトをとりなさい」

「それは不可能な――」と検査官。

「問い合わせることはできるでしょう」

検査官はいわれるままにした。

レイディ・ダーはブ・ディカットに向きなおった。「マーサーとわたしにその薬を打ちなさい。そのあと戸外に置いてくれれば、ドロモゾアが傷口をなおします。コンタクトがとれたら、すぐにわたしたちを呼び入れなさい。服がなければ、体をくるむ布地でもかまいません。マーサーは苦痛に耐えられます」

「あいよ」とブ・ディカットはいい、目をくりぬかれた子どもたちがぐったりと横たわる姿から顔をそむけた。

注射薬は火よりも激しく燃えた。スーパーコンダミンに抗する作用が見えたのだろう、ブ・ディカットはドアを通りぬける手間をはぶき、二人をひらいた窓のそとに出した。ドロモゾアは治療を要する傷があるのを感知して、きらきらと飛びかかった。だがスーパーコンダミンはいま別の相手と戦っていた。

マーサーは叫びはしなかった。壁にもたれ、一万年も泣いたが、客観時間ではせいぜい数時間であったにちがいない。

税関ロボットたちは記録を撮っている。ドロモゾアはロボットまでもねらい、ときには大集団できらきらと襲いかかる。だがロボット部隊はびくともしない。

補給所内のコミュニケーターが、大声でブ・ディカットを呼ぶのが聞こえた。「フェリー

・ステーションからシェイヨルへ。ブ・ディカット、返事をしろ！」
ブ・ディカットは近くにいないらしい。

低い叫び声を流しているのはもう一台のコミュニケーターで、税関ロボットが部屋に持ちこんだものだ。視聴マシンのスイッチがはいり、シェイヨルの実態がはじめて外世界の目にさらされているのは疑いもなかった。

ブ・ディカットがドアから現われた。手に持った航宙図は救命艇から引き裂いてきたものだ。ブ・ディカットは航宙図で二人をつつんだ。

レイディ・ダーが体にまといつけた星図に二、三細工をすると、とたんに彼女は重要人物らしい格好になった。

彼らはあらためて補給所のなかにはいった。

ブ・ディカットが畏れにすくんだ小声でいった。「補完機構と連絡がついた。だれだか長官がお話しになる」

マーサーは出る幕がないので、部屋の隅にひきさがり、成行きを見まもった。レイディ・ダーは肌も癒え、フロアのまん中にそわそわと青ざめて立った。

部屋に実体のない無臭の煙がたちこめた。煙がかたまった。全次元コミュニケーターがついた。

人間のかたちが現われた。

女がひとり、過激なくらい保守的な仕立ての制服姿で、レイディ・ダーと向かいあった。

「シェイヨル到着。あなたはレイディ・ダー。わたしを呼びましたね」

レイディ・ダーは横たわる子どもたちを指さした。「このようなことがあってはなりません。ここは受刑の星で、補完機構と帝国の協約のもとに成立しています。子どものことなど誰ひとりふれていませんでした」

投影された女は子どもたちを見下ろした。

「これは狂人たちのしわざです！」

女は責めるようにレイディ・ダーを見つめた。「あなたは帝室の関係者ですか？」

「わたしはかつて皇后でした」

「そして、こんな仕打ちを黙認した！」

「黙認したとは？」とレイディ・ダーは叫んだ。「わたしはこれにはなにもかかわっていません」目を見ひらき、「この星の囚われびとです。それがわかりませんか？」

虚像の女は「いいえ」とにべもなく答えた。

「わたしは検体です。あそこの群れをごらんなさい。わたしは数時間まえまであのなかにいました」

「イメージ調整をしなさい」と虚像の女はブ・ディカットに命じた。「あの群れを見たいの」

直立する女の姿が、まばゆいアーチをえがいて壁を通り抜け、群れのまん中に移動した。

レイディ・ダーとマーサーはようすを見まもった。威厳にみちた断固とした印象が、その虚像からさえもみるみる失われてゆくのが見てとれた。女が手をふり、像を補給所へもどすように合図した。ブ・ディカットの操作で女は部屋にもどった。

「お詫びしなければいけませんね」と虚像はいった。「わたしはレイディ・ヨハンナ・グナーデ、補完機構の長官のひとりです」

マーサーは頭を下げたが、そのはずみに倒れ、物につかまって立ちあがらねばならなかった。レイディ・ダーは貴人らしく軽くうなずき、自己紹介にこたえた。

二人の女はたがいに見つめあった。

「調査をおねがいします」とレイディ・ダーがいった。「調査が終わったら、わたしたちをみんな死なせてください。クスリのことはご存じね？」

「それをいうな」とブ・ディカット。「コミュニケーターに向かって名前もいっちゃいけねえんだ。補完機構の秘密だぞ！」

「わたしが補完機構です」とレイディ・ヨハンナ。「苦痛はありますか？　まさかあなたたちが生きていたとは……。この禁断の惑星上に体部品バンクがあるとは聞いていたけど、ロボットたちが切り取って、ロケットで送りだすものと思っていました。あなたたちのほかに人間は？　だれが管理しているのですか？　子どもたちをこんな目にあわせた者は？」

ブ・ディカットが虚像のまえに進みでた。頭は下げなかった。「おれが管理者だ」

「下級民！」レイディ・ヨハンナが叫んだ。「牛じゃありませんか」

「そのとおり牛でさ、ママム。家族は地球で冷凍睡眠にはいってる。千年の役務が終わったら、家族とおれの自由を買いとるつもりなんだ。そのほかの質問だがね、マム。仕事はおれが全部やる。ドロモゾアはあんまりおれにゃ取っつかないんだ。ときどき自分で部品を切ったりするけどよ。それは捨てちまう。バンクにゃ入れない。この星の秘密のルールを知ってるかい？」

レイディ・ヨハンナは、うしろの別世界にいるだれかと話していた。そしてブ・ディカットに向きなおると、こう命じた。「薬物の名前はいわず、関連する話も最小限にしぼるように。ほかはすべて話しなさい」

「ここにいる千三百二十一名は」ブ・ディカットは口調をあらためた。「ドロモゾアに移植された部品のドーナーの役目にまだ耐えると見なされる連中です。ほかに約七百名がいて、このなかにゃゴー・キャプテン・アルヴァレズも含まれますが、彼らはこの星に完全に吸収されて、もう刈りこみの用にゃ立ちません。帝国はここを究極の刑罰の星と定めました。しかし補完機構は秘密に薬物の――」と、この語に変なアクセントをつけてスーパーコンダミンであることを暗示し――「支給を命じ、刑罰の無効化をはからいました。帝国は受刑者を送りこみます。補完機構は外科用組織を配布します」

レイディ・ヨハンナは上げた右手で沈黙をうながし、同情の意を示した。部屋を見まわす。視線がレイディ・ダーにもどった。二種の薬物、スーパーコンダミンと救命艇の薬が血流中でせめぎあっているいま、彼女が立ちつづけるためにどれほど苦労しているか、おそらく察したにちがいない。

「みなさん休息して。できることはすべておこなうと約束します。帝国は消え去ろうとしています。一千年まえ、補完機構が帝国に譲歩した基本協定は破棄されました。あなたたちの存在は知りませんでした。おいおい知ったでしょうが、もっと早く見つけられなかったことを残念に思います。われわれにいますぐできることはありますか？」

「わたしたちにあるのは時間だけです」とレイディ・ダーはいった。「ドロモゾアと薬物があるのでは、シェイヨルを出るのはおそらく無理でしょう。ひとつは危険だし、もうひとつは絶対に公表してはならないものです」

レイディ・ヨハンナ・グナーデは部屋を見まわした。視線が自分のところに来ると、ブ・ディカットはひざまずき、とほうもなく大きい両手を合わせて嘆願した。

「なにが願いなの？」

「これでさ」ブ・ディカットは無残に処置された子どもたちを指さした。「子どもへの手だしはやめさせろ。いますぐにだ！」声をふりしぼるような訴えかけに、レイディ・ヨハンナはうなずいた。「それからレイディ――」ブ・ディカットは恥かしそうに口ごもった。

「なんですか？　いいなさい」

「レイディ、おれは生き物は殺せないんだ。本性がそういうふうにできてない。はたらくし手助けはするけどよ、殺すことはできねえ。この連中をどうしよう？」フロアに横たわる四人の子どもを手ぶりで示した。

「預かっておきなさい。そうするだけでいいのです」

「それが無理なんだ。生きてこの惑星を出ることはできん。補給所に連中にやる食糧はないんだ。何時間もしないうちに死んじまう。それに政府はよ――」と彼はするどくつけ加えた。

「ことを起こすまでに長い長い時間がかかるし」

「薬物は投与してやれないのですか？」

「だめだ。ドロモゾアが生命活動を強化するまえに投与したら、命はない」

部屋にひびくレイディ・ヨハンナの鈴の鳴るような笑い声は、泣き声と紙一重のものだった。

「愚か者たち、哀れな愚か者たち、それに輪をかけて愚かなわたし！　スーパーコンダミンがドロモゾアに刺されたあとでしか効かないなら、秘密にする必要などありはしないのに」

ブ・ディカットは気を悪くした表情で立ちあがった。顔をしかめたが、弁解のことばは見つけだせなかった。

消えゆく帝国のかつての皇后レイディ・ダーは、丁重に力強く補完機構の女に話しかけた。

「子どもをそとに運び、ドロモゾアにまかせるのが一番でしょう。苦痛はあります。ブ・ディカットにようすを見させ、大丈夫なようなら、クスリの投与をはからってください。お許しがあれば、わたしは……」

倒れる彼女をマーサーはとっさに抱きとめた。

「みんな充分に苦しみました」とレイディ・ヨハンナ。「奇襲船が重装備の部隊を乗せ、すでにフェリー・ステーションに向かっています。医療部の職員は身柄を拘束され、子どもたちをこんな目にあわせた犯人もつきとめられるでしょう」

マーサーは勇を鼓して口をひらいた。「犯人の医者は罰されるのですか？」

「受刑者から刑罰の話とは！」レイディ・ヨハンナは叫んだ。「おこがましい」

「いや、当然です。わたしは誤ったことをして罰せられた。その者が罰をまぬがれたらおかしい」

「罰――罰とは！　われわれはその医師を癒すのです。あなたたちも癒すつもりです、方法さえあるなら」

マーサーはすすり泣きをはじめた。シェイヨルのおぞましい苦痛と奇形のことも忘れ、スーパーコンダミンがもたらす無辺際のしあわせのことを思った。もうつぎの注射はないのか？　シェイヨルを離れて生きることなど想像もつかなかった。優しい父親みたいなブ・ディカットが現われて、外科刀をふるってくれることもないのだろうか？

彼は涙に濡れた顔をレイディ・ヨハンナ・グナーデに向かって上げ、ことばをしぼりだした。「レイディ、われわれはこの星で狂人になりはてています。ここを出たいとは思いません」

レイディ・ヨハンナはわきあがる圧倒的な哀れみに屈し、顔をそむけた。つぎのことばはブ・ディカットに向けたものだった。「人間族ではないけれど、おまえは分別があり、善良です。彼らに要るだけのクスリを与えなさい。これからのことは補完機構が決定します。ロボット兵を使って惑星を調査しましょう。ここではロボットたちは安全ですか、牛男？」

ブ・ディカットは無思慮な呼びかたにむっとしたようすだが、逆らいはしなかった。「ロボット連中は大丈夫でさ、マム。だけど養分も注ぎこめず、治療もできん相手とわかったら、ドロモゾアは荒れるかもしれねえ。送りこむ数は少ないほうがいいです。ドロモゾアがどんなふうに生まれて死ぬか、全然わかってないんで」

「できるだけ少なくしましょう」と、つぶやくように。レイディ・ヨハンナは片手を上げ、測り知れぬかなたにいる技術者に命令した。無臭の煙が足もとからたちのぼり、虚像は消えた。

「窓はなおしたぜ」と陽気な金切り声がひびいた。税関ロボットだ。ブ・ディカットはうわの空で礼をいうと、マーサーとレイディ・ダーに手を貸し、ドアへ向かった。二人がそとへ出ると、たちまちドロモゾアがとりついた。だが、もはやどうでもよいことだった。

つづいてブ・ディカットが現われた。とほうもなく大きい両腕に、四人の子どもをやさしく抱いている。ブ・ディカットはぐったりした幼い体を補給所近くの地面に横たえた。そして四つの体がドロモゾアの侵入にのたうちだしてからも、決して目を離そうとしなかった。マーサーとレイディ・ダーが見ると、その茶色い牛の目はふちが赤くなり、幅広い頬は涙にぐっしょり濡れていた。

数時間、でなければ数世紀。

誰に区別がつけられよう。

群れはまたふだんの暮らしにもどったが、クスリの間隔はずいぶん短くなった。元中佐のスズダルは、このニュースを聞くと注射を遠ざけた。歩けるときには必ずロボットたちに従い、彼らが撮影し、土壌サンプルを採り、人体を数えるのにつきあった。彼らはことのほか〝生きている山〟ゴー・キャプテン・アルヴァレズに興味を示し、有機組織が残っているかどうか疑わしいといってはばからなかった。そとから見るかぎり、山はたしかにスーパーコンダミンに反応するものの、内部を流れているのは血ではなく、心臓の鼓動も聞こえないのだ。かつての人間的な生命活動は、ドロモゾアの動かす水分に取って代わられてしまったらしい。

5

そしてある日の朝早く、空が裂けた。

船がつぎつぎと降下した。人びとがふつうの服装で現われた。

ドロモゾアは新来者を黙殺した。至福にひたるマーサーには、理由がなかなか呑みこめなかったが、やがてどの船も、内部はみんな通信装置であるのに気づいた。

〝人びと〟と見えたものは、ロボットか、さもなければ別の世界にいる人間のイメージなのだ。

ロボット部隊はみるまに群れをまとめた。手押し車を使い、ぐったりした数百の人体を発着場に運びこんだ。

マーサーの聞きおぼえのある声がした。レイディ・ヨハンナ・グナーデの声だ。「わたしを大きくして」と命じた。

その姿がするすると伸び、アルヴァレズの四分の一ほどの大きさに達した。声のボリュームも豊かになった。

「全員を覚醒させなさい」

ロボットたちは群れのなかに入り、悪臭といい香りがいっしょになったようなガスを噴射した。マーサーは心が晴れるのを感じた。スーパーコンダミンはまだ神経や血管から抜けていないものの、大脳皮質はその影響を脱していた。思考は澄みきっている。

巨人レイディ・ヨハンナの哀れみ深い、女らしい声がひびいた。「本惑星シェイヨルに対する補完機構の決定を発表します。

ひとつ、外科用組織の供給は今後もつづけ、ドロモゾアの活動は阻害しません。地表には体部品を残し、それらが成長するままにおいて、ロボットに収集させます。人間もホムンクルスも二度とここに住むことはありません。

ひとつ、下級民ブ・ディカット、牛族出身には、報奨としてただちに地球への帰還が許されます。また千年間の労働に対し、予定額の二倍の報酬が支払われるでしょう」

ブ・ディカットの叫びは、地声ながら、増幅器をとおしたレイディ・ヨハンナの声よりも大きかった。彼は抗議の声をあげた。「レイディ、レイディ！」

彼女は見下ろすと、揺れるガウンの足首の高さにいる巨漢に向かい、「なんの用なの？」とひどくくだけた調子でいった。

「そのまえに仕事の締めくくりだ」叫び声はだれの耳にもとどいた。「この連中の最後の世話をさせてくれ」

心を持った検体たちはみんな耳をすませた。心を失った者は、頑丈な鉤爪でシェイヨルのやわらかい地中にふたたびもぐりこもうとしている。だが隠れそうになるたびに、ロボットが手足をつかみ、地上にひっぱりだす。

「ひとつ、精神の回復が見込めない者に対しては、頭脳摘出手術をおこないます。肉体はこの星に残します。頭部は持ち去り、できるかぎり安楽な方法で死を与えます。おそらくはスーパーコンダミンの過剰投与となるでしょう」

「最後の楽しいひと乗りか」つぶやいたのは元艦長スズダルで、彼はマーサーの近くに立っていた。「もっともな処置だ」

「ひとつ、子どもたちは、消えゆく帝国の最後の帝位継承者とわかりました。成長したのち反逆のおそれがないように、職務に熱心な役人がここへ送りこんだのです。医師は子どもたちにたずねることもせず、命令に従いました。いまでは役人、医師の両名とも癒され、自分のおこないにひけめも悔いも感じないよう、事件の記憶は消去されています」

「それは不公平だ」と半身男が叫んだ。「われわれと同じように罰せられるべきだ！」

レイディ・ヨハンナ・グナーデは男を見下ろした。「刑罰の時代は終わりました。あなたたちの願いはなんでもかなえましょう。しかし他人に苦痛を与えることは許しません。つづけますよ。

ひとつ、ここにはひとりとして昔の生活をとりもどしたい者はいないようなので、みなさんを近くの惑星に移送します。シェイヨルと似ているけれど、はるかに美しいところです。ドロモゾアはいません」

このことばをきっかけに、群れは騒然となった。彼らはどなり、泣き、悪たいをつき、訴えた。みんなクスリを欲しており、もらえないのなら、シェイヨルにいすわることも辞さないのだった。

「ひとつ」レイディ・ヨハンナの見上げるような巨体が、ひびきわたる女らしい声で喧騒を圧した。「スーパーコンダミンは、ドロモゾアなしでは命取りとなるので、新惑星では与えられません。しかし代わりにキャップが支給されます。キャップを思いだしなさい。補完機構はみなさんを癒し、人間回復に努めます。しかし、みなさんのなかに挫ける者が出ても、われわれは力ずくでの回復を望みません。キャップはたいへん強力です。医療処置と組み合わせれば、何十年も生きのびられるでしょう」

群れはひっそりとなった。みんなそれぞれに、脳葉をかきたててくれた電気キャップの刺激と、いままで何千回となく浸かってきたクスリの快楽の海とを比較しているのだった。わきあがるつぶやきは同意と聞こえた。

「なにか質問はありますか？」とレイディ・ヨハンナ。

「いつキャップを？」と、いくつか声があがった。たずねた数人は人間らしさをたっぷり残しているようで、自分たちのせっかちさに笑いだした。

「まもなくです」と彼女は力づけた。「もうすこしの辛抱です」

「もうすこしだ」ブ・ディカットもおなじことをいい、職は解かれたものの、長い年月をともにした群れをはげました。

「質問です」とレイディ・ダーが叫んだ。

「なんでしょうか……わがレイディ？」補完機構代表はかつての皇后にしかるべき敬意を払った。

「結婚は許されますか？」

レイディ・ヨハンナはびっくりした顔をした。「どうでしょう」とほほえみ、「反対する理由もないことだし――」

「この男性、マーサーを夫に選びます」とレイディ・ダー。「薬物の作用の深みにあるときも、苦痛の高みにあるときも、彼だけはつねに思考力を失うまいと努めていました。許可していただけますか？」

マーサーにはこの手続きは勝手すぎるような気がしたが、うれしくて、言いかえすことばもなかった。レイディ・ヨハンナは彼をつくづくとながめ、うなずいた。そして両手を上げ、祝福と別れのあいさつを送った。

ロボット部隊はピンクの群れを二つのグループに分けはじめた。ひとつは宇宙空間をささやきわたり、新しい世界、新しい問題、新しい生きかたをめざすグループである。もうひとつのグループは、地中に逃げこもうとするあがきも空しく、その人格に捧げられる最後の栄誉に浴するため、一個所に集められた。

そんな騒ぎをあとに、ブ・ディカットは瓶を背負うと、人間山アルヴァレズにとりわけ大きなしあわせのプレゼントをとどけるため平原をかけだした。

解　説

SF評論家・翻訳家
大野万紀

本書はコードウェイナー・スミスの〈人類補完機構全短篇〉の第二巻である。作品はおよそ未来史の年代順に並んでおり、本巻では「クラウン・タウンの死婦人」から「シェイヨルという名の星」までの七篇が収録されている。

舞台は〈人類補完機構〉未来史の最大のエポックである〈人間の再発見〉の前後、（J・J・ピアスの年表によれば）西暦一四〇〇〇年から一六〇〇〇年ごろにあたる。ここで、それまで続いた世界に大きな変革が訪れ、人間と、動物から改造された下級民たちとの新たな歴史が生まれるのだ。

作者コードウェイナー・スミスと〈人類補完機構〉については、第一巻のJ・J・ピアスの序文に詳しく記されている。ここでは、コードウェイナー・スミスとその作品が、日本のSFファンの間で一種のカルト的な人気を獲得していった、その受容史について、個人的な思いを含めて（というか、ほとんどそればかりなのだけれど）書き残しておきたいと思う。

あなたはもう結末を知っている——この日本で、猫娘のク・メルが猫耳美少女となって同人誌のページを飾っていたことを。アニメ《新世紀エヴァンゲリオン》に出てくる謎めいた〈人類補完計画〉のことを。ゲームで、マンガで、ライトノベルで、スミスへのオマージュが、あるいは密やかに、あるいはあからさまに、敬意と愛情をもって語られていたことを。

始まりの場所に戻ろう。今から半世紀前に。〈SFマガジン〉、その中ほどに「SFスキャナー」という海外SFを紹介するコラムがあった。一九六四年、そこに（当時のコラム名は「マガジン走査線」だったが）伊藤典夫氏が書いた記事こそ、日本で初めてSF作家コードウェイナー・スミスを紹介するものだった。

もちろん当時小学生だったぼくが、それをリアルタイムに読んだわけではない。だが伊藤氏自身がハヤカワ文庫SFの訳者あとがきで当時のことにふれている。

——このあとがきを準備するにあたって、そのころぼくが書いたスミスについての雑文を読みかえしてみたのだが、「とっつきがわるい」とか、「なれるまでに時間がかかる」とか、およそ要領をえない文章ばかりが並んでいるのは驚きだった。（『鼠と竜のゲーム』）

——はじめて読んだコードウェイナー・スミスは何であったか。（中略）スミス独特のことばづかいと文章リズム、SFというにはあまりにも輪郭の定かでないイメージやコンセプトの氾濫にまどわされ、半年ぐらい途方に暮れていたことを覚えている。（『シェイヨルという名の星』）

伊藤さんが途方に暮れていたのだ！　いわんや一般読者をや。

だがそれは、その謎めいた魅力にすでに取り憑かれていたということである。一九六六年、〈ＳＦマガジン〉十月号に、伊藤典夫訳「鼠と竜のゲーム」が掲載され、ついで十二月号に浅倉久志訳「報いなき栄光」のタイトルで「スキャナーに生きがいはない」が掲載された。これが日本におけるコードウェイナー・スミス元年だ。

さらに一九六七年から六八年にかけて、今度はジュディス・メリルが編んだアンソロジー『年刊ＳＦ傑作選２』と『年刊ＳＦ傑作選４』（創元推理文庫）に、井上一夫訳「シェイヨルという星」（「シェイヨルという名の星」）、宇野利泰訳「酔いどれ船」が収録された。ぼくがスミスを初めて読んだのは、この「シェイヨル――」だったと思う。衝撃的だった。そのグロテスクで奇怪な魅力に満ちたイメージの喚起力。ただし、まだ補完機構の未来史については知るよしもない（〈人類補完機構（インストルメンタリティ・オブ・マンカインド）〉は「シェイヨル――」では〈科学技術省〉、「酔いどれ船」では〈地球人防衛機構〉と訳されていた）。でもその背後に壮大な何かがあることは、確かに感じられた。

ちなみに〈人類補完機構〉の訳語だが、最初に翻訳された「鼠と竜のゲーム」と「報いなき栄光（スキャナーに生きがいはない）」では〈幸福管理委員会〉と訳されていた。一九七二年の「アルファ・ラルファ大通り」から〈福祉機構〉に統一され、〈人類補完機構〉になったのは一九八〇年の「黄金の船が――おお！　おお！　おお！」からである。先の『鼠と竜のゲーム』のあとがきで、この用語について伊藤さんと浅倉さんが最後まで議論し、最終的には〈人類補完機構〉に統一したと書かれている。これは素晴らしい訳語だが、〈福祉機構〉も悪くない。人類に奉仕し宇宙に平和をもたらすという目的で、人々を管理し、残酷で無慈悲な統治を行なう。その機構を〝福祉〟と呼ぶアイロニー。いかにもスミスっぽいじゃないですか。

こうして一九七〇年代に入るまでに四篇が訳された。二篇は文庫で手に入ったが、他の二篇は古本屋で探すしかない。そんな状態が何年か続くが、それでも一部のSFファンのあいだには、コードウェイナー・スミスというすごく不思議で印象的な作品を書く作家がいる、という認識がじわじわと広がっていったのだ。

一九七二年、中央公論社の文芸雑誌である〈海〉の五月号に「アルファ・ラルファ大通り」が浅倉氏の訳で掲載される。〈SFの新しい波〉特集だった。スミスがニュー・ウェーブSFだとは全然思わなかったが、作品にはとても魅了された。そのイメージの美しさ、遥かな未来の冷たく荘厳な雰囲気、それに初めて知るク・メルの存在。

次に翻訳されるのがいつになるのか。こうなったら原書で読むしかない。とはいえ、当時手に入るペーパーバックは数冊しかなかった。その中からぼくと水鏡子は、大学SF研のファンジンに「燃える脳」を訳し、一九七五年には同じくファンジンに司須美子（＝C・スミス）というわざとらしいペンネームを使って「ク・メルのバラード（帰らぬク・メルのバラッド）」を訳した。これは翌年、〈SFマガジン〉に改稿の上転載されることになる。

安田均氏主宰の海外SFファンジン〈オービット〉のコードウェイナー・スミス特集号が出たのも一九七五年である。ぼくはそこに「やさしく雨ぞ降りしきる（人びとが降った日)」を訳し、それまで読んだスミスの作品から未来史年表を作って、まとめて解説した。ちょっと自慢させてもらうなら、J・J・ピアスの年表と解説が日本に紹介される以前のオリジナルなものであり、怪しげなところもあるが、もしかしたら世界初のものだったかもしれない。

その一九七五年こそ、アメリカでも〈コードウェイナー・スミスの再発見〉が行なわれた年である。バランタイン・ブックスから長篇『ノーストリリア』と、*The Best of Cordwainer Smith* が出版され、ほとんどの作品が系統だって読めるようになったのだ。

にもかかわらず、一九八〇年代に入ってもまだスミスの翻訳本は出版されていなかった。〈SFマガジン〉一九八〇年一月号の「SFスキャナー」で、ぼくは彼の〈キャッシャー・オニール〉シリーズを紹介したが、その冒頭で、こんなことを書いた(一部略)。

——コードウェイナー・スミスの名を知っていますか? 知らなくても、別に恥ではありませんが、知っているとなかなか便利なものです。たとえば、あなたがどこかのSFファングループに入って、初めてその会合に出かけたとします。連中はいかにも優しそうに、「SFではどんなのが好き?」と訊いてきます。あわててはいけません。敵があまりにもマニアマニアした顔をしている場合には、最後にひと言つけ加えるのです。「それから、〝コードウェイナー・スミス〟とか……」

このひと言で、相手の態度ががらりと変わるはずです。変わらない場合、その相手のマニア度は、そうたいしたものじゃない、と判断してさしつかえありません——。

いま読むとずいぶんといやらしい文章だけど、これに似たことは実際にあった。スミスがマニアのおもちゃになっていた時代である。

これを書いた翌年、〈マンガ奇想天外〉に吾妻ひでおの「CAPTAIN MAD-FANTASTIC」というマンガが掲載された。SF研に入会しようとやってきた美少女ぱるぷちゃんに、SF研の男たちがあーだこーだと蘊蓄(うんちく)をたれる。そのとき「〝こーどうえなーすみす〟!」のひと声が！　SF研の男たちは、それを聞いて、へへーっとその前にひれ伏すのだ。

これが一九八一年。翌年、短篇集 ***The Best of Cordwainer Smith*** の前半『鼠と竜のゲーム』がハヤカワ文庫SFから出る。ついにマニアじゃなくても、古本屋を探しまわらなくても、コードウェイナー・スミスが読めるようになった。その五年後、八七年には長篇『ノーストリリア』が翻訳され、次の短篇集、前掲の後半『シェイヨルという名の星』が出るにはさらに七年後、九四年まで待たねばならなかったが、それでも八〇年代にはスミスは幻の作家ではなくなっていた。それどころか、どこかマニアックで神秘的なオーラをまとい、そのとりこになった読者は、周囲に彼の魅力を吹聴していったのだ。

コードウェイナー・スミスのSFには、マニアをとりこにする魅力的な要素が間違いなくあった。遠い未来の浮き世離れしたおとぎ話的な世界。細部へのこだわりと深い知識。だれも思いつかないようなとんでもないアイデア。そして何より、魅力たっぷりで〝かわいい〟キャラクターたち。その魅力は今の言葉でいえば〝萌え〟に当たるのではないかと思う。コードウェイナー・スミスこそ、SFというジャンルを超えて、半世紀以上も前に、オタク文化、萌え文化を先取りしていたといえるのではないだろうか。もちろんスミスの魅力はオタク的要素だけにあるのではないが、少なくとも日本でのスミスの受容史を見てみると、〝萌え〟も含めたオタク的・マニア的感性への親和性こそが、スミスをここまで特別なものにしたのではないかと思えてくる。

こうして、コードウェイナー・スミスの作品、あるいはそのイメージ、その要素、その雰囲気は、八〇年代以降の日本のSF／オタク文化の中で、決してメジャーではないが、ひとつの重要な注目点として存在を明確にした。

『ノーストリリア』の一年前、一九八六年には、熱心なファンによるスミスのファンクラブ「補完機構」がスタートする。それまでの伝統的なSFファングループとは別系統、アニメやゲーム、マンガの世界からの発信だった。会誌〈アルファ・ラルファ大通り〉には、猫耳のク・メルがフィーチャーされ、いかにもオタクっぽい意匠がちりばめられていたが、同時に未訳作品の翻訳、独自の研究や用語辞典の翻訳が掲載され、国際的で本格的なファンジンへと発展した。一九九七年のSFファンジン大賞の翻訳・紹介部門賞も受賞している。

このような下地の中で、一九九五年にスタートしたアニメ《新世紀エヴァンゲリオン》に〈人類補完計画〉という言葉が登場したのだ。もちろん直接の関係があるわけではない。でもそれは、こんな日本のSF／オタク文化のコードウェイナー・スミス受容の中から発したものに相違ないだろう。

一九九七年、短篇集未収録の作品と〈人類補完機構〉以外の短篇を収録した『第81Q戦争』（ハヤカワ文庫SF）が出版される。その初版の帯には、「人類を新たな進化の道へと導く〈補完機構〉とは何だったのか?」とあった。ブームとなった《エヴァンゲリオン》を意識したものに違いない。ともあれ、この時点でスミスの作品は、ごく一部を除いてほとんどが日本語で読めるようになったのである。

そして世紀が変わり、『第81Q戦争』からまた二十年近くがたった二〇一六年、日本におけるコードウェイナー・スミス元年である一九六六年からちょうど五十年後にあたる年、〈ハヤカワ文庫補完計画〉の締めくくりに、未訳を含めた〈人類補完機構全短篇〉全三巻が出版されることとなった。第一巻『スキャナーに生きがいはない』の反響を見ると、昔からのファンだけでなく、今回初めてスミスを読んだという新しい読者にも、かつてと同様なスミスの魅力が伝わっていることが感じられて、とても嬉しい。

最後に、本書収録作について簡単に記しておこう。

「クラウン・タウンの死婦人」The Dead Lady of Clown Town〈ギャラクシイ誌一九六四年八月〉

〈人間の再発見〉の最初のきっかけとなった下級民の非暴力による革命を描いた中篇。読んですぐわかるとおり、ジャンヌ・ダルクの物語が下敷きとなっている。ここでも何重にも重なった物語の構造が特徴である。書かれた当時まだそんな言葉はないが、これは〈ミーム〉についての物語である。人々の思考の中に遺伝子のように溶けこみ広がり、世界を変えていくそんな思いについての物語なのである。また悲しい運命の物語ではあるが、場末の路地の自動販売機みたいな〈死婦人〉レイディ・パンク・アシャシュ、魔女っ子のエレイン、犬娘ド・ジョーンなど、いかにもスミスらしい魅力的なキャラクターがいっぱいだ。

「老いた大地の底で」Under Old Earth（ギャラクシイ誌一九六六年二月）

スミスは病弱で、何度も手術をし、病室で寝ながら物語を考えたという。そんな、死や老いの雰囲気を濃厚に漂わせる作品である。時代は〈人間の再発見〉の前、年老いた補完機構のロード・ストー・オーディンは、決まった寿命を終えて死ぬために、ロボットの従者二人を従えて禁断の地、ゲビエットへと向かう。ちなみに、補完機構でロボットといえば、普通は人工知能ではなく、死んだ人間や動物の意識を刷りこんだ機械のことである。地底で踊り狂う若者たちには、当時広まりつつあったヒッピーたちのコミューンを連想させられる。

「酔いどれ船」Drunkboat（アメージング・ストーリーズ誌一九六三年十月）

アルチュール・ランボーの詩「酔いどれ船」に着想をとったという作品。第一巻に収録の「大佐は無の極から帰った」は、この作品の原型となったものである。スミスの作品によくある宇宙航行にからむエピソードの一つだ。ランボーは自らが船となって遥かな距離を超え宇宙3を通って飛ぶ。彼が語る宇宙3の描写に「酔いどれ船」の詩のイメージが引用されている。〈人類補完機構〉のあり方やモットーについて述べられているのもこの作品だ。

「ママ・ヒットンのかわゆいキットンたち」Mother Hitton's Littul Kittons（ギャラクシイ誌

一九六一年六月）
　今度は「アリ・ババと四十人の盗賊」がモチーフだという。宇宙一の富を持つ閉ざされた惑星ノーストリリアの、そこまでやるかというような防衛機構の物語である。アリ・ババのお話では盗賊たちはモルジアナにひどい目にあわされるが、この作品でも盗賊たちは〝かわゆい〟キットンたちに悲惨な目にあわされる。〝かわゆい〟はlittulの訳語だが、絶対に検索などしないように。検索したら最後、あなたも悲惨な目にあうかも知れませんよ。

「アルファ・ラルファ大通り」Alpha Ralpha Boulevard（F&SF誌一九六一年六月）
〈人間の再発見〉が始まっている。これまでしあわせを強制されていた人々に、不幸や冒険の自由が与えられ、古代の文化、言語、災厄までが復活される。そんな時代の一エピソードを描いた作品である。はるか雲の上へと続く、たなびく蒸気のような廃道、アルファ・ラルファ大通り。その廃道を、上空の予言機械を目指して上っていく恋人たち。その二人につきまとう男。まるで宗教画を思わせる、静謐で荘厳な印象を残す傑作である。スミスの作品の中でも最も文学的ソフィスティケーションがなされた作品といわれている。人々の言葉がばらばらになるのはバベルの物語と同じだが、スミスはもたらされた多様性を肯定している。

「帰らぬク・メルのバラッド」The Ballad of Lost C'mell（ギャラクシイ誌一九六二年十月）
　ク・メルの魅力が大爆発の一篇。下級民のク・メルと〈人類補完機構〉のロード・ジェストコーストとの、ロマンチックなすれ違いのラブストーリーであり、「クラウン・タウンの死婦人」から続く、下級民と人間の関係の転換点となる事件を扱った作品である。ここで下級民たちの隠された組織も姿を現わす。それぞれの思惑が交差し、表面には見えないまま〈鐘(ベル)〉と〈蔵(バンク)〉に集約するシーンは圧巻だろう。三国志がこの話の背景にあるということだ。だが何よりも、遊び女(め)ク・メルの魅力的なこと。愛猫家スミスの猫への愛情が満ちあふれている。

「シェイヨルという名の星」A Planet Named Shayol（ギャラクシイ誌一九六一年十月）

シェイヨルは「スズダル中佐の犯罪と栄光」で言及された流刑の星である。そこでは死刑よりも厳しい判決を受けた者がおぞましい姿となって生き続ける。その地獄絵のような描写は圧倒的で恐ろしいが、〈人類補完機構〉にとって、ここは決して処罰の星ではないのだ。ここでも手術や病院のイメージが重く漂っており、苦痛や麻酔、死なずに生き続けることの悲惨さが描かれている。だからこそ結末のハッピーエンドにはほっとするのだ。

第三巻『三惑星の探求』では、未訳だった二篇を含む〈キャッシャー・オニール〉シリーズの全短篇と、〈人類補完機構〉に属さないスミスの他の短篇が収録される。

乞うご期待！

〈訳者略歴〉
伊藤典夫　1942年生，英米文学翻訳家　訳書『猫のゆりかご』ヴォネガット・ジュニア（早川書房刊）他多数
浅倉久志　1930年生，2010年没，1950年大阪外国語大学卒，英米文学翻訳家　訳書『アンドロイドは電気羊の夢を見るか？』ディック（早川書房刊）他多数

HM=Hayakawa Mystery
SF=Science Fiction
JA=Japanese Author
NV=Novel
NF=Nonfiction
FT=Fantasy

人類補完機構全短篇２

アルファ・ラルファ大通り

〈SF2074〉

二〇一六年六月十五日　発行
二〇一六年六月二十五日　二刷

（定価はカバーに表示してあります）

著者　コードウェイナー・スミス
訳者　伊藤典夫・浅倉久志
発行者　早川浩
発行所　株式会社早川書房

郵便番号　一〇一‐〇〇四六
東京都千代田区神田多町二ノ二
電話　〇三‐三二五二‐三一一一（大代表）
振替　〇〇一六〇‐三‐四七七九九
http://www.hayakawa-online.co.jp

乱丁・落丁本は小社制作部宛お送り下さい。
送料小社負担にてお取りかえいたします。

印刷・三松堂株式会社　製本・株式会社フォーネット社
Printed and bound in Japan
ISBN978-4-15-012074-0 C0197

本書は活字が大きく読みやすい〈トールサイズ〉です。